Segredos de família

Lisa Wingate

SEGREDOS DE FAMÍLIA

Tradução: Natalie Gerhardt

GLOBOLIVROS

Esta obra é uma ficção histórica. Todos os eventos e diálogos são produtos da imaginação da autora e não devem ser considerados fatos reais. Nos momentos em que pessoas reais aparecem, as situações, os incidentes e os diálogos relacionados a elas são de natureza totalmente fictícia e não têm a intenção de mudar o caráter ficcional da presente obra. Em todos os outros aspectos, qualquer semelhança com a vida de pessoas vivas ou mortas é mera coincidência.

Copyright © 2018 Editora Globo S.A para a presente edição
Copyright © 2017 Wingate Media, LLC
Todos os direitos reservados.

Todos os direitos reservados. Nenhuma parte desta edição pode ser utilizada ou reproduzida — em qualquer meio ou forma, seja mecânico ou eletrônico, fotocópia, gravação etc. — nem apropriada ou estocada em sistema de banco de dados sem a expressa autorização da editora.

Texto fixado conforme as regras do Acordo Ortográfico da Língua Portuguesa
(Decreto Legislativo nº 54, de 1995).

Título original: *Before We Were Yours*

Editora responsável: Amanda Orlando
Assistente editorial: Lara Berruezo
Preparação de texto: Luciana Bastos Figueiredo
Revisão: Jane Pessoa e Monise Martinez
Diagramação: Gisele Baptista de Oliveira
Design de capa: Lynn Andreozzi
Ilustração: Alan Ayers
Imagens: ©Krasimira Petrova Shishkova / Trevillion Images
©cristinairanzo / Getty Images

1ª edição, 2018
1ª reimpressão, 2018

CIP-BRASIL. CATALOGAÇÃO-NA-FONTE
SINDICATO NACIONAL DOS EDITORES DE LIVROS, RJ

W737s
Wingate, Lisa
Segredos de família / Lisa Wingate ; tradução Natalie Gerhardt. - 1. ed.
Rio de Janeiro : Globo Livros, 2018.
364 p. : il. ; 23 cm.

Tradução de: Before we were yours
ISBN 978-85-250-6473-8

1. Romance americano. I. Gerhardt, Natalie. II. Título.

18-48150   CDD: 813
CDU: 821.111(73)-3

Direitos de edição em língua portuguesa para o Brasil
adquiridos por Editora Globo S.A.
Rua Marquês de Pombal, 25 — 20.250-240 — Rio de Janeiro — RJ
www.globolivros.com.br

Você sabia que, nesta terra de liberdade e lar dos corajosos, existe um grande mercado de tráfico de bebês? E os títulos que mudam de mãos... não são meros documentos impressos prometendo determinados dividendos financeiros, mas, sim, bebês vivos, de carne e osso.

TRECHO DO ARTIGO "O MERCADO DE BEBÊS",
THE SATURDAY EVENING POST, 1º DE FEVEREIRO DE 1930

"Eles são", disse [Georgia Tann] diversas vezes, "um quadro em branco. Nasceram imaculados, e se vocês os adotarem quando ainda são bem pequenos e os cercarem com beleza e cultura, eles se tornarão qualquer coisa que vocês desejarem.

BARBARA BISANTZ RAYMOND, *THE BABY THIEF*

*Para as centenas que desapareceram
e para os milhares que permaneceram.
Que suas histórias não sejam esquecidas.*

*Para os que ajudam os órfãos de hoje
a encontrar um lar verdadeiro.
Que vocês sempre saibam o valor
do seu trabalho
e do seu amor.*

Prelúdio

Baltimore, Maryland
3 de agosto de 1939

Minha história começa em uma noite abafada de agosto em um lugar que nunca vi. O cômodo ganha vida apenas na minha imaginação. É grande na maioria das vezes em que o imagino. As paredes são brancas e limpas, e os lençóis, macios como uma folha recém-caída. A suíte privativa tem tudo do bom e do melhor. Do lado de fora, a brisa sopra e as cigarras cantam no alto das árvores, seu esconderijo verdejante um pouco abaixo dos caixilhos das janelas. As telas balançam enquanto o ventilador de teto do sótão gira, puxando o ar úmido que não tem o menor desejo de se mexer.

O cheiro de pinheiro invade o cômodo e os gritos da mulher pressionam as enfermeiras a prendê-la na cama. Poças de suor brotam na sua pele e escorrem pelo rosto, braços e pernas. Ela ficaria horrorizada se percebesse o que está acontecendo.

É bonita. Uma alma gentil e frágil. Não do tipo que causaria intencionalmente os acontecimentos catastróficos que têm início bem naquele momento. Nos meus muitos anos de vida, aprendi que a maioria das pessoas subsiste da melhor forma que consegue. Sem intenção de magoar ninguém. É apenas um subproduto terrível da sobrevivência.

Não é culpa dela tudo que acontece depois daquele derradeiro esforço impiedoso. Ela dá à luz a última coisa que poderia desejar. Um ser silencioso surge — uma menininha de cabelo claro, linda como uma boneca, mas azulada e imóvel.

A mulher não tem como saber o destino da sua filha ou, se souber, os medicamentos farão com que, a lembrança daquilo não seja nada além de um borrão, no dia seguinte. Ela para de se debater e se rende ao sono crepuscular, ninada por doses de morfina e escopolamina administradas para ajudá-la a derrotar a dor.

Para ajudá-la a colocar tudo para fora, e é o que ela vai fazer.

Segue-se uma conversa solidária enquanto médicos suturam e as enfermeiras lidam com o que restou.

— É tão triste quando uma coisa dessas acontece. Não é a ordem natural das coisas quando uma alma não dá nenhum suspiro neste mundo.

— Às vezes você se pergunta por quê… quando uma criança é tão desejada…

Cai um véu. Olhinhos são cobertos pela mortalha. Jamais enxergarão.

Os ouvidos da mulher escutam, mas não compreendem. Tudo escapa à sua compreensão. Como se ela estivesse tentando segurar a onda que quebra na areia e se esvai através dos seus dedos fechados, até que, por fim, ela se deixa levar pela maré.

Um homem aguarda por ali, talvez no corredor, bem próximo à porta. É altivo, digno. Desabituado a se ver tão impotente. Era para ele se tornar avô naquele dia.

A gloriosa ansiedade dissolvera-se em uma angústia lancinante.

— Sinto muito, senhor — lamentou o médico, saindo do quarto. — Tenha certeza de que fizemos tudo que era humanamente possível para facilitar o parto da sua filha e salvar o bebê. Entendo o quanto isso é difícil. Por favor, mande as minhas mais sinceras condolências para o pai da criança quando finalmente conseguir falar com ele no exterior. Depois de tantas decepções, a sua família deve ter alimentado esperanças.

— Ela poderá ter outros filhos?

— Não é aconselhável.

— Isso vai destruí-la. Assim como sua mãe, quando receber a notícia. Christine é nossa única filha, sabe? As batidinhas de pezinhos… o começo de uma nova geração…

— Compreendo, senhor.

— Quais são os riscos, se ela…

— Colocaria a vida dela em risco. E é altamente improvável que sua filha consiga levar outra gestação até o fim. Se ela tentar, os resultados podem ser…

— Entendo.

O médico pousa a mão consoladora no homem desalentado, ou é isso que acontece na minha imaginação. Seus olhares se encontram.

O médico olha por sobre o ombro para se certificar de que as enfermeiras nada ouçam.

— O senhor me permite uma sugestão? — pergunta ele em voz baixa e grave. — Eu conheço uma mulher em Memphis…

Capítulo Um

Avery Stafford
Aiken, Carolina do Sul, dias atuais

Respiro fundo, escorrego até a ponta do banco e ajeito o meu casaco enquanto a limusine desliza pelo asfalto quente, diminuindo a velocidade até parar. Vans da imprensa aguardam no meio-fio, acentuando a importância da reunião aparentemente inócua desta manhã.

Nenhum momento deste dia será por acaso. Esses últimos dois meses na Carolina do Sul foram dedicados a garantir que todas as nuances fossem certas — modelando as inferências apenas como uma *pista* e nada mais.

Declarações definitivas não devem ser feitas.

Ainda não, por enquanto.

Não por muito tempo, se as coisas forem do meu jeito.

Gostaria de poder esquecer por que eu vim, mas até mesmo o fato de que meu pai não está lendo suas anotações nem olhando as orientações de Leslie, sua supereficiente assessora de imprensa, é um lembrete inegável. Não há como escapar do inimigo que segue silenciosamente no carro conosco. Ele está aqui no banco traseiro, escondendo-se sob um terno cinza-escuro feito sob medida que está ligeiramente largo nos ombros do meu pai.

Papai olha pela janela, sua cabeça pendendo para um lado. Havia relegado seus ajudantes e Leslie a outro carro.

— Você está se sentindo bem?

Estendo a mão para pegar um longo fio do meu cabelo louro do assento para que não fique preso na sua calça quando ele sair do carro. Se minha mãe estivesse aqui, pegaria uma escovinha, mas ela está em casa, preparando-se para o segundo evento do dia — a foto de Natal da família que precisa ser tirada com meses de antecedência... só para o caso de o prognóstico de papai piorar.

Ele empertiga-se um pouco, erguendo a cabeça. A estática eriça o seu farto cabelo grisalho. Quero ajeitá-lo para ele, mas não o faço. Seria uma quebra de protocolo.

Enquanto minha mãe se preocupa com os menores aspectos das nossas vidas, tais como afligir-se com fiapos de algodão e planejar a foto de Natal em julho, meu pai faz o oposto. É distante — uma ilha de masculinidade inabalável no meio de um lar de mulheres. Sei que ele se importa profundamente com minha mãe, minhas duas irmãs e comigo, mas raramente expressa o sentimento em voz alta. Também sei que sou a favorita, mas a que mais o confunde. Ele é o produto de uma época na qual as mulheres iam para a faculdade para conseguirem um diploma de dona de casa. Ele não sabe bem o que fazer com a filha de trinta anos que se formou em direito na Universidade Columbia como a melhor aluna da turma e que realmente gosta do mundo arenoso de um escritório de advocacia.

Seja qual for o motivo — talvez só porque as posições de *filha perfeccionista* e *filha carinhosa* já tivessem sido ocupadas na nossa família —, eu sempre fui a *filha brilhante*. Eu amava estudar, e a conclusão implícita era de que eu seria a líder da família, a substituta de um filho, a sucessora do meu pai. De alguma forma, sempre imaginei que eu estaria bem mais velha quando isso acontecesse e que estaria pronta.

Como você pode não querer isso, Avery?, olho agora para o meu pai e penso. *Ele se esforçou a vida toda para isso. Para que gerações de Stafford trabalharam desde a Guerra da Independência?* A nossa família sempre foi rápida para guiar o cabresto do serviço público. Papai não é uma exceção. Desde sua formatura em West Point e depois servindo como piloto da Aeronáutica antes de eu nascer, ele carrega o nome da família com dignidade e determinação.

É claro que é isso que você quer, digo para mim mesma. *Você sempre quis. Você só não esperava que fosse acontecer tão cedo, e não dessa forma. Só isso.*

Em meu íntimo, estou por um fio, na melhor das hipóteses. Os inimigos serão vencidos em ambas as frentes — na política e na medicina. Meu pai ficará curado graças à cirurgia que o trouxe mais cedo para casa após a sessão de verão do congresso e a bomba de quimioterapia que ele precisa usar na perna a cada três semanas. A minha volta para casa, em Aiken, será apenas temporária.

O câncer não fará mais parte das nossas vidas.

Ele *pode* ser derrotado. Outras pessoas já conseguiram. E se alguém pode fazer isso, esse alguém é o senador Wells Stafford.

Não existe em nenhum outro lugar homem mais forte ou melhor do que meu pai.

— Pronta? — pergunta ele, alisando o paletó.

Sinto-me aliviada quando ele ajeita os cabelos desgrenhados. Não estou preparada para cruzar a linha que me fará passar de filha para cuidadora.

— Estou logo atrás de você.

Eu faria qualquer coisa por ele, mas espero que demore muitos anos até que os nossos papéis se invertam. Aprendi o quanto isso é difícil ao ver meu pai se esforçar para tomar decisões para a mãe dele.

Minha amorosa e perspicaz avó Judy agora é uma sombra do que costumava ser. Por mais doloroso que seja, papai não pode falar sobre isso com ninguém. Se a mídia sonhar com o fato de que ela foi internada em uma *clínica de repouso,* ainda mais uma tão luxuosa em uma adorável propriedade não muito longe daqui, seria uma situação delicadíssima em termos políticos. Considerando o escândalo explosivo sobre uma série de mortes injustas e casos de abuso envolvendo clínicas particulares de repouso no nosso estado, os inimigos políticos poderiam dizer que só aqueles que têm dinheiro podem arcar com os custos de uma clínica de qualidade, ou acusariam meu pai de internar a mãe porque é um covarde sem coração que não dá a mínima para os idosos. Eles diriam que ele ficaria feliz em ignorar as necessidades dos desamparados se isso gerasse lucros para seus amigos e para os doadores de sua campanha.

A verdade é que as decisões que ele tomou em relação à vovó Judy não têm nada a ver com política. Somos exatamente como qualquer outra família. Todos os caminhos disponíveis são pavimentados com culpa, alinhados com dor e marcados pela vergonha. Temos vergonha da vovó Judy. Tememos por ela. Sofremos por saber aonde sua queda cruel em direção à demência vai levá-la. Antes de transferi-la para uma clínica de repouso, minha avó fugiu da cuidadora *e também* dos empregados da casa. Chamou um táxi e desapareceu por um dia inteiro só para, no fim, ser encontrada vagando em um prédio comercial que outrora foi seu shopping favorito. Como ela conseguiu tal proeza quando nem ao menos consegue se lembrar dos nossos nomes continua sendo um mistério.

SEGREDOS DE FAMÍLIA 13

Estou usando uma de suas joias favoritas esta manhã. Por um instante presto atenção no seu toque no meu pulso enquanto saio pela porta da limusine. Finjo que escolhi a pulseira de libélula em homenagem a ela, mas, na verdade, é um lembrete silencioso de que as mulheres da família Stafford fazem o que precisa ser feito, mesmo quando não querem. O local da reunião de hoje me causa certo desconforto. Nunca gostei de asilos.

É só um encontro rápido para cumprimentos, digo para mim mesma. *A imprensa só está aqui para cobrir o evento e não para fazer perguntas.* Vamos trocar apertos de mãos, conhecer o prédio, juntarmo-nos aos residentes para celebrar o aniversário de cem anos de uma senhora. Seu marido tem noventa e nove. Uma façanha.

O cheiro nos corredores internos é intenso, parece que soltaram os trigêmeos da minha irmã lá dentro com latas de spray desinfetante nas mãos. O odor artificial de jasmim pesa no ar. Leslie funga e faz um pequeno aceno de aprovação com a cabeça enquanto ela, um fotógrafo e vários estagiários e funcionários nos cercam. Não viemos com nenhum guarda-costas para esta visita. Eles certamente foram se preparar para a aparição que faremos no fórum da prefeitura nesta tarde. No decorrer dos anos, meu pai recebeu ameaças de morte de grupos extremistas e membros de milícias, assim como de alguns loucos que alegavam ser atiradores de elite, bioterroristas e sequestradores. Ele raramente leva tais ameaças a sério, mas sua equipe de segurança, sim.

Virando para outro corredor, somos recebidos pela diretora do asilo e por duas equipes de televisão. Fazemos a visita. Eles filmam. Meu pai transborda charme. Troca apertos de mão, posa para fotos, conversa com as pessoas, abaixa-se para falar com pessoas em cadeiras de rodas e agradece as enfermeiras pelo trabalho difícil e exigente que elas realizam todos os dias.

Sigo seu exemplo e faço a mesma coisa. Um senhor idoso e encantador com um chapéu de feltro flerta comigo. Com um adorável sotaque inglês, ele me diz que tenho lindos olhos azuis.

— Cinquenta anos atrás, eu a convenceria a jantar comigo — provoca ele.

— Acho que você já conseguiu — respondo, e começamos a rir.

Uma das enfermeiras alerta-me de que o sr. McMorris é um Don Juan grisalho. Ele dá uma piscadela para a enfermeira apenas para comprovar que aquilo é a mais pura verdade.

Enquanto caminhamos até a festa de aniversário, percebo que, na verdade, estou me divertindo. As pessoas aqui parecem felizes. Esta não é a luxuosa clínica de repouso da vovó Judy, mas está longe de ser como os asilos precários denunciados por querelantes na recente onda de processos legais. É bem provável que nenhum desses querelantes receba um centavo sequer, independentemente do tipo de danos que provem nos tribunais. Os poderosos por trás das cadeias de asilos usam redes de holdings e empresas de fachada que podem facilmente declarar a falência para burlar os pagamentos. E é por isso que revelar os laços entre uma dessas redes e os amigos mais antigos de meu pai, os maiores doadores de sua campanha, seria potencialmente devastador. Meu pai é uma figura conhecida na qual a raiva do público pode se concentrar, assim como as acusações políticas.

Raiva e culpa são armas poderosas. A oposição sabe disso.

No salão comunitário foi montado um pequeno pódio. Fico ao lado da comitiva, posicionada perto de portas de vidro que dão para um jardim sombreado onde há um caleidoscópio de flores que desabrocharam, apesar do intenso calor do verão.

Uma mulher está sozinha em uma das aleias do jardim. Olhando para o outro lado, parece não notar a festa enquanto contempla algum ponto distante. Suas mãos estão apoiadas em uma bengala. Usa um vestido marfim simples, de algodão, e um suéter branco, apesar do calor. Os fartos cabelos grisalhos estão presos em uma trança trespassada em volta da cabeça. O penteado e o vestido sem cor lhe conferem uma imagem quase fantasmagórica, tudo que restou de algum passado há muito esquecido. Uma brisa faz uma treliça de glicínias farfalhar, mas não parece afetar a senhora, aumentando ainda mais a sensação de que ela não está ali de verdade.

Volto a minha atenção para a diretora do asilo. Ela dá as boas-vindas a todos, alardeia o motivo de estarmos ali reunidos — afinal de contas, não é todo dia que alguém chega aos cem anos de idade. Estar casada com a mesma pessoa a maior parte desse tempo e ter o seu amado ao seu lado tornam tudo ainda mais extraordinário. É, na verdade, um evento que merece a visita de um senador.

Sem mencionar o fato de que esse casal apoia o meu pai desde a época em que foi governador do estado da Carolina do Sul. Tecnicamente, eles o conhecem há mais tempo do que eu, e sua devoção pelo meu pai é quase tão grande quanto a minha. A homenageada e o marido erguem as mãos finas e aplaudem vigorosamente quando o nome do meu pai é mencionado.

A diretora conta a história do doce casal que está acomodado na mesa central. Luci nasceu na França quando carruagens puxadas por cavalos ainda circulavam pelas ruas. É até difícil de imaginar. Trabalhou para a Resistência Francesa durante a Segunda Guerra Mundial. Seu marido, Frank, era piloto de guerra e foi atingido em combate. A história deles parece tirada de um filme — um romance envolvente. Como integrante de uma corrente de fuga, Luci ajudou a disfarçá-lo e a tirá-lo clandestinamente do país. Depois que a guerra terminou, ele voltou para a França e procurou por ela, que ainda vivia na mesma fazenda com a família, escondida em um porão, a única parte da casa que se mantinha de pé.

As coisas que esses dois enfrentaram me deixaram maravilhada. Isso só é possível quando o amor é verdadeiro e forte, quando as pessoas se dedicam umas às outras, quando estão dispostas a sacrificar tudo para ficarem juntas. É o que quero para mim, mas, às vezes, eu me pergunto se a geração atual conseguiria isso. Somos tão distraídos, tão... ocupados.

Baixo o olhar para o meu anel de noivado e penso: *Elliot e eu temos o que é necessário. Nós nos conhecemos tão bem. Sempre estivemos um do lado do outro...*

A aniversariante se levanta lentamente, dando o braço para o seu amor. Eles caminham juntos, curvados, empenados e encolhidos. A visão é meiga e emocionante. Espero que meus pais vivam até chegar a esse estágio da vida. Espero que tenham uma longa aposentadoria... um dia... *daqui a muitos anos* quando meu pai decidir diminuir o ritmo. Essa doença não pode derrubá-lo aos cinquenta e sete anos. Ele é novo demais. E também é desesperadamente necessário tanto em casa como no mundo. Ainda tem trabalho a fazer e, depois disso, meus pais merecem uma aposentadoria com muito tempo juntos para assistir ao passar tranquilo dos dias.

A compaixão se aloja em meu peito e afasto esses pensamentos. *Nada de demonstrações incontroláveis de emoção em público,* esse é o lembrete constante de Leslie. *As mulheres não podem se dar a esse luxo nessa área. Isso é visto como uma demonstração de incompetência e fraqueza.*

Como se eu já não soubesse disso. Um tribunal não é muito diferente. As advogadas estão sempre sendo julgadas de mais de uma maneira. Temos que agir conforme regras diferentes.

Meu pai bate continência para Frank quando eles se aproximam do pódio. O homem para, empertiga-se e retribui a saudação militar de forma precisa. Seus olhares se encontram, e o momento é puro. Pode parecer que é só uma atuação para a imprensa, mas não é nada disso. É genuíno. Os lábios do meu pai se contraem, formando uma linha reta. Está tentando conter o choro.

Ele não costuma demonstrar tanto sentimento.

Engulo o nó de emoções que se forma na minha garganta. Solto um pouco de ar pelos lábios. Endireito os ombros e afasto o olhar, focando a minha atenção na janela, observando a mulher no jardim. Ainda está lá, olhando para longe. Quem é ela? O que procura?

O coro animado de "Parabéns pra você" atravessa o vidro e a mulher se vira lentamente para a casa. Sinto o ritmo da música. Sei que as câmeras provavelmente virão na minha direção, e eu pareço tão distraída, mas não consigo afastar o olhar do lado de fora. Quero ao menos ver o rosto daquela mulher. Será que é tão vazio quanto o céu do verão? Será que está apenas atordoada e vagando, ou será que não está participando da festa de propósito?

Leslie dá um puxão na parte de trás do meu casaco e eu recobro a atenção como uma adolescente que precisa ser colocada na linha.

— Parabéns pra v... *Concentre-se* — sussurra ela no meu ouvido.

Assinto enquanto ela se afasta em busca de um ângulo melhor para tirar uma foto com a câmera do celular, que será postada no Instagram do meu pai. O senador está em todas as redes sociais, mesmo sem saber usar nenhuma delas. Seu gerente de mídias sociais é um gênio.

A cerimônia continua. Os flashes pipocam. Os familiares felizes enxugam as lágrimas de emoção e gravam vídeos, enquanto meu pai entrega ao casal um cartão de felicitações emoldurado.

O bolo é levado em uma mesa com rodinhas até a aniversariante, enquanto as cem velas reluzem.

Leslie está encantada. A felicidade e a emoção tomam o recinto, enchendo-o como um balão de gás hélio. Qualquer felicidade a mais o fará voar para longe.

Alguém toca minha mão e meu pulso, os dedos me pegam de forma tão repentina que eu me afasto, mas logo em seguida me controlo para não provocar uma cena. A mão é fria e ossuda, trêmula, mas surpreendentemente forte. Viro-me e vejo a mulher do jardim. Ela se empertiga e olha para mim com olhos da cor das hortênsias de Drayden Hill, a minha casa — o azul suave e cristalino com um tom mais claro perto das bordas. Os lábios enrugados estremecem.

Antes que eu consiga pensar em alguma coisa, uma enfermeira se aproxima para pegá-la, puxando-a pelo braço.

— May — chama ela, lançando-me um olhar de desculpas. — Venha comigo. Você não deve incomodar os nossos convidados.

Em vez de soltar o meu pulso, a idosa o segura ainda mais forte. Parece desesperada, como se precisasse de algo, mas não consigo imaginar o quê.

Ela estuda meu rosto, estende a mão.

— Fern? — sussurra ela.

Capítulo Dois

May Crandall
Aiken, Carolina do Sul, dias atuais

Às vezes, é como se as trancas da minha mente tivessem ficado gastas e enferrujadas. As portas se abrem e se fecham quando bem entendem. Uma olhadinha aqui. Um espaço vazio acolá. Um lugar escuro que tenho medo de espiar.

Nunca sei o que vou encontrar.

Não há como saber quando as barreiras vão se abrir, nem por quê.

Gatilhos. É assim que os psicólogos chamam isso nos programas de TV. Gatilhos... como se pressioná-los acendesse a pólvora e enviasse um projétil girando pelo cano de um rifle. Uma metáfora apropriada.

O rosto dela é um gatilho para alguma coisa.

Uma porta se abre para o passado. Eu tropeço ao passar por ela, inconscientemente no início, perguntando-me o que poderia estar trancado dentro daquele quarto. Assim que eu a chamo de Fern, sei que não é em Fern que estou pensando. Regressei ainda mais. É Queenie que eu vejo.

Queenie, a nossa forte mãe, que nos presenteou a todas com seus adoráveis cachos dourados. Todas, menos a pobre Camellia.

Minha mente se agita como uma pluma através das copas das árvores e ao longo do solo dos vales. Viajo por todo o caminho até a margem baixa do rio Mississípi, até a última vez que vi Queenie. O ar quente e suave daquela noite de verão em Memphis me envolve, mas a noite é uma impostora.

Ela não é suave. Ela não perdoa.

A partir daquela noite, não haverá mais retorno.

Aos doze anos de idade, ainda magra e reta como um poste, balanço as pernas por baixo da grade da nossa casa flutuante, atenta aos olhos dos jacarés para ver o brilho âmbar como a luz de uma lanterna. Jacarés não costumavam subir tão longe rio acima no Mississípi, mas há boatos sobre estarem sendo vistos por aqui ultimamente. Isso faz com que procurar por eles se torne um tipo de jogo. Crianças que vivem em casas flutuantes aproveitam qualquer tipo de diversão que conseguem encontrar.

Naquele momento, precisam ainda mais de uma distração.

Ao meu lado, Fern escala a grade e observa a mata, procurando vaga-lumes. Com quase quatro anos de idade, está aprendendo a contá-los. Ela aponta com um dedinho gorducho e se debruça, sem se preocupar com os jacarés.

— Estou vendo um, Rill! Estou vendo! — exclama ela.

Seguro o seu vestido e a puxo de volta.

— Você vai cair e eu não vou pular para pegá-la você dessa vez.

Verdade seja dita, provavelmente não faria mal nenhum se ela caísse. Isso lhe ensinaria uma lição. O barco está amarrado em um riacho tranquilo que cruza o rio a partir de Mud Island. A água chega apenas à altura do meu quadril onde está a popa do *Arcádia*. Fern provavelmente conseguiria tocar o fundo com a pontinha dos pés, mas, de qualquer forma, nós cinco nadamos como girinos. Até mesmo o pequeno Gabion, que ainda nem consegue formar uma frase completa. Quando você nasce às margens do rio, fazer parte dele é tão natural quanto respirar. Você conhece seus sons, seus caminhos e suas criaturas. Para crianças do rio como nós, a água é um lugar familiar. Um lugar seguro.

Mas há algo no ar agora... algo que não está certo. Sinto um arrepio nos braços e um formigamento no rosto. Sempre tive uma intuição. Nunca contei a ninguém sobre isso, mas tenho mesmo assim. Sinto um frio passar por mim na noite quente de verão. O céu está pesado, e as nuvens estão cheias como melões. Uma tempestade se aproxima, mas sinto que há algo além disso.

Dentro da casa, os gemidos suaves de Queenie vêm mais rápidos, sem se importar com a voz grossa e melada da parteira:

— Agora, sra. Foss, você tem que parar de fazer força. Precisa parar agora mesmo. Essa criança está de ponta-cabeça, e se sair assim, não vai viver muito neste mundo, nem você. É isso. Apenas se aquiete. Fique calma.

Queenie solta um som baixo e lancinante como um barco sugando lama da nascente. Ela nos trouxe ao mundo com pouco mais de uma expiração forte, mas estava levando muito mais tempo dessa vez. Enxugo o suor frio dos meus braços e sinto que há algo na mata. Algo ruim. À espreita. Por que aquilo está ali? Será que veio buscar Queenie?

Quero saltar da prancha e correr pela margem, gritando: "Pode dar o fora! Vá embora! Você não pode pegar a minha mãe!".

Eu faria algo assim. Não tenho medo de que possa haver jacarés. Mas, em vez disso, fico imóvel como uma ave em seu ninho. Ouço as palavras da parteira. Ouço-as tão claramente que parece que estou dentro de casa.

— Minha nossa! Ela tem mais de um aí dentro! Tem mesmo.

Meu pai resmunga algo que não consigo ouvir. Suas botas batem no chão quando ele para de andar por um momento, e voltam a soar quando recomeça a andar de um lado para outro, por toda a extensão da casa.

A parteira adverte:

— Sr. Foss, eu não posso fazer nada sobre isso. Se você não levar essa mulher para ver um médico bem rápido, esses bebês não vão ver o mundo, e este pode ser o dia em que sua mulher vai morrer também.

Briny não responde na hora. Ele soca a parede com as duas mãos e as molduras do quadro de Queenie racham. Algo se solta e ouço o som de metal contra a madeira. Sei o que é pelo lugar em que cai. Na minha mente, vejo a cruz de latão com o homem triste em cima, e quero correr lá para dentro e pegá-la, me ajoelhar ao lado da cama e sussurrar as misteriosas palavras polonesas, do jeito que Queenie faz nas noites de tempestade, quando Briny não está em casa, a água do rio sobe e as ondas batem no casco.

Mas eu não conheço aquela língua estranha e afiada que Queenie aprendeu com a família que deixou para trás quando fugiu para o rio com Briny. As poucas palavras em polonês que conheço formariam algo sem sentido se as combinasse em uma frase. Mesmo assim, se ao menos pudesse segurar a cruz de Queenie na minha mão agora, eu diria as palavras para o homem de latão que Queenie beija quando chega a tempestade.

Faria praticamente qualquer coisa para ajudar a acabar logo com aquele parto e ver o sorriso de Queenie de novo.

Do outro lado da porta, a botas de Briny arranham o assoalho, e eu ouço a cruz quicar no chão. Briny olha pela janela turva, que veio de uma fazenda que ele demoliu para construir a casa flutuante antes mesmo de eu nascer. Com a mãe de Briny no seu leito de morte e a colheita destruída pela seca mais uma vez, o banco ia tomar a casa de qualquer forma. Briny pensou que o rio seria o melhor lugar para eles. E estava certo. Quando a Depressão chegou, ele e Queenie estavam vivendo muito bem na água. *Nem mesmo a Depressão pode matar o rio*, diz ele toda vez que conta a história. *O rio tem sua própria magia. Ele cuida da sua gente. Sempre vai cuidar.*

Mas, esta noite, a magia tornou-se ruim.

— O senhor tá me ouvindo? — A parteira ficou má agora. — Eu não quero sujar as mãos de sangue. O senhor tem que levar a sua mulher pra ver um médico no hospital. Agora mesmo.

Atrás do vidro, o rosto de Briny está tenso. Ele fecha os olhos. Bate com um dos punhos na testa e o apoia na parede de novo.

— A tempestade...

— Eu não estou nem aí se o próprio diabo estiver dançando lá fora, sr. Foss. Não tem nada que eu possa fazer por essa garota. Nada mesmo. E eu não vou carregar esse fardo nas minhas costas. Não mesmo.

— Ela nunca... teve problemas... com os outros. Ela...

Queenie solta um grito alto e agudo, o som elevando-se na noite como o chamado de um gato selvagem.

— A não ser que você tenha se esquecido de me contar alguma coisa, ela também nunca teve dois bebês de uma vez.

Levanto-me, pego Fern e a coloco na varanda da casa junto com Gabion, que tem dois anos, e Lark, que tem seis. Camellia olha para mim de onde está, perto da janela da frente. Fechando o portão antes da prancha, eu os prendo todos na varanda e digo para Camellia não deixar os pequenos pularem as grades. Camellia franze as sobrancelhas em resposta. Aos dez anos, ela tem os traços de Briny, além do cabelo e dos olhos escuros. Não gosta que lhe digam o que fazer. É teimosa como uma mula e dá coices duas vezes mais fortes. Se os pequenos começarem a se agitar, teremos ainda mais problemas.

— Vai ficar tudo bem — prometo, dando tapinhas carinhosos nas cabecinhas cobertas de cachos dourados, como se eles fossem filhotinhos de cachorro.

— Só está sendo mais difícil para Queenie dessa vez. Ela não precisa que ninguém a incomode agora. Então, fiquem quietinhos. O Rougarou, o velho lobo da mata, está farejando por aqui. Ouvi a respiração dele agorinha mesmo. Não é seguro ir lá fora.

Eu já tenho doze anos e não acredito no Rougarou, nem no homem do saco, nem no louco Capitão Jack dos piratas do rio. Não muito. Duvido que Camellia tenha engolido as histórias assustadoras de Briny algum dia.

Ela leva a mão à maçaneta.

— Não — sibilo. — Eu vou.

Disseram-nos para ficar do lado de fora, o que é algo que Briny nunca diz, a não ser que seja sério. Mas, naquele momento, Briny parece não saber o que fazer, e estou preocupada com Queenie e com meu irmãozinho ou irmãzinha. Todos nós estávamos esperando para saber o que seria. Mas ainda não estava na hora de o bebê chegar. Tão cedo assim — ainda mais cedo do que Gabion, que era tão pequenino que deslizou para o mundo antes que Briny conseguisse levar o barco para a margem e encontrar uma mulher para ajudar no parto.

Este novo bebê parece não estar disposto a facilitar tanto as coisas. Talvez ele vá se parecer com Camellia e ser tão teimoso quanto ela.

Bebês, eu me corrijo. Absorvo que há mais de um, como com cachorrinhos, e isso não é normal. Três vidas estão meio escondidas atrás da cortina da cama que Queenie costurou com sacos vazios de farinha. Três corpos que tentam se separar uns dos outros, mas não conseguem.

Eu abro a porta, e a parteira vem para cima de mim antes que eu tenha a chance de decidir se vou entrar ou não. Sua mão se fecha ao redor do meu braço. Parece que seus dedos dão duas voltas. Olho e vejo a mão escura contra a minha pele clara. Ela poderia me partir em duas se quisesse. Por que ela não pode salvar o meu irmãozinho ou irmãzinha? Por que não consegue arrancar o bebê do corpo da minha mãe e trazê-lo ao mundo?

Uma das mãos de Queenie agarra a cortina. Ela grita e puxa o tecido, arqueando-se na cama. Uns seis ganchos se soltam. Vejo o rosto da minha mãe, o cabelo sedoso e louro grudado na pele, os olhos azuis — aqueles lindos olhos azuis suaves que nos marcam a todos, exceto Camellia — pareciam esbugalhados. A pele do seu rosto está esticada e marcada com veias entrelaçadas como asas de libélula.

— Papai? — meu sussurro sai logo ao fim do grito de Queenie, mas mesmo assim parece perturbar o ar no quarto. Nunca chamo Briny de papai, nem Queenie de mamãe, a não ser que algo esteja muito errado. Eles eram tão jovens quando me tiveram que acho que nem pensaram em me ensinar as palavras *mamãe* e *papai*. Sempre foi como se fôssemos amigos da mesma idade. Mas, de vez em quando, eu precisava que fossem papai ou mamãe. A última vez foi uma semana atrás, quando vimos um homem pendurado em uma árvore, morto, com o corpo todo inchado.

Será que Queenie ficaria com aquela aparência quando morresse? Será que ela vai morrer primeiro e os bebês depois? Ou será o contrário?

Sinto um aperto tão forte no estômago que nem sinto mais aquela mãozona segurando meu braço. Talvez eu esteja feliz por ela estar ali, mantendo-me de pé, mantendo-me ancorada no lugar. Tenho medo de chegar mais perto de Queenie.

— Diga pra ele! — A parteira me sacode como uma boneca de retalhos, e me machuca. Seus dentes estão arreganhados, um brilho branco sob a luz do lampião.

Um trovão retumba não muito longe, uma rajada de vento atinge a parede de tábuas, e a parteira cambaleia para a frente, levando-me com ela. Os olhos de Queenie encontram os meus. Ela me olha do mesmo jeito que uma criancinha me olharia, como se acreditasse que eu pudesse ajudá-la e implorando-me para fazer isso.

Engulo em seco e tento encontrar minha voz.

— P-papai? — gaguejo novamente, e ele ainda está olhando para a frente. Está congelado como um coelho que sente o perigo se aproximar.

Pela janela, vejo Camellia com o rosto grudado no vidro. Os pequenos subiram no banco para olhar lá dentro. Lágrimas grossas escorrem pelo rosto gorducho de Lark. Ela odeia ver o sofrimento de qualquer ser vivo. Ela joga as iscas de volta ao rio sempre que pode. Toda vez que Briny atira em gambás, patos, esquilos ou cervos, ela age como se seu melhor amigo houvesse sido morto bem diante dos seus olhos.

Ela está olhando para mim, pedindo que eu salve Queenie. Todos estão.

Um raio rasga o céu em algum lugar longe dali. Supera o brilho amarelado de óleo de carvão por um instante e se apaga em seguida. Tento contar os segundos antes de ouvir o trovão para calcular a distância da tempestade, mas estou abatida demais.

Se Briny não levar Queenie a um médico logo, será tarde demais. Como sempre, estamos ancorados em uma margem selvagem. Memphis fica do outro lado do grande e escuro rio Mississípi.

Tusso para limpar a garganta e estico o pescoço para que o nó não volte a se formar.

— Briny, você tem que levar Queenie para o outro lado do rio.

Lentamente ele se vira para mim. Seu rosto ainda está impassível, mas parece que era o que ele estava esperando — que alguém, além da parteira, lhe dissesse o que fazer.

— Briny, você tem que colocar Queenie no bote agora, antes que a tempestade chegue. — Levaria muito tempo para levar a casa flutuante, eu sei. Briny também perceberia isso se conseguisse usar a cabeça.

— Isso mesmo! — insiste a parteira. Ela segue em direção a Briny, arrastando-me com ela. — Se você não tirar esta mulher deste barco, a mãe desta menina vai estar morta antes do amanhecer.

Capítulo Três

Avery Stafford
Aiken, Carolina do Sul, dias atuais

— Avery! Precisamos de você aqui!

Nada arranca você dos seus trinta anos e a leva tão rapidamente de volta aos treze quanto a voz da sua mãe retumbando pelas escadas como uma bola de tênis depois de uma rebatida.

— Já vou! Estou descendo.

Elliot ri do outro lado do telefone. O som é familiar e reconfortante, levando-me por recordações que chegam à minha infância. Sob os olhares vigilantes de nossas mães, Elliot e eu nunca tivemos a chance de sairmos da linha, quanto mais nos safarmos das besteiras que *outros* adolescentes faziam. Nós éramos mais ou menos fadados a sermos bons. Juntos.

— Parece que precisam de você, querida.

— A fotografia de Natal da família.

Inclino-me para o espelho e afasto os cachos louros do rosto, só para vê-los voltar para o mesmo lugar. Minha caminhada rápida até os estábulos depois do evento na clínica de repouso trouxe os cachos da vovó Judy à tona. Eu sabia que isso ia acontecer, mas uma égua teve cria ontem à noite, e não consigo resistir a um filhotinho. Agora estou pagando o preço. Nenhum aparelho para alisar cabelo conhecido pelo homem é páreo para a brisa úmida do rio Edisto.

— Fotos de Natal em julho?

Elliot tosse e eu me lembro do quanto sinto a sua falta. Morar tão distante é difícil, e só estamos fazendo isso há dois meses.

— Ela está preocupada com a quimio. Disseram que papai não vai perder o cabelo, mas ela está com medo que ele fique careca.

Não existe nenhum médico no planeta que consiga confortar minha mãe em relação ao diagnóstico de câncer de cólon de meu pai. Mamãe sempre esteve no comando do mundo e não está nem um pouco disposta a abdicar da posição. Se ela diz que o cabelo do meu pai vai começar a cair, provavelmente é exatamente isso que vai acontecer.

— É a cara da sua mãe. — Elliot ri de novo. Ele entende. Sua mãe, Bitsy, e a minha são farinha do mesmo saco.

— Ela só está morrendo de medo de perder o papai. — A última palavra sai um pouco engasgada. Esses últimos meses têm sido difíceis para todos, estamos cada vez mais sensíveis, mesmo que tentemos sempre aparentar força.

— É claro que está. — Elliot faz uma pausa que parece durar uma eternidade. Ouço o som do teclado. Procuro me lembrar de que meu noivo tem uma nova empresa de corretagem para administrar e o sucesso desse empreendimento é tudo para ele. Elliot não precisa de uma noiva que ligue no meio do dia sem nenhum motivo em particular. — Que bom que você pode estar aí, amor.

— Espero que esteja ajudando. Às vezes, eu acho que estou aumentando o estresse em vez de diminui-lo.

— Você precisa estar aí. Precisa passar um ano na Carolina do Sul para estabelecer residência… para o caso de ser necessário.

Elliot me lembra a mesma coisa toda vez que temos essa conversa; toda vez que luto contra a vontade de pegar um voo para Maryland e assumir a minha antiga posição no Departamento de Justiça, onde não há necessidade de se preocupar com tratamentos contra o câncer, fotografias de Natal, eleitores e pessoas como a mulher de aparência desesperada que agarrara meu braço no asilo.

— Espere um minuto, querida. Sinto muito. Esta manhã está uma loucura.

Elliot coloca a minha ligação em espera para atender outra pessoa, e os meus pensamentos voltam direto para o que aconteceu mais cedo. Vejo a mulher — *May* — em pé no jardim, usando o suéter branco. Então, ela está ao meu lado, seu rosto mal chegava à altura do meu ombro, as mãos magras e ossudas segurando meu pulso, a bengala pendurada no braço. A expressão nos seus olhos é assustadora, mesmo agora. Há um senso tão grande de reconhecimento lá. Ela tem certeza de que sabe quem eu sou.

— Fern?

— Perdão?

— Fernie, sou eu. — Seus olhos estão marejados. — Ah, querida, senti tanta saudade. Eles me disseram que você tinha morrido. Eu sabia que você jamais quebraria a sua promessa.

Por um segundo, quero ser Fern, só para deixá-la feliz, para dar a ela um descanso da solidão que é passar o dia olhando para as glicínias.

Ela parecia tão solitária ali. Perdida.

Sou salva de ter que dizer que não sou a pessoa que ela procura. A enfermeira intervém, com rosto corado e claramente agitada.

— Peço desculpas por isso — sussurra ela apenas para mim. — A sra. Crandall é nova aqui. — Ela usa um dos braços para segurar firmemente a idosa e tira sua mão do meu pulso.

A sra. Crandall é surpreendentemente forte. Ela se rende aos poucos, e a enfermeira diz baixinho:

— Vamos, May. Vou levá-la de volta para o seu quarto.

Observo enquanto ela se afasta, com uma sensação de que eu deveria fazer algo para ajudar, mas sem saber o quê.

Elliot volta para a ligação, e minha mente retorna ao presente.

— De qualquer forma, força aí. Você consegue. Já vi você acabar com os advogados de defesa renomados da cidade. Aiken não pode ser um problema tão grande assim.

— Eu sei. — Solto um suspiro. — Sinto muito estar atrapalhando você. Acho que eu… só… precisava ouvir a sua voz.

Sinto o rubor subir pelo meu pescoço. Não costumo ser tão dependente assim. Talvez seja por causa do problema de saúde do meu pai e das questões com a vovó Judy, mas um doloroso senso de mortalidade me atinge. É denso e persistente, como a névoa do rio. Tudo que posso fazer é tatear pelo caminho para passar por ele, cega para o que possa estar à espreita.

Sempre tive uma vida afortunada. Talvez eu nunca tenha entendido isso até aquele momento.

— Não seja tão dura com você mesma. — A voz de Elliot é carinhosa. — Você está lidando com muita coisa de uma vez só. Dê um tempo. Você não vai resolver nada se preocupando antes da hora.

SEGREDOS DE FAMÍLIA 29

— Você está certo. Eu sei que está.

— Será que você pode me mandar isso por escrito?

A piadinha de Elliot me arranca uma risada.

— Jamais.

Pego minha bolsa na escrivaninha e procuro por algo para prender o cabelo. Despejo tudo em cima da cama e encontro dois grampos prateados. Isso vai servir. Puxo a parte da frente e faço um penteado ondulado. Vovó Judy vai adorar quando vir a foto. É com o cabelo *dela* que estou lidando, afinal, e ela sempre o usou cacheado.

— Isso mesmo, amor.

Elliot cumprimenta alguém que acabou de entrar no seu escritório e nós nos despedimos rapidamente enquanto arrumo o cabelo e lanço um último olhar para o espelho, alisando o vestido verde e justo que escolhi para a fotografia. Espero que a estilista da minha mãe não confira a etiqueta. O vestido é de uma loja do shopping local. Mas o cabelo pelo menos está decente. Até mesmo a estilista vai aprovar... se estiver aqui... e provavelmente está. Ela e Leslie estão de acordo sobre eu precisar de alguns *ajustes*, como elas dizem.

Ouço uma batida na porta, bem baixinho.

— Não entre. Tenho um polvo escondido no armário! — aviso.

Minha sobrinha de dez anos, Courtney, enfia a cabeça coberta de cachos louros pela fresta. Ela é outra que puxou à vovó Judy.

— Da última vez você disse que era um urso — reclama ela, revirando os olhos para me informar que aquela piadinha até podia ter sido engraçada quando ela tinha nove anos, mas que havia ficado sem graça agora que atingira oficialmente dois dígitos de idade.

— É um urso *que muda de forma*, muito bem, obrigada — explico, dando uma cutucada no videogame pelo qual ela está obcecada.

Com os trigêmeos que chegaram de surpresa e tomaram conta da casa, Courtney fica sozinha com seus próprios jogos na maior parte do tempo. Não parece se importar com a nova liberdade, mas eu me preocupo com ela.

Courtney coloca a mão na cintura para mostrar que tem atitude.

— Se você não descer agorinha mesmo, vai precisar do seu urso, porque Honeybee vai mandar os cachorros atacarem você. — Honeybee é o apelido carinhoso que meu pai usa para se referir à minha mãe.

— Ooooh, estou morrendo de medo. — Os terriers escoceses aqui em Drayden Hill são tão mimados que provavelmente esperariam que um invasor lhes trouxesse guloseimas e brinquedinhos de marca comprados no pet shop.

Bagunço o cabelo de Courtney ao passar por ela.

— Allison! — grito em direção à escada, e começo a correr. — Sua filha está atrasando a foto da família.

Courtney grita enquanto nos apressamos para ver quem desce mais rápido. Ela vence porque é uma coisinha ágil e eu estou de salto alto. Não preciso da altura extra, mas minha mãe não ficaria nem um pouco satisfeita se eu aparecesse de sapatilha para a foto natalina.

Na sala de jantar formal, os empregados e o fotógrafo estão em uma missão. A loucura da foto de Natal continua. Quando terminamos, os filhos adolescentes da minha irmã mais velha estão exasperados, e eu estou louca para tirar um cochilo. Em vez disso, pego uma das crianças e começo uma guerra de cócegas no sofá. Os outros logo se juntam.

— Avery, pelo amor de Deus! — protesta minha mãe. — Você está ficando toda desarrumada. Você tem que sair com seu pai daqui a vinte minutos.

Leslie lança um olhar na minha direção, demonstrando a sua habilidade reptiliana de se concentrar em duas direções ao mesmo tempo. Ela aponta para o meu vestido verde.

— Essa roupa é formal demais para o fórum da prefeitura, e a roupa que você usou hoje de manhã não é formal o suficiente. Use o terninho azul com o detalhe perto da bainha. É bastante senatorial, mas não de forma exagerada. Você entendeu, não é?

— Entendi. — Eu preferia muito mais brincar com os trigêmeos ou conversar com os filhos de Missy sobre seus planos de serem conselheiros juniores no acampamento de verão, mas não tenho escolha.

Dou um beijo nas minhas sobrinhas e nos meus sobrinhos e subo correndo para meu quarto para trocar de roupa. Daqui a pouco vou compartilhar mais uma viagem de limusine com meu pai.

Ele pega o celular e passa os olhos por um resumo dos eventos daquela tarde. Entre Leslie, os diversos ajudantes e estagiários, os funcionários daqui e os de Washington, e os jornais, o homem está sempre bem informado. Precisa estar. No atual clima político, existe o perigo iminente de uma mudança no equilíbrio senatorial caso sua luta contra o câncer o obrigue a renunciar. Papai prefere ir para o leito de morte antes de permitir que isso aconteça. O longo período em que ignorou os sintomas e permaneceu na capital para as sessões do congresso é prova disso, assim como o fato de eu ter sido chamada para voltar a morar na nossa casa, a fim de me preparar e restabelecer residência *para o caso de ser necessário*, como disse Elliot.

Na Carolina do Sul, o nome Stafford sempre transpôs fronteiras políticas, mas o alarde sobre o escândalo dos asilos fez com que todos começassem a suar como turistas em uma tarde quente de Charleston. Toda semana aparece uma nova história: residentes que morreram por causa de escaras não tratadas, clínicas de tratamento com equipes não qualificadas, lugares que não estão de acordo com os regulamentos federais, que exigem no mínimo um terço de hora de tratamento para cada paciente por dia, mas mesmo assim apresentam a conta para o sistema público de saúde. Famílias devastadas que acreditavam que seus entes queridos estavam em mãos competentes. É triste e doloroso, e a tênue ligação com meu pai deu aos seus inimigos políticos uma munição infinita de carga emocional. Eles querem que todos acreditem que se molhassem bastante a mão de meu pai, ele usaria sua influência para ajudar um amigo a lucrar com o sofrimento humano e a não ser processado por isso.

Todo mundo que conhece meu pai sabe que isso é um equívoco. Na sua posição, ele não tem como insistir que seus eleitores e doadores de campanha mostrem o balanço geral de suas empresas, e mesmo que pudesse fazer isso, a verdade estaria oculta sob diversas camadas de entidades corporativas que parecem boas à primeira vista.

— Melhor se preparar — aconselha papai e pressiona o play para ouvir o relatório de voz.

Ele segura o aparelho celular entre nós e se inclina na minha direção. De repente, parece que voltei a ter sete anos. Sou tomada novamente por aquela sensação efusiva e calorosa que sempre sentia quando mamãe me levava pelos glorificados corredores do Capitólio, parava diante da porta do papai e permitia que eu entrasse sozinha. Bem devagar e com seriedade, eu seguia até a mesa da secretária e anunciava que tinha uma hora marcada com o senador.

— Ah, deixe-me confirmar isso — dizia a sra. Dennison todas as vezes, erguendo uma das sobrancelhas e controlando o sorriso enquanto pegava o telefone. — Senador, a srta... Stafford está aqui para vê-lo. Posso mandá-la entrar?

Depois de ser admitida, meu pai me cumprimentava com um aperto de mão e um franzir de testa, antes de dizer:

— Bom dia, srta. Stafford. Que bom que a senhorita pôde vir. Está preparada para sair e cumprimentar as pessoas hoje?

— Sim, senhor. Estou sim!

Seus olhos sempre brilhavam de orgulho enquanto eu girava para mostrar que tinha me vestido para a ocasião. Uma das melhores coisas que um pai pode fazer pela filha é permitir que ela saiba que atendeu às suas expectativas. Meu pai fez isso por mim e, por mais que eu me esforce, jamais serei capaz de saldar essa dívida. Eu faria qualquer coisa por ele e por minha mãe.

Agora estamos aqui, sentados um ao lado do outro, ouvindo os detalhes das outras atividades do dia, os assuntos que devem ser discutidos e as questões que devem ser evitadas. Recebemos respostas cuidadosamente elaboradas para questões sobre o abuso de instituições de saúde, processos legais frustrantes e empresas de fachada que entram em falência em um passe de mágica antes que os danos morais sejam pagos. O que meu pai pretende fazer sobre isso? Ele tem se apoiado nessas pessoas, protegendo politicamente seus doadores de campanha e velhos amigos do alcance da justiça? Ele vai usar seu gabinete para ajudar os milhares de idosos que lutam para encontrar um lugar onde sejam bem cuidados? E quanto àqueles que vivem em suas próprias casas e precisam lidar com os danos causados pela recente inundação de proporções históricas, que os obrigam a escolher entre reparar o estrago, comer, pagar as contas de luz ou comprar remédios? O que meu pai acha que deve ser feito para ajudar essas pessoas?

E as perguntas continuam, sem parar. Cada qual acompanhada por pelo menos uma resposta bem redigida. Muitas possibilitam diversas opções que podemos usar dependendo do contexto e de possíveis refutações. O fórum na prefeitura esta tarde será uma operação de imprensa cuidadosamente controlada, mas sempre existe a remota possibilidade de um traidor chegar ao microfone. As coisas podem esquentar.

Temos inclusive orientações sobre como devemos responder caso alguém tenha conseguido descobrir a questão da vovó Judy. Por que estamos pagando por uma clínica que custa mais de sete vezes a quantia diária que idosos de baixa renda recebem pelo sistema público de saúde?

Por quê? Porque os médicos de vovó Judy disseram que Magnolia Manor era a nossa melhor opção, considerando sua familiaridade com o lugar. Uma de suas amigas de infância morou naquela propriedade antes que virasse uma clínica, e lá minha avó poderia se sentir em casa. Queremos que ela tenha tudo que possa confortá-la nesse momento, mas também estamos preocupados com sua segurança. Nós, assim como muitas famílias, nos vemos confrontados por uma questão difícil e complexa para a qual não existe uma resposta simples.

Questão difícil e complexa... Não existe uma resposta simples...

Decoro essas duas frases para o caso de alguém fazer uma pergunta para mim. É melhor eu não tentar improvisar quando questões tão profundamente pessoais estão envolvidas.

— Foi uma excelente operação no asilo hoje mais cedo, Wells — comenta Leslie quando entra no carro em uma parada para o café a poucas quadras do nosso destino. — Estamos a caminho de enterrar essa questão de uma vez por todas. — Ela está ainda mais intensa do que o normal. — Deixe Cal Fortner e sua equipe tentarem tirar vantagem com esse negócio das clínicas de repouso. Eles mesmos estão dando a corda para se enforcarem.

— Eles estão dando muita corda. — A piada de papai não tem graça.

Existe um plano de ataque bem estruturado no campo da oposição, uma estratégia sistemática de pintar meu pai como um elitista sem coração, um privilegiado em Washington, cujas décadas que lá passou o deixaram cego para as necessidades das pessoas do seu estado de origem.

— Mais material com o qual trabalharmos — responde Leslie, confiante. — Veja bem, ligeira mudança de planos. Vamos entrar pelos fundos do prédio. Está acontecendo um protesto do outro lado da rua da entrada principal.

Então, ela direciona sua atenção para mim.

— Avery, nós vamos colocar você no palco dessa vez. Vamos fazer o fórum com o senador sentado em frente ao anfitrião para passar a ideia de algo casual. Você estará ao lado do seu pai no sofá. À direita dele, a filha preocupada que voltou para casa para cuidar de sua saúde e administrar as preocupações da família. Você é a única que é solteira e não está ocupada criando filhos; você tem planos de se casar aqui em Aiken etc. Você conhece as regras. Nada político demais, mas não sinta medo de mostrar o seu conhecimento das questões e suas ramificações legais. O que queremos é um tom relaxado e sem roteiro, então pode acontecer de uma pergunta de natureza mais pessoal ser feita a você. Apenas os canais locais estarão presentes, o que torna essa chance perfeita para você ganhar um pouco de exposição sem muita pressão.

— É claro.

Eu tinha passado os últimos cinco anos da minha vida com jurados que analisavam cada um dos meus movimentos e com advogados de defesa fungando no meu cangote. Os participantes de uma reunião municipal cuidadosamente monitorada não me assustavam.

Ou é o que digo para mim mesma. Por algum motivo, meu coração está disparado e minha garganta está seca e áspera.

— Hora do jogo, filha. — Papai me dá aquela piscadinha que nós às vezes chamamos de "piscada de um milhão de dólares". Ela destila confiança como mel aquecido, denso e irresistível.

Se eu tivesse apenas metade do carisma do meu pai...

Leslie segue com os preparativos para o evento. Ainda está falando quando chegamos à prefeitura. Diferentemente da aparição no asilo, contamos com seguranças agora, incluindo homens do departamento de polícia local. Consigo ouvir a comoção em frente ao prédio, e há uma viatura parada no fim do beco.

Leslie parece pronta para socar a cara de alguém quando descemos da limusine. Um suor de nervoso brota por baixo do meu conservador terninho azul-marinho.

— *Honra teu pai e tua mãe!* — berra um protestante por sobre a balbúrdia.

Quero virar à direita, seguir até o meio-fio e dizer poucas e boas para aquela gente. Como se atrevem!

— Nada de campos de concentração para nossos idosos! — Este chega até nós através das portas.

— Essas pessoas *enlouqueceram* de vez? — resmungo, e Leslie lança-me um olhar de aviso, fazendo um gesto velado em direção aos policiais. Ela está me dizendo para manter as minhas opiniões para mim mesma quando estiver em público, a não ser que tenham sido pré-aprovadas. Mas agora estou louca da vida... O que pode ser uma coisa boa. Meu pulso desacelera de forma resoluta, e sinto que estou pronta para o jogo.

No instante em que as portas se fecham, eu me acalmo. Somos recebidos por Andrew Moore, o coordenador do programa que vai atuar como anfitrião no fórum de hoje, o Comitê de Ação Política em Nome dos Idosos. Andrew parece surpreendentemente jovem para ocupar tal posição. Não deve ter mais que vinte e poucos anos. O terno bem passado combinado com uma gravata ligeiramente torta e uma gola mal dobrada faz com que ele pareça um garotinho que teve ajuda para escolher as roupas, mas não para vesti-las. Ele conta que foi criado pelos avós, que fizeram grandes sacrifícios para sustentá-lo. Esta é a forma de ele retribuir. Quando alguém menciona que sou uma promotora pública federal, ele me lança um olhar e comenta, em tom irônico, que o comitê precisa de um bom advogado na equipe.

— Vou manter isso em mente — brinco.

Conversamos um pouco mais enquanto aguardamos. Ele parece amigável, honesto, enérgico e empenhado. Minha confiança de que aquele será um debate justo aumenta.

Outras apresentações são feitas rapidamente. Conhecemos o repórter local que será nosso moderador. Colocamos os fios do microfone embaixo do paletó e os prendemos na lapela. Em seguida, posicionamos as caixas de transmissão no cinto.

Esperamos nas coxias enquanto o anfitrião assume o centro do palco, agradece aos organizadores e lembra a todos sobre o formato do fórum de hoje, antes de, finalmente, nos chamar. A multidão aplaude enquanto seguimos para o palco acenando alegremente para o público. Todos se comportam bem, embora ao olhar atentamente para o grupo eu possa ver algumas expressões que demonstram preocupação, ceticismo e são pouco amigáveis. Outros olham para o senador com adoração, como se ele fosse um herói.

Meu pai faz um trabalho razoável ao responder perguntas simples e se desviar de algumas que não podem ser respondidas com um comentário curto. Não há soluções fáceis para o problema de financiar os anos de aposentadoria, que são muito mais longos do que os das gerações anteriores, ou para a questão de famílias desfeitas e a mudança cultural que leva as pessoas a dependerem de cuidados de profissionais em vez de cuidar dos parentes idosos em casa.

Apesar das respostas bem-pensadas, dá para perceber que ele está um pouco fora de ritmo hoje. Está um pouco lento quando um jovem pergunta:

— Senhor, gostaria de ouvir a sua resposta à acusação feita por Cal Fortner de que o objetivo das redes de asilos é armazenar os idosos da forma mais barata possível, visando aumentar os lucros, e que a sua repetida aceitação de doações de campanha de L. R. Lawton e seus sócios indica que o senhor apoia o esquema de lucros em detrimento das pessoas. Você reconhece que as pessoas que cuidavam dos idosos nessas instituições eram trabalhadores que recebiam um salário mínimo, com pouco ou nenhum treinamento, se é que apareciam para trabalhar? O seu oponente clama por uma legislação federal que responsabilize todos aqueles que lucram com instituições de repouso pelos cuidados prestados lá, assim como por quaisquer danos definidos em processos legais. Fortner também está pedindo a criação de impostos exclusivos para pessoas ricas, como o senhor, para custear um aumento dos benefícios para os idosos mais pobres. Diante dos recentes acontecimentos, o senhor apoiará isso no Senado ou não? E por quê?

Quase consigo escutar Leslie rangendo os dentes atrás das cortinas. Aquelas questões não estavam no roteiro, e sem dúvida não estavam no cartão que aquele homem estava segurando.

Meu pai hesita, parecendo momentaneamente confuso. *Vamos lá*, eu penso. O suor escorre pelas minhas costas. Meus músculos estão tensos, e eu agarro o braço da cadeira para impedir que minhas mãos demonstrem o meu nervosismo.

O silêncio é agonizante. Os minutos parecem se arrastar, mas eu sei que não são tão longos assim.

Por fim, meu pai entra em uma longa explicação sobre as leis federais que regulam os asilos ou clínicas de repouso e sobre os fundos federais que pagam pelo sistema público de saúde. Parece competente e sereno. Novamente no comando. Deixa bastante claro que ele não está em posição de alterar sozinho o financiamento da saúde pública, as leis fiscais e o estado atual dos cuidados com os idosos, mas que essas questões terão sua total atenção na próxima sessão no Senado.

O fórum, então, volta a um roteiro mais aceitável.

Uma pergunta acaba sendo feita para mim, e o anfitrião me lança um olhar indulgente. Dou a resposta prescrita sobre se estou ou não sendo preparada para assumir o lugar do meu pai no Senado. Não digo que sim, mas também não digo *Nunca, nem em um milhão de anos*. Em vez disso, termino com: "De qualquer forma, é prematuro sequer pensar nisso... a não ser que eu queira me candidatar contra o meu próprio pai. E quem seria louco o suficiente para fazer isso?".

O público ri, e eu sigo com a piscadinha que herdei do meu pai. Ele está tão satisfeito que parece ter dez metros de altura enquanto responde mais algumas perguntas simples e então o debate termina.

Estou pronta para os tapinhas de aprovação nas costas que receberei de Leslie quando sairmos do palco. Em vez disso, ela chega com um olhar preocupado e se aproxima enquanto caminhamos em direção à porta.

— O pessoal da clínica de repouso ligou. Parece que você perdeu uma pulseira lá.

— O quê? Uma pulseira? — De repente, me lembro de tê-la colocado de manhã, mas não há nada no meu pulso agora. Sim, a pulseira sumiu.

— Uma das moradoras foi vista com ela. A diretora olhou para as fotos que tirou com o celular e viu que era sua.

A idosa da casa de repouso... a que agarrou o meu pulso...

Agora eu me lembro das pequenas patinhas douradas de libélulas arranhando meu pulso enquanto May Crandall era levada para longe de mim. Ela deve ter ficado com minha joia.

— Aaaaah, eu sei o que aconteceu.

— A diretora pediu mil desculpas. A paciente é nova e está tentando se adaptar. Ela foi encontrada há duas semanas em uma casa na margem do rio com o corpo da irmã morta e um monte de gatos.

— Nossa, que horror. — Minha mente voa, e eu vejo a cena lúgubre e nojenta, mesmo sem querer. — Tenho certeza de que foi um acidente... a questão da pulseira, claro. Ela agarrou o meu pulso enquanto estávamos ouvindo o discurso de papai. A enfermeira meio que teve de afastá-la à força.

— Isso não deveria ter acontecido.

— Está tudo bem, Leslie. Não foi nada.

— Vou mandar alguém buscar.

Lembro-me dos olhos azuis de May Crandall, do desespero com que falou comigo. Imagino-a vendo a minha pulseira, analisando-a sozinha em seu quarto, colocando-a no próprio pulso e admirando-a com alegria.

Se não fosse uma relíquia de família, eu deixaria que ficasse com ela.

— Sabe de uma coisa? Acho que eu mesmo posso pegá-la. A pulseira era da minha avó. — A agenda do dia indica que eu e meu pai nos separamos agora. Ele vai ficar um pouco no escritório antes de um jantar com um dos seus eleitores enquanto minha mãe será a anfitriã de uma reunião das Filhas da Revolução Americana em Drayden Hill. — Tem alguém que possa me levar até lá? Ou posso pegar um dos carros?

Os olhos de Leslie brilham e temo que estejamos prestes a discutir, então acrescento uma desculpa mais convincente.

— Também preciso tomar um chá com a vovó Judy enquanto ainda tenho tempo. Ela vai gostar de ver a pulseira. — A reunião na prefeitura me deixou com uma sensação de culpa por não visitar a minha avó há quase uma semana.

Leslie contrai o maxilar, mas concorda com meu pedido, deixando claro que acha a minha sugestão tola e nada profissional.

Não consigo evitar. Ainda estou pensando em May Crandall e me lembrando da abundância de artigos sobre abuso em asilos. Talvez eu só queira me certificar de que May não tenha se aproximado de mim por estar com algum tipo de problema.

Talvez sua história triste e macabra tenha despertado a minha curiosidade. *Ela foi encontrada há algumas semanas em uma casa na margem do rio com o corpo da irmã morta...*

Será que o nome da irmã dela era Fern?

Capítulo Quatro

RILL FOSS
Memphis, Tennessee, 1939

QUEENIE ESTÁ MAIS PÁLIDA DO QUE LEITE DESNATADO, seu corpo está contraído e duro enquanto Briny a deixa na varanda da casa flutuante e vai pegar o bote que está amarrado em uma estaca. Queenie chora e grita, enquanto pressiona o rosto na madeira lisa e molhada.

Lark retrocede para as sombras da noite perto das paredes da casa, mas Fern e Gabion, os menores, aproximam-se, engatinhando devagar. Nunca tinham visto um adulto agir daquela forma.

Gabion se debruça para ver, como se não tivesse certeza de que a coisa dentro do vestido cor-de-rosa de Queenie era mesmo ela. Queenie é luz e riso, e todas as antigas músicas que canta conosco quando descemos o rio seguindo de uma cidade para outra. Aquela mulher com dentes arreganhados que berra palavrões e solta gemidos e soluços *não pode* ser ela, mas é.

— Uiu, Uiu! — chama Gabion, porque, aos dois anos, não consegue dizer o meu nome, Rill. Ele agarra a bainha da minha saia, puxando-a enquanto me abaixo para segurar a cabeça de Queenie.

— Quini dodói?

— Cala a boca! — Camellia bate nas mãos dos menores enquanto Fernie se alonga para acariciar os cachos compridos de Queenie. Foi o cabelo que chamou a atenção de Briny na primeira vez em que a viu. *A mãe de vocês não parece uma princesa de conto de fadas?*, pergunta-me ele às vezes. *A rainha do reino de* Arcádia, *essa é a mãe de vocês. Isso faz de você uma princesa, não é mesmo?*

Mas minha mãe não está bonita agora. Não com o rosto marcado de suor e a boca retorcida de dor. Os bebês a estão rasgando por dentro. Seu estômago se contrai por baixo do vestido. Ela agarra-se a mim e se segura, enquanto, dentro da casa, a parteira limpa as mãos e guarda seus apetrechos dentro de um cesto de palha.

— Você tem que ajudar! — grito. — Ela está morrendo.

— Eu não tenho mais nada a ver com isso — esquiva-se a mulher. Seu corpo pesado faz o barco balançar e a lanterna oscilar e soltar faíscas. — Não mesmo, gentalha do rio.

Ela está nervosa como um cão raivoso porque Briny se recusou a pagá-la. Briny disse que ela prometeu fazer um parto e não fez, e que devia se dar por satisfeita por ele tê-la deixado ficar com os dois peixes-gato que pescara mais cedo, além de um pouco de óleo de carvão para o seu lampião. Ela teria descontado em nós, mas é mais negra do que carvão, e nós somos brancos, e ela sabe muito bem o que aconteceria se nos causasse problemas.

O peixe seria o nosso jantar, o que nos deixa sem nada, a não ser um pouco de bolo de milho para dividir entre nós cinco. Isso passa pela minha mente, e várias outras coisas também.

Será que devo separar roupas para Queenie? Uma escova de cabelo? Seus sapatos?

Será que Briny tem dinheiro suficiente para pagar um médico de verdade? O que vai acontecer se ele não tiver?

E se o prenderem? Certa vez, quando estávamos visitando salões de bilhar nas cidades ribeirinhas, ele foi preso. Briny é um ótimo jogador. Ninguém consegue vencê-lo com as oito bolas, e ele também toca piano bem o suficiente para conseguir que lhe paguem por isso, mas a Depressão fez o dinheiro ficar escasso. Agora ele joga bilhar e toca piano em troca de coisas que possa usar como escambo para outras coisas de que precisamos.

Será que tem dinheiro escondido em algum lugar? Será que devo perguntar a Briny quando ele voltar? Lembrá-lo de que ele talvez precise disso?

Como ele vai cruzar o rio no escuro com a tempestade já levantando espuma branca na água?

A parteira se vira para passar pela porta, seu cesto bate no seu traseiro. Uma coisa vermelha se dependura para fora, e eu sei o que é apesar da pouca iluminação: o lindo chapéu de veludo com plumas de Queenie. Aquele que Briny ganhou em uma partida de bilhar em uma pocilga chamada Boggyfield.

— Devolva isso agora mesmo! — exclamo. — Isso é da minha mãe!

Os olhos escuros da mulher se arregalam e ela ergue o queixo para mim.

— Fiquei aqui o dia inteiro e não vou levar só dois peixes. Eu já tenho muitos. Vou é levar este chapéu. — Ela olha em volta para ver onde Briny está e então segue para a prancha na lateral da varanda.

Quero impedi-la, mas não consigo. No meu colo, Queenie grita e se agita. Sua cabeça bate no deque com um som surdo, como uma melancia. Eu a seguro com as duas mãos.

Camellia corre na frente da mulher e abre os braços na frente do portão, seus bracinhos finos seguram os dois lados do batente.

— Você não vai levar o chapéu da minha mãe pra lugar nenhum.

A mulher dá outro passo, mas se conhecesse Camellia não teria feito isso. Minha irmã podia ter só dez anos, mas não tinha herdado apenas o cabelo escuro de Briny; também herdou seu gênio. Quando Briny fica nervoso, "fica cego de raiva", como diz o velho Zede. "Esse é o tipo de raiva que vai fazer você acabar sendo morto no rio", Zede avisa meu pai às vezes, quando nossos barcos ficam ancorados um do lado do outro, e isso acontece muito. Zede é amigo de Briny desde que meu pai se mudou para o rio. Foi ele que ensinou a Briny como eram as coisas.

— Sua nojentinha da boca suja. — Uma enorme mão negra agarra o braço de Camellia, mas minha irmã aferra-se com tanta força ao batente que acho que os ossos do seu ombro vão se deslocar.

Não se passam nem dois segundos antes de Camellia se virar e afundar os dentes na carne da mulher, que grita e cambaleia para trás, fazendo o barco balançar.

Queenie berra.

Um trovão soa à distância.

Um raio corta o céu, e a noite vira dia por um instante, até o véu da escuridão descer novamente.

Onde está Briny? Por que está demorando tanto?

Um pensamento ruim toma conta da minha mente. E se o bote se soltou e Briny não consegue encontrá-lo? E se ele saiu para pegar um outro emprestado de alguém no acampamento de casas flutuantes? Só dessa vez desejo que Briny não insista tanto em sempre ficarmos isolados. Ele nunca queria ficar nos acampamentos do rio, e as pessoas que conheciam o nosso barco sabiam que não deviam aparecer sem serem convidadas. Briny diz que existe gente boa no rio e gente em quem não devemos confiar, e é melhor descobrir quem é quem de uma distância segura.

Queenie dá um chute e derruba Gabion, que bate com o braço e solta um grito longo e alto. Lark entra em casa para se esconder, agora que a parteira não está mais lá. Queenie está morrendo nos meus braços. Eu sinto isso.

Mais adiante, em frente à prancha, Camellia não está cedendo. A expressão de desafio no seu rosto convida a mulher a tentar de novo. Camellia está sempre pronta para briga. Ela pega cobras nas mãos e briga com os garotos das cidades ribeirinhas sem pensar duas vezes.

— Devolva o chapéu da minha mãe! — berra ela por sobre o choro de Gabion. — E você também não precisa do peixe. É melhor sair do nosso barco antes que a gente chame a polícia e conte que uma negra tentou matar a nossa mãe e roubar as nossas coisas. Eles vão enforcá-la em uma árvore, ah, se vão! — Ela deixa a cabeça pender para a frente e estira a língua para fora.

Sinto um frio no estômago. Duas semanas atrás, na quarta-feira, encontramos um homem pendurado em uma árvore rio abaixo. Um negro enorme usando um macacão. Não havia casas nas redondezas e ele tinha ficado ali por tempo suficiente para atrair urubus.

Só mesmo Camellia para usar uma coisa daquelas para conseguir o que queria. Fico enjoada só de pensar nisso.

Talvez seja por isso que Queenie esteja tão mal agora, sussurra uma voz na minha cabeça. *Talvez seja porque Briny não quis parar para soltar o homem e encontrar os parentes dele para que tivesse um enterro decente. Talvez seja ele que está na mata nos observando.*

Queenie havia implorado para que Briny fosse até lá para cuidar do corpo, mas ele não cedeu. "Temos que pensar nas crianças, Queen", dissera ele. "Não dá para saber quem fez aquilo com ele, nem quem pode estar observando. É melhor descermos o rio".

A parteira arranca o chapéu vermelho de Queenie do cesto, atira-o no chão e pisa em cima dele, o seu peso fazendo o barco balançar enquanto segue pela prancha e pega o lampião que tinha deixado na margem. Então, apanha os dois peixes no espeto e se afasta, soltando impropérios pelo caminho.

— E que o diabo venha e pegue você também! — responde Camellia para ela, debruçada na varanda. — É isso que você merece quando rouba! — Ela para de falar antes de repetir os palavrões proferidos pela mulher. Em seus dez anos de vida, a boca de Camellia já tinha sido lavada com sabão suficiente para limpar todo o interior de uma baleia. Foi praticamente criada assim. É de admirar que bolhas de sabão não saiam de suas orelhas. — Alguém está vindo. Fique quieto, Gabion. — Agarrando Gabby e cobrindo a boca do garoto com a mão, ela ouve atentamente os sons da noite. Também ouço o som de um motor.

— Vá ver se é o Briny — peço para Fern, ela se levanta para ir, mas Camellia empurra Gabby para ela.

— Faça ele ficar quieto. — Camellia atravessa a varanda e se debruça no parapeito. Pela primeira vez, detecto um tom de alívio na sua voz. — Acho que ele trouxe Zede.

Relaxo como se tivesse sido envolvida por um cobertor. Se há alguém que pode resolver tudo, esse alguém é o velho Zede. Eu não fazia ideia de que ele estava nas redondezas de Mud Island, mas Briny provavelmente sabia. De algum jeito, eles sempre sabiam onde o outro estava no rio. Da última vez que ouvi notícias dele, Zede estava no interior, ajudando uma irmã que estava sendo internada em um sanatório por causa da tuberculose.

— Zede está aqui — sussurro para Queenie, chegando bem perto dela. Ela parece ouvir e talvez se acalme um pouco. Zede vai saber o que fazer. Vai acalmar a agitação de Briny, afastar as nuvens dos olhos dele e fazê-lo pensar direito. — Zede está aqui, Queenie. Vai ficar tudo bem. Vai ficar tudo bem... — Repito isso várias e várias vezes. Repito até eles jogarem a corda para Camellia e subirem pela prancha.

Briny cruza a varanda em dois passos longos e cai de joelhos ao lado da mulher, toma-a nos braços e baixa a cabeça em direção à dela. Sinto o peso da minha mãe me deixar, seu calor desaparecendo da minha pele. A umidade da noite me atinge e, de repente, sinto frio. Levanto-me, aumento a iluminação do lampião e abraço o meu próprio corpo.

Zede se aproxima, olha Queenie nos olhos, abre um pouco o lençol e há sangue por todo o lado. Ele coloca uma das mãos na barriga dela, onde uma mancha aguada de sangue estampa o vestido.

— Sra. Foss? — A voz de Zede é estável e clara. — Sra. Foss? Está ouvindo?

Ela emite um ruído que talvez fosse um *sim,* mas o som morre atrás dos dentes, enquanto ela enterra o rosto no peito de Briny.

A boca de Zede forma uma linha séria por trás da barba grisalha e cheia. Ele inspira por narinas peludas e solta o ar pelos lábios contraídos. O pesado cheiro de uísque e tabaco enche o ar, mas é um conforto. É a única coisa sobre esta noite que está como sempre.

Seus olhos encontram os de Briny, e ele meneia a cabeça.

— Queenie, a gente vai tirar você do barco, está ouvindo? A gente vai levar você para o hospital no *Jenny*. Vai ser uma viagem difícil. Mas você tem que ser forte, está ouvindo?

Ele ajuda Briny a erguê-la do chão e os gritos dela cortam a noite como as mulheres rasgam as mortalhas em Nova Orleans. Ela fica mole nos braços de Briny antes mesmo de chegarem ao barco.

— Você tem que segurar sua mulher bem firme — orienta Zede. Então, ele olha para mim e aponta com um dedo torto, que quebrara na Guerra Hispano-Americana. — Leve todos para a casa e os coloque na cama, menina. Fiquem lá dentro. Vou voltar antes do amanhecer, se a tempestade permitir. Mas se eu não conseguir, o barco *Lizzy Mae* está ancorado perto daqui, rio abaixo. O bote está aqui. Tem um garoto no *Lizzy* comigo. Ele tem uma aparência dura, tentou pegar o trem sem pagar e está sendo procurado pelo pessoal da estrada de ferro. Mas ele não vai machucar nenhum de vocês. Pedi para ele vir até aqui pela manhã se não tiver notícias minhas.

Zede liga o motor, que imediatamente ganha vida, e eu fico olhando para a chama do lampião. Não quero ver os olhos de Queenie fechados daquele jeito, nem sua boca entreaberta.

Camellia solta a corda, que cai bem dentro do barco.

Zede aponta o dedo para Camellia.

— Obedeça à sua irmã, pestinha. Não faça nada sem perguntar a Rill primeiro. Entendeu?

Camellia franze tanto o nariz que as sardas do rosto se unem.

— Entendeu bem? — repete Zede. Ele sabe muito bem qual de nós duas é mais propensa a sair por aí e arrumar confusão.

— Mellia! — exclama Briny depois de um minuto.

— Sim, senhor — concorda ela, não muito satisfeita com isso.

Briny se vira para mim, mas é quase como se ele me implorasse em vez de me ordenar.

— E você precisa tomar conta dos pequenos, Rill. Você precisa cuidar de todo mundo até eu voltar. Até Queenie e eu voltarmos.

— Vamos ficar bem, eu juro. Vou tomar conta de todo mundo. Não vamos a lugar nenhum.

Zede vira a pequena alavanca e começa a acelerar. E o barco leva minha mãe para o escuro. Nós cinco corremos até a grade, onde ficamos, lado a lado, observando até que o *Jenny* fosse engolido pela escuridão. Escutamos o casco bater nas ondas brancas, subindo e descendo, o motor roncar e silenciar, roncar e silenciar de novo. O rugido está cada vez mais distante. E, ao longe, os rebocadores soam suas buzinas. O contramestre soa seu apito. Um cachorro late.

A noite fica silenciosa.

Fern se pendura na minha perna, como um macaco, e Gabby segue para casa com Lark, porque ela é a sua preferida. Por fim, não há nada mais a fazer, exceto entrar na casa e pensar no que vamos jantar. Tudo que temos é um pão de milho e algumas peras que Briny trocou com Wilson, no Arkansas, onde ficamos por três meses e frequentamos a escola até as férias de verão. Nessa época, Briny já estava querendo partir, pronto para seguir pelas águas.

Geralmente, ele nunca nos levava para as margens muito próximas de uma cidade grande como Memphis, mas Queenie vinha reclamando de contrações desde anteontem. Mesmo sendo mais cedo do que imaginávamos, depois de ter tido cinco filhos, ela sabia que seria melhor ancorar o barco e ficar por lá.

Dentro do *Arcádia,* agora, todos estavam chorosos, preocupados, mal-humorados e com calor. Camellia reclama porque fechei a porta em vez de fechar apenas a tela, e está muito quente e úmido, mesmo com as janelas abertas.

— Fique quieta — sibilo, aprontando o jantar, e nos sentamos em um círculo no chão, todos os cinco, porque não parecia certo sentarmos à mesa com dois lugares vazios nas pontas.

— Fominha — choraminga Gabion, fazendo beicinho depois de comer a sua porção. Ele come mais rápido do que um gato de rua.

Tiro um pedacinho da minha fatia de pão e a aproximo de sua boca.

— Você comeu o seu rápido demais. — Ele abre a boca como um passarinho toda vez que me aproximo e, por fim, dou o pedacinho para ele.

— Hummm — deleita-se ele, esfregando a barriga.

Fern faz o mesmo com ele, assim como Lark. No fim das contas, foi Gabby quem comeu mais depois de Camellia, que devorou toda sua porção.

— Vou passar a rede de pesca no rio amanhã — informa ela, como se isso compensasse o egoísmo.

— Zede nos disse para ficarmos em casa.

— Quando o Zede voltar ou o garoto vier. Aí eu vou.

Ela não consegue passar a rede sozinha e sabe muito bem disso.

— O bote nem está aqui. Briny o deixou no barco do Zede.

— Mas vai estar amanhã.

— Amanhã Briny estará de volta. Com Queenie e os bebês.

Trocamos um olhar então... apenas Camellia e eu. Sinto Lark e Fern nos observando, mas só nos duas compreendemos o suficiente para compartilharmos a preocupação. Camellia olha para a porta, e eu também. Nós duas sabemos que ninguém vai passar por ela esta noite. Nunca ficamos sozinhas no escuro antes. Queenie sempre ficava com a gente quando Briny saía para caçar, jogar bilhar ou procurar sapos.

Gabion dorme no tapete enrugado de Queenie, seus olhos estão fechados e os cílios longos e castanhos-claros descansam em suas bochechas. Ainda preciso colocar uma fralda nele, mas farei isso depois que ele estiver dormindo mais profundamente, como Queenie faz. Agora que Gabby usa o penico durante o dia, fica nervoso quando nos aproximamos dele com uma fralda.

Do lado de fora, um trovão retumba e um raio ilumina a noite. O céu começa a desabar em cima de nós. *Será que Zede e Briny conseguiram cruzar o rio com a nossa mãe? Será que ela está em um lugar onde os médicos podem curá-la, do mesmo jeito que fizeram com Camellia quando o apêndice dela estragou?*

— Feche a janela que dá para o rio. Não precisamos que a chuva entre aqui — ordeno à Camellia, e ela nem discute. Pela primeira vez na vida, está perdida. Não sabe o que é melhor. O problema é que eu também não sei.

A boca de Gabion se abre e ele começa a roncar. Pelo menos um dos pequenos não vai se agitar esta noite. Ao contrário de Lark e Fern. Os grandes olhos azuis de Lark se enchem de lágrimas e ela sussurra:

— Eu qu-quero a Queenie. Estou com medo.

Também quero a Queenie, mas não posso dizer isso.

— Psiu. Você já tem seis anos de idade. Não é mais um bebê. Feche as janelas antes que o vento comece a entrar, e vista a sua camisola. Vou arrumar a cama grande e todos vamos dormir juntos lá. Exatamente como fazemos quando Briny não está em casa.

Sinto meu corpo fraco e cansado, mas minha mente está acelerada. Não consigo pensar de forma clara. Palavras sem sentido ficam girando como um barco que revira as águas rasas, agitando as folhas e os galhos e a terra

Isso continua até eu não ouvir mais os choros, as reclamações, a implicância e Camellia piorando as coisas ao chamar Fern de boba, Lark de bebê e outro palavrão que nem deveria dizer.

A última coisa que faço, depois que todos estão na cama grande e diminuo a luz dos lampiões, é pegar o homem de latão no chão e pendurá-lo de novo na parede, onde é o seu lugar. Briny não se importa com ele, mas Queenie sim, e esta noite ele é o único que está aqui para olhar por nós.

Ajoelhando-me antes de subir na cama, sussurro cada palavra polonesa que conheço.

Capítulo Cinco

Avery

— Vai ser rápido — aviso para Ian, o estagiário de Leslie, quando ele estaciona sob o pórtico do asilo.

— Ah... tudo bem. Vou ficar aqui e responder alguns e-mails, então. — Parece decepcionado por não precisar me acompanhar. Sinto seu olhar curioso me seguindo quando desço do carro e caminho ao vestíbulo.

A diretora me aguarda no escritório. O bracelete da vovó Judy está em cima da mesa. Os olhos de pedras preciosas das libélulas brilham quando coloco o tesouro de volta no meu pulso.

Conversamos um pouco sobre os eventos do dia antes de a diretora se desculpar pela confusão.

— Tivemos algumas dificuldades com a sra. Crandall — admite ela.

— Pobrezinha. Na maior parte do tempo, ela não fala com ninguém. Só fica... vagando pelos corredores e pelo jardim até o horário de fecharmos. E então permanece no quarto, a não ser que os voluntários venham para tocar piano. Parece amar música, mas nem mesmo quando é para todos cantarem juntos conseguimos persuadi-la a se enturmar com os outros residentes. O luto e a mudança de ares podem ser mais do que a mente e o corpo conseguem suportar.

Imediatamente imagino alguém dizendo a mesma coisa sobre vovó Judy. Sinto um aperto no coração por essa pobre mulher, May.

— Espero que não esteja chateada. Tenho certeza de que ela não pegou a pulseira de propósito. Eu até a deixaria ficar com ela, mas essa joia já está na família há muito tempo.

— Oh, meu Deus, não. É melhor que ela tenha devolvido. Uma das coisas que os nossos residentes às vezes têm dificuldade em aceitar é que muitos dos seus pertences não vêm para cá com eles. Tendem a ver as coisas aqui e achar que são deles. Nós devolvemos objetos surrupiados com bastante frequência. A sra. Crandall ainda está se adaptando ao novo lar, depois de deixar a própria casa. Está confusa e agitada agora, mas é natural.

— Sei que é uma transição difícil. — A casa da minha avó em Lagniappe Street ainda está fechada com tudo dentro. Não nos sentimos prontos para decidir o que deve acontecer com as lembranças de toda uma vida e incontáveis relíquias de família. No final, a casa vai passar para a próxima geração, como sempre aconteceu. Tenho esperança de que uma das minhas irmãs se mude para lá, e a maioria das antiguidades possa ficar. — A sra. Crandall tem familiares que vêm visitá-la? — Não menciono nada sobre a irmã falecida. Já me sinto culpada o suficiente por conversar sobre essa mulher como se ela fosse algum tipo de… estudo de caso. Ela é uma *pessoa*, assim como vovó Judy.

A diretora nega com a cabeça, franzindo a testa.

— Ninguém por aqui. O filho morreu há alguns anos. Ela tem netos, mas são fruto de outro casamento, e a família se misturou com outra, e ninguém mora por perto. Então, é complicado. Eles estão fazendo o melhor que podem e, para ser sincera, a sra. Crandall não está facilitando em nada. Primeiro, ela havia sido levada para um asilo mais perto de casa e tentou fugir. A família a trouxe para cá pensando que a distância talvez ajude. Ela já tentou fugir três vezes em duas semanas. Um pouco de desorientação e dificuldade não são coisas raras para novos residentes. Espero que ela melhore depois de se adaptar. Eu odiaria ter que transferi-la para a unidade de pacientes com Alzheimer, mas… — Ela contrai os lábios depois de dizer isso, parecendo se dar conta de que não deveria estar me dizendo nada disso.

— Sinto muito. — Não consigo evitar a sensação de que piorei ainda mais uma situação que já era ruim. — Será que posso vê-la… Apenas para agradecê--la por devolver a minha pulseira?

— Ela não devolveu exatamente. A enfermeira a encontrou.

— Mas eu gostaria de pelo menos dizer a ela que estou feliz por ter a pulseira de volta. — Na verdade, eu só estou preocupada porque a diretora parece tão… clínica em relação a tudo isso. E se eu tiver causado problemas para May?

— Essa pulseira é uma das favoritas da minha avó. — Olho para as libélulas de ouro trabalhadas com elegância com seus olhos de granada e corpo multicolorido.

— Não restrinjo visitas aos residentes daqui, mas talvez fosse melhor se não a visse. A sra. Crandall provavelmente nem vai falar com você. Nós vamos informá-la de que a pulseira foi devolvida e que tudo está bem.

Terminamos a conversa falando um pouco sobre a festa de aniversário que aconteceu mais cedo e, então, nos despedimos na porta do escritório. No caminho de volta para a entrada, passo por um corredor com nomes e números de quartos cuidadosamente encaixados em placas de metal.

May Crandall, 107. Sigo para lá.

O quarto 107 fica no final do corredor. A porta está aberta. A cama no canto do quarto está vazia. A cortina está recolhida. Entro e sussurro:

— Olá? Sra. Crandall? — O ar tem um cheiro azedo, e as luzes estão apagadas, mas ouço o som da respiração de alguém. — Sra. Crandall. — Dou outro passo, vejo pés saindo pelos cobertores na outra cama. Os pés estão curvados e enrolados. Como se não tivessem carregado o peso de um corpo há muito tempo. Não devem ser dela.

Observo a área, que é, sem dúvida, da sra. Crandall. É pequena e insossa e, de certo modo, depressiva. Enquanto o novo miniapartamento de vovó Judy conta com um sofá, uma cadeira, uma mesa de jogos e é adornado com o maior número de suas fotos favoritas que conseguimos colocar lá, este quarto parece ocupado por uma residente que não tem a menor intenção de ficar. Há apenas um item de uso pessoal na mesinha de cabeceira, um porta-retratos com um suporte aveludado e empoeirado na parte de trás.

Sei que não deveria ser bisbilhoteira, mas ainda consigo ver May olhando para mim com seus olhos azul-turquesa, parecendo *precisar* de alguma coisa. Desesperadamente. E se ela tentar fugir deste lugar por estar sofrendo maus-tratos? Como promotora federal, estou familiarizada com casos terríveis de maus-tratos contra idosos. Os casos de crimes federais, como fraude de telemarketing, roubo de identidade e de pagamentos do seguro social, acabam sob a nossa jurisdição. Há muitos casos em que jovens estão apenas esperando para colocar as mãos no dinheiro dos idosos da família. Pode ser que os netos da sra. Crandall sejam maravilhosos, mas é difícil imaginar por que eles a deixariam sozinha, nessas condições, em vez de colocá-la em um lugar que pudessem acompanhar o seu tratamento.

Eu só quero me certificar. Existe em mim o senso profundo de responsabilidade dos Stafford. Isso faz com que eu me sinta responsável pelo bem-estar de estranhos, principalmente dos indefesos e dos marginalizados. Caridade é o segundo emprego de tempo integral e não oficial da minha mãe.

Infelizmente, o porta-retratos ornamentado está virado para a parede. É feito de algum tipo de celuloide cor de marfim perolado que teria combinado com estojos de maquiagem, escovas de cabelo, pentes e abotoadeiras nos anos 1930 ou 1940. Mesmo me abaixando, não consigo ver a foto.

Por fim, simplesmente o pego e o viro. Uma foto em tom sépia com as extremidades desbotadas traz a imagem de um jovem casal às margens de um lago ou riacho. O homem usa um chapéu gasto e segura uma vara de pescar. É difícil ver o seu rosto; os olhos e os cabelos são escuros. É bonito, e a sua pose, com um dos pés apoiados em um tronco caído e os ombros empertigados, passa uma imagem de confiança quase desafiadora. É como se ele desafiasse o fotógrafo a capturar a sua imagem.

A mulher está grávida. O vestido florido esvoaça ao vento, contornando a barriga que parece grande demais para ser sustentada pelas pernas finas e compridas. O cabelo louro desce em cachos espiralados até a cintura. A parte da frente está presa em um rabinho desgrenhado, como o de uma menininha. Essa é a primeira coisa que chama a minha atenção em relação a ela: a mulher parece uma adolescente vestida para uma peça de teatro na escola. *As vinhas da ira*, talvez.

A segunda coisa que chama a minha atenção é que ela é parecida com minha avó. Pisco, aproximo-me mais da foto, penso nas fotografias que penduramos cuidadosamente no quarto da vovó Judy não faz muito tempo. Há uma em particular: uma imagem dela na viagem de formatura da escola. Está sentada em um píer em Coney Island, sorrindo para a câmera.

Estou provavelmente imaginando a semelhança. A julgar pelas roupas, esta foto é velha demais para ser vovó Judy. Minha avó, sempre com roupas da última moda, jamais teria se vestido daquele jeito. Mas, neste momento, consigo apenas olhar o retrato e pensar que *poderia ser ela*. Também vejo a semelhança com a minha sobrinha Courtney e, é claro, comigo.

Pego meu celular e tento fazer a câmera focalizar no ambiente obscuro.

A lente tenta obter o foco. Eu tiro a foto. Está embaçada. Viro-me para a cama, tento de novo. Por algum motivo, acender o abajur parece ultrapassar um limite, e usar o flash pode produzir um reflexo no vidro. Mas eu quero uma foto. Talvez meu pai possa me dizer se ele reconhece essas pessoas... Ou talvez, quando eu chegar em casa e olhar de novo, perceba que estou exagerando na semelhança. A foto é antiga e não muito nítida.

— É falta de educação entrar no quarto de alguém sem ser convidada.

Eu me sobressalto antes de a câmera bater outra foto. O telefone escapole da minha mão, e eu pareço um personagem de desenho animado em câmera lenta, tentando segurar o ar.

May Crandall passa pela porta, enquanto pego o meu celular embaixo da cama.

— Sinto muito. Eu só... — Não há uma boa explicação para nada daquilo. Nenhuma mesmo.

— O que você está planejando? — Quando me viro, ela se afasta, surpresa. Ela baixa o queixo e, depois, olha de novo. — Você voltou. — Seu olhar pousa no porta-retratos, dizendo-me que sabe que eu mexi nele. — Você é um *deles*?

— Deles?

— Dessas pessoas. — Ela faz um gesto no ar, indicando a equipe do asilo. — Eles me prenderam aqui.

Penso na história que Leslie me contou — a casa, o corpo da irmã morta. Talvez haja mais do que apenas luto e desorientação envolvidos. Eu não sei absolutamente nada sobre esta mulher.

— Vejo que está com a minha pulseira. — Ela aponta para o meu pulso.

As palavras da diretora voltam à minha mente: Na maior parte do tempo, ela não fala com ninguém. Só fica... vagando pelos corredores e pelo jardim.

Mas ela está falando *comigo*.

Percebo que estou segurando a pulseira perto do peito, com uma das mãos protegendo-a.

— Sinto muito. A pulseira é minha. Deve ter escorregado quando você segurou meu pulso... hoje cedo... na festa de aniversário?

Ela pisca para mim como se não fizesse ideia do que estou falando. Será que ela já se esqueceu da festa?

— Você tem uma igual a essa? — pergunto.

— Uma festa? Não, é claro que não. — Seu ressentimento chega à superfície, potente e ácido.

Será que a diretora da clínica subestimou os problemas desta mulher? Já ouvi dizer que demência e Alzheimer podem aparecer em forma de paranoia e agitação, mas nunca tive contato com aquele comportamento. Vovó Judy às vezes fica confusa e frustrada consigo mesma, mas continua doce e carinhosa como sempre.

— Na verdade, eu queria saber se você tem uma pulseira igual a esta.

— Ora, eu tinha... até eles a entregarem para você.

— Não. Eu estava com ela quando cheguei aqui hoje cedo. Foi um presente da minha avó. Era uma das suas favoritas. Não fosse isso, eu teria... — Parei de falar antes de dizer *Não fosse isso, eu teria deixado você ficar com ela.* Senti que seria desrespeitoso, como se eu a estivesse tratando como uma criança.

Ela lança um olhar demorado para mim. De repente, parece completamente lúcida. Séria até.

— Talvez eu pudesse conhecer a sua avó para podermos resolver o assunto. Ela mora por aqui?

Há uma mudança abrupta na atmosfera do quarto. Posso sentir, e sei que não tem nada a ver com o ventilador de teto ligado. Ela quer algo de mim.

— Temo que isso não seja possível. Gostaria que fosse, mas não é.

Na verdade, eu jamais exporia minha doce avó a essa mulher estranha e amarga. Quanto mais ela fala, mais fácil é imaginá-la escondida com o corpo da irmã.

— Ela já morreu, então? — De repente, ela parece decepcionada, vulnerável.

— Não. Mas teve que se mudar para uma clínica de repouso.

— Recentemente?

— Faz um mês mais ou menos.

—Ah, que pena. Mas ela está feliz lá pelo menos? — Um olhar desesperador segue as palavras e sou atingida pela cortante tristeza de May. Como será que foi sua vida? Onde estão seus amigos, vizinhos, colegas de trabalho... as pessoas que deveriam vir visitá-la agora, mesmo que fosse apenas por obrigação, se não por nada mais? Vovó Judy recebia pelo menos uma visita por dia, às vezes duas ou três.

— Acho que sim. Para dizer a verdade, ela se sentia solitária em casa. Agora que está na clínica, tem com quem conversar, e tem os dias de jogos e as festas de que pode participar. Eles fazem projetos de arte e têm uma biblioteca cheia de livros.

Sem dúvida eles ofereciam algumas daquelas opções aqui. Talvez eu consiga avançar um pouco com May Crandall — encorajando-a a dar uma chance à sua nova vida e parar de dificultar as coisas com os funcionários. A mudança na nossa conversa me leva a suspeitar de que ela não está tão doente quanto finge estar.

May simplesmente ignora a indireta e muda de assunto.

—Acho que eu a conheci. A sua avó. Acho que frequentávamos o mesmo clube de bridge. — Ela aponta um dedo retorcido e enrugado na minha direção. — Você se parece muito com ela.

— As pessoas sempre dizem isso. É verdade. O meu cabelo é igual ao dela. O de minhas irmãs não, só o meu.

— E os olhos também. — As coisas ficam íntimas. Ela olha para mim como se conseguisse enxergar os meus ossos.

O que está acontecendo aqui?

— Eu... eu vou perguntar sobre você quando a encontrar. Ela talvez não se lembre. Ela tem dias bons e dias ruins.

— Não é assim com todos nós? — Os lábios de May se levantam em um sorriso e eu me vejo soltar uma risada nervosa.

Quando me viro, bato o cotovelo no abajur que está na mesinha de cabeceira. Quando o pego, derrubo o porta-retratos. Consigo segurá-lo antes que caia e tento resistir à vontade de olhar mais uma vez.

— Elas sempre derrubam isso. As meninas que trabalham aqui.

— Posso colocar na cômoda se você quiser.

— Quero que fique perto de mim.

— Ah... tudo bem. — Gostaria de tirar outra foto. Nesse ângulo não tem brilho e o rosto parece ainda mais com o da minha avó. Será que poderia ser ela...? Talvez vestida para uma peça de teatro? Ela *era* presidente do clube de teatro na época de escola. — Na verdade, eu estava pensando sobre isso quando você entrou. — Agora que estamos conversando de forma mais amigável, parece admissível perguntar. — A mulher nesta foto lembra um pouco a minha avó.

Meu telefone vibra, ainda no silencioso por causa do debate na prefeitura. Lembro-me de que deixei Ian me esperando no carro por todo esse tempo. Mas é uma mensagem da minha mãe, pedindo para eu ligar para ela.

— O mesmo cabelo — concorda May Crandall, suavemente. — Mas isso não é tão incomum.

— Não, acho que não.

Ela não diz mais nada. Relutante, coloco o porta-retratos de volta à mesinha de cabeceira. May observa enquanto meu telefone vibra uma segunda vez com a mensagem de texto da minha mãe exigindo uma resposta. Conheço-a bem e sei que é melhor responder.

— Foi um prazer conhecê-la — afirmo como uma tentativa de me despedir.

— Você já vai?

— Sinto muito, tenho que ir. Mas vou perguntar para minha avó se ela reconhece o seu nome.

Segredos de família 57

Ela umedece os lábios e emite um pequeno estalo quando os abre.

— Volte aqui e eu conto para você a história desta foto. — Girando com uma agilidade surpreendente e sem usar a bengala, ela caminha até a porta, acrescentando: — Talvez.

Ela vai embora antes de eu ter a chance de responder.

Tiro uma foto melhor do porta-retratos e me apresso para ir embora.

No vestíbulo, Ian está conferindo seus e-mails no telefone. Parece que tinha se cansado de esperar no carro.

— Desculpe por ter demorado tanto.

— Sem problemas. Consegui pôr meus e-mails em dia.

A diretora do asilo passa e franze a testa ao me ver, provavelmente se perguntando o que eu ainda estava fazendo ali. Se eu não fosse uma Stafford, ela com certeza pararia para fazer perguntas. Como esse não é o caso, ela afasta o olhar e segue seu caminho. Mesmo depois de dois meses de volta à Carolina do Sul, ainda é estranho ser tratada como celebridade só por causa do nome da minha família. Em Maryland, as pessoas me conheciam e levavam meses até se darem conta de que meu pai é senador. Era bom ter a chance de provar meu valor por *mim mesma*.

Ian e eu seguimos até o carro e logo estamos presos no engarrafamento causado por uma obra na estrada, então uso o tempo para ligar para a minha mãe. Não terei como conversar com ela em casa com a reunião das Filhas da Revolução Americana acontecendo lá. Depois que terminar, ela vai estar ocupada demais verificando se a louça de porcelana e as taças de cristal estão de volta aos devidos lugares. Essa é Honeybee. Um prodígio da organização.

Ela também nunca se esquece de um nome.

— Nós conhecemos uma mulher chamada May Crandall? — pergunto depois que ela pede para eu "dar uma passada" na reunião para as pessoas me verem, trocarem alguns apertos de mão e para eu ganhar alguns pontos com as mulheres certas. Conquiste as mulheres e você terá o voto, diz sempre o meu pai. Só os tolos subestimam o poder das mulheres.

—Acho que não — responde minha mãe, pensando. — Crandall, Crandall...

— May Crandall. Ela tem mais ou menos a mesma idade da vovó Judy. Talvez tenham jogado bridge juntas?

— Minha nossa, não mesmo. As mulheres com quem a vovó Judy joga bridge são *amigas*. — Quando diz *amigas*, ela está se referindo a conhecidas de longa data da família com laços que remontam a várias gerações. Pessoas do nosso círculo social. — Lois Heartstein, Dot Greeley, Mini Clarkson... São todas mulheres que você já conhece.

— Tudo bem. — Talvez May Crandall seja, na verdade, apenas uma idosa doente com uma cabeça cheia de lembranças confusas que apenas se aproximam um pouco da realidade. Mas aquilo não explica a semelhança com a foto na mesinha de cabeceira.

— Por quê?

— Nada demais. Eu a conheci hoje no asilo.

— Ah, que bondade a sua. Foi bom você ter conversado com ela. Essas pessoas às vezes são tão solitárias. Ela provavelmente só *ouviu falar* da nossa família, Avery. Muitas pessoas ouvem falar.

Eu me encolho um pouco, esperando que Ian não tenha escutado o fim da conversa. É constrangedor.

A questão da fotografia ainda me incomoda.

— Quem vai visitar a vovó Judy hoje à noite?

— Eu acho que vou depois da reunião. Se não ficar muito tarde. — Mamãe suspira. — O seu pai não vai poder. — Honeybee sempre assume as responsabilidades da família quando o trabalho do papai o impede de fazer alguma coisa.

— Por que você não fica em casa e descansa depois da reunião? — sugiro.

— Pode deixar que eu vou.

— Mas você vai passar aqui para a reunião primeiro, não vai? — pressiona minha mãe. — Bitsy acabou de voltar da sua viagem ao lago Tahoe. Está doida para ver você.

De repente, tenho a sensação horrível que um animal selvagem deve sentir quando a porta da jaula se fecha. Não é de estranhar que minha mãe queira a minha presença na reunião. Bitsy está de volta à cidade. Considerando as participantes da reunião, posso ter certeza de que passarei por um longo interrogatório sobre a data que eu e Elliot escolhemos para o casamento, sobre a porcelana que será usada e os padrões do faqueiro, além da casa de festas, e se será um evento ao ar livre ou não, se será no inverno ou na primavera.

Não estamos com a menor pressa. Nós dois estamos muito ocupados agora. Estamos esperando o momento certo não são coisas que Bitsy quer ouvir. Quando ela e as outras mulheres das Filhas da Revolução Americana tiverem me encurralado, não me deixarão ir embora até terem usado todas as ferramentas do seu arsenal para obter as respostas que desejam.

Tenho a desanimadora sensação de que, no final das contas, não vou conseguir chegar à clínica Magnolia Manor esta noite para perguntar para vovó Judy sobre a foto.

Capítulo Seis

Rill

No meu sonho, estamos livres no rio. O motor que Briny consertou na traseira do barco nos leva facilmente rio acima, como se fôssemos leves como plumas. Queenie está sentada no alto da cabine como se estivesse montando em um elefante. A cabeça jogada para trás e o cabelo esvoaçando sob o chapéu vermelho. Está cantando uma canção que aprendeu com um velho irlandês em um dos acampamentos de casas flutuantes.

— Ela não é linda como uma rainha? — pergunta Briny.

O sol está quente, os pardais cantam e peixes gordos saltam para a superfície. Uma revoada de pelicanos brancos voa acima de nós, com os bicos afiados formando setas que apontam para o norte, o que significa que temos o verão todo pela frente. Não há barcos a vapor, nem barcaças, canoas ou barquinhos à vista. O rio é todo nosso.

Só nosso.

— E isso faz de você o quê? — pergunta-me Briny.

— Princesa Rill do reino de Arcádia! — grito.

Briny coloca uma coroa de madressilvas na minha cabeça e me transforma em uma princesa, exatamente como os reis dos livros fazem.

De manhã, quando acordo, sinto um gosto doce na boca que dura até eu abrir os olhos e pensar no motivo de estarmos, nós cinco, na cama de Briny e Queenie, esparramados pelo colchão como os peixes de um pescador, todos suados e grudentos.

Queenie não está aqui. Eu mal registro isso antes de saber o que me arrancou do sonho.

Alguém está batendo na porta.

Meu coração dispara e eu salto da cama, jogando um dos xales de Queenie por cima da camisola enquanto vou até a porta. É Zede que está lá fora, e mesmo através do vidro, percebo que seu rosto coberto de pelos brancos está triste. Sinto o estômago revirar e formar um nó.

Do lado de fora, a tempestade passou. Vai ser um dia bonito. O ar da manhã estava quente e abafado, mas abro a porta e sinto o frio atravessar a camisola de algodão que Queenie teve que remendar porque eu cresci muito. Ela disse que uma menina da minha idade não pode ficar mostrando as pernas.

Aperto mais o xale no peito, não por causa de Zede ou porque tenho que esconder as minhas partes femininas — Queenie diz que isso vai acontecer quando chegar a hora, porém ainda não tinha chegado —, mas porque tem um garoto no barco junto com Zede. É magrelo, mas alto. Tem a pele escura como *cajuns* ou índios. Diria que não é adulto, mas é mais velho que eu. Talvez tenha uns quinze anos. Zede sempre tem alguém debaixo das asas. Ele é o vovô de todo o rio.

O rapaz esconde o rosto sob um boné esfarrapado de jornaleiro, olhando para o fundo do barco, não para mim. Zede não faz as apresentações.

Sei o que aquilo quer dizer, mas gostaria de não saber.

A mão de Zede pesa sobre meu ombro. O gesto deveria expressar conforto, mas eu só quero me virar e fugir, ir embora para algum banco de areia qualquer no rio, meus pés tão leves que mal deixam pegadas na areia molhada.

Lágrimas descem pela minha garganta e eu as engulo com força. O rosto de Fern surge na janela atrás de mim. Parece que ela acordou e me seguiu. Ela nunca deixa eu me afastar muito.

— Os bebês de Queenie não sobreviveram. — Zede não tenta buscar palavras suaves.

Algo morre dentro de mim: um irmãozinho ou irmãzinha que eu planejava segurar como se fosse uma boneca de porcelana.

— Nenhum dos dois?

— O médico disse que não. Que não conseguiu salvar nenhum dos dois. Disse que não teria feito diferença se Briny a tivesse levado antes para o hospital. Os bebês simplesmente não estavam prontos para este mundo. Isso é tudo.

Balanço a cabeça com veemência, tentando tirar aquelas palavras do meu ouvido como faço com a água depois de um mergulho. Não pode ser verdade.

Não no reino de Arcádia. O rio é a nossa magia. Briny sempre prometeu que o rio tomaria conta de nós.

— O que Briny disse?

— Ele está arrasado. Eu o deixei lá com sua mãe. Eles tinham que assinar alguns documentos no hospital e outras coisas. Ainda não contaram a ela sobre os bebês. Briny pretende fazer isso quando ela estiver melhor. O médico disse que ela vai ficar bem.

Mas eu conheço Queenie. Ela não vai ficar bem. Nada a deixa mais feliz do que um novo bebezinho para cuidar.

Zede me diz que é melhor ele voltar para o hospital. Briny não estava nada bem naquela manhã.

— Eu ia ver se não havia alguma mulher no acampamento do rio para vir tomar conta de vocês, mas não há muita gente. Houve um problema com a polícia, e a maioria foi para o rio. Trouxe Silas para tomar conta de vocês até eu trazer Briny de volta. — Ele faz um gesto em direção ao garoto no barco, que ergue a cabeça, parecendo surpreso. Acho que ele não sabia que Zede planejava deixá-lo com a gente.

— A gente sabe se cuidar.

Mas o que eu mais quero é que Queenie e Briny voltem para casa para descermos o rio. Eu quero tanto isso que chega a doer.

— A gente não tem comida pra dar pra ele. — Camellia está na porta agora, dando sua opinião.

— Bem, bom dia para você, raio de sol. — Zede chama Camellia assim o tempo todo porque ela é justamente o oposto daquilo.

— Eu ia tentar pegar alguns sapos pra gente — anuncia ela como se fosse a capitã do *Arcádia*.

— Você não vai fazer nada disso — aviso a ela. — Não podemos sair do barco. Nenhum de nós.

Zede aponta um dos dedos para a minha irmã.

— Vocês têm que ficar no barco. — Ele estreita o olhar para o rio. — A gente não sabe que tipo de gente pode estar no acampamento de Mud Island. De qualquer forma, é melhor vocês ficarem sozinhos aqui nesse lago. Fiquem quietos e não façam nada para chamar a atenção.

Sinto um novo peso no peito. A preocupação está crescendo lá dentro e fazendo um ninho. Não quero que Zede vá embora.

Fern se aproxima e se agarra às minhas pernas. Eu a pego no colo e cheiro os cachos desordenados sob meu queixo. Ela é um consolo.

Gabion sai e eu o pego também, e o peso deles me mantém presa ao chão. O xale de Queenie está firme no meu corpo e aperta a minha pele.

Zede me coloca no comando novamente e traz o garoto, Silas, à bordo do *Arcádia*. De pé, Silas é ainda mais alto do que imaginei. Magro como um graveto, mas seria bonito se não fosse pelo lábio rachado e o olho roxo. Se era um ladrão de trens, como Zede dissera, ele tem sorte de os capangas da ferrovia não lhe terem feito algo pior.

Ele se senta no parapeito da varanda como se fosse ali que pretendesse ficar.

— Tome conta deles — ordena Zede.

Silas assente, mas deixa claro que não estava gostando nada daquilo. Um falcão passa em busca de uma presa e ele o observa, então mantém o rosto virado em direção a Memphis.

Zede deixa comida para nós: um saco de farinha de milho, algumas cenouras, dez ovos e peixe salgado.

Silas observa enquanto Zede volta para o próprio barco e desaparece.

— Está com fome? — pergunto.

Ele se vira para mim, e é quando me lembro que ainda estou de camisola. Sinto o ar pegajoso tocando a minha pele onde o decote está maior por causa dos pequenos no meu colo.

Silas afasta o olhar, como se tivesse notado.

— Pode ser. — Seus olhos são escuros como a noite sobre a água. Refletem tudo para o que ele olha: uma garça pescando por ali, os galhos caindo de uma árvore, o céu da manhã com suas nuvens de algodão... eu. — Você sabe cozinhar? — O tom da pergunta me fez pensar que ele já tinha decidido que eu não sabia.

Ergo o queixo e endireito os ombros. O xale de Queenie se abre mais. Acho que não gosto muito de Silas.

— Sim. Eu sei.

— Até parece — intervém Camellia.

— É melhor você ficar quieta. — Coloco os pequenos no chão e os empurro para ela. — E tome conta deles. Onde está Lark?

— Ainda na cama.

— Tome conta dela também. — Lark pode sair rápida e sorrateira como um sussurro. Certa vez, ela se deitou em uma clareira perto de um riacho e adormeceu. Levou um dia inteiro e metade da noite até a encontrarmos. Queenie ficou apavorada.

— Acho que é melhor eu me certificar de que você não ponha fogo na casa — resmunga Silas.

Decido naquele instante: não gosto nem um pouco daquele garoto.

Mas, quando passamos pela porta, ele olha para mim e o lábio rachado se abre em um sorriso, e penso que talvez ele não seja tão ruim assim.

Acendemos o fogo e cozinhamos da melhor forma que conseguimos. Silas e eu não sabemos muita coisa. O fogão é território de Queenie, e eu nunca me preocupei nem um pouco com aquilo. Prefiro ficar do lado de fora observando o rio e os animais e ouvindo Briny inventar histórias sobre cavaleiros, castelos, índios no oeste e lugares distantes. Briny já viu o mundo inteiro, é o que imagino.

Silas viu um pouco também. Enquanto cozinhamos e nos sentamos para comer, ele conta histórias sobre andar de trem, ter cruzado cinco estados e conseguido comida em campos de desocupados, vivendo da terra como um índio selvagem.

— Por que você não tem mãe? — pergunta Camellia enquanto termina o último pedaço do seu bolo de milho, que está um pouco queimado nas bordas.

Lark faz um movimento com a cabeça porque quer saber também, mas é tímida demais para perguntar.

Silas agita o garfo bonito que Briny desenterrou da areia perto das ruínas de um velho barco.

— Eu tinha mãe e gostava dela até eu fazer nove anos. Então, fui embora e nunca mais a vi.

— Mas como? — Lanço um olhar penetrante a Silas para ver se ele está brincando. Eu já sinto tanta saudade de Queenie que não consigo imaginar alguém abandonar a mãe de propósito.

— Ela se casou com um cara que gostava muito de beber uísque e dar umas chicotadas. Levei um ano para perceber que eu ficaria melhor sozinho. — O brilho do seu olhar se apaga por um breve instante, e não há nada ali além de escuridão. Mas logo ele dá de ombros, sorri e as covinhas voltam ao seu rosto. — Eu parti com o pessoal da colheita que estava de passagem. Fui direto para o Canadá, colhendo maçãs e trigo. Depois que acabou, fiz meu caminho de volta para o sul.

— Você só tinha dez anos quando fez tudo isso? — Camellia estala os lábios para deixar bem claro que não acreditava em nenhuma palavra que ele tinha dito. — Duvido!

Leve como um gato, ele se vira na cadeira e levanta a ponta da camisa desbotada para mostrar as cicatrizes nas suas costas. Nós cinco nos sobressaltamos. Nem mesmo Camellia encontra algo para dizer agora.

— Fiquem muito felizes por terem um bom pai e uma boa mãe. — Silas lança um olhar duro para ela. — Nunca pensem em deixá-los para trás se eles forem bons para vocês. Alguns realmente não são.

Ficamos em silêncio por um minuto, e os olhos de Lark se enchem de lágrimas. Silas devora o último pedaço de ovo e toma água na xícara de latão. Ele franze o cenho e olha para nós como se não entendesse o porquê de estarmos tão abatidos.

— Vou falar uma coisa. — Ele estende a mão e toca o nariz de Lark, e os cílios dela se agitam como asas de borboleta. — Eu já contei a vocês sobre quando conheci Banjo Bill e o seu cachorro dançarino chamado Henry?

E simples assim, ele começa a contar uma história depois da outra. E o tempo passa em um estalar de dedos, enquanto terminamos de comer e limpamos tudo.

— Você não cozinha tão mal. — Silas lambe os lábios depois que acabamos de lavar a louça no balde na varanda. A essa altura, Fern colocou o vestido do lado avesso porque trocou de roupa sozinha, e Gabion está correndo seminu, procurando alguém para limpá-lo depois que foi ao banheiro sozinho. Ainda bem que ele não caiu no rio. A casinha que serve de banheiro não tem piso, só água.

Digo para Camellia levar Gabion para a varanda, lavar o traseiro do garoto no rio e depois secá-lo. É a forma mais fácil.

Camellia abre as narinas. A única coisa que a assusta no mundo inteiro é cocô. E foi justamente por isso que eu pedi que limpasse Gabby. Ela merece. Não ajudou em nada a manhã inteira.

— Mellia! Mellia! — grita o nosso irmãozinho com o bumbum de fora, enquanto suas pernas gorduchas o levam em direção à porta. — Cocô!

Minha irmã me lança um olhar de desdém, abre a porta da tela com força e arrasta Gabion para fora, puxando-o por um dos braços de forma que ele tem que ficar na ponta dos pés.

— Pode deixar que eu faço — sussurra Lark, tentando melhorar as coisas.

— A Camellia vai fazer. Você não é grande o suficiente.

Silas e eu nos olhamos, e ele sorri um pouco.

— E você não vai se vestir?

Olho para baixo e percebo que nunca cheguei a trocar de roupa e que nem pensei no assunto, pois fiquei envolvida demais com as histórias de Silas.

— Acho melhor eu fazer isso agora — respondo com uma risada e pego um vestido no cabide e então fico em pé ali, segurando-o. — Mas você tem que sair. E nada de espiar.

Tive um pensamento engraçado enquanto Silas e eu cozinhávamos e cuidávamos das crianças. Eu fiz de conta que eu era a mãe e Silas, o pai, e que aquela era a nossa casa. Isso me ajudou a não pensar em Queenie e Briny, que ainda não tinham chegado.

Mas eu não ia trocar de roupa na frente dele nem de ninguém. Tinha crescido o suficiente no ano que passou para começar a trocar de roupa atrás de uma cortina na casa, como Queenie faz. Eu não ficaria parada para alguém me ver de corpo inteiro, do mesmo jeito que não deixaria alguém me chicotear nas costas e deixar cicatrizes.

— Nossa — debocha Silas, revirando os olhos. — E por que eu iria olhar? Você não passa de uma criança.

Sinto o corpo esquentar dos pés à cabeça e minhas bochechas enrubescem.

Do lado de fora da tela, Camellia ri.

Fico ainda mais vermelha. Se eu pudesse, jogaria minha irmã e Silas na água agora mesmo.

— E leve os pequenos com você — explodo. — Uma mulher precisa de um pouco de privacidade.

— E como é que você sabe disso? Você não é mulher. Você não passa de uma bonequinha de cabelo enrolado — provoca Silas, mas não vejo a menor graça, principalmente porque Camellia está ouvindo tudo. Na varanda, ela está com Fern e Lark assistindo ao show.

Sinto todos os músculos do meu corpo se contraírem. Não fico zangada à toa, mas quando fico, um fogo queima dentro de mim.

— Bem, e você não passa de um… um graveto. Um gravetinho. O vento nem precisa parar de soprar para passar por você. De tão magro que você é. — Eu olho bem nos olhos dele com todo o ódio que consigo e coloco os punhos fechados na cintura.

— Pelo menos não tenho cabelo que dá para lavar o chão. — Ele pega o boné no gancho, enfia na cabeça e sai pela porta. De algum lugar na prancha ele grita: — Você devia ir trabalhar no circo. É isso que deveria fazer. Você poderia ser uma palhaça.

Eu me olho no espelho na parede, e há cachos louros voando para todos os lados, e meu rosto está vermelho como o topete de um pica-pau. Antes de conseguir sequer absorver a minha própria aparência, estou correndo para a porta e gritando:

— Bem, é melhor você ir embora, Silas... Silas... Seja lá qual é o seu sobrenome. Se é que você tem um. Não precisamos nem um pouco de você...

Na margem, ele se agacha de repente e faz um gesto com a mão para mim. Não consigo ver o seu rosto sob o boné, mas está claro que há problemas. Ele viu algo na mata.

O calor na minha pele muda de direção e vem todo para dentro do meu corpo.

— É, pode ir embora mesmo! — grita Camellia, entrando na briga. — Saia já do nosso barco, magrelo!

Silas olha na nossa direção, ergue a mão de novo. Os galhos se fecham em volta dele quando se abaixa.

— Você não pode se esconder! Estou vendo você daqui!

— Psiu, Camellia! — Abro a porta de tela e puxo Fern e Lark para dentro. Camellia franze a testa. Está debruçada no corrimão, segurando Gabion pelos braços. Seu traseiro gira na água enquanto ele chuta e ri. Camellia finge que vai deixá-lo cair, mas segura o braço dele de novo, e ele solta um gritinho antes que eu consiga alcançá-los.

— Venham para dentro. — Debruçando-me, pego o braço do meu irmão, mas Camellia o afasta de mim, segurando-o por um braço só.

— Ele está se divertindo. E está muito calor lá dentro. — Seu cabelo escuro e grosso cai para a frente, as pontas chegando à água, tocando-a como se fosse uma gota de tinta. — Quer sair para nadar? — pergunta ela para Gabby. Por um instante, acho que ela vai entrar na água com ele.

Lá na margem, Silas ergue a cabeça e leva o dedo aos lábios, tentando fazer com que a gente fique em silêncio.

— Tem alguma coisa errada. — Pego a mão de Gabion e o puxo para cima, trazendo Camellia junto com ele.

— Aaai! — Ela fica com raiva porque bateu com o cotovelo no corrimão.

— Entre! — Na margem, as folhas se abrem, e eu vejo algo preto... um chapéu masculino talvez. — Tem alguém lá fora.

Camellia bufa.

— Você só quer que o garoto volte.

Ela não consegue ver Silas, mas ele não está muito longe de onde um galho se quebra e um corvo levanta voo, grasnando o seu protesto.

68 *Lisa Wingate*

— Viu?

Camellia vê a coisa preta. Alguém está vindo, com certeza, mas em vez de ir para a porta, ela escapa para o outro lado do barco.

— Vou sair pelos fundos para ver quem é.

— Não — sibilo, mas a verdade é que não sei bem o que fazer. Quero soltar a corda e tirar o *Arcádia* da margem e navegar pelo rio. As águas estão calmas esta manhã, então seria fácil pôr a casa para navegar, só que não me atreveria a fazer isso. Sem ninguém além de Camellia e talvez Silas para me ajudar a evitar que o *Arcádia* atinja algum tronco ou bata em algum barco, não havia como saber o que poderia acontecer com a gente no rio.

— Vamos entrar — decido. — Talvez ele ache que o barco está vazio e vá embora.

Mas quem viria até um laguinho tão afastado de tudo?

— Talvez seja só alguém procurando comida — sugere Camellia, esperançosa. — Talvez até divida um pouco com a gente se formos legais. — Ela sabe ser bem boazinha quando alguém tem bala para lhe dar ou bolinhos para compartilhar em volta de uma fogueira.

— Zede nos disse para ficarmos quietos. E Briny vai nos dar uma sova se descobrir. — Briny nunca bateu em nenhum de nós, mas às vezes ameaça. A ideia preocupa Camellia o suficiente para ela correr de volta para perto de mim e entrar junto comigo em casa.

Trancamos a porta com a barra de segurança e subimos na cama grande. Fechamos as cortinas e esperamos, aguçando os ouvidos. Acho que consigo ouvir o homem andando pela margem. Depois acho que ele deve ter ido embora. Talvez fosse só um caçador ou um vagabundo...

— Ei! Aí no barco!

— Psiu! — Minha voz treme. Uma grande preocupação inunda meu peito. Quando você é criado no rio, aprende a ter cuidado com estranhos. O rio é um caminho que às vezes os homens tomam para fugir de coisas ruins que fizeram em outros lugares.

Camellia se aproxima mais.

— Esse não é o Zede. — Seu sussurro faz os pelos finos da minha nuca se eriçarem.

O casco balança um pouco. Alguém está tentando subir à bordo.

Lark se aproxima mais, e Fern sobe no meu colo, seu rosto colado no meu peito.

O *Arcádia* balança em direção à margem por causa do peso do homem.

Deve ser grande. Seja lá quem for, Silas não é páreo para ele.

Levo um dos dedos aos lábios. Nós cinco ficamos congelados exatamente como os cervos fazem quando uma corça os deixa para trás para sair em busca de alimento.

O homem está na varanda agora.

— Olá! Tem alguém no barco? — insiste ele.

Vá embora... Não tem ninguém aqui.

Ele tenta abrir a porta, virando a maçaneta devagar.

— Tem alguém aí? — A porta bate na barra de segurança e não abre mais.

Uma silhueta tenta espiar pela janela da casa, lançando uma sombra no chão. A cabeça de um homem, o contorno de um chapéu. Ele segura um bastão ou uma vara. Bate com ele no vidro.

Um policial? Temo que seja. A polícia persegue os moradores de casas flutuantes quando bem entendem. Vasculha os campos, espanta os moradores do rio, pega o que quer e nos manda embora. É por isso que sempre nos mantemos sozinhos, a não ser que Briny precise de alguma coisa específica de alguém.

— Posso ajudá-lo, policial? — A voz de Silas faz o estranho parar de espiar pela outra janela. Suas sombras se alongam lado a lado no chão, uma das cabeças maior do que a outra.

— Você mora aqui, filho?

— Não. Só estou caçando. Meu pai está do outro lado.

— Algumas crianças moram aqui? — A voz não é odiosa, mas parece séria. E se Silas for preso por mentir?

— Não sei ao certo. Acabei de ver o barco.

— Ah, é mesmo? Acha que pode me enganar, garoto? Eu ouvi você conversando com alguém neste barco.

— Não, senhor. — Silas parece tão sincero quanto possível. — Vi esse pessoal partir em um bote... hum... umas duas horas atrás talvez. O senhor deve ter ouvido vozes vindas do acampamento rio abaixo. O som viaja bem pelo rio.

O homem dá um passo rápido em direção a Silas.

— Não venha me falar sobre o rio, garoto. Este é o *meu* rio, e eu estou procurando essas crianças a manhã inteira. É melhor você entrar aí, pegá-las e sair para que eu possa levá-las para a cidade, para o pai e a mãe deles. — Quando Silas não responde, o policial se aproxima mais, quase encostando o rosto no dele. — Garoto, eu odiaria vê-lo tendo problemas com a polícia. Como foi que você conseguiu esse olho roxo? Anda fazendo alguma coisa que não deveria?

Tem alguém cuidando de você? Ou é sozinho na vida?

— Meu tio Zede. Ele toma conta de mim.

— Achei que você tinha dito que tinha vindo caçar com o seu pai.

— Ele também.

— Sabe que, se mentir para um policial, você vai acabar preso, não sabe, garoto?

— Eu não estou mentindo.

Ouço outras vozes agora. Homens gritando na mata e um cachorro latindo.

— Diga para as crianças saírem. A mãe e o pai delas mandaram a gente vir buscá-las.

— Então, qual é o nome do pai delas?

Camellia e eu trocamos um olhar. Seus olhos estão arregalados como duas nozes. Está pensando o mesmo que eu: *Briny jamais mandaria a polícia aqui, e se tivesse mandado, eles saberiam exatamente onde encontrar o barco.*

O que aquele homem quer com a gente?

Olhamos pela fresta da cortina quando a sombra grande levanta a menor pelo colarinho. Silas tosse e engasga.

— Não banque o espertinho para cima de *mim,* garoto. Eu não vim aqui atrás de você, mas se me causar problemas, levo você com a gente. Você vai ver o que acontece com garotos de rua como você nesta cidade.

Levanto da cama antes que Camellia consiga me segurar para me impedir.

— Rill, não! — Camellia tenta agarrar a minha camisola, mas ela escorrega por entre os seus dedos.

Quando abro a porta, a primeira coisa que vejo são os pés de Silas balançando no ar. Seu rosto está roxo. Ele tenta dar um soco, mas o policial apenas ri.

— Você quer me bater, garoto? Que tal colocarmos você embaixo d'água por um minuto ou dois só para você esfriar a cabeça?

— Pare! Não! — Ouço outros homens chegando. Alguns estão na margem e ouço um motor subindo contra a correnteza. Não sei o que fizemos de errado, somos apenas ciganos do rio. Mas fomos pegos, com certeza. Não vai ajudar em nada Silas acabar sendo morto ou levado com a gente.

O policial larga Silas na hora, e ele cai contra a parede da casa, batendo a cabeça com força.

— Vá embora agora, Silas — ordeno, mas minha voz treme tanto que as palavras mal saem. — Vá para casa agora. Você nem deveria estar aqui. Nós *queremos* ver a mamãe e o papai.

Acho que as coisas serão melhores se cooperarmos. Se eu estivesse sozinha, talvez conseguisse pular o parapeito da varanda e fugir pela mata antes que os homens conseguissem me pegar, mas com minhas irmãs e com o Gabion, não teria como isso dar certo. De uma coisa tenho certeza: Briny ia querer que a gente ficasse junto.

Eu endireito os ombros e olho para o policial, tentando parecer o mais adulta possível.

Ele sorri.

— Boa menina.

— O meu pai está bem?

— Claro que sim.

— E minha mãe?

— Muito bem. Pediu para você ir visitá-la.

Nem preciso olhar nos olhos do homem para saber que ele está mentindo. Não é possível que Queenie esteja muito bem neste momento. Onde quer que esteja, ela deve estar com o coração partido por causa dos bebês.

Engulo em seco e sinto algo me arranhar por dentro.

— Vou pegar os outros.

O policial dá um passo na minha direção e agarra meu braço como se quisesse me impedir.

— E não é que você é uma coisinha bonita? — Ele passa a língua pelos dentes, está perto o suficiente para que eu veja o seu rosto sob a aba brilhante do chapéu. Os olhos são cinzentos, e cruéis, mas não frios como achei que seriam. Eles demonstram interesse, mas não sei o porquê. Seu olhar desliza do meu rosto e desce pelo pescoço em direção aos ombros, onde a alça da camisola revela a minha pele nua. — Alguém precisa alimentá-la um pouco melhor.

Atrás dele, Silas se levanta, cambaleando, pisca e dá um passo vacilante. Leva uma das mãos ao machado que está ao lado de uma pilha de lenha.

Tento dizer não com os olhos. Será que não está ouvindo os outros homens que estão na margem e o barco a motor que se aproxima?

De dentro da casa, emana um som suave e alto o suficiente para que eu o ouça. A casinha que serve como banheiro. Camellia está tentando fugir pelos fundos.

Faça alguma coisa.

— M-meu irmãozinho acabou de usar o penico. Preciso limpá-lo antes de irmos ou vai ter cocô para todo o lado. A não ser que o s-senhor mesmo queira fazer isso.

É a única coisa em que consigo pensar. Homens não gostam de lidar com bebês sujos. Briny não toca em um a não ser para mergulhá-lo no rio se nem Queenie, Camellia ou eu estivermos por perto para fazer isso.

Os lábios do policial se curvam, ele me solta e ouve por sobre o ombro. Silas solta o machado e fica ali com os punhos cerrados na extremidade dos braços finos.

— Melhor vocês se apressarem. — Os lábios do policial se abrem em um sorriso, mas não há bondade ali. — A mãe de vocês está esperando.

— Vá embora agora, Silas. Vá logo. — Paro na porta, olhando para ele e pensando *vá! Fuja!*

O policial olha de mim para Silas. Leva a mão ao cinto, onde estão o revólver, o cassetete e as algemas. O que ele tem em mente?

— Vá logo! — exclamo e dou um empurrão em Silas. — Briny e Zede não iam querer você aqui!

Nossos olhares se encontram. Ele meneia um pouco a cabeça. Repito o gesto. Ele fecha os olhos bem devagar, então se vira e corre pela prancha.

— Tem uma na água! — avisa um outro policial que está na margem. Os homens no barco a motor gritam e aceleram.

Camellia! Eu me viro e sou tomada pela sensação de urgência, os passos pesados do policial estão se aproximando de mim. Ele me empurra e eu bato contra o fogão, enquanto ele corre para os fundos, onde a porta da popa está aberta. Fern, Lark e Gabion estão agrupados e encolhidos ao longo do parapeito. O homem os joga de volta para dentro da casa com força e eles caem em uma pilha de gritos e choro.

— Mellia! Mellia! — choraminga Gabion, apontando para a casinha do banheiro, onde nossa irmã entrou para sair pelo buraco da privada e cair no rio. Está nadando agora a caminho da margem, a camisola molhada grudada nas pernas compridas bronzeadas de sol. Um policial corre atrás dela, e os homens do barco a motor a seguem pela água. Ela sobe em uma pilha de sedimentos, rápida e ligeira como uma lebre.

Gabion dá um grito alto e agudo.

O policial que está na varanda dos fundos tira o revólver do coldre.

— Não! — Tento me jogar para a frente, mas Fern agarra as minhas pernas. Caímos no chão em cima de Lark, que dá um grito forte, e a última coisa que vejo antes que a caixa de lenha bloqueie minha visão é um homem na margem que salta de um galho com a mão estendida e agarra Camellia pelo cabelo comprido e escuro.

Quando consigo me levantar, ela está lutando feito uma louca, chutando, gritando e rosnando. Seus braços e pernas se agitam enquanto o policial a mantém afastada dele.

Os homens no barco a motor jogam a cabeça para trás e riem como bêbados em uma briga de bilhar.

São necessários três deles para enfiar a minha irmã no barco e segurá-la lá. Quando chegam ao *Arcádia,* Camellia está presa no chão. Eles estão sujos e com raiva, porque ela fede como o buraco da casinha do banheiro e sujou todo mundo.

O policial no *Arcádia* apoia-se na porta de entrada, cruzando os braços e parecendo bem confortável ali.

— Vocês podem se trocar sem confusão agora… bem aqui, onde eu posso ver. Não queremos ver mais ninguém tentando fugir.

Não pretendo trocar de roupa na frente dele, então, cuido de Gabion, Lark e Fern primeiro. Por fim, visto apenas o meu vestido por cima da camisola, mesmo estando calor demais para isso.

O policial ri.

— Tudo bem, se é assim que você quer. Agora fiquem bem bonzinhos e quietinhos que vamos levar vocês para os seus pais.

Faço o que ele pede e o sigo. Saio da casa flutuante fechando a porta atrás de nós. Não consigo engolir, respirar nem pensar.

— Que bom que vocês quatro não foram tão difíceis — comenta um dos policiais. Ele mantém Camellia presa ao chão do barco a motor com os braços atados nas costas. — Esta aqui é uma gata selvagem.

— Mas fede como um porco-do-mato — debocha outro.

Ele nos ajuda a entrar, pegando Gabion, Fern e, depois, Lark, falando para se sentarem no chão. Camellia me fulmina com os olhos quando faço o mesmo.

Ela acha que isso é minha culpa, que eu deveria ter lutado e impedido tudo de alguma forma.

Talvez eu devesse mesmo.

— Ela vai gostar desses aqui — grita um dos homens enquanto acelera o motor e se afasta do *Arcádia.* Ele coloca uma de suas mãos enormes na cabeça de Lark, que se afasta e se encolhe contra o meu corpo. Fern faz a mesma coisa. Só Gabion ainda não conhece o mundo o suficiente para sentir medo.

— Ela gosta de crianças lourinhas, não é? — O policial que subiu à bordo do *Arcádia* ri. — Não sei bem o que ela vai fazer com a fedida aqui. — Ele aponta com o queixo para Camellia. Ela pigarreia, junta bastante saliva na boca e cospe nele. Ele levanta uma das mãos como se fosse surrá-la, mas, então, apenas ri e limpa a sujeira da calça.

— Para o armazém Dawson de novo? — pergunta o piloto do barco.

— Como sempre.

Não sei por quanto tempo ficamos na água. Cruzamos o rio, seguimos em direção aos canais onde o Wolf desemboca no Mississípi. Quando contornamos a ponta de Mud Island, Memphis se abre diante de nós. Os grandes prédios se erguem em direção ao céu como monstros esperando para nos engolir de uma vez só. Penso em pular na água. Penso em tentar fugir. Penso em lutar. Vejo os outros barcos passarem — rebocadores e barcos a vapor com rodas de pás e até mesmo barcos pesqueiros e lanchas. Vejo até uma casa flutuante. Penso em gritar, agitar os braços e pedir ajuda.

Mas quem nos ajudaria?

Esses homens são policiais.

Será que estão nos levando para a cadeia?

Sinto alguém colocar uma das mãos no meu ombro, como se estivesse lendo meus pensamentos. Ela fica ali até finalmente ancorarmos. Em cima da montanha, consigo ver ainda mais prédios.

— Seja bem boazinha agora e mantenha seu irmão e suas irmãs na linha. — Ouço o policial que esteve no *Arcádia* sussurrar no meu ouvido. Então, ele pede para os outros homens ficarem mais um pouco com a gata selvagem, até *ela* ter visto nós quatro.

Passamos pela prancha em fila, levo Gabion no colo. O som das máquinas e o cheiro de piche quente me invadem, e os cheiros do rio se esvaem. Atravessamos uma rua, e ouço uma mulher cantando e um homem gritando, um martelo batendo contra o metal. Chumaços soltos dos fardos de algodão flutuam no ar como neve.

Em uma moita malcuidada do outro lado do estacionamento, um cardeal assovia sua canção aguda.

Tem um carro ali. Um carrão. Um homem uniformizado salta, segue até a porta traseira para que uma mulher possa descer. Ela fica de pé, olhando para nós, apertando os olhos por causa do sol. Não é jovem nem velha, está em algum lugar no meio-termo. É corpulenta e pesada, o corpo forma dobras dentro do vestido florido. O cabelo é curto. Parte dele é grisalho, outra é castanha.

Seu rosto me faz pensar em uma garça. É dessa forma que ela observa enquanto os policiais nos coloca em fila. Seus olhos cinzentos se movem rapidamente para avaliar tudo que está acontecendo.

— Deveriam ser cinco — declara ela.

— A outra está chegando, srta. Tann — explica um dos policiais. — Ela causou alguns problemas. Tentou fugir a nado.

Ela estala a língua contra os dentes: *tsc, tsc, tsc.*

— Você não faria uma coisa dessas, não é? — Ela toca o queixo de Fern com a ponta dos dedos e se abaixa até ficar quase da altura dela. — Você não seria uma menina má, não é?

Fern arregala os olhos azuis e nega com a cabeça.

— Que bando adorável de crianças abandonadas — alegra-se a mulher, *srta. Tann.* — Cinco lourinhos preciosos e com cachos. É a perfeição! — Ela bate palmas e cruza as mãos sob o queixo. Seus olhos se enrugam nos cantos e ela contrai a boca, formando uma linha. Parece que está sorrindo, mas seus lábios desapareceram.

— Só quatro. — O policial faz um gesto em direção a Camellia, que está vindo do rio carregada pela nuca por um outro policial. Não sei o que lhe disseram, mas Camellia parou de lutar.

A srta. Tann franze a testa.

— Bem... *Aquela* lá não tem os traços da família, não é mesmo? Tem uma aparência bem comum. Acho que consigo encontrar alguém para ficar com ela. Quase sempre conseguimos. — Ela dá um passo para trás, cobrindo o nariz com uma das mãos. — Minha nossa. Que cheiro é esse?

A srta. Tann não fica nada feliz quando vê de perto o estado da minha irmã. Ela pede aos policiais para colocarem Camellia no assoalho do carro e o restante de nós no assento. Já tem duas crianças no assoalho — uma menina loura mais ou menos da idade de Lark e um garotinho um pouco mais velho que Gabion. Os dois olham para mim com olhos azuis arregalados e assustados. Não dizem nada nem se mexem.

A srta. Tann tenta tirar Gabion do meu colo antes de eu entrar e franze o cenho quando o seguro firme.

— Comporte-se — ordena ela, e eu o solto.

Quando todos estamos no carro, ela segura Gabion em pé no seu colo para que ele possa ver pela janela. Ele pula, aponta e balbucia, animado. Nunca tinha andado de carro antes.

— Minha nossa, vejam esses cachos. — Ela passa os dedos pelo cabelo do meu irmão, puxando os fios para cima para formar um topete como o dos bonecos da feira municipal.

Gabion aponta com o dedinho para a janela, empolgado.

— Oh! Oh! — Ele vê uma menininha posando para uma fotografia em um pônei preto e branco na frente de uma mansão.

— Só precisamos dar um banho em você para tirar o fedor do rio, não é mesmo? Então, você será um lindo menininho. — A srta. Tann franze o nariz.

Pergunto-me o que ela quer dizer com aquilo. Quem vai nos limpar e por quê?

Talvez o hospital não nos deixe entrar assim, digo para mim mesma. *Talvez tenhamos que nos limpar antes... de ver Queenie?*

— O nome dele é Gabion — assinalo, para que ela saiba como chamá-lo. — E o apelido é Gabby.

A cabeça dela se vira rapidamente, do jeito que um gato faz quando vê um rato na despensa. Olha para mim como se tivesse se esquecido de que eu estava no carro.

— Controle-se, e só fale quando alguém falar com você.

Seu braço se estende, gordo e pálido, e envolve Lark, puxando-a para longe.

Olho para as duas crianças encolhidas no assoalho do carro e, então, para Camellia. Os olhos da minha irmã me dizem que ela já compreendeu o que eu também já sei, mas queria não saber.

Não estamos a caminho do hospital para ver a mamãe e o papai.

Capítulo Sete

Avery

A clínica de repouso é banhada pelo sol suave da manhã. Mesmo com o estacionamento recém-construído no que antes era um gramado luxuriante em frente da mansão, Magnolia Manor remete a uma era passada — da elegância de chás da tarde, bailes dançantes e jantares formais em uma comprida mesa de mogno que ainda está no salão. É fácil imaginar Scarlett O'Hara abanando-se com um leque entre os carvalhos drapejados de musgos que sombreiam a varanda de colunas brancas.

Lembro como este lugar era antes, mesmo que pouco. Minha mãe me trouxe aqui para um chá de bebê quando eu tinha nove ou dez anos. No caminho, ela me contou o episódio do importante coquetel em homenagem a um primo que ia concorrer ao governo da Carolina do Sul. Ainda adolescente na época, minha mãe nem pensava em política. Estava na mansão havia menos de meia hora quando avistou meu pai do outro lado da sala. Resolveu descobrir quem era. Quando percebeu que ele era um Stafford, decidiu conquistá-lo.

O resto é história. Um casamento entre dinastias políticas. O avô da minha mãe foi representante da Carolina do Norte antes de se aposentar, e seu pai estava no poder na época do casamento.

O caso traz um sorriso aos meus lábios enquanto subo os degraus de mármore e digito o código no teclado moderno e destoante ao lado da porta da frente. Pessoas importantes ainda moram aqui. Nem todo mundo tem permissão para entrar. Infelizmente, nem todo mundo tem permissão para sair também. Atrás da casa, o terreno caro foi cuidadosamente cercado com grades de ferro decoradas, altas demais para serem vencidas com um salto. Os portões ficam trancados. O lago e a piscina podem ser apreciados, mas não é possível se aproximar... nem se banhar.

Muitos dos residentes precisam ser protegidos de si mesmos. Essa é a triste verdade. Em seu declínio, eles se mudam de uma ala para outra, lentamente seguindo para os níveis mais altos dos cuidados necessários. Não há como negar que Magnolia Manor é muito mais luxuosa do que o asilo no qual May Crandall vive, mas os dois lugares compartilham o mesmo desafio subjacente: como oferecer dignidade, cuidados e conforto quando a vida toma um rumo difícil.

Atravesso a Unidade de Cuidados da Memória — aqui, ninguém sequer consideraria chamar isso diretamente de Unidade de Pacientes com Alzheimer. Passo por outra porta trancada e chego a um salão, onde um aparelho de televisão exibe a reprise de uma novela no último volume.

Uma mulher perto da janela olha para mim sem qualquer expressão quando passo. Do outro lado do vidro, as rosas se erguem frescas e úmidas, rubras e cheias de vida.

As rosas do lado de fora da janela de vovó Judy são de um tom amarelo vivo. Ela está sentada em uma poltrona, admirando-as, quando entro. Paro e preparo-me antes de tirar sua atenção das plantas.

Espero ela olhar para mim do mesmo jeito que a mulher na sala agora há pouco: sem qualquer indício de reconhecimento.

Torço para que isso não aconteça, mas nunca dá para saber.

— Olá, vovó Judy! — As palavras soam animadas, altas e felizes. Mesmo assim, demora um minuto para conseguirem uma reação.

Ela se vira devagar, folheia as páginas confusas da sua mente e, então, com seu jeito doce de sempre, responde:

— Olá, querida. Como vai você nesta bela tarde?

É de manhã, é claro. Como eu previra, a reunião das Filhas da Revolução Americana se estendeu até tarde e, apesar de todo o meu esforço, não consegui fugir do interrogatório sobre o casamento. Eu me senti como um gafanhoto desafortunado que caiu em um galinheiro. Minha cabeça agora está cheia de sugestões, datas que não devo considerar porque alguém importante não vai estar na cidade, e ofertas de empréstimo de porcelana, prataria, cristais e toalhas de linho.

— Tudo maravilhoso, obrigada — respondo para a vovó Judy antes de cruzar o aposento e dar-lhe um abraço, torcendo para que o momento íntimo desperte suas lembranças.

Por um instante, parece que isso vai acontecer. Ela olha direto nos meus olhos e, por fim, suspira e comenta:

— Você é tão bonita. Que cabelo lindo você tem. — Tocando-o, ela sorri.

Uma tristeza se espalha no meu peito. Vim até aqui na esperança de obter respostas sobre May Crandall e a antiga fotografia em sua mesinha de cabeceira. Agora sinto que as chances de isso acontecer são poucas.

— Havia uma menininha, com um cachinho bem no meio da testa. — Minha avó sorri para mim. Dedos frios e finos como papel acariciam o meu rosto.

— E quando era boa, era muito, muito boazinha — completo. Vovó Judy sempre me cumprimentava com esse poema quando eu era criança e ia visitá-la em sua casa em Lagniappe Street.

— E quando era má, era uma monstrinha — termina ela, com um sorriso e uma piscadinha, e nós rimos juntas como antigamente.

Sento-me na cadeira do outro lado da mesinha redonda.

— Eu sempre amava quando você me provocava com esse versinho.

Na casa de Honeybee, as menininhas deviam ser qualquer coisa, menos monstrinhas, mas vovó Judy sempre foi conhecida por ter um jeito espirituoso que beirava a imoralidade. Ela já falava sobre direitos civis e educação para mulheres mesmo antes que ter opiniões fosse algo aceitável para mulheres.

Ela pergunta se eu vi Welly-boy, o apelido que usa para se referir ao meu pai, Wells.

Conto para ela sobre a operação de imprensa do dia anterior e sobre a prefeitura e, em seguida, sobre a reunião muito, muito, muito longa das Filhas da Revolução Americana em Drayden Hill. Deixo as conversas sobre casamento de fora, é claro.

Vovó Judy assente em aprovação enquanto eu falo, estreitando o olhar e fazendo alguns comentários sobre a reunião na prefeitura.

— Wells não pode permitir que essas pessoas se descontrolem com ele. Eles adorariam ver um Stafford chafurdando na lama, mas jamais verão.

— É claro que não. Ele lidou muito bem com tudo, como sempre. — Não menciono a aparência cansada dele nem o ligeiro lapso mental durante as perguntas.

— Esse é o meu garoto. Ele é um garoto muito bom. Não sei como ele pôde ter uma monstrinha como filha.

— Vovó! — Dou um tapinha na mão dela e depois a aperto de leve. Ela está fazendo piadinhas e conexões entre nós. Este é um dia *bom*. — Acho que isso pula uma geração.

Espero uma resposta inteligente. Em vez disso, ela responde suavemente:

— Ah, isso acontece com muitas coisas. — Ela se recosta na cadeira, afastando a mão da minha. Sinto que o momento está se esvaindo.

— Vovó Judy, quero fazer um pergunta para a senhora.

— Sim?

— Conheci uma mulher ontem. Ela disse que a conhece. May Crandall. Esse nome soa familiar? — Ela não tem dificuldade para se lembrar do nome de antigos amigos e conhecidos. É como se seu livro de lembranças tivesse caído aberto e um vento persistente arrancasse as páginas mais recentes primeiro. Quanto mais antigas as lembranças, mais provável que estejam intactas.

— May Crandall… — repete ela, e eu percebo na hora que o reconheceu. Já estou estendendo a mão para pegar o telefone e mostrar a foto quando ela diz: — Não… não me recordo de nenhuma May Crandall. — Afasto o olhar da minha bolsa e vejo que ela está me fitando de forma bem direta, cílios brancos sobre olhos azuis como o mar que parecem estranhamente intensos. Temo que estejamos prestes a ter um daqueles momentos em que ela para no meio de uma conversa e, sem aviso, retorna ao começo da visita, falando algo do tipo: "Eu não sabia que você viria hoje! Como tem passado?". Em vez disso, ela pergunta:

— Existe algum motivo para estar perguntando?

— Eu a conheci ontem… no asilo.

— Sim, foi o que você disse. Mas muita gente *sabe* sobre os Stafford, querida. Temos que ter muito cuidado. As pessoas estão sempre procurando um escândalo.

— Escândalo? — A palavra me provoca um sobressalto.

— É claro.

O telefone de repente parece frio sob os meus dedos.

— Eu não sabia que tínhamos segredos guardados a sete chaves.

— Minha nossa. É claro que *não temos*.

Abro a foto que tirei e olho para o rosto da jovem que me lembra mais ainda minha avó agora que estou bem em frente a ela.

— Ela tinha essa foto. Você conhece a pessoa que está nela? — Talvez fossem parentes distantes? Pessoas cuja existência como parte da árvore genealógica minha avó não quer reconhecer? Todo clã deve ter alguns desses. Talvez fosse uma prima que fugiu com o tipo errado de homem e engravidou?

Viro a tela para ela e observo sua reação.

— Queen... — murmura ela, pegando o telefone e aproximando-o mais de si. Seus olhos ficam marejados e as lágrimas escorrem pelo seu rosto.

— Vovó Judy?

Ela está a milhares de quilômetros de distância.

Quilômetros não. Anos de distância. Ela está se lembrando de alguma coisa. Ela conhece a pessoa da foto. *Queen*. O que isso significa?

— Vovó Judy?

— Queenie. — Seus dedos passeiam pela imagem. Então, ela se vira para mim com uma intensidade que me prende à cadeira. — Não podemos deixar que as pessoas descubram... — adverte ela, com voz baixa. Ela lança um olhar para a porta, inclina-se para mim e acrescenta com um sussurro: — Ninguém pode descobrir sobre o *Arcádia*.

Demoro um pouco para conseguir responder. Minha mente está um turbilhão. Será que já a ouvi mencionar aquela palavra antes?

— O quê? Vovó Judy... O que é "Arcádia"?

— Psiu! — O som é tão rígido que ela chega a expelir saliva na mesa.

— Se eles um dia descobrirem...

— Eles? Eles *quem*?

A maçaneta gira, ela se recosta na cadeira, cruzando as mãos no colo, uma sobre a outra. Com apenas um olhar, ela sinaliza que devo fazer o mesmo.

Finjo relaxar, mas a minha mente está cheia de possibilidades — tudo passa pela minha cabeça, desde um escândalo do tipo Watergate envolvendo o meu avô até alguma sociedade secreta de esposas de políticos agindo como espiãs da Guerra Fria. No que minha avó tinha se envolvido?

Uma amável atendente entra trazendo café e biscoitos. Em Magnolia Manor, os residentes não tinham apenas as refeições principais, mas também lanchinhos e refrescos nos intervalos.

Minha avó faz um gesto discreto em direção ao meu telefone, antes de se virar para a atendente.

— O que você quer?

A atendente não se deixa abater diante do cumprimento atípico e rude.

— Trouxe café, sra. Stafford.

— Sim, é claro. — Vovó Judy novamente faz um gesto, indicando que eu devo guardar o meu telefone. — Vamos tomar uma xícara.

Olho para o relógio. É mais tarde do que eu imaginava. Eu tenho que me juntar ao meu pai para um almoço e uma cerimônia de inauguração em Columbia. Uma oportunidade de ouro para encontrar pessoas importantes no estado natal, como Leslie descreve a situação. A imprensa estará presente, assim como o governador. Com as recentes descobertas sobre os figurões de Washington e os políticos de carreira, esses eventos locais são importantes. Eu entendo isso, mas o que realmente quero é ficar com vovó Judy tempo suficiente para ter algum esclarecimento sobre essa questão que envolve May Crandall e descobrir o que "Arcádia" tem a ver com isso.

Talvez ela esteja se referindo a um lugar? Arcádia, Califórnia? Arcádia, Flórida?

— Eu realmente preciso ir agora, vovó. Tenho que acompanhar o papai em uma inauguração.

— Minha nossa! Então, eu não devo fazê-la se atrasar.

A atendente serve duas xícaras de café assim mesmo.

— Caso você tenha um tempinho — sugere ela. — Você poderia levar para viagem — brinca vovó, já que o café foi servido em xícaras de porcelana.

— Eu provavelmente não preciso de mais cafeína esta manhã. Vou acabar ficando agitada demais. Eu só passei para perguntar sobre May...

— Psiu! — Um sibilo e um dedo em riste impedem-me de terminar o nome. Ela me fulmina com o olhar, como se eu tivesse acabado de falar um palavrão dentro da igreja.

Sensata, a atendente arruma o carrinho e deixa o aposento.

Vovó Judy sussurra:

— Tenha cuidado, Rill.

— O-o quê? — A intensidade do seu olhar me surpreende mais uma vez. O que será que está se passando na mente dela? Rill? Será que é um nome?

— As paredes têm ouvidos — previne vovó, apontando para os seus ouvidos.

Com a mesma rapidez de minutos antes, seu humor muda. Ela suspira, pega o pequeno bule de porcelana e põe um pouco de creme no café.

— Você quer?

— Eu preciso mesmo ir.

— Ah, que pena. Gostaria que tivesse tempo para uma visita. Mas foi muito gentil da sua parte dar uma passadinha aqui.

Naquele momento, já tínhamos conversado por pelo menos meia hora. Ela já se esqueceu. Arcádia, seja lá o que for, já tinha desaparecido nas brumas.

Ela abre um sorriso vazio para mim. É completamente sincero. Ela não sabe quem eu sou, mas está tentando ser educada.

— Venha novamente quando não estiver com tanta pressa.

— Pode deixar. — Dou um beijo no seu rosto e saio do aposento com mais perguntas do que tinha quando entrei e sem nenhuma resposta.

Não tenho como deixar o assunto de lado agora. Preciso descobrir com que estou lidando aqui. Tenho que desenterrar alguma outra fonte de informação, e eu sei muito bem onde quero começar a cavar.

Capítulo Oito

Rill

A SOMBRA DA GRANDE CASA BRANCA desliza sobre o carro, engolindo-o por completo. Grossas e altas magnólias se alinham pelo caminho, formando uma parede folhosa e verdejante que me faz lembrar do castelo da Bela Adormecida. Ela nos esconde da rua, onde as crianças brincam nos quintais e as mães empurram carrinhos pelas calçadas. Tem um carrinho de bebê na varanda da frente da casa. É antigo e está faltando uma roda. Se alguém colocasse um bebê ali, provavelmente ele cairia.

Um garotinho está pendurado em uma das árvores como um macaquinho. Deve ter mais ou menos a idade de Lark... talvez cinco ou seis anos. Ele observa enquanto passamos com o carro, mas não sorri, não acena, não se mexe. Quando o carro para, ele desaparece por entre as folhas.

Um segundo depois, eu o vejo descer da árvore e se espremer sob uma alta cerca de ferro que envolve o quintal desta casa e o lugar ao lado dela. A pequena construção ao lado da casa parece que poderia ter sido uma escola ou uma igreja no passado. Algumas crianças estão brincando nos balanços e gangorras ali, mas as portas e janelas estão cobertas com tábuas, e não há quase nenhuma tinta sobre a madeira. Arbustos crescem na frente da varanda, o que me faz lembrar da Bela Adormecida novamente.

Camellia ergue o pescoço para ver.

— Já chegamos ao hospital? — Ela lança um olhar para a srta. Tann para demonstrar que não acredita em nada do que foi dito. Minha irmã descansou durante a viagem de carro e está pronta para outra briga.

A srta. Tann se vira e ajeita Gabion, que adormecera no seu colo. Seu bracinho cai, e seus dedinhos gorduchos ficam abrindo e fechando. Seus lábios se movem como se estivesse jogando beijinhos em um sonho.

— Você não pode ir para o hospital desse jeito, não é mesmo? Fedendo a esgoto do rio e infestada de vermes. A sra. Murphy vai cuidar de vocês e *se* vocês forem bem bonzinhos, veremos se irão ao hospital.

Uma centelha de esperança quer se acender em mim, mas não vinga. Ela se apaga assim que a srta. Tann olha para mim.

Fern sobe mais no meu colo, seus joelhos pressionam minha barriga.

— Eu quero o Briny — choraminga ela em um sussurro.

— Vamos logo. Hora de entrar. Vai ficar tudo bem para vocês aqui — afirma a srta. Tann. — *Se* forem bonzinhos. Estou sendo clara?

— Sim, senhora — tento responder por todos nós, mas Camellia não vai desistir tão fácil assim.

— Onde está Briny? — Ela não está nada satisfeita em relação a tudo isso, e está se preparando para fazer um escândalo. Consigo sentir a tempestade se aproximando.

— Quieta, Camellia! — exclamo. — Faça o que ela diz.

A srta. Tann abre um pequeno sorriso.

— Muito bem. Viram só? Tudo isso pode ser muito simples. A sra. Murphy vai cuidar de vocês agora.

Ela aguarda o motorista contornar o carro para abrir a porta. Então, sai primeiro, levando meu irmãozinho nos braços e puxando Lark pela mão. Lark olha para mim com olhos arregalados, mas, como sempre, não protesta. Ela está quieta como um gato na relva.

—Agora você. — A mulher quer que eu saia, e eu escorrego pelo banco, meus joelhos batendo no menino e na menina de olhos castanhos no assoalho do carro. Fern se pendura no meu pescoço com tanta força que eu mal consigo respirar.

— Vocês dois agora.

As crianças que já estavam no carro antes de nós saem também.

— Agora, *você*. — A voz da srta. Tann fica mais baixa quando olha para Camellia. Ela entrega Gabion e Lark para mim e fica em pé bem ao lado da porta do carro, as pernas abertas, bloqueando o caminho com o próprio corpo. Ela não é uma mulher pequena. É bem mais alta do que eu e parece ser forte.

— Venha, Camellia. — Estou implorando que se comporte, e ela sabe muito bem o que estou pedindo. Até agora, ela não moveu um músculo. Está com as mãos atrás das costas, e temo que ela esteja planejando sair pela outra porta. Mas do que adiantaria? Não sabemos onde estamos, como voltar para o rio ou encontrar o hospital. A nossa única esperança é de que, se nos comportarmos bem, como a srta. Tann pediu, realmente veremos Briny e Queenie.

Ou então que Silas conte para os nossos pais o que aconteceu com a gente e eles venham nos procurar.

O ombro de Camellia se mexe um pouco e ouço o clique da maçaneta. A porta não abre e as narinas de Camellia se dilatam. Ela se vira para empurrar, e a srta. Tann suspira e se inclina para o carro.

Quando sai novamente, está arrastando Camellia pelas roupas.

— Já chega *disso*. Você vai se conter e se comportar direito!

— Camellia, pare! — grito.

— Mellia, não, não! — A voz de Fern é como um eco.

Gabion inclina a cabeça para trás e berra, o som chega à casa e alcança a copa das árvores.

A srta. Tann aperta Camellia ainda mais, segurando-a com firmeza.

— Estamos entendidas? — As bochechas redondas estão vermelhas e suadas. Os olhos cinzentos estão esbugalhados atrás dos óculos.

Quando Camellia apertou os lábios, pensei que a srta. Tann fosse dar um tapa para tirar aquela expressão do rosto dela, mas não o fez. Em vez disso, sussurra algo no ouvido de Camellia, depois se empertiga.

— Nós vamos ficar muito bem, não é mesmo?

Camellia continua com uma cara de quem chupou um limão azedo.

O momento oscila como uma garrafa no convés do *Arcádia*, esperando para cair e ser levada pelo rio.

— *Não vamos?* — insiste a srta. Tann.

Os olhos escuros de Camellia se incendeiam, mas ela assente.

— Muito bem, então.

A srta. Tann nos organiza em fila, e Camellia segue conosco. Por trás da cerca de ferro, garotos e garotas de todos os tamanhos assistem. Nenhum deles sorri.

O interior da casa grande fede. As cortinas estão fechadas por todos os lados e está escuro. Há uma grande escadaria no vestíbulo. Dois meninos estão sentados no degrau superior. Um deles lembra o Silas, só que o cabelo é ruivo como a pelagem de uma raposa. Aqueles meninos não se parecem em nada com as crianças do quintal ou com o garoto na árvore. Eles não podem ser todos irmãos e irmãs.

Quem são eles? Quantas crianças há ali? Será que todas moram na casa? Será que estão todos ali para se arrumarem para ver os pais no hospital?

Que lugar *é* este?

Somos levados a um quarto onde uma mulher aguarda atrás de uma escrivaninha. É pequena em comparação a srta. Tann, seus braços são tão magros que os ossos e as veias são visíveis. Seu nariz, sob os óculos, parece o bico de uma coruja. Ela enruga os olhos quando nos observa. Então, sorri e se levanta para cumprimentar a srta. Tann.

— Como vai, Georgia?

— Muito bem, obrigada, sra. Murphy. Tivemos uma manhã muito produtiva, ao que parece.

— Estou vendo.

Passando os dedos pela escrivaninha, a sra. Murphy desenha trilhas na poeira enquanto se aproxima de nós. Um dos cantos de sua boca se levanta e um canino reluz.

— Minha nossa. De onde você desenterrou esses pequenos abandonados?

As crianças se aproximam ainda mais de mim, até os dois que não conheço. Seguro Fern apoiada em um lado do quadril e Gabion no outro. Meus braços estão começando a ficar dormentes, mas eu não os largo.

— Pobrezinhos — lamenta a srta. Tann. — Creio que nós os tenhamos removidos bem a tempo. Você tem lugar para todos eles? Seria por pouco tempo. Espero que alguns se mudem o mais rápido possível.

— Olhe só para estes cabelos — A sra. Murphy se aproxima e a srta. Tann a segue. O corpo pesado da srta. Tann balança quando ela anda. Pela primeira vez, noto que ela tem uma perna ruim.

— Sim. Impressionante, não é? Quatro lourinhos cacheados e todos na mesma família… e aquela ali. — Ela suspira e olha para Camellia.

—Ah, mas certamente ela não pode ser do mesmo grupo. —A sra. Murphy olha para mim.

— Esta menina é sua irmã?

— S-Sim — respondo.

— E qual é o nome dela?

— C-Camellia.

— Um nome pomposo para uma coisinha tão sem graça. E todas essas sardas? Parece que a cegonha a largou no ninho errado.

— E ela não coopera muito — avisa srta. Tann. — Já nos deu trabalho.

Uma ovelha negra em mais de um sentido.

Os olhos da sra. Murphy se estreitam.

— Bem, eu *espero* um bom comportamento nesta casa. Aqueles que *não* *conseguem* atender às minhas expectativas *não* terão permissão para ficar nos andares superiores com o restante das crianças. — Ela passa a língua nos dentes.

Sinto um frio na espinha. Fern e Gabion apertam ainda mais o meu pescoço. As intenções da sra. Murphy estão muito claras. Se Camellia causar problemas, eles a levarão e a colocarão em... outro lugar.

Camellia assente, mas percebo que não está sendo sincera.

— Esses outros dois com cabelo louro-escuro foram encontrados no caminho. — A srta. Tann aponta para o menino e a menina que seguiram no chão com Camellia.

Os dois têm cabelo comprido e liso, castanho-claro, e olhos castanhos. Pelo jeito que o menino se segura na menina, tenho certeza de que ela é a irmã mais velha.

— Mais gentalha do rio, é claro, embora o acampamento lá embaixo esteja quase vazio. Eles devem ter sido avisados de alguma forma.

— Rostinhos tão adoráveis.

— Realmente. Esses com os cachos parecem anjinhos. Vai haver uma grande demanda por eles.

A sra. Murphy se afasta.

— Minha nossa. Eles fedem como o rio. Não posso aceitar uma coisa dessas na minha casa. Terão de ficar lá fora até a hora do banho.

— Não os deixe sair até ter certeza absoluta de que eles entenderam *completamente* as regras. — A srta. Tann coloca uma das mãos no ombro de Camellia, e minha irmã inclina a cabeça de um modo que me faz perceber que os dedos da mulher estão cravados com força. — Esta aqui é uma fujona. Tentou escapar do carro, imagine você. Aquelas vacas que moram no rio sabem pari-las muito bem, mas não sabem ensiná-las como se comportar. Esse grupo vai dar trabalho.

— Por certo que sim. Todos dão, não é mesmo? — A sra. Murphy assente e volta sua atenção para mim. — E o seu nome é?

— Rill. Rill Foss. — Tento não dizer nada além disso, mas as palavras escapam da minha boca. Não consigo entender o que estão falando, e meu coração está disparado no peito. Meus joelhos tremem sob o peso dos meus irmãozinhos, mas eles não são o único motivo. Estou morta de medo. Será que a srta. Tann planeja nos deixar aqui? Por quanto tempo? — Quando podemos ver papai e mamãe? Eles estão no hospital. Mamãe teve um neném, e...

— Psiu — interrompe a sra. Murphy. — Vamos começar pelo começo. Você vai levar as crianças até o corredor e organizá-las de modo que se sentem no chão perto da parede da escadaria por ordem de tamanho, da menor para a maior. Espere lá, e eu não quero ouvir *nenhum* pio e *nenhuma* bagunça. Entendido?

— Mas...

A srta. Tann coloca a mão no meu ombro dessa vez. Seus dedos apertam em volta do osso.

— Eu *não* espero problemas vindos de *você*. Certamente você é mais esperta que sua irmã.

Sinto uma dor descer pelo meu braço e percebo que Gabion está escorregando.

— Sim. Sim, senhora.

Ela me solta. Consigo erguer Gabion de novo. Quero esfregar o meu ombro, mas não consigo.

— E... *Rill.* Que *tipo* de nome é esse?

— Vem do rio. Meu pai que escolheu. Diz que soa bem como uma canção.

— Vamos chamá-la por um nome adequado. Um nome *de verdade* para uma menina de verdade. *May* vai servir. May Weathers.

— Mas eu sou...

— *May.*

Ela me enxota pela porta junto com as outras crianças. Camellia recebe um novo aviso de não fazer nada além de sentar em silêncio no corredor.

Os pequenos choramingam e resmungam como filhotinhos de cachorro enquanto tento colocá-los no chão e organizá-los. Nos degraus superiores, os dois meninos desapareceram. Em algum lugar lá fora há crianças brincando de pique. Conheço a brincadeira por causa das escolas que frequentamos. No período de aulas, Queenie e Briny tentavam sempre atracar em algum lugar perto de uma cidade ribeirinha para que Camellia e eu, e agora Lark, pudéssemos ir à escola. No restante do tempo, lemos livros e Briny nos ensina aritmética. Ele consegue resolver quase qualquer coisa. Camellia é ótima com números. Até mesmo Fern já aprendeu o alfabeto, mesmo sendo nova demais para ir à escola. No próximo outono, Lark vai começar no primeiro ano.

Lark ergue os seus enormes olhos na minha direção e sinto uma angústia borbulhar dentro do peito como um remoinho em um rio de águas negras. Não tem por onde escapar. Apenas gira e gira em círculos.

— Elas vão nos levar para a cadeia? — sussurra a menininha, cujo nome ainda não sei.

— Não. É claro que não — respondo. — Eles não levam criancinhas para a prisão. — *Ou será que levam?*

Os olhos de Camellia se fixam na porta de entrada. Ela está matutando se consegue se esgueirar até lá e fugir.

— *Nem pense nisso* — alerto bem baixinho. A sra. Murphy avisou para não darmos um pio. Se nos comportarmos bem, maiores serão as chances de nos levarem para onde queremos ir, imagino. — Temos que ficar juntos. Briny virá nos buscar assim que descobrir que não estamos mais no *Arcádia*. Assim que Silas contar para ele o que aconteceu. Temos que estar todos juntos quando ele chegar. Está me ouvindo? — Estou soando como Queenie quando o rio está com uma camada de gelo na superfície e ela não nos deixa brincar perto do parapeito, para não cairmos no rio caso um pedaço de gelo bata no barco, fazendo-o balançar. Nesses momentos, quer que a gente saiba que ela está falando sério quando diz não. Não é muito comum que ela aja assim.

Todos assentem em concordância, menos Camellia. Até mesmo a menininha e o menininho que não conhecemos assentem.

— Mellia?

— Tá bom. — Ela cede e dobra os joelhos, envolve-os com os braços e esconde o rosto, batendo a cabeça com força para deixar claro que não está nada satisfeita com aquilo.

Pergunto o nome das outras crianças, e nenhum deles responde. Grandes lágrimas escorrem pelo rosto do menininho e sua irmã o abraça.

Um passarinho voa e bate no vidro da porta da frente com um baque, e todos nós nos sobressaltamos. Estico-me para ver se ele levantou voo para longe. É um lindo cardeal. Talvez ele seja o mesmo que ouvimos perto do rio e quis nos seguir até aqui. Agora ele cambaleia por ali, suas penas brilhantes sob o sol preguiçoso da tarde. Gostaria de poder pegá-lo antes que um gato o devore — vimos pelos menos três quando estávamos a caminho daqui —, mas tenho medo de fazer isso. A srta. Tann vai achar que estou tentando fugir.

Lark se ajoelha para ver, seus lábios estão trêmulos.

— Ele vai ficar bem — sussurro. — Sente-se e seja boazinha.

Ela me atende.

O passarinho cambaleia para longe em direção aos degraus, então tenho que me afastar um pouco da parede para conseguir vê-lo. *Voe*, penso. *Rápido. Voe antes que eles cheguem até você.*

Mas ele fica ali, seu bico aberto, o corpo inteiro ofegando.

Voe para longe. Vá para casa.

Fico observando. Se um gato chegar talvez eu consiga espantá-lo pela janela.

Palavras vazam por baixo da porta do outro lado do corredor. Eu me levanto com muito cuidado e me aproximo na ponta dos pés.

Consigo escutar algumas partes do que a srta. Tann e a sra. Murphy estão dizendo, mas nada daquilo faz o menor sentido. "... Entregue os documentos sobre os cinco irmãos diretamente no hospital. Simples e direto. O jeito mais fácil de cortar os vínculos. A parte mais difícil foi encontrar o local exato da casa flutuante. Estava atracada sozinha do outro lado de Mud Island, foi o que a polícia me disse. A sardenta tentou fugir pela portinhola da privada. Foi mais do que o cheiro do rio que você sentiu."

Elas riem, mas o som é cortante como o grito de um corvo.

— E os outros dois?

— Nós os encontramos colhendo flores perto de um amontoado de casas flutuantes. Vamos preparar os documentos deles logo. Certamente, não teremos problemas. Parecem ter modos tranquilos também. Hummm... Sherry e Stevie. Esses nomes vão servir. Melhor começar a treiná-los imediatamente em relação aos novos nomes. São tão adoráveis, não é? E novinhos. Acho que não vão ficar aqui por muito tempo. Temos uma visita de um grupo no mês que vem. Espero que eles estejam prontos.

— Ah, eles estarão.

— May, Iris, Bonnie... Beth e Robby para os outros cinco, eu acho. *Weathers* vai funcionar bem como sobrenome. May Weathers, Iris Weathers, Bonnie Weathers... Gosto do som. — Elas riem novamente e o som é tão alto que acabo me afastando da porta.

As últimas palavras que ouço são da sra. Murphy.

— Pode deixar comigo. Pode ter certeza de que eles estarão bem preparados.

Quando elas saem, já estou de volta ao meu lugar e tinha verificado se todos estavam bem alinhados na parede. Até mesmo Camellia ergue a cabeça e se senta com as pernas cruzadas, como temos que fazer na escola.

Esperamos, imóveis como estátuas, enquanto a sra. Murphy acompanha a srta. Tann até a porta. Apenas nossos olhos se movem para observá-las caminhar pela varanda.

O cardeal está saltitando em direção à escada, mas permanece ali parado e indefeso. Nenhuma das duas o nota.

Voe para longe.

Penso no chapéu vermelho de Queenie. *Voe até Queenie e diga para ela onde pode nos encontrar.*

Voe.

A srta. Tann manca um pouco, quase acertando o passarinho. Prendo a respiração e Lark ofega. Então, a srta. Tann se vira para falar mais alguma coisa.

Quando começa a caminhar novamente, o cardeal finalmente alça voo.

Ele vai contar para Briny onde estamos.

A sra. Murphy entra novamente, mas não está sorrindo. Segue para a sala do outro lado do corredor e fecha a porta.

Permanecemos sentados, aguardando. Camellia esconde o rosto nos joelhos mais uma vez.

Fern se apoia no meu ombro. A menininha — *Sherry*, foi como a srta. Tann a chamou — segura a mão do irmãozinho.

— *Fominha* — sussurra ele.

— *Fominha* — ecoa Gabion, alto demais.

— Psiu. — O cabelo dele parece macio sob a minha mão quando acaricio sua cabeça. — Temos que ficar bem quietinhos. Igual quando brincamos de pique-esconde. É como um jogo.

Ele segura a boca e se esforça. Com apenas dois anos, ele sempre fica de fora dos nossos jogos de "Faz de conta" no *Arcádia*, então ele está muito feliz por participar dessa vez.

Gostaria que tudo isso fosse apenas um jogo. Gostaria de saber as regras e o que receberíamos se ganhássemos.

Nesse momento, tudo que podemos fazer é permanecer sentados esperando para saber o que vai acontecer em seguida.

Ficamos ali sentados por muito tempo.

Parece uma eternidade até a sra. Murphy sair. Também estou com fome, mas, pela expressão no seu rosto, sei que é melhor não falar nada.

Ela fica em pé diante de nós com os punhos cerrados ao lado do corpo. Os ossos do quadril estão aparentes por baixo do vestido preto com estampa floral.

— Mais sete… — diz ela, franzindo o cenho e olhando para o andar de cima. Ela respira e o ar sai pesado como uma névoa. E fede. — Bem, não há nenhuma *escolha* em relação a isso, visto que seus pais são incapazes de cuidar de vocês.

— Onde está Briny? Onde está Queenie? — Camellia deixa escapar.

— Você tem que ficar em *silêncio!*

A sra. Murphy cambaleia pela fila e agora reconheço o cheiro que senti quando ela saiu pela porta. Uísque. Já estive vezes suficientes em salões de bilhar para reconhecer.

A sra. Murphy aponta um dedo para Camellia.

— É por *sua* causa que todos precisam ficar *sentados* aqui em vez de sair para *brincar*. — Ela anda com passos pesados pelo corredor, suas pegadas desenhando uma linha torta.

Ficamos sentados. Os menores finalmente adormeceram e Gabion está deitado no chão. Algumas outras crianças passam por nós — mais velhas e mais novas, meninos e meninas. A maioria usa roupas que são pequenas ou grandes demais. Nenhuma olha na nossa direção. Passam por nós como se não notassem a nossa presença. Mulheres de vestidos e aventais brancos passam pelo corredor com pressa. Também não nos veem ali.

Levo a mão ao meu tornozelo e o aperto com força para me certificar de que ainda estou ali. É quase como se eu tivesse virado o Homem Invisível, como na história do sr. H.G. Wells. Briny adora aquela história. Ele já leu para nós várias vezes, e Camellia e eu brincamos disso com as outras crianças dos acampamentos ao longo do rio. Ninguém consegue ver o Homem Invisível.

Fecho os olhos e finjo por um tempo.

Fern precisa usar o penico, e antes de eu decidir o que posso fazer a respeito, ela faz xixi na calça. Uma mulher de cabelo escuro e uniforme branco passa por ali e vê o líquido escorrendo pelo chão. Ela agarra Fern pelo braço.

— Não vamos aceitar esse tipo de comportamento aqui. Você vai usar o banheiro de maneira adequada. — Ela puxa um pano de chão do seu avental e o joga sobre a sujeira. — Limpe isso — ordena ela para mim. — A sra. Murphy vai ficar possessa.

Leva Fern com ela, e eu faço exatamente o que ela mandou. Quando minha irmã volta, sua calcinha e seu vestido foram lavados e ela os está usando molhados. A mulher diz que podemos ir ao banheiro também, mas para sermos rápidos e voltarmos para sentar perto da escada.

Havíamos voltado do banheiro fazia pouco tempo quando alguém soou um apito do lado de fora. Ouço crianças subindo. Muitas delas. Elas não falam, mas os seus passos ecoam além da porta no final do corredor. Permanecem lá por um tempo e, então, há uma algazarra, como se estivessem correndo para o andar de cima, mas não usando a escadaria ao nosso lado.

Lá em cima, as tábuas rangem e gemem exatamente do mesmo jeito que as amuradas e as pranchas fazem no *Arcádia*. É um som familiar, e eu fecho os olhos para ouvir e fingir que posso fazer com que estejamos de volta na segurança do nosso barquinho apenas com a força do pensamento.

Meus desejos são esmagados bem rápido. Uma mulher com um vestido branco para diante de nós e ordena:

— Venham por aqui.

Nós nos levantamos e a seguimos. Camellia segue na frente e mantemos os menores entre nós duas, até mesmo Sherry e Stevie.

A mulher nos leva pela porta no fim do corredor, e tudo parece completamente diferente lá trás. É modesto e velho. Pedaços de papel e de tecido se desprendem da parede. Há uma cozinha em um lado, onde duas mulheres negras estão ocupadas com uma chaleira no fogo. Espero que logo possamos comer. Meu estômago parece ter encolhido até ficar do tamanho de um amendoim.

E pensar *nisso* faz com que eu sinta vontade de comer amendoim.

Há uma grande escadaria do outro lado da cozinha. A maior parte da tinta já descascou, como se tivesse sido muito usada. Está faltando mais da metade das grades do corrimão. Há umas duas soltas que se parecem com o único dente do sorriso do velho Zede.

A mulher de uniforme branco nos leva até lá em cima e nos alinha ao longo de uma parede no corredor. Outras crianças também formam filas ali perto e ouço o barulho de água correndo em uma banheira em algum lugar.

— Nada de conversa — adverte a mulher. — Vocês vão esperar em silêncio até a sua vez de tomar banho. Vocês vão tirar as roupas agora, dobrá-las e colocá-las em uma pilha organizada no chão, em frente a vocês. *Toda* a roupa.

Sinto o sangue pinicar a minha pele, quente e grudento. Olho em volta e percebo que todas as outras crianças, grandes e pequenas, já estão fazendo o que ela mandou.

Capítulo Nove

Avery

— May Crandall. Vocês têm certeza de que este nome não é familiar? — Estou sentada na limusine com minha mãe e meu pai, a caminho da cerimônia de inauguração em Columbia. — Foi ela que encontrou a minha pulseira ontem no asilo. — Uso a palavra *encontrou* porque soa melhor do que "surrupiou diretamente do meu pulso". — Aquela desenhada por Greer, com libélulas de granada, que vovó Judy me deu de presente. Acho que a mulher a reconheceu.

— A sua avó usava bastante essa pulseira. Qualquer um que a tenha conhecido certamente poderia se lembrar. É uma peça única. — Minha mãe busca na sua memória, pressionando os lábios perfeitamente contornados. — Não. Eu realmente não me lembro desse nome. Talvez ela seja um dos Crandall de Asheville? Eu namorei um garoto dessa família quando eu era nova. Antes de conhecer o seu pai, é claro. Você perguntou quem são os parentes dela? — Para Honeybee, assim como para todas as sulistas bem-educadas e ricas da sua geração, essa é uma pergunta muito natural para ser feita em um encontro. *Muito prazer em conhecê-la. O dia não está lindo? Agora, conte-me, quem são seus parentes?*

— Não pensei em perguntar.

— Francamente, Avery! O que vamos fazer com você?

— Mandar-me para o barracão de lenha?

Meu pai ri, erguendo o olhar de uma pasta cheia de documentos que ele estava lendo.

— Veja bem, Honeybee, ela tem andado muito ocupada *comigo*. E ninguém é tão bom em obter todas essas informações como você.

Minha mãe dá um tapinha brincalhão nele.

— Ah, imagine.

Ele pega a mão dela e dá um beijo, e eu fico espremida no meio. Sinto como se tivesse treze anos de idade.

— Eca. Nada de demonstrações públicas de afeto, pessoal. — Desde que voltei para casa, comecei a usar novamente algumas palavras como *pessoal*, que eu tinha expurgado do meu vocabulário quando morava no Norte. São ótimas palavras, decido. São como amendoim, que podem ser perfeitamente servidos em diversas ocasiões.

— Você se lembra de alguma May Crandall, Wells? Uma amiga da sua mãe? — pergunta Honeybee, voltando ao assunto.

— Acho que não. — Meu pai levanta a mão para coçar a cabeça, mas se lembra do laquê que foi aplicado. Ocasiões ao ar livre exigem um preparo extra. Nada pior do que aparecer no jornal parecendo o Alfalfa daquele filme, *Os batutinhas*. Leslie cuidou para que eu prendesse o cabelo. Na verdade Honeybee e eu estamos as duas usando um coque baixo.

— Arcádia — solto de repente, para ver se isso desperta alguma reação. — Esse era o nome de algum dos clubes da vovó Judy? Ou talvez do círculo em que jogava bridge… Ou será que ela conhece alguém que morava em Arcádia?

Nem meu pai nem minha mãe parecem ter uma reação diferente ao ouvir a palavra.

— Arcádia, Flórida? — pergunta minha mãe.

— Não sei ao certo. A palavra surgiu em uma conversa sobre grupos de bridge. — Não menciono que o jeito que vovó Judy falou a palavra me deixou incomodada. — Como eu poderia descobrir mais coisas?

— Você está muito preocupada com esse assunto.

Quase pego o telefone para mostrar a foto. Quase. Minha mão para no meio do caminho da minha bolsa, e aliso a saia. Um sinal de preocupação está claramente visível no rosto da minha mãe. Ela não precisa de mais preocupações para estressá-la. Se eu lhe mostrar a foto, ela terá certeza absoluta de que se trata de um plano nefasto em andamento, e que May Crandall quer algo de nós. Minha mãe é especialista em se preocupar com as coisas.

— Não estou preocupada, mãe. Só curiosa. A mulher parecia tão solitária.

— Que gentil da sua parte, mas vovó Judy não seria uma boa companhia para ela, mesmo se elas *realmente* se conhecessem. Acabei de pedir para as Meninas de Segunda para não visitarem mais Magnolia Manor. Uma quantidade muito grande de velhos amigos visitando-a está deixando sua avó frustrada. É mais difícil quando não é uma pessoa da família. Ela está preocupada com o que as pessoas podem falar dela.

— Eu sei.

Talvez eu devesse deixar isso para lá. Mas a dúvida me incomoda. Fica sussurrando, cutucando, implicando. Não me deixou em paz durante toda a tarde. Nós conversamos; nós nos misturamos; aplaudimos quando meu pai cortou a fita de inauguração. Passamos um tempo na sala VIP do clube de campo, nos encontramos com o governador e conversamos com empresários de alto escalão. Até dei alguns conselhos jurídicos gratuitos sobre a batalha do faturamento hidráulico de gás e a legislação em andamento que poderia escancarar as portas para a Carolina do Norte, nossa vizinha. Economia versus meio ambiente... geralmente, tudo se resume a esses dois pesos na balança da opinião pública e, é claro, à legislação que está por vir.

Mesmo enquanto estou discutindo questões sobre custo-benefício, com as quais me importo imensamente, não consigo evitar pensar no celular na minha bolsa e na reação que vovó Judy teve diante da foto.

Sei que ela reconheceu a mulher. *Queen... ou Queenie.*

Não é uma coincidência. Não pode ser.

Arcádia. Arcádia... o quê?

No carro, voltando para o escritório do meu pai em Aiken, dou algumas desculpas inocentes para escapar um pouco da companhia dos meus pais — tarefas e coisas para fazer. Mas a verdade é que vou visitar May Crandall novamente. Se *existe* alguma coisa acontecendo aqui, é melhor eu descobrir. Então, posso decidir o que precisa ser feito.

Papai parece um pouco decepcionado por me ver ir embora. Ele tem uma reunião de estratégia com sua equipe antes de finalmente voltar para casa na hora do jantar. Ele queria que eu participasse.

— Ah, pelo amor de Deus, Wells. Avery tem o *direito* de ter uma vida pessoal — intervém minha mãe. — Lembre-se de que ela tem um jovem e bonito noivo que precisa de atenção. — Ela ergue os ombros magros e abre um sorriso conspiratório. — E um casamento para planejar. Eles não vão conseguir *planejar* se nunca conversarem. — A voz fica mais aguda no final da frase, como se estivesse cantando de animação. Ela me dá um tapinha no joelho e se aproxima de mim. Um olhar significativo brilha na minha direção. *Vamos colocar esse trem nos trilhos*, é o que me diz. Ela se ocupa com sua bolsa, deixando o momento passar, e finge mudar casualmente de assunto. — O jardineiro trouxe um novo tipo de adubo no outro dia... para as azaleias... a recomendação foi do paisagista de Bitsy. Eles usaram no outono passado e as azaleias ficaram duas vezes mais frondosas do que as nossas. Na próxima primavera, os jardins de Drayden Hill serão invejados por... bem... por todo mundo. Em março, ele deve estar... maravilhoso.

As palavras *perfeito para um casamento* pairam no ar sem serem ditas. Quando anunciamos o noivado, Elliot fez Bitsy e Honeybee prometerem que não iam intervir e assumir todo o processo de organização. Isso as estava enlouquecendo, para ser sincera. Elas já teriam resolvido tudo se ao menos saíssemos do caminho, mas estamos determinados a fazer os planos no nosso tempo e do jeito que acreditamos ser o melhor. Nesse momento, o foco do meu pai e de Honeybee deve ser cem por cento na saúde dele, e não em planos de uma festa de casamento.

Mas não posso dizer isso para Honeybee.

Finjo que não entendi o recado.

— Acho que Jason é capaz de cultivar rosas no deserto. — Jason cuida dos jardins de Drayden Hill desde antes de eu ir para a faculdade. Ele adoraria uma chance de exibi-lo. Mas Elliot nunca aceitaria uma ideia para o nosso casamento que tenha sido concebida por nossas mães. Elliot ama a mãe, mas é filho único, e fica exaurido com o esforço incessante de Bitsy para organizar sua vida.

Uma coisa de cada vez, digo para mim mesma. *Papai, câncer, política*. Esses são os três grandes focos do momento.

Paramos em frente ao escritório. O motorista abre a porta para nós e eu desço, feliz por estar livre.

Um último comentário velado me segue quando saio:

— Peça para o Elliot agradecer a Bitsy pela sugestão para as azaleias.

— Pode deixar — prometo e me apresso em direção ao meu carro, de onde ligo para Elliot. Ele não atende. Deve estar em uma reunião, mesmo já passando das cinco. Ele tem clientes financeiros internacionais, então as demandas chegam o tempo todo.

Deixo um recado rápido sobre as azaleias. Ele vai rir ao ouvir, e precisa disso depois de um dia estressante.

Mal chego ao outro quarteirão quando recebo uma ligação da minha irmã do meio, Allison.

— Oi, Allie. O que foi? — pergunto.

Allison ri, mas parece cansada. Os trigêmeos estão brincando ao fundo.

— Será que você teria como buscar a Courtney na aula de dança? Os meninos estão doentes, e já tiveram que trocar de roupa três vezes. E, sim... estão pelados de novo. Nós quatro. Court provavelmente está na porta da academia se perguntando onde estou.

Faço um retorno em direção à academia da srta. Hannah, onde fui uma péssima aluna de balé no passado. Felizmente, Court tem um talento nato. Ela foi sublime na apresentação da primavera.

— Claro. Pode deixar. Não estou muito longe. Acho que chego lá em dez minutos.

A resposta de Allison é um longo suspiro de alívio.

— Obrigada. Você salvou a minha vida. Hoje você é a minha irmã favorita.

Essa é uma piada recorrente desde a nossa infância, a questão de quem era a irmã favorita de Allison. Como irmã do meio, ela poderia escolher. Missy era mais velha e mais interessante, mas eu era menor e ela poderia ser mandona comigo.

Dou um risinho.

— Ah, isso vale uma viagem extra para o outro lado da cidade.

— E, por favor, não conte para a mamãe que os meninos estão doentes. Ela vai vir até aqui e não quero correr o risco de papai ser exposto a seja lá que virose é essa. Deixe Courtney na casa da Shellie. Vou enviar uma mensagem de texto com o endereço. Já liguei para a mãe de Shellie e está tudo certo para Court dormir lá.

— Pode deixar comigo. — De todas nós, Allison é a mais parecida com Honeybee. Ela age como um general condecorado, mas, desde a chegada dos meninos, foi dominada pelo exército invasor. — Estou quase chegando à academia. Envio uma mensagem quando tiver resgatado sua filha.

Desligamos e, alguns minutos depois, estaciono em frente à academia. Courtney está em pé na porta e seu rosto se ilumina ao perceber que não tinha sido abandonada.

— Oi, tia Avery! — cumprimenta ela, entrando no carro.

— Oi.

— Minha mãe me esqueceu de novo? — Ela revira os olhos e deixa a cabeça pender para um lado, o que faz com que pareça ser mais velha do que seus dez anos de idade.

— Nada disso... Eu só estava com saudade. Achei que a gente poderia passar um tempo juntas, ir ao parque, brincar por lá, esse tipo de coisa.

— Ah, *fala sério*, tia Avery...

Fico incomodada por ela rejeitar a ideia tão rapidamente. Está amadurecendo rápido demais para a idade. Foi praticamente ontem que ela puxava a minha calça, implorando para que eu subisse nas árvores de Drayden Hill com ela.

— Tudo bem, sua mãe me ligou para buscá-la, mas só porque os meninos estão doentes. Ela me pediu para levá-la para a casa da Shellie.

O seu rosto se ilumina e ela se empertiga no banco do carona.

— Ah, legal! — Lanço um olhar de esguelha fulminante e ela acrescenta: — Não em relação aos meninos estarem doentes.

Ofereço uma parada para um sorvete, seu programa favorito antigamente, mas ela responde que está sem fome. Ela só quer ir para a casa da Shellie, então ligo o GPS e sigo as instruções.

Ela pega o celular para mandar uma mensagem de texto para a amiga, e meus pensamentos mudam de sintonia. Arcádia e May Crandall ofuscam o fato de a minha sobrinha estar mergulhando de cabeça em direção à adolescência. Qual será a resposta de May quando eu perguntar a ela sobre o significado daquela palavra, *Arcádia*?

Está ficando cada vez menos provável que eu descubra hoje. Quando eu deixar Courtney na casa da amiga, já será a hora do jantar no asilo. A equipe estará ocupada, assim como May.

Saio da estrada principal e passo por ruas arborizadas e repletas de casas grandiosas da virada do século, cercadas por jardins e gramados perfeitamente bem-cuidados. Seguimos por alguns quarteirões até eu me dar conta do porquê o caminho até a casa de Shellie me parecer tão familiar. A casa de vovó Judy em Lagniappe não fica muito longe.

— Ei, Court. Que tal ir até a casa da vovó Judy comigo antes de eu deixá-la na casa da sua amiga? — Não gosto da ideia de ir sozinha, mas acabou de me ocorrer que talvez eu possa encontrar algumas respostas entre os pertences da vovó Judy.

Courtney baixa o telefone, lançando-me um olhar pensativo.

— É meio estranho, tia Avery. Não tem ninguém lá, mas todas as coisas da vovó Judy ainda estão. — Ela faz um beicinho e seus olhos azuis me analisam com seriedade. É difícil para as crianças aceitarem a rápida mudança em vovó Judy. Esse é o primeiro contato real que têm com a possibilidade da morte. —

Vou com você se *realmente* quiser a minha companhia.

— Não, tudo bem. — Continuo e passo pelo retorno. Não há motivos para envolver Courtney nisso tudo. Vou dar uma passada em Lagniappe depois de deixar Court na casa da amiga.

Ela fica claramente aliviada.

— Tudo bem. Obrigada por me buscar hoje, tia.

— Sempre que precisar, querida.

Alguns minutos depois, ela está caminhando até a entrada da casa de Shellie, e eu rumo em direção à rua Lagniappe e ao passado.

Uma tristeza intensa me atinge quando sigo pelo portão de entrada e estaciono o carro. Para onde quer que eu olhe, há uma lembrança. As rosas que ajudei minha avó a plantar, o salgueiro onde eu brincava de casinha com as meninas da rua, a janela que parecia ter saído do castelo da Cinderela, a varanda que servia de fundo para as fotos do baile de formatura, a fonte do jardim onde carpas multicoloridas se juntavam em busca de migalhas de biscoito.

Quase *sinto* a presença da minha avó na varanda lateral da casa em estilo charlestoniano. Ao subir as escadas da varanda da frente, quase espero que ela esteja lá. É doloroso perceber que não está. Que nunca mais virei a este lugar e serei recebida por ela.

No jardim dos fundos, a estufa está fedorenta e empoeirada. O cheiro úmido e terroso se foi. As prateleiras e os vasos foram retirados também. Sem dúvida minha mãe os deu a alguém que poderia usá-los.

A chave extra está exatamente onde sempre esteve. Ela reflete a luz de fim de tarde quando tiro o tijolo solto perto da fundação da casa. É fácil entrar e desligar o alarme. Depois que o faço, fico na sala pensando: *Qual é o próximo passo?*

As tábuas do piso estalam sob meu peso e eu me sobressalto, mesmo se tratando de um som antigo e familiar. Courtney estava certa. A casa parece vazia e assustadora, não mais o segundo lar que sempre foi. A partir dos treze anos, eu ficava aqui durante o ano letivo sempre que meus pais estavam em Washington para que pudesse frequentar as aulas em Aiken com meus amigos.

Agora, eu me sinto como uma ladra sorrateira.

De qualquer forma, isso é tolice. Você nem sabe o que está procurando.

Fotos, talvez? Será que aquela mulher na foto de cabeceira de May Crandall estaria em algum dos álbuns antigos? Vovó Judy sempre foi a historiadora da família, a mantenedora da linhagem dos Stafford, a incansável que fazia legendas e etiquetas em sua antiga máquina de escrever e as grudava nas coisas. Não existe nada nesta casa, nenhum móvel, obra de arte ou foto que não tenha sido cuidadosamente rotulado com sua origem e donos anteriores. Seus itens pessoais — qualquer um deles — também são guardados dessa forma. A pulseira de libélulas chegou até mim em uma caixa gasta com uma nota amarelada presa ao fundo.

> *Julho de 1966. Um presente. Pedras da lua, pelas primeiras fotografias enviadas da lua pelo foguete espacial americano, o* Surveyor. *Granada, pelo amor. Libélulas, pela água. Safiras e ônix, pelas lembranças. Feito sob encomenda por Greer Designs, pelo artista Damon Greer.*

Abaixo, ela acrescentou:

> *Para Avery,*
> *Porque você é a que tem novos sonhos e trilha novos caminhos. Que as libélulas a levem por lugares além da sua imaginação.*
> *Vovó Judy*

Percebo agora que é muito estranho o fato de ela não indicar quem lhe deu o presente. Pergunto-me se posso conseguir a informação nas suas agendas antigas. Não se passava uma semana sequer sem que ela documentasse cuidadosamente os detalhes dos seus dias, mantendo informações sobre as pessoas que encontrava, o que vestia e o que tinha sido servido nas refeições. Se ela e May Crandall eram amigas ou frequentavam o mesmo grupo de bridge, o nome de May provavelmente estaria em algum lugar.

Um dia você vai ler tudo isso e conhecer todos os meus segredos, disse-me ela certa vez quando perguntei por que era tão meticulosa em escrever tudo que acontecia.

O comentário parece uma permissão agora, mas, enquanto atravesso a casa escura, a culpa me segue. Não é como se a minha avó tivesse morrido. Ela ainda está aqui. O que estou fazendo pode ser considerado invasivo, mesmo assim não consigo afastar a sensação de que ela *quer* que eu compreenda algo, que isso é importante, de alguma forma, para nós duas.

No pequeno escritório ao lado da biblioteca, sua última agenda ainda está sobre a escrivaninha. A página está aberta no dia em que ela desapareceu por oito horas e acabou perdida e confusa no antigo shopping center. Uma quinta-feira.

A letra mal está legível. Está trêmula e desce pela página. Não se parece em nada com a letra adorável e redonda da minha avó. *Trent Turner, Edisto*, é a única anotação do dia.

Edisto? Será que foi isso que aconteceu quando ela desapareceu? Será que, de alguma forma, ela achou que estava indo para a casa em Edisto Island para... se encontrar com alguém? Talvez ela tenho tido um sonho à noite e acordado acreditando que era real? Talvez estivesse revivendo um evento do passado?

Quem é Trent Turner?

Passo mais algumas páginas.

Não há nenhuma menção ao nome May Crandall entre os compromissos sociais de vovó Judy no último mês. Mesmo assim, May me deu a impressão de que elas tinham se encontrado recentemente.

Quanto mais páginas volto, mais legível a letra se torna. Sinto-me imersa nas rotinas familiares que eu costumava participar com a minha avó — eventos no Federation Women's Club, na diretoria da biblioteca, das Filhas da Revolução Americana ou do clube de jardinagem na primavera. É doloroso perceber que há sete meses, antes do seu rápido declínio, ela ainda estava razoavelmente lúcida e frequentava suas atividades sociais, embora uma amiga ou outra tenha mencionado que Judy vinha tendo alguns lapsos.

Passo por mais algumas páginas, curiosa, cheia de lembranças e pensando sobre este ano divisor de águas. A vida pode mudar em um piscar de olhos. A agenda reforça essa minha nova consciência em relação a isso. Nós planejamos os nossos dias, mas não os controlamos.

As anotações de janeiro começam com uma única linha rabiscada de maneira arbitrária na margem, um pouco antes do Ano-Novo. *Edisto* e *Trent Turner*, havia escrito novamente. Há um número de telefone anotado abaixo.

Talvez ela estivesse conversando com alguém sobre alguma obra na casa em Edisto? É difícil imaginar uma coisa dessas. A secretária pessoal de papai estava cuidando dos assuntos de vovó Judy desde a morte do meu avô, há sete anos. Se houvesse qualquer coisa a ser feita, a secretária teria cuidado de tudo.

Acho que só tem um jeito de descobrir.

Pego o meu telefone e disco o número.

O telefone toca uma vez. Duas.

Começo a imaginar o que vou dizer se alguém atender. *Hum... Não sei bem ao certo por que estou ligando. Encontrei o seu nome em um caderno antigo na casa da minha avó, e...*

E... o quê?

Cai na secretária eletrônica.

"Imobiliária Turner. Aqui é o Trent. Não há ninguém para atender à sua ligação no momento, mas se deixar um recado…"

Imobiliária? Estou chocada. Será que vovó Judy estava pensando em vender a casa em Edisto? Difícil imaginar. A casa estava na família de minha avó desde antes de ela se casar com o meu avô. Ela adora aquela casa.

Meus pais teriam me contado se estivéssemos vendendo a propriedade. Deve haver alguma outra explicação, mas já que não tenho como saber, volto para a minha busca.

No armário, encontro suas agendas antigas guardadas em uma estante de livros gasta, exatamente onde sempre estiveram. Estão organizadas por ordem crescente, a partir do ano que ela se casou com o meu avô até hoje. Só por diversão, pego a mais antiga. A capa de couro está seca e rachada, conferindo um ar de antiguidade à agenda. Deparo com uma letra feminina e redonda. Anotações sobre festas de mulheres, provas da faculdade, chás de panela, padrões de porcelana e encontros com meu avô preenchem as páginas.

Em uma das margens, ela treinou assinar o seu nome de casada, o floreio nas letras sendo testemunhas da emoção do primeiro amor.

Visitei os pais de Harold em Drayden Hill, diz uma das anotações. *Andamos a cavalo. Bati em algumas cercas. Harold me disse para não contar para sua mãe. Ela quer que estejamos inteiros para a cerimônia de casamento. Encontrei o meu príncipe. Sem a menor sombra de dúvida.*

Sinto um nó de emoção na garganta. Fico balançada.

Sem a menor sombra de dúvida.

Será que ela realmente se sentia assim? Será que realmente… *sabia* que ele era a pessoa certa para ela logo que o conheceu? Será que Elliot e eu deveríamos ter sentido algum tipo de… raio nos atingindo, em vez da maré relaxada que teve início nas aventuras da infância, passando pela amizade na vida adulta e chegando ao namoro e ao noivado, porque, depois de seis anos de relacionamento, parecia que já estava na hora? Será que existe alguma coisa errada com a gente porque não mergulhamos de cabeça, porque não temos a menor pressa?

Meu telefone toca, e eu o pego, desejando que seja ele.

A voz do outro lado é masculina e amigável, mas não é a de Elliot.

— Alô, aqui é Trent Turner. Recebi uma ligação deste número. Sinto muito não ter atendido. Como posso ajudar?

— Ah… Ah. — Todos os comentários iniciais de uma conversa fogem da minha mente e eu digo: — Encontrei o seu nome na agenda da minha avó.

Ouço o som de papéis ao fundo.

— A gente tinha algum compromisso agendado aqui em Edisto? Para olhar uma casa ou algo assim? Ou é sobre aluguel?

— Eu não sei qual era o assunto. Na verdade, eu estava esperando que você pudesse me dizer. Minha avó está com alguns problemas de saúde. Estou tentando entender as anotações na sua agenda.

— Qual o dia que tínhamos marcado?

— Não sei ao certo se vocês já tinham marcado. Achei que ela talvez tivesse ligado para falar a respeito da venda de uma propriedade. A casa Myers.

— Não é incomum por aqui que as casas sejam conhecidas pelo nome dos proprietários de anos atrás. Os pais da minha avó construíram Edisto para fugirem do calor úmido dos verões do interior. — Stafford. Judy Stafford. — Preparei-me para a mudança no tom de voz que quase sempre acompanha a menção ao sobrenome. Em qualquer lugar no estado, as pessoas nos amam ou nos odeiam, mas costumam saber quem somos.

— Staff... for... Stafford... — murmura ele. Talvez ele não seja daqui? Pensando bem, o sotaque dele não se parece com o de Charleston. Também não é da região litorânea da Carolina do Sul, mas tem um tom arrastado ali. Texas talvez? Por ter passado tanto tempo da minha infância misturando-me com crianças de outros lugares, sou boa em detectar sotaques, tanto estrangeiros quanto locais.

Segue-se uma pausa estranha. Seu tom está mais cauteloso depois disso.

— Só estou aqui há nove meses, mas posso garantir que ninguém ligou para cá sobre a venda da casa Myers. Desculpe não poder ajudar mais. — De repente, parece que ele quer encerrar logo a ligação. *Por quê?* — Se isso foi antes do início deste ano, meu avô, o primeiro Trent Turner, deve tê-la atendido. Mas ele faleceu seis meses atrás.

—Ah. Meus pêsames. — Sinto instantaneamente uma afinidade que vai além do fato de ele estar em um lugar que sempre amei de todo o coração. — Você tem ideia *do motivo* de a minha avó ter entrado em contato com ele? Segue-se outra pausa desconfortável, como se ele estivesse pesando cuidadosamente suas palavras.

— Na verdade, sim. Ele tinha alguns documentos para ela. É tudo o que posso dizer.

A advogada em mim vem à tona. Sinto o cheiro de uma testemunha relutante que está ocultando informações.

— Que tipo de documentos?

— Sinto muito. Eu prometi para o meu avô.

— Prometeu o quê?

— Que se ela viesse pessoalmente até aqui, eu entregaria o envelope para ela.

Alarmes soam na minha cabeça. O que estava acontecendo ali?

— Ela não está em condições de viajar.

— Então, não posso ajudá-la. Sinto muito.

E, com isso, ele desliga.

Capítulo Dez

Rill

O aposento está silencioso e tem cheiro de umidade. Pisco com muita força e deixo os olhos se abrirem bem devagar. Uma neblina de sono paira sobre mim e eu não consigo enxergar direito. É como o nevoeiro do rio que vai envolvendo a casa flutuante à noite.

Nada está onde deveria estar. Em vez das portas e janelas do *Arcádia*, vejo paredes grossas de pedra. O ar tem cheiro de compartimentos fechados onde guardamos as caixas de mantimentos e o combustível. O fedor de mofo e sujeira úmida entra pelo meu nariz e permanece ali.

Ouço Lark choramingar durante o sono. Escuto um rangido de dobradiças em vez do som suave das camas de puxar onde Lark e Fern costumavam dormir.

Piscando, olho em volta e vejo uma janela bem pequena e alta perto do teto. A luz da manhã passa por ali, mas é fraca e sombria.

Um galho arranha o vidro, produzindo um som suave. Dá para ver uma rosa despedaçada, fendida ao meio.

Tudo volta de repente. Lembro-me de ir dormir em um colchão com cheiro de mofo, olhando para a rosa pela janela à medida que o dia se apagava e meu irmão e minhas irmãs respiravam mais profunda e suavemente ao meu lado.

Lembro-me da funcionária de vestido branco que nos trouxe pela escada até o porão, acompanhando-nos pela fornalha e pelas pilhas de carvão até chegarmos a este quartinho.

— Vocês vão dormir aqui até descobrirmos se vão ficar para sempre. Não quero ouvir barulho nem bagunça. Vocês têm que ficar quietos e não podem sair da cama. — Ela apontou para as cinco camas dobráveis, do tipo que os soldados às vezes usam nos campos de treinamento ao longo do rio.

Então, ela saiu e fechou a porta atrás de si.

Subimos em silêncio nas nossas camas. Até mesmo Camellia. Eu estava feliz por estarmos sozinhos de novo, só nós cinco. Sem funcionários nem outras crianças nos observando com olhares curiosos, preocupados, tristes, cruéis, vazios como se estivessem mortos e duros.

Tudo que aconteceu ontem volta à minha mente como um show de imagens. Vejo o *Arcádia*, a polícia, Silas, o carro da srta. Tann, a fila do banho no andar de cima. Sinto-me tomada por um enjoo, que me engole da cabeça aos pés como a água parada aquecida pelo sol do verão e envenenada com tudo que caiu nela.

Sinto-me suja por dentro. E não tem nada a ver com a água turva da banheira que estava marrom de areia, nem com o sabonete que todas as crianças usaram antes de mim, incluindo minhas irmãs e Gabion.

Em vez disso, vejo a funcionária parada diante de mim quando entro na banheira, encolhendo os ombros para esconder o meu corpo.

— Lave-se. — Ela aponta para o sabonete e para um trapo. — Não temos tempo para frescura. Vocês, a gentalha do rio, não são lá muito puritanos, não é mesmo?

Não sei o que ela quer dizer com aquilo, nem como responder. Talvez eu não devesse dizer nada mesmo.

— Eu disse para você se lavar! — berra ela. — Você acha que tenho o dia todo? — Sei com certeza que ela não tem. Já a ouvi gritar a mesma coisa para outras crianças. Ouvi choros e resmungos e cusparadas quando cabeças foram afundadas para enxaguar. Por sorte, nenhuma das crianças Foss se importam com a água. Os pequenos passaram pelo banho sem muitos problemas, até mesmo Camellia. Quero fazer o mesmo, mas a mulher parece ter cismado comigo, talvez porque sou a mais velha.

Encolho-me na água porque está fria e suja. Ela se aproxima e me observa de um jeito que me causa arrepios.

— No fim das contas, acho que você não é tão crescida assim para ficar com as meninas menores. Mas não vai demorar muito até que tenhamos que colocar você em outro lugar.

Encolho ainda mais o meu ombro e me lavo o mais rápido que consigo.

Nesta manhã, ainda me sinto suja por ter tido que ficar diante de alguém daquele jeito. Espero que a gente vá embora daqui antes do próximo banho.

Quero que a pequena rosa cor-de-rosa lá fora desapareça. Quero que a janela mude e que as paredes virem madeira, que o piso de cimento mude e derreta e desapareça. Quero as velhas placas gastas sob os nossos pés e o rio balançando as nossas camas, e o som suave de Briny tocando sua gaita na varanda.

Acordei pelo menos dez vezes durante a madrugada, Fern espremeu-se ao meu lado e o peso que exercemos na lona faz com que fiquemos tão grudadas que é incrível que ela consiga respirar, quanto mais dormir.

Cada vez que me permito cair no sono, estou de volta ao *Arcádia*. Cada vez que acordo, estou aqui, neste lugar, e tento compreender.

Vocês vão dormir aqui até descobrirmos se vão ficar para sempre...

O que aquilo significa... *para sempre?* Não era para eles nos levarem para o hospital para vermos Briny e Queenie, agora que passamos a noite aqui e já estamos limpos? Será que vamos todos nós ou só alguns? Não posso deixar os pequenos aqui. E se essas pessoas tentarem machucá-los?

Tenho que proteger o meu irmão e minhas irmãs, mas não consigo nem proteger a mim.

As lágrimas deixam a minha boca grudenta. Disse para mim mesma que eu não ia chorar. Isso só serviria para assustar os pequenos. Prometi que tudo ia ficar bem e, até agora, eles acreditaram, até mesmo Camellia.

Fecho os olhos, encolho-me ao lado de Fern, deixo que as lágrimas cheguem e mergulhem no seu cabelo. Os soluços contraem o meu estômago e levantam o meu peito, e eu os engulo como se fossem vento. Fern continua dormindo. Talvez seus sonhos façam com que acredite que é apenas o balanço do rio.

Não durma. Tenho que colocar Fern de volta na própria cama antes que alguém chegue. Não posso permitir que tenhamos algum problema. A mulher nos disse para não sairmos das nossas camas.

Só mais um minuto ou dois. Só mais um minuto ou dois e vou me levantar e me certificar de que todos estão onde deveriam estar.

Adormeço e acordo, adormeço e acordo. Meu coração bate forte no peito quando ouço a respiração de alguém — não é de nenhum de nós. É de alguém maior. Um homem. Talvez seja Briny.

Mal o pensamento chega, sinto o cheiro de graxa velha, pó de carvão e suor tomarem o quarto. Não é Briny. Ele tem cheiro da água do rio e do céu. Da névoa da manhã no verão, do gelo e da fumaça de madeira no inverno.

Minha mente clareia, e ouço com atenção. Dois passos arrastados pela porta e depois mais nada. Não é o jeito que Briny anda.

Puxo a coberta para cobrir a cabeça de Fern, rezando para que ela não acorde ou se mexa agora. Ainda não amanheceu, a mesma luz sombria está passando pela janela. Talvez ele não note que Fern não está na cama.

Quando viro a cabeça, mal consigo enxergá-lo com o canto dos olhos. Ele é grande, bem mais alto e gordo do que Briny, mas isso é tudo que consigo ver. Ele é uma sombra, parado ali. Não se move, nem diz nada. Só fica ali parado, olhando.

Meu nariz está escorrendo por causa de todo o choro, mas não quero limpá-lo nem fungar. Não quero que ele perceba que estou acordada. Por que ele está ali?

Camellia se vira na cama.

Não, penso. *Pssssiu.* Será que ela está olhando para ele? Será que ele consegue ver se os olhos dela estão abertos?

Ele anda pelo quarto. Anda e para. Anda e para mais uma vez. Ele se debruça sobre a cama de montar de Lark e toca o seu travesseiro. Cambaleia um pouco e esbarra em uma viga de madeira.

Observo através das pálpebras semicerradas. Ele vem até a minha cama em seguida, olha por um minuto. Ouço o farfalhar do travesseiro perto da minha cabeça. Ele o toca duas vezes, bem de leve.

Então, para na outra cama e, finalmente, vai embora e fecha a porta. Solto o fôlego que eu estava prendendo, respiro fundo, e sinto o cheiro de hortelã. Quando puxo a coberta e acordo Fern, há duas balinhas brancas no travesseiro. Elas me fazem pensar imediatamente em Briny. Quando ele ganha dinheiro nos salões de bilhar ou arranja trabalho nas embarcações de teatros flutuantes que estão atracadas, sempre volta para o *Arcádia* com uma caixinha de pastilhas de hortelã Beech-Nut Luster-Mints no bolso. São do melhor tipo. Briny faz um joguinho de charadas com a gente e, se acertamos, ganhamos uma pastilha. *Se há dois cardeais em uma árvore e um no chão e três pássaros azuis em um arbusto e quatro no chão e um grande corvo na cerca e uma coruja na barra do estábulo, quantos pássaros estão no chão?*

Quanto mais velha a criança, mas difícil a pergunta. Quanto mais difícil a pergunta, mais gostoso era o sabor da pastilha.

O cheiro de hortelã desperta em mim uma vontade de correr até a porta para ver se Briny está ali. Mas essas balinhas de hortelã são de outro tipo. Elas nem parecem se encaixar direito na minha mão quando as pego e carrego Fern até a cama.

Perto da porta, Camellia enfia a dela na boca e mastiga.

Penso em deixar as balinhas nos travesseiros das crianças, mas, em vez disso, decido que é melhor guardá-las. Se uma das funcionárias chegar, tenho medo de que tenhamos problemas por estarmos com elas.

— Ladra! — exclama Camellia, falando pela primeira vez desde a fila do banho na noite anterior. Ela está sentada na cama, a alça de uma camisola larga demais escorregando até metade do seu braço. Depois do banho, uma das funcionárias foi até uma pilha de roupas e tirou de lá as que estamos usando. — Ele deu *uma* bala para cada um de nós. Você não pode ficar com todas. Não é justo.

— Psiu! — Ela fala tão alto que eu meio que espero que a porta se abra e que todos nós arrumemos problema. — Estou guardando para mais tarde.

— Você está roubando.

— Não estou, não. — Claramente Camellia voltou a ser ela mesma, mas, como sempre, acordou de mau humor. Ela não acorda feliz, nem com as balas de hortelã. Geralmente eu me defenderia, mas agora estou cansada demais para isso. — Já disse que estou guardando para mais tarde. Não quero que a gente tenha problemas.

Minha irmã encolhe os ombros magros.

— Já *estamos* com problemas. — Seu cabelo preto esparrama-se para a frente como a crina de um cavalo. — O que a gente vai *fazer*, Rill?

— A gente vai se comportar direitinho para que essas pessoas nos levem de volta para o Briny. Você não pode mais tentar fugir, Camellia. A gente não pode lutar contra eles, entendeu? Se eles ficarem com raiva, não vão nos levar para os nossos pais.

Ela me lança um olhar duro, seus olhos castanhos tão cerrados que fazem com que se pareça com o chinês que lava a roupa em grandes caldeiras ferventes ao longo da margem do rio.

— Você acha que eles vão levar a gente hoje? Acha mesmo?

— Se nos comportarmos direitinho. — Espero que não seja uma mentira, mas talvez seja.

— Por que nos trouxeram para cá? — A pergunta sai engasgada. — Por que não nos deixaram em paz?

Minha mente gira em busca de uma resposta, tentando entender tudo que aconteceu. Preciso explicar para mim mesma e para Camellia.

— Acho que foi algum engano. Eles devem estar pensando que Briny não vai vir procurar a gente. Mas ele vai explicar tudo assim que descobrir que não estamos em casa. Vai dizer para eles que alguém cometeu um grande engano e vai nos levar de volta para casa.

— Mas hoje? — Seu queixo treme e ela repuxa o lábio inferior para cima, do jeito que faz quando está prestes a entrar em uma briga com algum menino.

— Aposto que sim. Com certeza.

Ela funga e limpa a coriza com o braço.

— Não vou deixar essas mulheres me enfiarem naquela banheira de novo, Rill. Não vou mesmo.

— O que elas fizeram com você, Camellia?

— Nada. — Ela ergue o queixo. — Mas elas não vão me colocar lá de novo. Isso é tudo. — Se você não vai dar as balas para todo mundo, dê para mim. Estou faminta.

— Vamos guardar para mais tarde… Se a gente sair para brincar onde as outras crianças estavam ontem, eu as pego.

— Você disse que o Briny vai chegar mais tarde.

— Eu não sei *quando*. Só sei que ele vem.

Ela contrai o canto da boca, como se não estivesse acreditando nem por um minuto, então se vira para a porta.

— Talvez o homem possa nos ajudar a fugir. O que trouxe as balas de hortelã. Ele é nosso amigo.

Eu já tinha pensando sobre isso. Mas *quem* era aquele homem? Por que ele veio até aqui? Será que ele *quer* ser nosso amigo? Ele foi a primeira pessoa gentil com a gente desde que chegamos na casa da sra. Murphy.

— Vamos esperar pelo Briny — insisto. — Temos apenas que nos comportar direitinho, isso é…

A maçaneta da porta estala. Camellia e eu nos deitamos nas nossas camas ao mesmo tempo e fingimos que estamos dormindo. Meu coração está disparado no peito embaixo do cobertor. Quem está lá? É o nosso amigo ou outra pessoa? Será que ouviram a nossa conversa?

Não preciso esperar muito para descobrir. Uma mulher de cabelo castanho e vestido branco entra. Observo-a através de um pedaço fino do cobertor. Ela é robusta e forte como um lenhador e tem uma barriga protuberante. Não é uma das mulheres que vimos ontem.

Na porta, ela franze o rosto, olha em direção às nossas camas e, depois, para as chaves na sua mão.

— Todos vocês, levantem *agorra* mesmo. — Ela fala como a família da Noruega, cujo barco ficou atracado próximo ao nosso por um mês no último verão. Ela diz *agorra* em vez de *agora*, mas entendi bem o que ela quer. Não parece zangada, só cansada. — De pé e dobrem os cobertores.

Todas nós nos levantamos, menos Gabion. Tenho que sacudi-lo e tirá-lo da cama, e ele cambaleia e cai de bunda no chão, enquanto dobro os cobertores.

— Alguém esteve aqui *durrante* a noite, sim? — Ela segura uma chave entre os dedos.

Será que devemos contar para ela sobre o homem com as balas de hortelã? Talvez ele não devesse ter entrado no nosso quarto. Talvez a gente tenha problemas se descobrirem que não falamos nada.

— Não, senhora. Ninguém. Só nós — responde Camellia, antes que eu possa dizer alguma coisa.

— E *você* é a *encrenqueirra*, pelo que me *disserram*. — Ela lança um olhar duro para Camellia, e minha irmã se encolhe um pouco.

— Não, senhora.

— Ninguém veio até aqui. — Sou obrigada a mentir também. O que mais posso fazer agora que Camellia já negou? — A não ser que tenham vindo enquanto estávamos dormindo.

A mulher puxa a corrente presa na lâmpada do teto. Ela se acende e nós piscamos e apertamos os olhos.

— Esta porta *deverria* estar trancada. Estava, não é?

— Não sabemos — responde Camellia. — A gente ficou na cama o tempo todo.

A mulher olha para mim, e eu confirmo com um movimento de cabeça, antes de me ocupar com a arrumação do quarto. Quero me livrar das balas, mas estou amedrontada demais para isso, então as mantenho na minha mão, o que dificulta na hora de dobrar os cobertores, mas a mulher não nota. Ela parece estar com pressa de nos tirar dali.

Quando saímos do quarto, vejo o homem grande ali no porão, apoiado em um cabo de vassoura ao lado da fornalha enorme com uma grade na abertura que a faz se parecer com uma abóbora de Halloween. O homem nos observa passar. Camellia sorri para ele, e ele retribui o sorriso. Seus dentes são velhos e feios, e seu cabelo castanho e ralo escorre pelas laterais do rosto em mechas suadas. Mesmo assim, é bom ver um sorriso.

Talvez tenhamos um amigo aqui no final das contas.

— Sr. Riggs, se o senhor não tem mais nada *parra* fazer, vá consertar o galho que caiu no pátio *durrante* a noite — decreta a mulher. — Antes das crianças *saírrem parra* brincar.

— Sim, sra. Pulnik. — Seus lábios se levantam nos cantos e ele move um pouco a vassoura enquanto a sra. Pulnik sobe as escadas, mas não varre nada.

Camellia olha por cima do ombro, e ele dá uma piscadinha para ela. A piscadela me faz lembrar de Briny, então talvez eu goste um pouquinho do sr. Riggs no final das contas.

Lá em cima, a sra. Pulnik nos leva para a lavanderia e nos entrega algumas peças de uma pilha. Ela as chama de roupas de brincar, parecem-se mais com trapos. Diz para nos vestirmos e usarmos o banheiro, e é o que fazemos. O café da manhã parece exatamente igual ao jantar que nos serviram depois do banho na noite anterior: uma concha de um mingau de farinha de milho. Chegamos atrasados à mesa. As outras crianças já saíram para brincar. Depois que raspamos nossas tigelas, somos advertidos a não sair do quintal nem do cemitério da igreja, *senão...*

— E vocês não devem se aproximar da cerca. — A sra. Pulnik agarra o braço de Camellia e de Lark antes de conseguirmos passar pela porta. Ela se abaixa para nós com seu rosto redondo, vermelho e brilhante de suor. — Um *garroto* tentou passar por baixo ontem. A sra. Murphy o mandou *parra o armárrio*. Ser mandado *parra* o *armárrio* é muito, muito ruim. O *armárrio* é *escurro*. *Entenderram?*

— Sim, senhora — respondo, pegando Gabby e estendendo a mão para Lark para afastá-la da mulher. Ela está parada como uma estátua, sem mover nenhum músculo. Apenas as lágrimas grossas escorrem pelo seu rosto. — Vou garantir que todos respeitem as regras até podermos sair para encontrar nossa mãe e nosso pai.

A sra. Pulnik aperta os lábios.

— Muito bem. Essa é uma escolha muito inteligente *parra* vocês. *Parra todos* vocês.

— Sim, senhora.

Passamos pela porta o mais rápido possível. O sol parece o paraíso e o céu se abre por entre os álamos e os bordos, o chão de terra batida no fim da escada é frio e suave. Seguro. Fecho os olhos e ouço as folhas conversarem e os pássaros cantarem as músicas da manhã. Identifico seus cantos, um por um: cambaxirra, cardeal, tentilhão. Os mesmos pássaros que cantaram ontem de manhã quando acordei na nossa pequena casa flutuante.

As minhas irmãzinhas se agarram ao meu vestido, Gabby se debruça no meu braço, tentando descer, e Camellia reclama de ficarmos parados ali. Abro os olhos, e ela está olhando para a alta cerca preta em volta do pátio. Trepadeiras, arbustos espinhosos e azaleias a cobrem quase completamente, elevando-se bem acima da nossa cabeça. Só tem um portão que consigo ver, e vai até o pátio atrás da velha igreja vizinha, que também tem a mesma cerca à sua volta.

Camellia é grande demais para se espremer por baixo dela, mas parece estar procurando o melhor ponto para fazer isso.

— Vamos pelo menos até o balanço — choraminga ela. — Podemos ver a estrada de lá... Para quando Briny vier nos buscar.

Atravessamos o pátio, Gabion está no meu colo e minhas irmãs caminham juntas atrás de mim, até mesmo Camellia, que geralmente arruma briga em toda escola que frequentamos antes de você conseguir estalar os dedos. Os olhos das outras crianças estão focados em nós porque somos novos. Fingimos não notar. Costumamos ser excelentes nesse jogo: não sejam amigáveis demais; cuidem uma da outra; deixem que saibam que se mexerem com uma de vocês, é melhor estarem prontos para lidar com todas vocês. Mas dessa vez é diferente. Não conhecemos as regras deste lugar. Não existe professora observando. Não tem nenhum adulto por perto. Ninguém além das crianças, todas parando de brincar de pular corda ou de pique para nos encarar.

Não vejo a menininha que veio com a gente ontem. Seu irmão mais novo — aquele que a srta. Tann chamou de Stevie — está sentado na terra com um caminhãozinho de latão que já está sem tinta nenhuma e com uma roda faltando.

— Cadê a sua irmã? — Ajoelho-me ao lado dele, o peso de Gabion no meu colo faz com que eu me desequilibre e tenha de apoiar uma mão no chão.

Os ombros de Stevie se levantam e caem, e seus grandes olhos castanhos ficam marejados.

— Você pode vir com a gente — proponho para ele.

Camellia reclama.

— Ele não é nosso problema.

Digo a ela para ficar quieta.

Stevie faz bico e levanta os dois bracinhos. Tem uma grande marca de mordida em um deles, e eu fico imaginando quem poderia ter feito aquilo. Eu o pego no colo e fico em pé de novo. Ele é mais velho que Gabion, mas o peso é praticamente o mesmo. Ele é tão magrinho.

Duas meninas brincando com pratinhos de latão olham para a gente. Elas tiraram as folhas velhas e alisaram a terra para criar um lugar de faz de conta na sombra da casa do poço, como Camellia e eu fazemos na floresta, às vezes.

— Vocês querem brincar? — pergunta uma delas.

— Nem pensar — responde Camellia. — A gente não tem tempo. A gente vai até o pátio da igreja para esperar o nosso pai.

— Não deviam. — As meninas voltam a atenção para a brincadeira e nós seguimos o nosso caminho.

No portão para a igreja, um garoto grandalhão sai de trás da folhagem. Agora percebo que eles têm um esconderijo no meio dos arbustos. Tem quatro ou cinco ali atrás com um baralho. Um deles está entalhando uma lança com um canivete. Ele olha para mim com os olhos semicerrados e testa a ponta da lança com o dedo.

O grande menino ruivo fica em pé na frente do portão, com os braços cruzados no peito.

— Venha aqui — exige ele, como se me desse ordens. — Os outros podem passar e ir brincar. — Fica bem claro que ele quer que eu vá para debaixo dos arbustos com eles. Caso contrário meu irmão e minhas irmãs não poderão seguir para o pátio da igreja.

Sinto o rosto queimar. *O que ele está pensando?*

Camellia diz o que tinha acabado de passar pela minha cabeça.

— Nós não vamos a lugar nenhum com você. — Ela afasta os pés e ergue o queixo, que fica mais ou menos na altura do peito do garoto. — Você não manda na gente.

— Não estou falando com você, feiosa. Você mais parece uma vira-lata medonha. Alguém já disse isso para você? Estou falando com a sua irmã bonita.

Camellia esbugalha os olhos. Está prestes a ficar louca da vida.

— Não tão feia quanto você, cabeça de cenoura. Aposto que sua mãe chorou quando você nasceu.

Entrego Gabby para Fern. O pequeno Stevie não quer sair do meu colo. Seus braços ficam grudados no meu pescoço. Mas, se vamos entrar em uma briga, não posso ter um bebê pendurado em mim. O ruivo provavelmente é mais do que Camellia e eu conseguimos dar conta, e se os amigos vierem em seu auxílio, vamos estar encrencadas de verdade. Ainda não vejo nenhum adulto por perto, e um daqueles brutamontes tem uma faca.

As narinas do ruivo se abrem, e ele descruza os braços. Lá vem. Dessa vez Camellia fez uma aposta que não temos como ganhar. O garoto é pelo menos um palmo maior do que eu, e sou bem alta.

Minha mente começa a girar como um redemoinho, mais e mais rápido. *Pense. Pense em alguma coisa.*

Sempre use sua inteligência, Rill, diz Briny na minha mente, *e você vai encontrar um jeito de sair de um problema o mais rápido possível.*

— Tenho balas de hortelã — anuncio, enfiando a mão no bolso do meu vestido emprestado. — Você pode ficar com tudo, mas precisa nos deixar passar.

O garoto levanta o queixo e aperta os olhos.

— E onde você conseguiu essas balas?

— Eu não estou mentindo. — Eu mal consigo falar porque os bracinhos de Stevie estão me apertando com muita força. — Você vai nos deixar passar ou não?

— Entregue as balas — ordena ele enquanto os outros valentões saem do esconderijo para que pudessem dividir.

— Elas são nossas! — argumenta Camellia.

— Fique quieta! — Pego as balas. Elas estão um pouco sujas por ter ficado na minha mão naquela manhã, mas acho que os garotos não vão se importar.

O ruivo estende a mão e eu coloco as balas ali. Ele as aproxima dos olhos até ficar vesgo, e parece mais idiota do que antes. Um sorriso lento e cruel se abre em seu rosto. Um de seus dentes é lascado.

— Você ganhou do velho Riggs?

Não quero causar problemas para o homem do porão. Ele foi o único que foi legal com a gente até agora.

— Não é da sua conta.

— Ele é nosso *amigo* — Camellia não consegue ficar com a boca calada. Talvez ela pense que vai ajudar a assustar os garotos se eles souberem que o homenzarrão gosta da gente.

Mas o ruivo apenas sorri. Ele se aproxima do meu ouvido, ficando tão perto que consigo sentir o fedor do seu hálito e o calor da sua respiração na minha pele. Então, sussurra:

— Não deixe que Riggs a veja sozinha. Ele não é o tipo de amigo que você gostaria de ter.

Capítulo Onze

Avery

Barbas-de-velho escorrem pelas árvores tão delicadamente quanto a renda de um véu de noiva. Uma garça-azul alça voo, incomodada com a passagem do meu carro. Ela voa de forma desengonçada no início, como se precisasse de um instante para se ambientar ao ar, para encontrar as próprias asas, que bate vigorosamente, até flutuar na distância, sem pressa em pousar na terra novamente.

Conheço o sentimento. Por duas semanas, venho tentando dar uma escapada e seguir para Edisto Island. Entre as reuniões e as coletivas de imprensa que já estavam marcadas e uma complicação inesperada com a saúde de papai, isso foi impossível.

Passei os últimos seis dias em consultórios médicos, segurando a mão da minha mãe, tentando discernir por que, visto que o câncer e o sangramento intestinal deveriam ter sido curados com a cirurgia, papai uma vez mais estava tão anêmico que mal conseguia ficar em pé. Depois de exames infindáveis, acreditamos que a causa foi descoberta. A solução era simples: uma cirurgia por laparoscopia para corrigir vasos sanguíneos rompidos no seu sistema digestivo, um problema não relacionado ao câncer. Sem internação. Rápido e fácil.

Só que nada é simples quando você está tentando esconder o problema de todo o mundo, e papai insiste em não contar para ninguém que teve um pequeno contratempo de saúde. Leslie está completamente de acordo com isso. Ela divulgou a informação de que meu pai teve um caso grave de intoxicação alimentar e que estará de volta às atividades agendadas em alguns dias.

Minha irmã mais velha, Missy, interveio para substituí-lo em algumas aparições em eventos de caridade que não poderiam ser cancelados.

— Você parece exausta, Avery — declarou ela. — Por que não tira uns dias de folga agora que Leslie já liberou grande parte da agenda? Vá se encontrar com Elliot. Allison e eu podemos ficar de olho nas coisas em Drayden Hill.

— Obrigada... mas... você tem certeza?

— *Vá*. Faça os planos para o casamento. Talvez você consiga convencê-lo a ceder à pressão da mamãe.

Não digo a ela que, tirando algumas conversas apressadas, Elliot e eu nem começamos a discutir as ideias para o casamento. Nós dois temos muitas coisas com que lidar no momento.

— Elliot teve que ir para Milão para se encontrar com um cliente, mas acho que vou até a casa de Edisto. Alguém tem ido lá?

— Scott e eu levamos as crianças para passar alguns dias... Ah, acho que foi na última primavera. Os empregados continuam mantendo a casa impecável. Deve estar tudo pronto para recebê-la. Vá e aproveite para descansar um pouco.

Eu já estava fazendo as malas sem esperar que ela tivesse a chance de me dizer para aproveitar a praia por ela. Antes de sair da cidade, fui fazer a muita adiada visita ao asilo de May Crandall. Uma funcionária de lá me avisou que May tinha sido internada com infecção respiratória. Ela não sabia a gravidade da situação, nem quando ela estaria de volta.

O que significava que o misterioso envelope de documentos em Edisto é a minha única pista possível, pelo menos no momento. Trent Turner não atende minhas ligações. Minha única opção é confrontá-lo pessoalmente. O envelope que ele tem começou a assombrar todas as horas do meu dia. Estou ficando um pouco obcecada, criando histórias nas quais ele representa diferentes papéis em cada versão. Às vezes, ele é um chantageador que descobriu alguma terrível verdade sobre minha família e vendeu a informação para os inimigos do meu pai; é por isso que não atende minhas ligações. Outras vezes, ele é o homem da fotografia de May Crandall. A mulher grávida que ele está abraçando é minha avó, e ela teve algum tipo de vida secreta antes de se casar com meu avô. Um caso de amor na adolescência. Um escândalo que permaneceu secreto por gerações.

Ela deu o bebê para adoção, e ele está vivendo em algum lugar por todo esse tempo. Agora o herdeiro abandonado quer sua parte do dinheiro da família, *caso contrário...*

Todos os meus cenários parecem insanos, mas não são completamente infundados. Aprendi a ler as entrelinhas das agendas da minha avó. Minha pulseira com libélulas tem algum tipo de história mais profunda em Edisto. "Um presente adorável em um dia adorável em Edisto", diz o registro. "Apenas nós".

É o *apenas nós* que me intriga. Na página anterior, ela anotou que tinha recebido uma carta do meu avô, que havia levado os filhos para pescar nas montanhas por uma semana.

Apenas nós...

Quem? Quem teria dado presentes para ela em Edisto em 1966?

Minha avó costumava vir sozinha para cá com o passar dos anos, mas muitas vezes, não continuava sozinha depois de chegar à ilha. Ela deixou isso claro na sua agenda.

Será que ela estava tendo um caso?

Sinto o estômago revirar quando a ponte Dawhoo aparece mais adiante. Não pode ser essa a explicação. Apesar da pressão de uma vida pública, minha família sempre foi conhecida pelos sólidos casamentos. Minha avó amava profundamente meu avô. Além disso, vovó Judy é uma das pessoas mais corretas que conheço. É um pilar da comunidade e um exemplo na igreja metodista. Ela jamais esconderia um segredo de nós.

A não ser que o segredo fosse algo que pudesse nos ferir.

E é exatamente isso que me assusta.

E também é por isso que não posso permitir que o envelope fique à mercê de qualquer um sabe-se lá onde com o nome da minha avó escrito e algum tipo de informação clandestina lá dentro.

— Pronta ou não, aqui vou eu — sussurro no ar salgado. — O que é que você queria com minha avó, Trent Turner?

Enquanto aguardava em carros e salas de espera de consultórios médicos nas últimas semanas, tentei pesquisar Trent Turner, pai e filho, o avô e o pai do Trent Turner com quem eu conversei no telefone, que é Trent Turner III. Procurei por conexões políticas, antecedentes criminais ou qualquer coisa que pudesse explicar sua ligação com minha avó. Usei todos os meus truques favoritos de promotora pública. Infelizmente, não existe nada de óbvio. De acordo com o obituário de um jornal de Charleston de sete meses atrás, o primeiro Trent Turner era um antigo morador de Charleston e de Edisto Island e proprietário da Imobiliária Turner. Apenas um cara comum. Simples e normal. Seu filho, Trent Turner Junior, é casado e vive no Texas, onde tem uma agência imobiliária.

Trent Turner iii também parece ser alguém bem comum. Ele jogou basquete em Clemson e era muito bom. Atuava no mercado imobiliário comercial até pouco tempo, principalmente em Nova York. Um comunicado local para a imprensa de alguns meses atrás indica que ele deixou os negócios na cidade grande para assumir os do avô em Edisto.

Não consigo deixar de me perguntar: *Por que um homem que negociava valiosos imóveis comerciais se muda para um lugar no fim do mundo, como Edisto, e começa a vender casas de praia e alugar apartamentos para férias?*

Logo vou descobrir. Procurei seu endereço comercial. De um jeito ou de outro, planejo deixar o escritório da Imobiliária Turner com o envelope da minha avó nas mãos, seja lá qual for o conteúdo.

Apesar do nervosismo que se agita dentro de mim, Edisto começa a exercer sua magia à medida que atravesso a ponte em direção à ilha e continuo o caminho pela estrada, passando por casinhas costeiras gastas pela maresia e algumas poucas lojas espremidas entre pinheiros e carvalhos. À minha frente, o céu tem o tom perfeito de azul.

Este lugar ainda é exatamente como eu me lembro. Tem um toque gracioso e tranquilo, como um território inexplorado. Há um motivo para os residentes da ilha a chamarem de "Resisto". Os carvalhos antigos se curvam sobre a estrada como se quisessem ser um escudo contra o mundo externo. Árvores cobertas de musgos lançam sombras sobre a pequena suv que escolhi na garagem de Drayden Hill para a viagem. As estradas secundárias de Edisto podem ser um pouco irregulares e, além disso, não me pareceu ser uma boa ideia aparecer em uma bmw, considerando a minha desconfiança de que o conteúdo do envelope pode ter algo a ver com chantagem.

É fácil encontrar o prédio da Imobiliária Turner. É incomum, mas não necessariamente impressionante: o tipo de lugar que é o que se propõe a ser, uma casa vintage azul na Jungle Road, apenas a alguns quarteirões da praia. Agora que estou aqui, parece-me vagamente familiar, mas, quando eu era criança, obviamente nunca tive nenhum motivo para entrar.

Enquanto paro o carro no estacionamento com o chão coberto de cascalhos, sinto uma inveja momentânea do homem que vim procurar. Eu poderia trabalhar em um lugar como aquele. Até mesmo viver ali. Apenas mais um dia no paraíso, todas as manhãs. Não muito longe, ouço risos e os sons da praia. Pipas coloridas voam acima da copa das árvores, sopradas pela brisa constante do mar.

126 *Lisa Wingate*

Duas garotinhas correm pela rua, segurando bastões com fitas vermelhas na ponta. Três mulheres passam de bicicleta, rindo. Uma vez mais, sinto inveja. Por que não venho aqui com mais frequência? Por que nunca ligo para as minhas irmãs ou para a minha mãe e digo: "Ei, vamos sair um pouco para pegar um sol. Poderíamos ter um tempo só para as garotas, não é?".

Por que Elliot e eu nunca viemos aqui?

A resposta tem um gosto amargo, então eu não penso nisso por muito tempo. Nossas agendas estão sempre tomadas por outros compromissos. É por isso.

Quem é que escolhe os nossos compromissos? Nós mesmos, eu acho.

Embora, às vezes, pareça que não temos nenhuma escolha. Se não passarmos novas demãos de tinta em todos os frontes constantemente, o vento e o tempo vão se infiltrar e ruir todos os feitos de dezenas de gerações da família. Uma boa vida exige muita manutenção.

Subo os degraus da escada que leva à varanda da frente da Imobiliária Turner e respiro fundo para me fortalecer. Uma placa informa: Entre, estamos abertos... É o que eu faço. Uma sineta anuncia a minha entrada, mas não há ninguém atrás do balcão.

A sala da frente é um saguão com cadeiras coloridas alinhadas. Há um bebedouro com copos de papel à disposição. Prateleiras exibem diversas brochuras. Uma máquina de pipoca me lembra de que eu não almocei. Lindas fotografias da ilha enfeitam as paredes. A base do balcão do outro lado da sala é decorada com desenhos feitos por crianças e fotos de famílias felizes posando na frente de suas novas casas de praia, misturando aleatoriamente presente e passado. Algumas em preto e branco parecem ter sido tiradas nos anos 1950. Passo os olhos por elas, procurando a minha avó. Não há sinal dela.

— Olá — arrisco, já que ninguém aparece. — Olá?

Talvez as pessoas tenham saído por um minuto? O lugar está no mais absoluto silêncio.

Meu estômago ronca, implorando por pipoca.

Estou prestes a ir até a máquina quando a porta dos fundos se abre. Devolvo o saco de pipoca e me viro.

— Oi! Eu não sabia que havia alguém aqui.

Reconheço Trent Turner III da fotografia que encontrei na internet, mas a foto tinha sido tirada à distância, uma fotografia de corpo inteiro na frente de um prédio. Ele estava de boné e usava barba. A imagem não lhe fez jus.

A barba está feita agora. Vestindo calça cargo, mocassins gastos sem meia e uma camisa polo bem ajustada, parece que estava sentado sob um guarda-sol em algum lugar... Ou em alguma propaganda de roupas casuais. Seu cabelo é louro e os olhos são castanhos. O cabelo despenteado anuncia logo de cara: *Eu moro perto da praia.*

Ele se aproxima pelo corredor, equilibrando algumas sacolas com comida e uma bebida. Eu me pego encarando as sacolas com avidez. Acho que sinto cheiro de camarão e fritas. Meu estômago protesta em alto e bom som.

— Sinto muito, eu... não havia ninguém aqui. — Faço um sinal com o polegar, indicando a porta.

— Dei uma saidinha para comprar o almoço. — Ele deixa a comida no balcão e procura por um guardanapo, mas se contenta em limpar os respingos de bebida na mão com o pedaço de papel da impressora. Nosso aperto de mão é grudento, mas amigável. — Trent Turner — apresenta-se ele com tranquilidade. — O que posso fazer por você? — O seu sorriso faz com que eu *queira* gostar dele. É o tipo de sorriso que assume que as pessoas *gostam* dele. Ele parece... honesto, eu acho.

— Eu liguei há algumas semanas. — Não fazia sentido começar já informando o meu nome.

— Aluguel, compra ou venda?

— Hã?

— De um lugar. Estamos falando sobre aluguel ou compra e venda? Ele claramente está tentando se lembrar. Mas também tem mais do que interesse casual em relação a mim. Sinto uma fagulha de... alguma coisa.

Vejo que estou retribuindo o sorriso.

Sinto uma pontada de culpa na hora. Será que uma mulher que está noiva — mesmo que esteja desacompanhada — deveria reagir dessa forma? Talvez seja apenas porque Elliot e eu mal conversamos nas últimas duas semanas. Ele está em Milão. O fuso horário é difícil. Ele está concentrado no trabalho. E eu, nos problemas de família.

— Sobre nenhum. — Acho que não tem mais sentido prolongar isso. O fato de ele ser bonito e adorável não muda a realidade. — Eu liguei para falar de algo que encontrei na casa da minha avó. — A relação amigável que acabei de começar com Trent Turner certamente não durará por muito tempo. — Sou Avery Stafford. Você disse que tinha um envelope para minha avó, Judy Stafford? Eu estou aqui para pegá-lo.

A atitude dele muda na hora. Antebraços musculosos se cruzam sobre o peito forte, e o balcão rapidamente se torna uma mesa de negociação. Uma nem um pouco amigável.

Ele parece irritado. Muito irritado.

— Sinto muito por você ter vindo aqui à toa. Eu disse para você que não posso entregar esses documentos para ninguém, apenas para as pessoas a quem se destinam. Nem mesmo para membros da família.

— Eu tenho uma procuração da minha avó. — Já estou tirando o documento de dentro da minha bolsa enorme. Sendo a advogada da família e com a minha mãe e o meu pai preocupados com questões de saúde, fui escolhida para lidar com os documentos da vovó Judy. Desdobro os papéis diante dele, que ergue uma das mãos em protesto. — Ela não está em condições de lidar com os próprios assuntos. Estou autorizada a...

Ele rejeita os documentos sem nem mesmo olhá-los.

— Não é uma questão legal.

— É sim. Ser for uma *correspondência* para minha avó.

— Não é uma correspondência. É mais como... limpar algumas pontas soltas dos arquivos do meu avô. — Ele desvia o olhar, pousando-o nas palmeiras do lado de fora da janela, evitando meu escrutínio.

— Então, é sobre a casa aqui em Edisto? — Estou em uma imobiliária afinal de contas. Mas por que manter tanto segredo em relação a documentos imobiliários?

— Não.

A resposta dele é decepcionante e curta. Em geral, quando você lança uma suposição errada para uma testemunha, ela responde de forma natural, dando-lhe algum tipo de informação sobre a correta.

É óbvio que Trent Turner já passou por várias negociações antes. Na verdade, sinto que ele já passou por *este* tipo específico de negociação antes. Ele disse *esses documentos* e *pessoas*, no *plural*. Será que outras famílias também são reféns?

— Eu *não* vou embora até descobrir a verdade.

— Tem pipoca. — Sua tentativa de ser engraçado serve apenas para atiçar minha ira.

— Eu não estou brincando.

— Sei disso. — Pela primeira vez ele parece ligeiramente solidário à minha busca. Ele descruza os braços. Passa uma das mãos pelo cabelo. Pisca os espessos cílios castanhos. Linhas de tensão se formam nas extremidades, sugerindo uma vida que antigamente tinha muito mais pressão do que a que leva agora. — Eu prometi para o meu avô... No seu leito de morte. E pode confiar em mim quando eu digo que é melhor assim.

Não confio nele. Essa é a questão.

— Eu vou atrás disso mesmo que tenha que ser por meios legais.

— Dos arquivos do meu avô? — Um riso irônico indica que ele não lida muito bem com ameaças. — Boa sorte com isso. Eles eram propriedade dele. E são meus agora. Você vai ter que se contentar com isso.

— Não se isso puder prejudicar minha família.

A expressão no seu rosto me diz que estou próxima da verdade. Sinto-me mal. Minha família *realmente* tem um segredo obscuro. Mas, sobre o quê?

Trent solta um longo suspiro.

— É só que... é melhor assim. É tudo que posso dizer.

O telefone toca e ele atende, parecendo torcer para que a interrupção me mande embora. A pessoa do outro lado da linha parece ter milhares de perguntas sobre aluguel de casas em Edisto e as atividades na ilha. Trent começa a falar sobre tudo, desde pesca de peixes na região até fósseis de mastodonte e pontas de flechas na praia. Ele conta para o interlocutor uma linda história sobre as famílias ricas que moravam em Edisto antes da guerra entre os estados. Discorre sobre caranguejo e lama de mangue e colheita de ostras.

Ele coloca um camarão frito na boca e o saboreia enquanto ouve. Virando de costas para mim, ele se apoia no balcão.

Volto para meu assento perto da porta e fico olhando para suas costas enquanto ele oferece uma verdadeira aula sobre Botany Bay. Parece descrever cada centímetro da área de preservação ambiental de mil e quinhentos hectares. Fico batendo o pé e tamborilando os dedos. Ele finge não notar, mas vejo que olha para mim pelo canto dos olhos.

Pego meu telefone e passo pelos meus e-mails. Se a situação ficar ainda pior, estou pronta para entrar no Instagram ou explorar o Pinterest e ver as ideias de casamento que minha mãe e Bitsy querem que eu veja.

Trent começa a mexer no computador, procura informações e fala sobre aluguéis e datas.

O cliente finalmente escolhe a época e o lugar ideal para as férias. Trent confessa que não é ele que lida com as questões dos aluguéis e, sim, a secretária, que está em casa porque o bebê está doente. Mas ele garante que vai enviar um e-mail para que ela cuide das confirmações.

Por fim, depois do que parece ser pelo menos meia hora de conversa fiada, ele se empertiga e olha na minha direção. Em seguida me encara de cima a baixo. Esse homem é possivelmente tão teimoso quanto eu. Infelizmente, ele pode estender a conversa por mais tempo. Ele tem comida.

Desligando o telefone, ele leva o punho à boca, meneia a cabeça e suspira.

— Não importa quanto tempo você fique aqui. Não vai mudar nada. — Ele está começando a demonstrar sua frustração. Estou chegando a algum lugar. Estou incomodando.

Vou calmamente até a máquina de pipoca e até o filtro de água e me sirvo. Agora que tenho o que preciso para a espera, volto para meu lugar.

Ele puxa a cadeira que está atrás do computador, senta-se e se esconde atrás de um arquivo de quatro gavetas.

Quando coloco a primeira pipoca na boca, meu estômago ronca de forma indelicada e alta.

Uma caixinha de camarão brota na ponta do balcão. Dedos masculinos a empurram na minha direção, mas ele não diz nada. O gesto de bondade faz com que eu me sinta culpada, ainda mais quando ele acrescenta, com um toque resoluto, uma lata de refrigerante fechada. Certamente estou arruinando o seu dia perfeito.

Pego alguns camarões e volto para meu lugar. Ao que tudo indica, culpa combina muito bem com camarão frito.

Ouço o som de digitação. Outro suspiro ressoa atrás do gaveteiro de arquivo. Passa-se mais tempo. A cadeira geme em protesto como se ele estivesse se recostando com mais força.

— Vocês, os Stafford, não têm gente para fazer esse tipo de coisa para vocês?

— Às vezes. Mas não nesse caso.

— Tenho certeza de que você está acostumada a ter tudo que quer.

A insinuação dele me magoa. Luto a vida toda contra isso: a ideia de que minhas únicas qualificações são uma cabeleira loura bonita e o nome Stafford. Agora, com o aumento da especulação sobre meu futuro político, estou incrivelmente farta de ouvir isso. O nome da minha família não contribuiu para eu me formar em direito com honra ao mérito pela Universidade Columbia.

— Eu trabalho duro para ter tudo que tenho, obrigada.

— Humpf.

— Eu não peço tratamento diferenciado e nem espero favores.

— Então, eu posso ligar para a polícia e pedir que a tirem da minha sala de espera como eu faria com qualquer outra pessoa que entrasse aqui e não fosse embora quando eu pedisse?

Camarão e pipoca formam um caroço um pouco abaixo do meu esterno. Ele não faria... Faria? Já posso ver a cobertura da imprensa. Leslie ia acabar comigo de uma vez só.

— Isso acontece com frequência?

— Só quando alguém toma cervejas demais na praia. E Edisto não é bem esse tipo de lugar. Não temos muita animação por aqui.

— É, eu sei. E tenho a sensação de que esse é um dos motivos pelos quais você não vai querer envolver a polícia nisso.

— Um dos motivos?

— Duvido que você não saiba que existem pessoas que não hesitariam em ameaçar minha família com informações que poderiam ser prejudiciais... se é que tais informações existem. E esse tipo de comportamento é ilegal.

Trent levanta da cadeira em um estalar de dedos, e eu faço o mesmo. Nós nos encaramos como dois generais, um de cada lado da mesa.

— Você está a um passo de conhecer a polícia de Edisto.

— O que seu avô queria com minha avó?

— Não era chantagem, se é isso que você está insinuando. Meu avô era um homem íntegro.

— Por que ele deixou um envelope para ela?

— Eles tinham negócios em comum.

— *Que tipo* de negócios? Por que ela nunca contou nada para ninguém?

— Talvez ela achasse que era melhor assim.

— Ela vinha aqui para... se encontrar com alguém? Ele descobriu?

Ele dá um passo para trás, os lábios se contorcendo.

— Não!

— Então *conte!* — Estou no modo tribunal agora, concentrada em um único objetivo: chegar à verdade. — Entregue o envelope para mim!

Ele bate com a mão no balcão, tirando tudo do lugar. Então, contorna o balcão e estamos cara a cara. Tento ficar o mais alta possível, mas ele ainda é bem maior do que eu. Recuso-me a me sentir intimidada. Vamos resolver tudo. Aqui e agora.

A sineta da porta toca, e eu mal percebo. Estou concentrada demais nos olhos azuis e nos dentes cerrados.

— Nossa, está quente lá fora. Tem pipoca hoje? — Quando olho por sobre o meu ombro, um homem que parece estar de uniforme, um funcionário do parque ou talvez um treinador de algum esporte, está parado na porta, olhando para mim e para Trent Turner. — Ah, eu não sabia que você tinha companhia.

— Pode entrar e se servir, Ed. — Trent cumprimenta o recém-chegado com um entusiasmo amigável, que rapidamente desaparece quando ele olha para mim e acrescenta: — A Avery já estava mesmo de saída.

Capítulo Doze

Rill

São necessárias duas semanas para eu descobrir que as crianças daqui estão sob a tutela da Sociedade de Orfanatos do Tennessee. Não sei o que *tutela* significa quando ouço a sra. Murphy dizê-la ao telefone. Também não posso perguntar, já que não deveria estar escutando. Descobri que se eu escalar os arbustos de azaleia ao longo da casa, consigo chegar perto o bastante para escutar o que se passa no seu escritório através das telas nas janelas.

— Certamente, todas as crianças estão sob a tutela da Sociedade de Orfanatos do Tennessee, Dortha. Eu entendo a difícil situação da sua nora. Quando estão infelizes, muitos homens se voltam para bebidas e... flertes. É tão difícil para a esposa. Uma criança talvez deixe a atmosfera mais leve e resolva todo o problema. A paternidade tem o poder de mudar um homem. Tenho certeza de que vai dar tudo certo, considerando que você não terá problemas para pagar as taxas. Sim... sim... rápido. É claro. Uma surpresa para o aniversário de casamento. Que lindo. Se eu simplesmente pudesse *dar* um desses a você, Dortha, é exatamente o que eu faria. Tenho alguns lindos querubins agora. Mas é a srta. Tann que toma todas as decisões. Eu só recebo para alimentar as crianças e...

Ao escutar aquela conversa, entendi rapidamente o significado daquela nova palavra. Estar sob tutela quer dizer que seus pais não vão voltar para buscar você. As crianças aqui dizem que se seus pais não vêm a srta. Tann entrega você para outra pessoa, e eles a levam para casa. Às vezes, essas pessoas ficam com você; às vezes, não. Tenho medo de fazer muitas perguntas porque não devemos conversar sobre isso, mas tenho a sensação de que é por isso que a irmã mais velha de Stevie não reapareceu desde o dia em que chegamos aqui. A srta. Tann a deu para alguém. Sherry estava sob tutela.

Temos sorte de não estarmos. Nós somos de Briny, e ele vai vir nos buscar assim que Queenie estiver melhor. Está levando mais tempo do que imaginei, e é por isso que comecei a escutar as conversas da sra. Murphy. Tenho esperança de ouvir algo sobre Briny. Quando pergunto para as funcionárias, elas só dizem para eu me comportar, senão ficaremos aqui por mais tempo. Não consigo pensar em nada pior do que isso, então me esforço para garantir que eu e meus irmãos nos comportemos bem.

Estou me arriscando subindo até a janela desse jeito, sei bem. Não devemos nos aproximar dos canteiros de flores da sra. Murphy. Se ela descobrir que estou ouvindo suas ligações telefônicas e as conversas na varanda da frente quando pessoas vêm visitar... Eu tenho algumas ideias do que poderia acontecer comigo.

Ela se aproxima da tela e, por entre os galhos de azaleia, vejo uma nuvem de fumaça de cigarro sair. A fumaceira se ergue pelo ar úmido como o gênio da lâmpada de Aladim, e sinto vontade de espirrar. Bato com a mão no rosto e os galhos se mexem. Sinto o coração martelar dentro do peito.

— Sra. Pulnik! — berra ela. — Sra. Pulnik!

Sinto a pele gelar. *Não fuja. Não fuja*, digo para mim mesma.

Passos apressados se aproximam pelo corredor da casa.

— Pois não, sra. Murphy?

— Diga para Riggs colocar veneno embaixo das azaleias esta noite. Aqueles coelhos infernais entraram nos meus canteiros de novo.

— Vou pedir *parra* ele fazer isso *agorra* mesmo.

— E diga a ele para arrumar o jardim da frente e tirar as ervas daninhas. Diga a ele para usar os meninos mais velhos para fazer isso. A srta. Tann virá amanhã. Este lugar tem que estar apresentável, caso contrário...

— Sim, sra. Murphy.

— O que aconteceu com os que estão na enfermaria? O menininho com olhos violeta em particular. A srta. Tann quer vê-lo. Ela o prometeu para uma encomenda em Nova York.

— Está letárgico, sinto informar. Também está bem magro. Ele come muito pouco do mingau de milho. Não acredito que ele *estarrá* bem *parra* viajar.

— A srta. Tann não vai ficar nada satisfeita. *Eu* não estou nada satisfeita. Imaginei que esses meninos de rua seriam mais fortes, considerando que foram criados em becos e canais.

— Verdade. A menina da enfermaria também está *piorrando* muito. Já se recusa a comer há dois dias. Devemos chamar o médico, não?

— Não, é claro que não. Por que diabos eu chamaria um médico por causa de uma coisa à toa dessas? Crianças sempre ficam doentes. Dê a ela um pouco de raiz de gengibre. Isso deve resolver.

— Como *queirra*.

— Como vai o pequeno Stevie? Ele é *praticamente* do mesmo tamanho do menino da enfermaria. Um pouco mais velho, mas isso pode ser mudado. Que cor são os olhos dele?

— Castanhos. Mas ele está sempre fazendo xixi na cama. E não fala nenhuma palavra. Não creio que o cliente *ficarrá* satisfeito com ele.

— Não podemos aceitar isso. Amarre-o na cama e o deixe ali por um dia se ele fizer xixi lá de novo. Isso vai fazer com que ele aprenda. De qualquer forma, olhos castanhos não estão de acordo com o pedido. Azuis, verdes ou violeta. Essas cores foram pedidas especificamente. Não castanhos.

— Robby?

Sinto um aperto na garganta. Robby é o nome que deram para o meu irmãozinho. Não tem outro Robby na casa.

— Temo que não. Os cinco estão sendo guardados para uma visita especial.

Engulo a queimação que sobe pela minha garganta, até que ela volte para o meu estômago. *Uma visita especial.* Acho que sei o que isso significa. Vi alguns pais virem aqui algumas vezes. Eles esperam na varanda e as funcionárias levam os filhos para eles, limpos e vestidos e com os cabelos penteados. Os pais levam presentes, dão abraços e choram quando têm que ir embora. Uma visita é isso.

Briny virá nos ver em breve.

Mas isso também me preocupa. Na semana passada, um homem apareceu para visitar o filho, e a sra. Murphy disse que ele não estava aqui. Que ele tinha sido colocado para adoção. E que sentia muito. Foi o que ela disse.

— Ele tem que estar aqui, — argumentou o homem. — Lonnie Kemp. Ele é meu. Eu não assinei papéis para ele ser adotado. O orfanato estava apenas o acolhendo até eu me reerguer.

A sra. Murphy não pareceu preocupada, nem mesmo quando o homem desmoronou e começou a chorar.

— Não importa. Ele já se foi. O tribunal de família considerou que isso era o melhor para ele. Ele foi levado por pais que podem sustentá-lo.

— Mas ele é *meu* filho.

— O senhor não deve ser egoísta, sr. Kemp. O que não tem remédio, remediado está. Pense no seu filho. Ele terá do bom e do melhor. Tudo o que o senhor não pôde proporcionar.

— Ele é meu filho...

O homem caiu de joelhos e ficou soluçando ali na varanda.

A sra. Murphy simplesmente entrou e fechou a porta. Depois de um tempo, o sr. Riggs apareceu, acompanhou o homem até a rua e o colocou de volta no seu caminhão. Ele ficou sentado ali o dia todo olhando para o pátio, procurando o filho.

Fico preocupada que talvez Briny venha aqui e tenha que enfrentar o mesmo problema. Só que Briny não vai ficar parado ali e chorar. Ele vai invadir o lugar e algo terrível vai acontecer. O sr. Riggs é um homem muito grande. A srta. Tann conhece pessoas na polícia.

— Cuide muito bem do pequeno na enfermaria — adverte a sra. Murphy agora. — Dê um bom banho quente nele e um pouco de sorvete. Talvez um biscoito de gengibre. Isso vai animá-lo. Vou perguntar para a srta. Tann se ela consegue adiar o pedido por um ou dois dias. Quero que ele esteja bem o suficiente para viajar. Entendeu?

— Sim, sra. Murphy. — A resposta da sra. Pulnik foi um sibilo entre dentes, o que me diz que eu definitivamente não quero ser pega aqui embaixo das azaleias hoje. Quando ela fica com esse *humor*, é melhor fugir bem depressa e se esconder, porque ela procurará alguém em quem descontar sua fúria.

A última coisa que ouço é a sra. Murphy caminhando até o corredor e gritando:

— E não se esqueça do veneno para os coelhos!

Pego um galho quebrado e silenciosamente começo a esfregar as folhas sobre a marca dos meus joelhos na terra para que o sr. Riggs não saiba que estive aqui. Não quero que ele diga nada para a sra. Pulnik.

Mas isso não é o que mais me assusta. O que mais me assusta é que o sr. Riggs descubra que alguém consegue subir até aqui. Para chegar aqui, temos que passar pelas portas do porão. Riggs as mantém abertas e, se puder, pega as crianças e as leva para lá com ele de um jeito ou de outro. Ninguém fala sobre o que acontece lá embaixo, nem mesmo os garotos maiores. Se você contar, dizem eles, Riggs vai pegar você e quebrar o seu pescoço, e dizer que você caiu de uma árvore ou das escadas. Depois ele vai pegar o seu corpo e atirá-lo para jacarés, e ninguém nunca mais vai ouvir falar de você.

James, o garoto ruivo, já está aqui tempo suficiente e já viu acontecer. Nós lhe damos balinhas, e ele nos conta tudo que precisamos fazer para sobreviver aqui na casa da sra. Murphy. Não somos amigos, mas balas compram muitas coisas por aqui. Toda manhã, quando acordamos, tem um pacote de balas de hortelã enfiado por baixo da nossa porta. À noite, ouço o sr. Riggs chegar. Ele tenta abrir a porta, mas está trancada. E as funcionárias sempre levam as chaves quando nos colocam para dormir. Fico feliz. Às vezes, depois que vem até o nosso quarto, ouço seus passos enquanto ele sobe as escadas da casa. Não sei para onde vai, mas fico feliz de estarmos lá no porão. É frio, as camas de armar são ásperas e fedorentas, e temos que usar um penico à noite, mas pelo menos ninguém pode nos pegar quando estamos lá.

Espero que Briny venha antes de haver camas vazias o suficiente para nos levarem lá para cima.

Riggs está a caminho da porta do porão quando chego ao fim do canteiro. Quase não tenho tempo para deixar os ramos de azaleia baixarem e me esconderem.

Ele olha diretamente para mim e desce os degraus, mas não consegue me ver. Sou como o Homem Invisível de novo. Sou a Menina Invisível. Sou sim.

Espero até ter certeza de que ele se foi, e então saio do meu esconderijo, tão silenciosa quanto um lince. Os linces podem estar a menos de um metro de distância sem que você perceba. Respiro fundo e passo correndo pela porta do porão e contorno a figueira. Depois de passar pela árvore, você está seguro. Riggs sabe que as funcionárias olham muito pelas janelas da cozinha. Ele não faria coisas onde qualquer um poderia ver.

Camellia está esperando por mim no monte atrás do parquinho da igreja. Lark e Fern estão na gangorra com Gabion no meio. Stevie está sentado no chão ao lado de Camellia. Ele vem para o meu colo assim que me sento.

— Que bom — comemora Camellia. — Tire ele de mim. Ele fede a mijo.

— Ele não consegue evitar.

Stevie envolve meu pescoço com os bracinhos e apoia a cabeça no meu peito. Está grudento e com um cheiro ruim. Passo a mão na sua cabeça, e ele choraminga e se afasta. Tem um galo por baixo do cabelo. As ajudantes gostam de bater na cabeça das crianças onde o machucado não aparece.

SEGREDOS DE FAMÍLIA *139*

— Consegue, *sim*. Poderia falar também, se quisesse. Ele só está arrumando encrenca com as funcionárias. Já falei para ele parar com isso. — Como Camellia é adorável. Se qualquer um de nós for para *o armário*, provavelmente será ela. Ainda não sei o que acontece *no armário*, mas deve ser horrível. Uns dois dias atrás, a sra. Murphy parou diante da mesa do café da manhã e avisou que quando o ladrão de comida for pego irá para o armário, e não será apenas por um dia.

Nada voltou a desaparecer da cozinha desde então.

— Stevie só está com medo. Ele sente... — Paro de falar antes de completar a frase. Só vai deixá-lo ainda mais triste se eu mencionar a sua irmã. Às vezes, até esqueço que, embora ele não esteja mais falando, ainda compreende tudo que dizemos.

— O que você ouviu na janela?

Camellia odeia o fato de eu não permitir que ninguém mais se esconda nas azaleias. Ela sempre me analisa e me cheira para ver se eu encontrei balas enquanto estava lá. Ela acha que os meninos maiores estão mentindo sobre o sr. Riggs. Se eu não tomar conta dela, Camellia vai acabar se esgueirando até lá enquanto estivermos brincando aqui fora. Não posso me distrair nem por um minuto, a não ser que a deixe tomando conta dos menores.

— Ela não disse nada sobre Briny. — Ainda estou tentando compreender o que ouvi embaixo da janela da sra. Murphy. Não sei o quanto devo contar para Camellia.

— Ele não vai voltar. Deve ter sido preso ou algo assim. E não consegue sair. Queenie morreu.

Eu me levanto, segurando Stevie no colo.

— Não morreu, não! Nunca mais diga isso, Camellia! *Nunca mais!*

No parquinho, as gangorras param, e os pés se arrastam na terra para deter os balanços. As crianças olham para a gente. Estão acostumadas a ver os garotos maiores entrarem em brigas e rolarem pelo chão, trocando chutes e socos. As meninas não costumam fazer o mesmo.

— É verdade! — Camellia levanta-se com um salto, erguendo o queixo e pondo as mãos nos quadris. As sardas parecem fazer com que seus olhos fiquem bem pequenos, reduzindo-os a quase nada, e ela contrai o nariz. Parece um porquinho malhado.

— Não é, não!

— É, sim!

Stevie chora e se contorce para escapar. Acho que é melhor deixá-lo ir. Ele corre para a gangorra, e Lark o pega no colo.

Camellia prepara o punho. Não será a primeira vez que entramos em uma luta de socos, cusparadas e puxões de cabelo.

— Ei, ei, podem parar com isso. — Antes mesmo de eu perceber, James saiu com os garotos maiores do esconderijo deles e está vindo na nossa direção.

Camellia hesita tempo suficiente para ele chegar até ela. James agarra o seu vestido com as mãos enormes e a joga com força no chão.

— Fique aí — rosna ele, lhes apontando dedo.

É claro que ela não fica. Levanta-se com mais raiva ainda. Ele a empurra para o chão de novo.

— Ei! — grito. — Pare com isso! Ela é minha irmã, mesmo que queira socar minha cara.

James olha para mim e abre um sorriso, o dente lascado deixando a ponta da língua rosa à mostra.

— Você quer que eu pare?

Camellia tenta dar um soco nele, que a agarra pelo braço e a mantém afastada para que não consiga chutá-lo. Ela se debate como uma aranha que ficou com uma das patas presas na porta. James a aperta com tanta força que a pele dela fica arroxeada. Seus olhos se enchem de lágrimas, que escorrem, mas ela continua lutando.

— Pare! — grito. — Deixe minha irmã em paz!

— Você quer que eu a deixe em paz? Então, você tem que ser minha namorada — declara ele, antes de acrescentar: — Caso contrário, ela está valendo.

Camellia grita e berra e se debate.

— Deixe minha irmã em paz. — Tento acertar um soco, mas James agarra meu pulso e agora ele está segurando nós duas. Meus ossos estalam. Os menores correm da gangorra, até mesmo Stevie, e começam a socar as pernas de James. Ele gira Camellia e a usa para derrubar Fern e Gabion. O nariz de Fern começa a sangrar e ela grita antes de levar a mão ao rosto.

— Tudo bem! Tudo bem! — concordo. O que mais posso fazer? Procuro à minha volta por algum adulto e, como sempre, não há nenhum.

— Tudo bem o quê, gracinha? — pergunta James.

— Tudo bem, vou ser sua namorada. Mas não vou beijar você.

Isso parece o suficiente para ele. James joga Camellia no chão e avisa que é melhor ela ficar lá. Obriga-me a subir o monte com ele e me arrasta até uma casinha fechada com tábuas para que ninguém entre e leve uma picada de cobra. Pela segunda vez naquele dia, meu coração martela no peito.

— Eu não vou beijar você — repito.

— Cale a boca — responde ele.

Atrás da casinha, ele me faz sentar no chão e se acomoda ao meu lado, ainda segurando meu braço com força. Minha respiração está ofegante e sinto a bile subir pela garganta.

O que ele planeja fazer comigo? Como fui criada em um barco com quatro crianças que nasceram depois de mim, sei um pouco sobre o que homens e mulheres fazem juntos. Não quero que alguém faça aquilo comigo. Nunca. Não gosto de meninos e nunca vou gostar. O hálito de James fede a batata podre, e o único garoto que pensei que talvez eu deixasse me beijar era Silas, e o pensamento só durou um ou dois minutos.

Começamos a ouvir a cantoria atrás da construção.

— James está namorando. James está namorando. James e May estão sentados em uma árvore se bei-jan-do…

Mas James não tenta me beijar. Ele só fica ali sentado enquanto a vermelhidão se espalha pelo seu rosto e pescoço.

— Você é bonita. — A voz dele sai estridente como o grunhido de um leitão. É engraçado, mas eu não rio. Estou assustada demais.

— Não sou, não.

— Você é muito linda. — Ele solta meu pulso e tenta segurar minha mão. Eu a afasto e abraço os joelhos, encolhendo bem meu corpo.

— Eu não gosto de garotos — declaro.

— Vou casar com você um dia.

— Nunca vou me casar. Vou construir um barco e seguir pelo rio. Eu vou cuidar de *mim mesma*.

— Talvez eu entre no seu barco também.

— Não vai entrar, não.

Ficamos ali sentados por um tempo. Os meninos lá embaixo ainda cantam:

— James está namorando. Eles estão se bei-jan-do…

Ele apoia o cotovelo em um dos joelhos, olhando para mim.

— É de lá que você veio? Do rio?

— É, sim.

Conversamos sobre barcos. James é de uma fazenda de agricultura de subsistência em Shelby County. A srta. Tann pegou ele e o irmão no acostamento da estrada, quando estavam caminhando para a escola um dia. Ele estava no quarto ano na época. Está aqui desde então, e não estudou nem um dia desde que chegou. Seu irmão já se foi há muito tempo. Adotado.

James levanta o queixo.

— Mas eu não quero novos pais — afirma ele. — Acho que logo estarei grande demais para isso e vou poder sair daqui. Vou precisar de uma mulher. Podemos viver no rio se você quiser.

— Meu pai vai voltar para nos pegar. — Sinto-me mal ao dizer isso. Sinto pena de James. Mais do que qualquer coisa, ele parece ser um solitário. Solitário e triste. — Ele virá logo, logo.

James apenas dá de ombros.

— Vou levar bolinhos com frutas secas para você amanhã. Mas você tem que continuar sendo minha namorada.

Não respondo. Fico com a boca cheia d'água pensando nos bolinhos. Acho que descobri quem tem se esgueirado pela cozinha à noite.

— Você não deve fazer isso. Talvez mandem você para o armário.

— Não tenho medo. — Ele coloca a mão sobre a minha.

Permito que a mão dele fique ali.

Talvez eu não me importe tanto.

Logo percebo que ser namorada de James não é muito ruim no fim das contas. Não é difícil conversar com ele, e tudo que ele quer é segurar minha mão. Ninguém me incomoda durante o resto do dia. Ninguém é cruel com Camellia ou Lark, nem com os menores. James e eu caminhamos pelo pátio de mãos dadas, e ele me conta mais coisas de que preciso saber sobre a casa da sra. Murphy. Ele me promete bolinhos de novo. E descreve exatamente o que vai fazer para consegui-los nesta noite.

Digo para ele que não gosto de bolinhos.

Na fila do banho, os garotos maiores não olham para mim. Sabem que é melhor não olhar.

Mas, no dia seguinte, James não está no café da manhã. A sra. Pulnik para diante da mesa, batendo com uma colher de pau na palma da sua mão grande e gorda. Informa que enviou James para um lugar onde garotos têm que ganhar o próprio sustento em vez de se aproveitar da bondade da Sociedade de Orfanatos do Tennessee.

— Um *garroto* que já tem idade suficiente *parra* correr atrás de meninas já tem idade suficiente *parra* trabalhar, e é velho demais *parra* ser adotado por uma boa família. A *senhorra* Murphy não vai *tolerrar* esse tipo de comportamento entre meninos e meninas aqui. Cada um de vocês *conhece* as nossas regras. — Ela bate a colher com força na mesa. Sua respiração está ofegante e pesada, e faz seu nariz largo e chato se arreganhar. Nós nos empertigamos como marionetes puxadas por cordas. Ela se inclina em direção ao lado dos meninos na mesa. Eles baixam a cabeça e ficam olhando para as tigelas vazias. — E quanto às meninas... — Ela aponta para nós com o braço pelancudo. — ... que *vergonha* que vocês estejam causando problemas *parra* os *garrotos*. Comportem-se, mantenham as saias no lugar e ajam como meninas. — As últimas palavras são acompanhadas por um olhar duro na minha direção. — Caso *contrárrio*, não *querro* nem pensar no que *pode* acontecer com *vocês*.

Sinto o sangue subir pelo meu pescoço e queimar o meu rosto. Sinto-me mal por ter causado problemas para James. Não deveria ter aceitado ser sua namorada. Eu não sabia.

As funcionárias também não trazem Stevie para o café da manhã. Ele não está no parquinho. As outras crianças me contam que ele tem que ficar na cama porque fez xixi na calça na noite anterior. Vejo-o na janela do andar de cima com o nariz pressionando a tela. Fico no pátio e sussurro para ele:

— Seja bonzinho, está bem? É só ser bonzinho.

Um pouco depois, nesta tarde, as funcionárias nos alinham na varanda, e deixo minhas irmãs e meu irmão bem perto de mim, porque estou com medo. Nem mesmo as outras crianças parecem saber o que está acontecendo.

A sra. Pulnik e as funcionárias nos fazem passar, um por um, por um tonel que coleta e armazena água da chuva. Elas limpam a sujeira dos nossos rostos, braços e joelhos com panos úmidos, penteiam o nosso cabelo e nos obrigam a lavar as mãos. Algumas crianças precisam trocar de roupa bem ali na varanda. Outras recebem roupas limpas ou aventais para colocar por cima das roupas de brincar.

A sra. Murphy chega e fica em pé no último degrau, nos avaliando. Um batedor de tapete está pendurado no seu braço. Nunca vi as funcionárias da cozinha usarem isso para limpar os tapetes, mas já o vi sendo usado muitas vezes em outras crianças. Chamam de batedor da bruxa.

— Hoje vai acontecer uma coisa muito especial — começa a sra. Murphy. — Mas *só* para os meninos e meninas bonzinhos. Quem não se comportar da melhor forma possível *não* poderá participar. Está claro?

— Sim, senhora — respondo junto com as demais crianças.

— Muito bem. — Ela sorri, mas seu sorriso me faz dar um passo para trás. — A livraria móvel virá hoje. As damas gentis da sociedade filantrópica doarão um pouco do seu tempo para ajudá-los a escolher livros. É muito importante que causemos uma boa impressão. Cada um de vocês poderá pegar um livro para ler *se* forem bonzinhos.

Ela continua o discurso dizendo para prestarmos atenção no nosso comportamento, responder com *sim, senhora* ou *não, senhora*, não pegar nem tocar nos livros e, se as voluntárias perguntarem se estamos felizes aqui, devemos dizer que somos muito gratas a srta. Tann por ter nos encontrado, e a sra. Murphy, por ter nos acolhido.

Perco o resto da explicação. Tudo que consigo pensar é que teremos uma chance de ter um livro, e não existe muita coisa que eu goste mais do que livros, principalmente os que ainda não li. Como somos cinco, podemos pegar *cinco* livros.

Mas quando as funcionárias destrancam o portão do pátio e a fila começa a andar, a sra. Murphy impede Camellia, eu e os menores de seguirmos.

— Vocês, não — avisa ela. — Como ainda não há um lugar para vocês lá em cima, vocês não têm um lugar bom para guardar os livros, e não podemos permitir que os livros da biblioteca sejam danificados.

— Nós vamos ter muito cuidado. Prometo — asseguro. Normalmente, eu nunca retrucaria a sra. Murphy, mas não consigo evitar. — Por favor. Será que não podemos escolher pelo menos um livro? E eu posso ler para as minhas irmãs e para o meu irmão. Queenie costumava... — Fecho a boca antes de arranjar ainda mais problemas. Não temos permissão para falar sobre nossos pais aqui.

Suspirando, ela pendura o batedor de tapete em um prego em uma das colunas da varanda.

— Pois bem. Mas os menores não precisam ir. Só você. E seja rápida.

Levo um segundo para decidir se devo deixar os pequenos. Camellia os pega pelo braço e os puxa para si.

— *Vá.* — Ela arregala os olhos para mim. — E escolha uma coisa boa.

Lanço um último olhar para eles antes de passar pelo portão. É tudo que posso fazer para não sair correndo pelo pátio e passar pelas magnólias. Aqui tem cheiro de liberdade. E o cheiro é bom. Preciso me controlar para ficar na fila e seguir ordeiramente o resto das crianças até a entrada da garagem de madeira.

Do outro lado da parede de árvores, há um caminhão preto. Dois outros carros estacionam. A srta. Tann sai de um deles e um homem com uma câmera

Segredos de família *145*

sai de outro. Eles trocam um aperto de mão e o homem pega um bloco e uma caneta no bolso.

Na lateral do caminhão preto, está escrito Bibliotecas do Condado de Shelby e, quando nos aproximamos, consigo ver as prateleiras na parte de trás. E elas estão cheias de livros. As crianças se reúnem em volta deles e tenho que colocar as mãos para trás e entrelaçar os dedos com força para evitar tocar nos livros enquanto espero a minha vez.

— Como podem ver por vocês mesmos, damos às crianças muitas oportunidades estimulantes — declara a srta. Tann, e o homem faz anotações em um bloco como se as palavras fossem se esvair no ar se ele não conseguisse capturá-las rápido o suficiente. — Alguns dos nossos pequenos nunca tinham tido contato com livros antes de chegarem aqui. Nós fornecemos livros e brinquedos maravilhosos em todos os nossos lares.

Baixo a cabeça e fico agitada, desejando que a fila ande rápido. Não sei como são as coisas nesses outros lugares que a srta. Tann diz ter, mas não existe nenhum livro na casa da sra. Murphy, e todos os brinquedos estão quebrados. Ninguém nem se preocupa em consertá-los. A srta. Tann já veio aqui o suficiente para saber disso.

— Pobrezinhos — continua ela. — Nós os acolhemos quando são indesejados e não amados. Nós lhes damos tudo que seus pais não podem ou não desejam dar.

Olho para o chão e cerro os punhos nas costas. *É mentira*, gostaria de poder gritar para o homem. *Minha mãe e meu pai nos querem. Eles nos amam. Assim como o homem que veio visitar o seu filhinho, Lonnie, e acabou chorando como um bebê na varanda quando lhe disseram que o filho tinha sido adotado.*

— Por quanto tempo uma criança mediana costuma ficar na sociedade? — pergunta o homem.

— Ah, não há crianças medianas aqui. — A srta. Tann solta um risinho. — Apenas as extraordinárias. Algumas ficam mais tempo do que outras, dependendo da condição em que chegam até nós. Algumas chegam fracas e pequenas para a idade e não conseguem nem correr e brincar. Nós as alimentamos com três nutritivas refeições por dia. Crianças precisam de comida para crescer fortes e saudáveis. Há muitas frutas, legumes e verduras, além de carne vermelha para devolver o brilho rosado aos seus rostinhos.

Não aqui na casa da sra. Murphy. Aqui, só comemos mingau de milho, uma tigela pequena de manhã e outra à noite. Sentimos fome o tempo todo. A pele de

Gabby está pálida como leite, e os braços de Lark e Fern estão tão magros que dá para ver os músculos e os ossos.

— Nós monitoramos os nossos abrigos para nos certificarmos de que as crianças estão sendo bem alimentadas e bem tratadas. — Ela age como se isso fosse uma verdade incontestável.

O homem assente, anota e diz:

— Hummm-hummm. — Como se tivesse engolido a história toda e o gosto fosse realmente bom.

Vá olhar o quintal, quero dizer para ele. *Vá visitar a cozinha. Você vai ver como as coisas realmente são.* Sinto muita vontade de dizer. Mas sei que, se eu fizer isso, não vou poder pegar um livro e vou acabar *no armário*.

— As crianças são muito gratas. Nós as tiramos da sarjeta e...

Alguém toca meu braço, e eu me sobressalto, mesmo sem querer. Uma senhora com um vestido azul olha para mim. Seu sorriso é brilhante como os raios de sol.

— E sobre o que *você* gosta de ler? — pergunta-me ela. — Que tipo de livro? Você aguardou a sua vez de forma tão paciente.

— Sim, senhora.

Ela me leva até as prateleiras, e os meus olhos quase saltam das órbitas. Eu me esqueço completamente da srta. Tann, e tudo em que consigo pensar são nos livros. Já estive em bibliotecas nas cidades ribeirinhas, mas naquela época nós já tínhamos nossos próprios livros no *Arcádia*. Agora que não temos nada, nem um mísero livro, a ideia de poder pegar um é como Natal e aniversário em uma coisa só.

— Eu... eu gosto de livros de qualquer tipo — gaguejo. Só de olhar para as prateleiras e ver todas aquelas cores e palavras, abro um sorriso genuíno. Sinto-me feliz pela primeira vez desde que cheguei aqui. — Talvez um livro bem grande seja melhor, já que eu só posso pegar um.

— Garota esperta. — A mulher dá uma piscadinha para mim. — Você lê bem?

— Sim, senhora. Muito bem mesmo. Lá no... — Baixo a cabeça porque estou prestes a dizer: *Lá no* Arcádia, *eu e meus irmãos líamos muito com Queenie.*

Tem uma funcionária bem perto de mim, e a srta. Tann também não está longe. Se ela ouvir isso, eu serei levada para longe dali em um estalar de dedos.

— Tudo bem, então — afirma a senhora dos livros. — Vejamos...

— Eu gosto de aventuras. Histórias de aventura.

— Hum... que tipo de aventuras?

— Rainhas e princesas e índios selvagens. Todo tipo de coisa. — Minha mente está repleta de histórias.

— Talvez um livro sobre o Velho Oeste?

— Ou sobre o rio. Você tem alguma história sobre isso? — Um livro sobre o rio nos transportaria de volta para casa e nos manteria ocupados até Briny vir nos buscar.

A mulher une as mãos e responde:

— Ah! Sim, sim, eu tenho! — Ela ergue o indicador no ar. — Tenho o livro perfeito para você.

Depois de um minuto procurando, ela me entrega *As aventuras de Huckleberry Finn*, de Mark Twain, e eu penso que aquele livro realmente estava ali esperando por mim. Nunca tivemos este livro, mas Briny nos contou histórias sobre Tom Sawyer e Huckleberry Finn e Injun Joe. Mark Twain é um dos autores favoritos de Briny. Ele lia esses livros quando era pequeno. Dava até para imaginar que ele e Tom Sawyer fossem amigos de verdade.

A mulher com vestido azul escreve meu novo nome, May Weathers, no cartão. Quando ela carimba a data no livro, dou-me conta de que ontem foi o aniversário de Fern. Ela tem quatro anos agora. Se estivéssemos no *Arcádia*, Queenie teria feito um bolinho e todos teríamos lhe dado presentes feitos por nós ou algo que encontrássemos nas margens do rio. Aqui, na casa da sra. Murphy, o livro da biblioteca vai ter que ser o suficiente. Quando eu voltar para o pátio, vou dizer para Fern que aquela é uma surpresa pelo seu aniversário, mas que só poderemos ficar com ele por um tempo. Vamos fazer um bolo de lama, usar flores para decorar e colocar galhos para servir de velas, e folhinhas no alto para que Fern possa brincar de soprá-las.

A mulher da biblioteca me dá um abraço antes de me dispensar, e é tão bom que quero ficar ali, junto dela, sentindo o cheiro de livros, mas não posso.

Seguro *As aventuras de Huckleberry Finn* bem forte contra o peito e começo a atravessar o pátio. Agora podemos deixar este lugar para trás sempre que quisermos. Tudo que precisamos fazer é nos juntar a Huckleberry Finn. Tem espaço no seu barco para nós cinco, aposto. Talvez consigamos encontrar o *Arcádia* por lá em algum lugar.

Mesmo tendo que voltar à casa da sra. Murphy, parece que agora é um lugar completamente novo.

Tem um rio lá agora.

Nesta noite mesmo, abrimos o livro de aniversário de Fern e começamos as nossas aventuras com Huck Finn. Estamos viajando rio abaixo com ele por quase uma semana quando o carro brilhante da srta. Tann chega à casa certa tarde. O dia está ensolarado e a casa está abafada como o interior de uma chaleira. Então, a srta. Tann e a sra. Murphy se encontram na varanda para conversar. Passo pela figueira e me escondo embaixo das azaleias para ouvir.

— Ah, sim. Os anúncios já saíram em todos os jornais! — relata a srta. Tann. — Tive uma ideia tão brilhante, tenho que admitir. *Querubins de cabelos claros para a temporada de verão. Seus se quiserem!* Perfeito, não? Todos os lourinhos.

— É como reunir ninfas da floresta. Pequenos elfos e fadas — concorda a sra. Murphy.

— É quase tão estimulante quanto o Programa Natalino de Bebês. Os clientes já estão ligando. Quando virem as crianças, vão começar a competir entre si.

— Sem sombra de dúvidas.

— Então, as crianças estarão prontas no sábado de manhã, certo? Quero que estejam bem-vestidas. Vestidos típicos da Alemanha, laços e todas as delicadezas. Dê banho em todos e esfregue toda a sujeira até ficarem limpinhos. Não quero unhas encardidas nem sujeira atrás das orelhas. Certifique-se de que saibam o que precisam fazer e o que vai acontecer com eles se me humilharem em público. Escolha alguém para servir de exemplo e certifique-se de que os outros vejam. Essa reunião representa uma oportunidade importante para melhorarmos a nossa reputação de oferecer os melhores. Com esses novos anúncios, teremos todas as melhores famílias do Tennessee e de dezenas de outros estados. Eles todos estão vindo para ver nossas crianças e, quando as virem, não conseguirão se controlar. Vão ter que ter uma delas.

— Pode deixar que vou me certificar de que as crianças estejam preparadas. Deixe-me olhar a lista de novo. — Elas param de falar. Ouço o farfalhar de papéis. O vento sopra, afasta alguns galhos do arbusto, e consigo ver a cabeça da srta. Tann. O cabelo grisalho levanta com o vento quando ela se aproxima da sra. Murphy.

Pressiono minhas costas na parede e fico totalmente imóvel, temerosa de que me ouçam e olhem pelo parapeito. O vento traz o cheiro de algo morto. Não consigo ver, mas provavelmente é de algum animal que comeu o veneno que o sr. Riggs colocou ali. Quando o fedor ficar realmente ruim, ele vai encontrar o corpo e enterrar em algum lugar.

— Até mesmo a *May*? — pergunta sra. Murphy, e ouço atentamente. — *Ela* não é um querubim.

A srta. Tann dá uma risadinha.

— Ela vai ajudar com os pequenos, e ela é uma menina muito bonita de se olhar, se não me falha a memória.

— Acho que sim. — A sra. Murphy não parece feliz. — Realmente, ela não costuma causar problemas.

— Vou enviar os carros para pegá-los a uma hora da tarde no sábado. *Não* os mande com fome nem com sono, nem com vontade de ir ao banheiro. Alegres e felizes e com a garantia de que vão se comportar bem. É isso que estou esperando.

— Sim, é claro.

— Mas que cheiro horrível é esse?

— Coelhos. Tivemos alguns problemas neste verão.

Escapo antes que elas decidam começar a procurar a fonte do cheiro. O sr. Riggs não está por perto, então, não demoro muito para passar pela figueira e voltar para o monte. Não conto para Camellia sobre a festa de amanhã, nem que vamos ter que tomar mais um banho no dia seguinte. Não faz sentido fazer com que ela comece um dos seus acessos de raiva antes da hora.

Tenho um pressentimento ruim de que não vou precisar lhe contar sobre o banho extra.

Camellia não é loura.

No fim das contas, eu estava certa. Depois do café da manhã no sábado, descubro que Camellia não está na lista. Aonde quer que seja que vão nos levar, ela não vai com a gente.

— Não me importo se eles não querem que eu vá se isso significa mais um banho. — Ela me empurra quando tento lhe dar um abraço de despedida.

— Comporte-se enquanto eu estiver longe, Camellia. Não cause problemas e fique longe dos garotos maiores, e não se aventure além da figueira e...

— Eu não preciso de ninguém tomando conta de mim. — Camellia levanta o queixo, mas noto um ligeiro tremor no seu lábio inferior. Ela está com medo.

— May! — grita uma das funcionárias. — Entre na fila, agora! — Elas já reuniram todas as crianças da lista.

— Vamos voltar bem rápido — sussurro para Camellia. — Não fique com medo.

— Eu não estou.

Mas no fim das contas ela me abraça.

A funcionária grita comigo de novo e eu me apresso a entrar na fila. A hora seguinte é cheia de sabão, esfregação, escovação de cabelo, laços e escovas de dente embaixo das unhas e laçarotes e roupas novas. Experimentamos sapatos de um armário cheio deles até encontrarmos algo que nos sirva.

Quando as funcionárias nos levam para os carros em frente a casa, nem parecemos as mesmas crianças. Seguimos nós quatro, três outras meninas, um menino que tem cinco anos, dois pequenos e Stevie, que foi informado de que se fizer xixi na calça será surrado onde quer que esteja.

Não temos permissão para conversar no carro. No caminho, a funcionária explica:

— Meninas, vocês vão sentar de forma comportada, com as pernas fechadas como jovens damas. Não falem a não ser que se dirijam a vocês. Vocês serão educadas com os convidados da srta. Tann. E só vão dizer coisas boas a respeito da casa da sra. Murphy. Haverá brinquedos, bolos e biscoitos na festa. Vocês vão...

Paro de prestar atenção na sua voz à medida que o carro sobe uma montanha e vejo o rio. May desaparece como um raio de sol na água, e Rill ressurge. Ela se estica em direção à janela, respira fundo e sente os cheiros familiares.

Por um instante, está em casa.

Então, o carro faz uma curva, e o rio desaparece de novo. Sinto algo pesado e triste se instalar no meu coração. Encosto a cabeça no assento e a funcionária me dá uma bronca por estar amassando o laço do cabelo.

No meu colo, Gabion adormece. Eu o aconchego junto a mim e deixo seu cabelo fazer cócegas no meu nariz. Então me sinto em casa de novo. Essas pessoas podem me controlar em tudo, só não não conseguem controlar para onde eu vou na minha mente.

Mas a minha visita ao *Arcádia* é breve demais. Logo paramos diante de uma casa grande e branca que é ainda maior do que a da sra. Murphy.

— Qualquer um que não se comportar vai se arrepender *muito* — declara a funcionária, apontando o dedo para cada um de nós. — Sejam educados com os convidados da festa. Sentem no colo deles se pedirem. Sorriam. Mostrem que são crianças boas.

Entramos e a casa está cheia de gente. Há outras crianças lá e bebês também. Todos estão com roupas bonitas, e comemos bolos e biscoitos. Há brinquedos para os menores e, antes que eu perceba, Fern, Gabion e até mesmo Lark se afastam de mim.

Um homem leva Gabion para o lado de fora para brincar com uma bola azul. Uma mulher de cabelo escuro se senta ao lado de Lark e elas colorem um desenho juntas. Fern ri e brinca de esconde-esconde com uma linda loura que está sentada sozinha, parecendo cansada e triste. Fern a faz rir e logo em seguida a mulher leva minha irmã de um brinquedo para outro, como se Fern não soubesse andar sozinha.

Elas finalmente se aconchegam em uma cadeira para ler um livro, e sinto um aperto no peito. Penso em Queenie e em como ela costumava ler para a gente. Quero que a mulher solte Fern e a devolva para mim.

Um homem entra na sala e faz cócegas na barriga de Fern, e a mulher sorri e exclama:

— Ah, Darren, ela é perfeita! Amelia teria essa idade. — Ela dá uma batidinha no braço da poltrona. — Sente-se aqui e leia com a gente.

— Podem ficar aí. — Ele dá um beijo no seu rosto. — Preciso conversar com algumas pessoas.

Então, ele sai da sala.

Fern e a mulher estão no segundo livro quando o homem volta. Elas estão tão distraídas que nem notam que ele se senta ao meu lado no sofá.

— Vocês são irmãs? — pergunta ele.

— Sim, senhor — respondo, exatamente como me instruíram. *Senhor* e *senhora* para tudo e qualquer coisa.

Afastando-se um pouco, ele olha bem para mim.

— Vocês se parecem.

— Sim, senhor. — Fico olhando para minhas mãos. Meu coração está acelerado, revolvendo-se no meu peito como um passarinho que não consegue sair da casa flutuante. *O que ele quer?*

O homem pousa a mão nas minhas costas. As minhas escápulas se fecham. Os pelos da minha nuca se eriçam. Sinto o suor escorrer por baixo do vestido que me pinica.

— E quantos anos *você* tem? — pergunta ele.

Capítulo Treze

Avery

A casa está silenciosa e banhada pelo luar quando abro a porta. Tateio a parede procurando o interruptor e seguro o celular entre o ombro e a orelha enquanto espero que o tio Clifford responda à pergunta que acabei de fazer. Ele me coloca em espera para fazer um pedido para viagem em uma lanchonete.

Estou consumida pela forte lembrança de chegar aqui depois de escurecer, para uma visita, só minha avó e eu. A casa estava exatamente assim, raios de luar no formato de folhas de palmeiras iluminando o chão, o ar com cheiro de maresia, areia e óleo de limão e móveis que estão há muito tempo perto do mar.

Dobro os dedos. Quase consigo sentir a mão dela envolvendo a minha. Eu devia ter uns onze ou doze anos… aquela idade estranha quando parei de dar a mão para ela em público, mas aqui, no nosso lugar mágico, ficava tudo bem.

De pé, na entrada, busco aquela sensação de conforto, mas esta visita é pungente, com gostos opostos. Azedo e doce. Familiar e estranho. Os gostos da vida.

Tio Clifford volta à ligação. Depois de uma longa caminhada pela praia e um jantar no restaurante Waterfront, decidi que meu tio talvez fosse o único meio de fazer algum progresso na minha busca atual. Trent Turner se livrou de mim ao ir embora em um jipe com o cara de uniforme. Esperei no meu carro, mas a Imobiliária Turner permaneceu fechada a tarde toda.

Até agora, esta viagem está sendo um fracasso total.

— Do que você precisa, Avery? O que tem a casa de Edisto? — quer saber ele.

— Então, eu só queria saber se você e o papai costumavam vir muito aqui com a vovó Judy, quando vocês eram crianças — Estou mantendo o tom casual. Tentando não deixá-lo perceber nada. Tio Clifford era agente federal quando mais novo. — Vovó Judy tinha amigos que a encontravam aqui ou pessoas que ela vinha visitar?

— Bem... deixe-me pensar... — Ele faz uma pausa e depois acrescenta simplesmente: — Agora que você mencionou, acho que não íamos muito lá. Íamos mais quando éramos crianças. Quando ficamos mais velhos, gostávamos mais da casa da vovó Stafford em Pawleys Island. A casa era maior, o veleiro ficava lá e quase sempre tínhamos primos com quem brincar. Em geral, mamãe ia para Edisto sozinha. Gostava de escrever lá. Sabe, ela se aventurou um pouco na poesia e escreveu uma coluna social por um tempo.

Fiquei momentaneamente chocada.

— Vovó Judy escrevia uma *coluna social*? — Também conhecida como fofoca semanal.

— Bem, ela não usava o nome verdadeiro, é claro.

— E *qual* nome ela usava?

— Se eu contar, terei de matá-la.

— Tio Clifford! — Enquanto meu pai é austero, tio Clifford sempre foi mais livre e um pouco implicante. Ele é o responsável por muitos cabelos brancos da tia Diana, os quais, como toda boa dama sulista, ela pinta com frequência.

— Ah, deixe os segredos da sua avó continuarem enterrados. — Por um instante, acho que existe alguma mensagem oculta aí, mas percebo que ele só está brincando comigo. — Então, você está na casa Myers?

— Isso. Decidi sair da cidade por um tempo.

— Bem, pesque um peixe por mim.

— Você sabe muito bem que eu não pesco. Eca. — Como teve apenas meninas, meu pobre pai se esforçou muito para transformar pelo menos uma de nós em pescadora.

Até mesmo tio Clifford sabia que isso era uma causa perdida.

— Bem, veja bem, essa é uma das coisas que você não puxou da sua avó. Ela amava pescar, principalmente em Edisto. Quando seu pai e eu éramos pequenos, ela nos levava até aí para encontrar com alguém que tinha um barco.

Nós subíamos o rio e passávamos metade do dia pescando. Não me lembro com quem nós íamos. Um amigo, eu acho. Ele tinha um filhinho louro com quem eu gostava de brincar. O nome dele começava com *T*... Tommy, Timmie... não... Tr... Trey ou Travis talvez.

— Trent? Trent Turner? — O Trent Turner que conheci é o terceiro Trent. Então, o nome do pai dele também era Trent, e ele regula em idade com meu tio.

— Pode ser. Tem algum motivo para você estar perguntando? Tem alguma coisa errada?

De repente, percebo que fui longe demais com a última pergunta e inadvertidamente despertei o detetive que existe nele.

— Não. Não é nada. É só que estar em Edisto me fez começar a pensar sobre as coisas. Gostaria de ter vindo mais aqui com a vovó. Gostaria de ter feito perguntas quando ela ainda conseguia se lembrar das coisas, sabe?

— Bem, esse é um dos paradoxos da vida. Você não pode ter tudo. Você pode ter um pouco disso e um pouco daquilo, ou tudo isso ou nada daquilo. Fazemos as escolhas que julgamos melhores na época. Você conquistou muita coisa para uma garota... Ou melhor, para uma *mulher* de apenas trinta anos de idade.

Às vezes eu me pergunto se minha família não enxerga mais em mim do que realmente existe.

— Obrigada, tio Clifford.

— Cinco paus pela consultoria.

— O cheque já está no correio.

Depois que desligamos, penso na conversa enquanto tiro os mantimentos da única sacola das compras que fiz no mercado BI-LO, do qual me lembro como Piggly Wiggly.

Será que existe alguma pista no que o tio Clifford disse?

Nada me chama a atenção. Nada me leva a lugar nenhum. Se o menininho no barco *se chamasse* Trent de fato, isso quer dizer que minha avó tinha algum tipo de ligação pessoal com o primeiro Trent Turner, o que eu já imaginava. Mas se eles passavam tempo juntos pescando *com* as crianças, isso também deixa vários furos na minha teoria de chantagem. Você não sai para pescar com um chantageador, e certamente não leva seus filhos. Também não faz sentido levar seus filhos se você estiver tendo um caso. Principalmente crianças que têm idade suficiente para se lembrar de tudo.

Talvez o primeiro Trent Turner não fosse nada além de um amigo de longa data. Talvez o envelope contenha apenas fotos... Algo totalmente inocente. Mas, então, por que o pedido no leito de morte entre avó e neto sobre os pacotes que não poderiam ser entregues para ninguém além dos seus devidos destinatários?

Começo a criar teorias enquanto levo as minhas coisas para o quarto, abro a mala e me acomodo. Esmiúço as teorias, uma a uma, exatamente como eu faria se estivesse na sala de reunião do meu antigo escritório.

Após o detalhamento completo, percebo que realmente não resta mais nada. O dia já está chegando ao fim. Estou pronta para tomar um banho e ter uma boa noite de sono. Talvez amanhã eu consiga ter alguma ideia genial... ou talvez me encontre novamente com Trent Turner III e arranque a verdade dele.

Qualquer das possiblidades parece provável.

É só quando ligo o chuveiro e percebo que parece não haver água quente na casa que me concentro em algo que tio Clifford mencionou. Minha avó vinha aqui para *escrever*. Será que algum dos seus escritos ainda está aqui? Será que existe alguma pista neles?

Visto-me rapidamente. Banho frio realmente não parecia boa ideia.

Do lado de fora das janelas, a areia do mar balança sobre as dunas, e a lua se eleva sobre o bosque de palmeiras. Ondas quebram na praia enquanto procuro em gavetas, armários e baús de roupa de cama e guarda-roupas. Estou quase me rendendo à conclusão óbvia de que não existe nada para encontrar quando me levanto, depois de olhar embaixo da cama da minha avó, e avisto um pequeno móvel ao lado dela, que não é uma escrivaninha, nem uma penteadeira, mas uma mesa para máquina de escrever. Há uma antiga máquina pendurada de cabeça para baixo sob o painel central. Cresci em casas cheias de mobílias antigas, sei como isso funciona. Não demora muito tempo para eu soltar a combinação certa de alavancas para virar as dobradiças. A máquina de escrever sobe com um salto impressionante.

Passo os dedos pelas teclas. Quase consigo ouvir minha avó batendo nelas. Aproximando-me da máquina, analiso o rolo de borracha que puxa o papel. As teclas deixaram marquinhas nele. Se isso fosse um computador, talvez eu conseguisse extrair alguma coisa do disco rígido, mas não há nenhuma palavra legível ali. É impossível dizer o que ela escreveu com a máquina ou quando.

— O que você sabe que eu não sei? — sussurro para a máquina enquanto vasculho as gavetas. Não encontro nada além de canetas, lápis e papel amarelado, bem como uma caixa de papel-carbono e fitas corretivas, brancas de um lado e grudentas do outro. A parte superior tem a marca das letras.

Segurando contra a luz, consigo facilmente ver as palavras que ela digitou errado e depois corrigiu: *Plmetto Blv, Edisto Island...*

Ao que tudo indica, minha avó escreveu cartas aqui, mas seja acidentalmente ou de propósito, ela não deixou nenhum vestígio. Não há pedaços de papel parcialmente usados, e as folhas de carbono estão intactas, nenhuma sombra de palavras deixadas para trás. Estranho, porque na escrivaninha da sua casa sempre havia uma pasta cheia de papéis que poderiam ser reutilizados em pequenos projetos, arte ou para as crianças desenharem.

Aperto uma tecla e observo a barra subir e atingir o rolo, deixando para trás apenas uma impressão fraca de um *K*. A tinta da fita está seca.

A fita...

Quando dou por mim, estou inclinada sobre a caixa de metal, esforçando-me para soltá-la e chegar ao cilindro. É surpreendentemente fácil. Infelizmente, a fita não foi muito usada. Apenas alguns centímetros que talvez ainda contenham as marcas do que foi datilografado pela última vez. Desenrolando-a e segurando-a contra a luz, aperto os olhos e vejo:

yduJ,etnemlaidroc.rebasetnemadarepseseedsomejesedeuqsiamrop,
tnerT,arbucsedacnunetnegazevlaT.eessenneTodsotanafrOededadei-
coSadsortsigersonrevahairedopsiameuqoodnatnugrepemeadartsurf

Parece sem nexo no início, mas passei tempo suficiente com vovó Judy para saber como a fita de uma máquina de escrever funciona. Ela gira a cada tecla pressionada. As letras *têm* que estar em algum tipo de ordem.

As primeiras letras que aparecem na primeira linha de repente fazem sentido. *Judy*. O nome da minha avó escrito ao contrário. Da direta para a esquerda, do jeito que estaria depois de ser datilografado. Decifro outra palavra. *Sociedade*.

Duas outras palavras iniciadas com maiúsculas aparecem: *Orfanatos* e *Tennessee*, antes — ou depois — de um ponto-final.

Pego lápis e papel e decifro o resto.

> *...frustrada e me perguntando o que mais poderia haver nos registros da Sociedade de Orfanatos do Tennessee. Talvez a gente nunca descubra, Trent, por mais que desejemos desesperadamente saber.*
> *Cordialmente, Judy*

Olho para o que acabei de escrever, tentando desvendar o resto da história. Orfanatos são para órfãos e bebês entregues para adoção. A jovem na foto de May Crandall estava grávida. Será que ela era parente da minha avó? Uma que se meteu em problemas?

Os eventos ganham vida na minha mente: uma herdeira apaixonada, um homem de reputação duvidosa, um casamento escandaloso — ou pior ainda, nenhum casamento. Uma gravidez fora dos laços matrimoniais. Talvez o amante a tenha abandonado e ela tenha sido obrigada a voltar para a família?

Naquela época, as moças eram enviadas para longe para terem os filhos e entregá-los para adoção de maneira discreta. Até hoje, mulheres nos círculos sociais da minha mãe cochicham sobre alguém que foi *passar um tempo com uma tia*. Talvez seja esse o segredo que Trent Turner está escondendo.

Uma coisa é certa: a última mensagem escrita nesta máquina de escrever era destinada a Trent Turner, e embora eu não saiba quando isso aconteceu, não tenho dúvidas de que o envelope vai responder muitas das minhas perguntas. Ou criar outras.

Sem pensar duas vezes, atravesso a casa correndo, pego o meu telefone e disco o número de Trent Turner, que já sei de cor.

O telefone toca três vezes antes de eu olhar para o relógio e perceber que já é quase meia-noite. Um horário inadequado para ligar para uma pessoa que eu mal conheço. Minha mãe ficaria passada.

O pensamento *se você quer a cooperação deste homem, não é assim que você vai conseguir, Avery* acaba de cruzar a minha mente quando uma voz grossa e sonolenta atende:

— Alô. Trent Turner.

O jeito que ele diz isso confirma que eu realmente o acordei. E esse provavelmente é o motivo de ele ter atendido sem olhar quem estava ligando.

— Sociedade de Orfanatos do Tennessee — disparo porque imagino que eu tenha 2,5 segundos antes de ele despertar totalmente e desligar o telefone.

— O quê?

— A Sociedade de Orfanatos do Tennessee. O que isso tem a ver com o seu avô e com a minha avó?

— Srta. Stafford? — Apesar do jeito formal de se dirigir a mim, a voz grossa e sonolenta faz o cumprimento parecer íntimo, quase como uma conversa entre amantes tarde da noite. Segue-se um longo suspiro e ouço a mola do colchão ranger.

— Avery. Pode me chamar de Avery. Por favor, você precisa me contar. Descobri uma coisa. Eu preciso saber o que significa.

Outro longo suspiro. Ele pigarreia, mas sua voz ainda está profunda e lenta.

— Você sabe que horas são?

Olho, envergonhada, para o relógio, como se isso de alguma forma desculpasse meu comportamento inadequado.

— Sinto muito. Só notei depois que já tinha ligado.

— Você pode desligar.

— Achei que, se eu fizesse isso, você nunca mais atenderia.

Ele dá uma risada seca que indica que estou certa.

— Verdade.

— Por favor, escute o que tenho a dizer. *Por favor.* Fiquei procurando alguma pista pela casa a noite toda. Descobri algo e você é a única pessoa que pode explicar o que significa. Eu só... preciso saber o que está acontecendo e o que devo fazer a respeito. — Se existe algum escândalo escondido no passado da minha família, é bem possível que isso não importe mais, a não ser talvez para alguns membros mais conservadores da antiga Brigada de Guardiãs da Fofoca, mas não tenho como ter certeza até descobrir com o que estou lidando.

— Eu realmente não posso contar para você.

— Eu entendo a sua promessa para o seu avô, mas...

— Não é isso. — Ele parece bem acordado de uma hora para outra. Acordado e no controle. — Realmente não *posso* contar para você. Eu nunca olhei nenhum dos envelopes. Ajudei meu avô a entregar para os destinatários. Isso é tudo.

Será que ele está dizendo a verdade? Acho difícil de acreditar. Sou o tipo de pessoa que abre um pedacinho do presente assim que ele é colocado embaixo da árvore de Natal. Não gosto de surpresas.

— Mas, sobre *o que* eles tratam? O que isso tem a ver com a Sociedade de Orfanatos do Tennessee? Orfanatos são para órfãos. Será que minha avó estava procurando alguém que foi entregue para adoção?

Assim que sugiro a possibilidade, temo ter revelado muito.

— É só uma teoria — acrescento. — Não tenho nenhum motivo para acreditar que isso seja verdade. — Acho melhor não abrir possibilidades para um potencial escândalo. Não sei se posso confiar em Trent Turner, embora um homem precise ser muito íntegro para viver com envelopes lacrados por meses sem dar nem uma espiadinha. O primeiro sr. Turner devia saber que seu neto tinha um caráter sólido.

O telefone fica mudo e permanece assim por tanto tempo que me pergunto se Trent desistiu da conversa. Tenho medo de falar qualquer coisa que possa fazer a balança pender para um lado ou para outro.

Não estou muito acostumada a implorar pelas coisas, mas, finalmente sussurro:

— Por favor. Sinto muito se começamos com o pé esquerdo nesta tarde, mas não sei mais para onde ir a partir daqui.

— Venha para cá.

— O quê?

— Venha logo até a minha casa antes que eu mude de ideia.

Surpreendida, a única resposta que consigo dar ao convite é silêncio. Não sei se estou animada ou morrendo de medo… ou se sou louca só de considerar a ideia de visitar a casa de um estranho no meio da noite.

Por outro lado, ele *é* um empresário bem conhecido e com boa reputação na ilha. Um empresário que sabe que eu desenterrei pelo menos uma parte de um segredo. O segredo do leito de morte do seu avô.

E se houver alguma intenção sinistra por trás desse convite? Ninguém nem vai saber onde estou. Para quem posso contar?

Não consigo pensar em ninguém com quem eu queira compartilhar o que está acontecendo neste momento.

Vou deixar um bilhete… Aqui na casa…

Não… Espere. Vou mandar um e-mail para mim mesma. Em caso de um desaparecimento, é o primeiro lugar onde vão procurar.

O pensamento parece melodramático e bobo, mas, ao mesmo tempo, não.

— Vou pegar o carro e…

— Você não vai precisar de um carro. É a quarta casa descendo a rua.

— Você é vizinho da casa? — Abro a cortina da cozinha e tento enxergar alguma coisa através da cerca de arbustos e carvalhos. *Ele estava praticamente aqui do lado esse tempo todo?*

— É mais rápido se você vier pela praia. Vou acender a luz da varanda dos fundos.

— Já estou indo.

Vasculho o lugar em busca de uma lanterna e de pilhas. Por sorte, seja lá quais parentes estejam usando a casa, deixaram itens básicos. Meu telefone toca enquanto estou digitando um e-mail para mim mesma, documentando meu percurso e a hora que saí de casa. Dou um pulo de susto e sinto um frio na barriga. *Trent já mudou de ideia…*

Mas é o número de Elliot. Estou sobressaltada demais para tentar calcular que horas são em Milão agora, mas, sem dúvida, ele está trabalhando.

— Eu estava ocupado quando você ligou ontem. Sinto muito.

— Eu imaginei. Dia intenso?

— Bastante — responde ele de forma vaga, como sempre. Na família dele, as mulheres não se interessam pelos negócios. — Como estão as coisas em Edisto?

Honestamente, a rede de fofocas da minha família é mais eficiente do que um GPS de monitoramento.

— Como você sabe que estou aqui?

— Minha mãe me disse. — Ele suspira. — Ela foi a Drayden Hill para curtir os bebês, já que sua irmã, Courtney e os meninos estão lá. Ela está no modo "avó" de novo. — É compreensível que Elliot esteja frustrado. — Ela me lembrou novamente que já tenho trinta e um anos e que ela tem cinquenta e sete e que não quer ser avó velha demais.

— Oh-Ooh. — Às vezes eu me pergunto como será ter Bitsy como sogra. Eu a amo e ela tem boas intenções, mas ela faz Honeybee parecer sutil.

— Podemos pedir para sua irmã e os trigêmeos ficarem com minha mãe por alguns dias? — sugere Elliot, com voz de sofrimento. — Talvez isso a cure.

Mesmo sendo brincadeira, magoa. Eu adoro os trigêmeos, mesmo que ajam como homenzinhos selvagens.

— Peça para minha irmã.

Apesar de Elliot e eu só termos abordado o assunto filhos como uma possibilidade nos nossos planos para o futuro, ele já está preocupado que gêmeos sejam algo comum na minha família. Ele acha que não vai conseguir lidar com mais de um ao mesmo tempo. De vez em quando eu me preocupo que ter filhos *algum dia* talvez signifique *nunca* para Elliot. Sei que vamos conversar sobre essas coisas quando chegar a hora. Não é o que a maioria dos casais faz?

— Então, quanto tempo você vai ficar na praia? — pergunta ele, mudando de assunto.

— Só por alguns dias. Se eu ficar mais tempo, Leslie vai mandar alguém aqui me buscar.

— Bem, Leslie só quer o melhor para você. Você precisa ser vista. Foi por isso que você voltou para casa.

Eu voltei para casa para cuidar do meu pai, é o que eu quero dizer, mas, para Elliot, tudo é um passo em direção a algo. Ele é a pessoa que mais se preocupa com conquistas que eu conheço.

— Eu sei. Mas é bom ter um tempo para respirar um pouco. Você parece estar precisando de um tempo também. Descanse enquanto estiver aí. E não se preocupe com sua mãe e a questão de ser avó. Amanhã ela já vai ter voltado a atenção para outra coisa.

Nós nos despedimos e termino de escrever o e-mail de precaução para mim mesma. Se eu sumir do mapa, alguém vai acabar procurando lá. *Meia-noite de terça-feira. Estou seguindo pela praia em direção à quarta casa depois da nossa em Edisto para conversar com Trent Turner sobre algo que envolve vovó Judy. Devo estar de volta em uma hora. Estou deixando essa mensagem só para o caso de acontecer alguma coisa comigo.*

Parece idiota, mas envio mesmo assim antes de sair.

Do lado de fora, a noite está calma e profunda enquanto sigo pelas dunas, usando a lanterna para ficar de olho em alguma cobra que possa surgir. Ao longo da costa, a maioria das casas está com as luzes apagadas, deixando apenas o brilho de uma lua cheia e uma ligeira fulgência que parece pairar sobre o horizonte aquoso. As folhas e as ervas marinhas farfalham e, na praia, caranguejos brancos andam de lado pela areia. Passo o facho de luz por eles, tomando cuidado para não pisar em um e arruinar o banquete que estão fazendo.

A brisa passa pelo meu pescoço e pelo meu cabelo, e eu quero caminhar, relaxar e curtir o som calmante do mar. Tenho algumas músicas de meditação que soam exatamente como o que estou escutando, mas eu raramente tenho tempo para aproveitar o som verdadeiro. Neste momento, arrependo-me disso. Eu me esqueci de como este lugar é um pedaço do paraíso, o encontro perfeito da terra com o mar, sem ter sido maculado por prédios enormes, fogueiras e quadriciclos.

Chego à casa de Trent Turner mais rápido do que gostaria. Meu coração dispara quando cruzo a trilha gasta ladeada por arbustos e uma curta rampa que desemboca em um portão. A casa dele é mais ou menos da mesma época que a da vovó Judy. Fica sobre vigas curtas em um grande terreno, com pequenos deques no jardim lateral. Um caminho de pedra leva até os degraus da varanda. No teto, mariposas voam em círculos ao redor da lâmpada.

Trent abre a porta antes de eu ter a chance de bater. Ele está usando uma camiseta desbotada com um rasgo perto do pescoço e uma calça de ginástica meio frouxa nos quadris. Os pés bronzeados estão descalços e o cabelo é de alguém que acabou de levantar da cama.

Cruzando os braços, apoia-se na porta e me analisa.

De repente, sinto-me exposta, como se fosse uma adolescente no primeiro encontro para ir ao baile da escola. Não sei o que fazer.

— Eu estava começando a me perguntar... — começa ele.

— Se eu viria?

— Se o telefonema tinha sido só um pesadelo. — Mas seus lábios se curvam em um sorriso, e percebo que ele está brincando.

Mesmo assim, enrubesço um pouco. Estou sendo meio invasiva.

— Sinto muito. Eu só preciso... eu realmente preciso saber. Qual era a ligação do seu avô com a minha avó?

— O mais provável é que ele estivesse fazendo algum trabalho para ela.

— Que tipo de trabalho?

Ele olha para algum ponto atrás de mim, em direção a uma cabana aninhada abaixo das copas das árvores no jardim lateral. Sinto uma luta interna dentro dele. Ele está pensando se estaria ou não traindo a promessa que fez no leito de morte do avô.

— O meu avô era um rastreador.

— *O que* ele rastreava?

— Pessoas.

Capítulo Catorze

Rill

Já está escurecendo quando o fim da festa se aproxima, e as funcionárias começam a juntar as crianças para colocá-las nos carros que as levarão de volta para casa. Àquela altura, eu quase não quero ir. Durante toda a tarde, havia biscoitos e sorvete e balas, bolo e leite e sanduíches, além de livros para colorir e caixas novas de giz de cera, e bonecas para as meninas e carrinhos de latão para os meninos.

Estou tão cheia que mal consigo me mexer. Depois de três semanas sem comer quase nada, este lugar parece melhor do que qualquer coisa.

Sinto-me mal por Camellia estar perdendo tudo isso, mas não sei se ela teria aguentado. Ela não gosta de abraços, nem de toques. Roubo um biscoito para ela e o enfio no bolso da frente do avental do meu vestido, torcendo para ninguém nos revistar antes de irmos embora.

As pessoas nos chamam de *queridos* e de *docinhos*, e exclamam *que lindeza!* E a srta. Tann faz o mesmo enquanto estamos todos aqui. Exatamente como na biblioteca móvel, ela conta histórias que não são verdadeiras. Seus olhos brilham, e ela sorri, como se gostasse de saber que vai escapar impune.

Exatamente como aconteceu na biblioteca móvel, contenho-me para não falar o que *é* verdade.

— São perfeitas de todas as maneiras — repete ela várias vezes para os convidados. — São crianças maravilhosas tanto física quanto intelectualmente. São bem adiantadas para a idade. Os pais de muitas delas trabalhavam com música e artes. Quadros em branco só esperando para serem preenchidos. Eles se tornarão qualquer coisa que vocês quiserem.

— Ele é uma coisinha muito fofa, não é? — pergunta ela para um homem e para sua esposa, que tinham passado o dia todo com Gabion. Eles jogaram bola e brincaram de carrinho, e o homem jogou Gabion para cima, enquanto meu irmão dava risadinhas.

Agora que é hora de ir embora, a mulher não quer devolver Gabion. Ela caminha em direção à porta com meu irmãozinho agarrado ao seu pescoço, assim como Fern agarra o meu.

— *Quer ficar* — choraminga Gabion.

— Nós temos que ir. — Acomodo Fern no outro quadril, enquanto a sra. Pulnik tenta nos enxotar para a varanda. Não culpo Gabby por chorar. Também odeio ter que voltar para a casa da sra. Murphy. Preferia ficar aqui olhando Fern ler mais livros com a gentil senhora, mas ela foi embora um pouco antes com o marido. Beijou a cabeça de Fern e disse: "Logo vamos nos ver de novo, *querida*", antes de entregá-la para mim.

— Gab... — Paro antes de dizer o nome dele, pois isso fará com que eu leve um tapa na cabeça na casa da sra. Murphy se a sra. Pulnik ouvir. — *Robby*, você não pode ficar aqui. Venha, vamos. Precisamos descobrir o que aconteceu com Huckleberry Finn e Jim quando chegaram ao Arkansas pelo rio, lembra?

— Estendo meu braço para ele. Gabby não vem no meu colo e a mulher não o solta. — Nós vamos ler o livro quando chegarmos à casa da sra. Murphy. Dê tchau para a moça.

— Silêncio! — A srta. Tann lança um olhar de raiva para mim, e eu dou um passo para trás e baixo o braço tão rápido que ele bate na minha perna.

A srta. Tann dá um sorriso para a mulher e enrola um cacho de Gabby no dedo.

— Robby é tão adorável, não é mesmo? Tão lindo! — Rápido assim, ela voltou a agir de forma amigável. — Acho que vocês se deram muito bem.

— Também acho.

O marido da mulher se aproxima. Ajeita a gola do paletó para que fique impecável.

— Talvez a gente possa conversar um pouco. Certamente, podemos dar algum jeito para que...

— Acredito que sim. — A srta. Tann não o deixa terminar. — Mas preciso alertá-lo de que este pequeno é muito popular. Já tive *vários* pedidos por ele.

Esses adoráveis olhos azuis com cílios escuros e os cachos dourados. Tão raros. Como um anjinho. Ele poderia conquistar o coração de qualquer mãe.

Todos estão olhando para meu irmão. O homem estende a mão para apertar a bochecha de Gabby, e ele dá uma risadinha linda. Ele não ria assim desde o dia que a polícia nos tirou do *Arcádia*. Estou contente por ele estar feliz, mesmo que seja apenas por hoje.

— Leve as outras crianças lá para fora. — A voz da srta. Tann fica baixa e fria. Ela se inclina para a sra. Pulnik e sussurra entre dentes: — Leve-os para o carro e espere por cinco minutos antes de deixar o motorista seguir. E ainda mais baixo, acrescenta: — Mas acho que não vou mais precisar de você.

A sra. Pulnik pigarreia e fala com a voz amigável e feliz que nunca é usada na casa da sra. Murphy:

— *Parra* o carro *agorra* mesmo. Todos vocês.

Lark, Stevie e as outras crianças se juntam na varanda. Fern dá pequenos chutes na minha perna e se balança no meu colo como se quisesse fazer com que eu andasse.

— Mas Ga… Robby. — Parece que meus pés criaram raízes, e no começo, eu nem sei bem o porquê. As pessoas só querem abraçar e beijar meu irmão por um pouco mais de tempo. Eles gostam de brincar com garotinhos. Fiquei de olho em Gabby, Lark e Fern o dia todo, sempre que conseguia me afastar de alguns homens que queriam saber quem eu era e por que estava ali, já que eu era mais velha do que todo mundo. Eu ia passando de sala em sala e de janela em janela, procurando saber sempre onde os menores estavam e certificando-me de que ninguém estava fazendo maldade com eles.

Mas comecei a pensar na irmã de Stevie, que deixou a casa da sra. Murphy e nunca mais voltou. Sei o que acontece com órfãos, que é o que Sherry e Stevie são, mas nós não somos. Temos um pai e uma mãe que vão voltar para nos pegar.

Será que a mulher que passou o dia brincando com Gabion sabe disso? Será que alguém disse isso para ela? Ela não está achando que ele é um órfão, não é?

Dou outro passo na direção do meu irmão.

— Aqui, deixe-me pegá-lo.

A mulher se vira de costas para mim.

— Ele está bem.

— Vamos logo! — A sra. Pulnik aperta meu braço e sei o que vai acontecer se eu não obedecer.

Toco a perninha de Gabby e digo:

— Tudo bem. Essa moça só quer dar tchau para você.

Ele ergue a mão gorducha e acena para mim.

— Tchau — repete ele. Seu sorriso é cheio de dentinhos de leite. E eu me lembro de quando cada um deles nasceu.

— *Parra o carro!* — A sra. Pulnik finca as unhas na minha pele e me puxa, fazendo com que eu tropece ao sair. Cambaleio pela varanda até quase deixar Fern cair do meu colo.

— Minha nossa. Ela é irmã dele? — preocupa-se a mulher que segura Gabion.

— Não. Por certo que *não* — responde a srta. Tann, mentindo novamente. — As crianças menores se apegam demais aos maiores no orfanato. Não temos como evitar. Apenas isso. Eles esquecem rapidamente, é claro. Esse menino só tem uma irmãzinha recém-nascida. Ela foi adotada por uma família *muito* proeminente. Então vocês podem ver que este menino não tem nada de comum. Vocês escolheram um dos melhores. A mãe tinha até diploma universitário, uma mulher inteligentíssima. Mas morreu no parto, infelizmente, e as crianças foram abandonadas pelo pai. Mas foi melhor assim. E essa criança adorável se adaptaria muito bem às praias da Califórnia! É claro que as adoções para fora do estado envolvem taxas especiais...

Estas são as últimas palavras que escuto antes de a sra. Pulnik me arrastar pelas escadas da varanda, dizendo-me o que a sra. Murphy vai fazer comigo se eu não andar logo. Sua mão aperta meu braço com tanta força que tenho certeza de que ela vai quebrá-lo.

Eu nem me importo. Não consigo sentir nada — nem a grama seca sob meus pés, nem os sapatos duros que as funcionárias me deram naquela manhã. Nem o ar quente e úmido da noite, nem o vestido apertado que roça na minha pele quando Fern se agita e chuta e se vira no meu colo estendendo os bracinhos e chorando:

— Gabby... Gabby...

Sinto um frio por dentro como se eu tivesse caído no rio em pleno inverno e todo o sangue tivesse ido para o centro do meu corpo para evitar que eu congelasse até a morte. Parece que meus braços e minhas pernas pertencem a outra pessoa. Eles se movem apenas porque sabem o que devem fazer, e não porque eu esteja comandando.

A sra. Pulnik joga Fern e a mim no carro com o restante das crianças e se acomoda ao meu lado. Sento-me ereta e olho em direção a casa, e espero que a porta se abra e alguém traga Gabion pelo jardim. Desejo isso com tanta força que chega a doer.

— Onde está Gabby? — sussurra Fern no meu ouvido, e Lark me observa com seus olhos tristes e serenos. Ela não disse muita coisa desde que nos mudamos para a casa da sra. Murphy. E também não diz nada agora, mas consigo ouvi-la perfeitamente. *Você tem que pegar Gabion*, é o que ela está me dizendo.

Eu o imagino vindo pelo jardim.

Eu tenho esperanças.

Eu observo.

Eu tento pensar.

O que devo fazer?

A sra. Pulnik fica olhando para o relógio. *Tique-taque, tique-taque.*

As palavras da srta. Tann passam pela minha cabeça, deslizando na minha mente do mesmo jeito que os peixes fazem quando alguém atira uma pedra no rio. Eles fogem para todos os lados rapidamente.

Morreu no parto...

Será que minha mãe tinha morrido?

...as crianças foram abandonadas...

Briny não vai voltar para nos pegar?

Esse menino só tem uma irmãzinha recém-nascida.

Será que um dos bebês sobreviveu ao parto? Eu tenho uma irmãzinha? A srta. Tann a deu para alguém? Será que isso era mentira? Será que estava mentindo sobre tudo? Ela mente com tanta facilidade que parece até acreditar nas coisas que diz. A mãe de Gabby não tem diploma. Queenie é inteligente, mas só estudou até o oitavo ano antes de conhecer Briny e fugir com ele para o rio.

São mentiras, afirmo para mim mesma. Ela só conta mentiras. Tem que ser isso.

Ela está tentando deixar as pessoas da festa felizes, mas eles vão ter que devolver Gabion porque a srta. Tann sabe muito bem que papai vai vir nos pegar assim que puder. Briny jamais desistiria de nós. Ele nunca deixaria uma mulher como a srta. Tann levar a nossa nova irmãzinha, se eu tivesse uma. Nunca. Jamais. Ele preferiria morrer. Será que Briny está morto? Será que foi por isso que não veio nos buscar?

O motor do carro começa a funcionar e eu pulo em direção à janela, empurrando Fern do meu colo. Ela escorrega para o banco e eu seguro a maçaneta do carro. Vou voltar correndo para a casa e contar toda a verdade para aquelas pessoas. Vou contar que a srta. Tann não passa de uma mentirosa. Não me importo com o que eles vão fazer comigo depois disso.

Antes de eu conseguir fazer qualquer coisa, a sra. Pulnik me agarra pelo grande e elegante laço que uma das funcionárias prendeu no meu cabelo nesta manhã. Fern se esforça para sair do meio de nós e acaba no chão junto com Stevie e Lark.

— Você vai se comportar. — Os lábios da sra. Pulnik tocam a minha orelha, seu hálito é quente e azedo. Tem o cheiro do uísque da sra. Murphy. — Se não se comportar, a *senhorra* Murphy vai mandá-la *parra* o *armárrio*. E não vai ser só você. Nós vamos amarrar todos vocês e deixá-los lá, *pendurrados* como sapatos pelos cadarços. O *armárrio* é frio e *escurro*. Você acha que os pequeninos vão gostar da *escurridão*?

Meu coração dispara no peito quando ela puxa minha cabeça para trás. Meu pescoço se dobra e estala. Fios de cabelo são arrancados pela raiz. Minha visão é ofuscada pela dor.

— Estamos entendidas?

Eu me esforço para assentir.

Ela me joga contra a porta e eu bato com a cabeça no vidro.

— Não imaginei que *terria* problemas com você.

Sinto os olhos marejados e pisco com força, lutando contra as lágrimas. *Eu não vou chorar. Não vou.*

O assento afunda, aproximando-me mais do corpo volumoso da sra. Pulnik. Ela solta um suspiro ronronado, como um gato sentado ao sol.

— Motorista, leve-nos *parra* casa. Já está na *horra*.

Afasto-me e fico olhando pela janela até a mansão de colunas brancas desaparecer de vista.

Todos permanecem em silêncio no carro. Fern volta para o meu colo e ficamos sentados como estátuas.

No caminho de volta, procuro pelo rio. Um pequeno sonho encontra o caminho para a minha mente enquanto Fern me abraça pelo pescoço, Lark apoia o rosto nos meus joelhos e Stevie se espreme entre meus pés. Fantasio que quando passarmos pelo rio, o *Arcádia* estará lá, e Briny vai ver o carro.

Sonhando acordada, vejo ele correr pelas margens e obrigar o motorista a parar. Ele abre a porta do carro e nos tira de lá, até mesmo Stevie. Quando a sra. Pulnik tenta impedi-lo, ele acerta um soco bem no nariz dela, como fazia quando alguém tentava trapacear no bilhar. Briny nos pega de volta do mesmo jeito que o pai de Huck Finn faz na história, mas o pai de Huck era mau e Briny é bom.

Ele volta para a mansão e tira Gabion da srta. Tann e nos leva para um lugar muito, muito distante.

Mas o meu sonho não se torna realidade. O rio passa e some. E não há sinal do *Arcádia*, e logo a sombra da casa da sra. Murphy aparece e cobre o carro. Por dentro, estou fria e vazia como as cavernas dos índios onde Briny nos levou para acampar uma vez quando subimos pelo penhasco. Havia ossos na caverna. Ossos mortos de pessoas que já se foram. Há ossos mortos em mim.

Rill Foss não consegue respirar neste lugar. Ela não mora aqui. Apenas May Weathers. Rill Foss mora no rio. Ela é a princesa do reino de Arcádia.

Só quando estamos caminhando pela calçada da casa da sra. Murphy é que me lembro de Camellia. Sinto-me culpada por ter imaginado que Briny nos resgatou do carro e nos levou para longe sem Camellia.

Tenho medo do que ela vai dizer quando eu contar que Gabion não voltou com a gente — e que torço para que ele volte mais tarde. Camellia vai dizer que eu deveria ter lutado mais. Que eu deveria ter mordido e arranhado e berrado como ela teria feito. Talvez ela esteja certa. Talvez eu mereça ouvir isso. Pode ser que eu seja covarde demais, mas não quero ser mandada para o armário. E não quero que eles mandem minhas irmãs para lá também.

O medo toma conta de mim quando entramos. É o tipo de temor que sinto na época da cheia, quando ocorre o degelo da primavera e você vê pedaços de gelo vindo em direção ao barco. Às vezes, é um pedaço tão grande que não dá para afastar com um remo. Está prestes a colidir com força, e se a colisão rachar o casco, nós naufragamos.

Tenho que me esforçar para não largar os pequenos, me virar e fugir pela porta da casa da sra. Murphy antes que a porta se feche atrás de nós. A casa fede a mofo, a banheiro sujo, ao perfume da sra. Murphy e a uísque. Essa mistura de cheiros me agarra pela garganta e não consigo respirar, e fico feliz quando nos mandam sair para o quintal porque as outras crianças ainda não entraram para o jantar.

— E não sujem as roupas! — avisa a sra. Pulnik.

Procuro por Camellia nos lugares que disse para ela ficar, nos lugares seguros. Ela não está em nenhum deles. Os garotos mais velhos não respondem quando pergunto onde ela está. Eles só dão de ombros e continuam brincando.

Camellia não está brincando na terra, não está no balanço nem nas gangorras, nem brincando de casinha na sombra das árvores. Todas as outras crianças estão aqui, menos Camellia.

Pela segunda vez no mesmo dia, meu coração parece que vai saltar do peito. E se a levaram embora? E se ela teve algum ataque de raiva depois que saímos e se meteu em alguma confusão?

— Camellia! — grito e paro para ouvir, mas tudo que escuto é a voz das outras crianças. Minha irmã não responde. — Camellia!

Estou a caminho da lateral da casa em direção aos arbustos de azaleias quando a vejo. Está sentada no canto da varanda com as pernas dobradas junto ao corpo e o rosto enterrado nos joelhos. O cabelo negro e a pele estão cinzentos de sujeira. Parece que ela entrou em alguma briga enquanto estivemos fora. Há arranhões em um dos braços e um dos joelhos está ralado.

Talvez seja por isso que os garotos mais velhos não me disseram onde ela estava. Provavelmente, foi com eles que ela brigou.

Deixo as crianças perto das árvores e digo para elas não saírem dali, subo os degraus e caminho pela varanda até chegar à minha irmã. Os sapatos duros ecoam na madeira, *tum, tum, tum*, mas minha irmã não se mexe.

— Camellia? — Sentar ali sujaria o vestido, então me agacho ao seu lado. Talvez ela esteja dormindo. — Camellia? Trouxe uma coisa para você. Está no meu bolso. Vamos lá para o monte onde ninguém pode nos ver e eu entrego para você.

Ela não responde. Toco seu cabelo, e ela se afasta. Uma nuvem acinzentada se eleva quando minha mão escorrega pelo seu ombro. Tem cheiro de cinzas, mas não como as de uma lareira. Conheço esse cheiro, mas não consigo lembrar de onde.

— No que você se meteu enquanto estivemos fora?

Eu a toco de novo e ela baixa o ombro, mas ergue a cabeça. Está com a boca inchada e vejo quatro hematomas no seu queixo. Os olhos estão inchados e vermelhos, como se tivesse chorado muito, mas é a expressão no fundo deles que me incomoda mais. É como se eu estivesse olhando por uma janela e vendo apenas um quarto vazio. Não há nada ali, a não ser escuridão.

Sinto o cheiro de novo e, de repente, sei exatamente o que é. Cinzas de carvão. Sempre que parávamos o *Arcádia* perto dos trilhos do trem e catávamos o carvão que caía dos vagões. *Para aquecer e cozinhar. Achado não é roubado,* é o que Briny sempre dizia.

Será que Briny esteve aqui?

Assim que penso nisso, sei o quanto estou errada. Sei o quanto tudo *isso* está errado. Algo terrível aconteceu enquanto estive fora.

— O que houve? — Sento-me ao lado dela, assustada demais para me preocupar com o vestido. Farpas pinicam minhas pernas. — Camellia, o que aconteceu com você?

Ela abre os lábios, mas não emite nenhum som. Uma lágrima escorre pelo seu rosto, formando um rio rosado em meio ao pó de carvão.

— Conte para mim. — Aproximo-me mais para olhar bem para ela, mas ela se vira para o outro lado. Seu punho está cerrado entre nós. Eu o pego e abro os seus dedos para ver o que ela está segurando e, naquele instante, todos os biscoitos e sorvetes que comi na festa sobem pela minha garganta. Sujas e redondas balinhas de hortelã estão grudadas na palma da mão de Camellia, que as apertou com tanta força que elas derreteram na sua pele.

Fecho os olhos e meneio a cabeça, tentando não saber, mas sei. Minha mente me arrasta, gritando e berrando até o porão da casa da sra. Murphy, direto para o canto escuro onde as cinzas cobrem a caixa de carvão e a fornalha da caldeira. Vejo braços finos e fortes lutando, pernas chutando. Vejo uma grande mão se fechando sobre a boca que grita, os dedos oleosos e sujos apertando com tanta força que deixam hematomas.

Quero correr para a casa, gritar e berrar. Quero bater em Camellia por ser tão teimosa e ir até as azaleias quando eu disse para ela não ir. Quero agarrá-la e abraçá-la e fazer tudo ficar melhor. Não sei exatamente o que Riggs fez com ela, mas sei que foi algo muito ruim. Também sei que se contarmos para alguém, ele vai fazer minha irmã cair de uma árvore e bater com a cabeça. Talvez ele faça o mesmo comigo. Então, quem vai tomar conta dos pequenos? Quem vai esperar pela volta de Gabion?

Pego a mão da minha irmã e dou uma batidinha para as balas caírem. Elas quicam pelo chão e caem no canteiro de flores, onde desaparecem entre as folhas.

Ela não luta quando a coloco de pé.

— Venha. Se eles virem você assim quando tocar o sino para o jantar, vão achar que entrou em uma briga e você vai acabar no armário.

Eu a arrasto pela varanda como se ela fosse um saco de trigo, e a levo até o barril com água da chuva e vou limpando a sua pele aos pouquinhos da melhor forma que consigo.

— Vamos dizer que você caiu do balanço. — Mesmo enquanto seguro seu rosto nas mãos, ela não olha para mim. — Entendeu? Se alguém perguntar sobre os machucados, diga apenas que caiu do balanço.

Perto da escada, Fern, Lark e Stevie esperam por nós, silenciosos como ratinhos.

— Fiquem quietinhos aqui e deixem Camellia em paz — peço para eles. — Ela não está se sentindo bem.

— Está com dor de barriga? — Fern se aproxima mais, assim como Lark, e Camellia as empurra com força. Lark olha para mim, confusa. Geralmente, ela é a única de quem Camellia costuma gostar.

— Eu já disse para deixarem ela sozinha.

— Não é sapo, nem joaninha, é a Camellia só de calcinha! — provoca um dos garotos mais velhos do outro lado do pátio. Eles sempre começam a se aproximar da porta nesse horário, para que possam ser os primeiros na fila do jantar. Não sei por quê, já que todos comemos a mesma coisa em todas as refeições.

— Cale a boca, Danny Boy — sibilo, e puxo o vestido de Camellia até os joelhos. As funcionárias o chamam de Danny Boy porque ele é irlandês. Ruivo e cheio de sardas, exatamente como James. Ele é o líder agora que James se foi. Mas Danny Boy é muito mau.

Ele se aproxima mais e coloca a mão nos suspensórios que seguram suas calças grandes demais.

— Olhe só, você não estava toda arrumadinha? Acho que nem com roupas novas e laços no cabelo você consegue pais novos.

— Nós não *precisamos* de pais novos. Nós já temos pai e mãe.

— Mas quem ia querer você? — Ele percebe os arranhões e machucados no braço e joelho de Camellia e se aproxima. — O que aconteceu com ela? Parece que entrou em uma briga.

Dou um passo na direção de Danny Boy. Se eu tiver que ir para o armário para proteger minha irmã, é exatamente o que vou fazer.

— Ela caiu e se machucou um pouco. Foi só isso. Você tem alguma coisa a dizer sobre o que aconteceu?

O sino do jantar toca, e entramos na fila antes que qualquer outra coisa aconteça.

Afinal, esta noite não é comigo que eu preciso me preocupar em relação ao armário, e sim com Camellia. Ela fica em silêncio durante o jantar e não come nada, mas, quando chega a hora do banho, ela ganha vida e faz um escândalo. Berra como um animal, chuta e arranha, deixando longas marcas vermelhas no braço da sra. Pulnik.

São necessárias três funcionárias para segurar Camellia e arrastá-la para o banheiro. A essa altura, a sra. Pulnik já está me segurando pelo cabelo.

— Você não deve falar nada. Nenhum pio ou vai sofrer as consequências. — Fern, Lark e Stevie se amontoam junto à parede.

No banheiro, Camellia berra e grita. A água espirra, uma garrafa se quebra. Escovas caem no chão. A porta treme nas dobradiças.

— Riggs! — grita a sra. Pulnik pela escada. — Suba com minha corda. Traga a corda que uso no *armárrio*!

E, assim, Camellia se vai. A última coisa que vejo é uma funcionária arrastando-a pelo corredor, enrolada em um lençol como uma lagarta em um casulo, impedida de chutar e bater.

Naquela noite, somos apenas nós três. Não pego o livro para ler, e minhas irmãs não imploram por uma história. Lark, Fern e eu deitamos juntas em uma das camas, e eu cantarolo uma das antigas canções de Queenie até elas adormecerem. Por fim, também adormeço.

Um pouco antes do nascer do sol, Fern faz xixi na cama pela primeira vez desde que tinha dois anos e meio. Eu nem brigo com ela por causa disso, só limpo tudo da melhor forma que consigo. Enrolo o cobertor e a calcinha da minha irmã, abro uma fresta da janela e os deslizo pela abertura, enfiando-os embaixo dos arbustos onde espero que ninguém os encontre. Mais tarde, vou me esgueirar pelas azaleias e estendê-los para que sequem antes do anoitecer.

É quando estou tentando estender o cobertor sobre os arbustos que o vento sopra as folhas e elas se abrem por um instante, permitindo que eu veja algo. Embaixo do poste de luz na rua, há pessoas olhando a casa. Na escuridão da madrugada, não consigo ver o rosto nem as roupas, apenas o contorno de um velho e um garoto magro e alto.

Eles se parecem com Zede e Silas.

Mas tão rápido quanto apareceram, as folhas se fecham e eles somem.

Capítulo Quinze

Avery

O envelope é surpreendentemente comum. Um daqueles de papel pardo que são usados em escritórios. O conteúdo parece fino — talvez algumas folhas de papel, dobradas em três. Está lacrado, e o nome da minha avó está escrito na parte de trás com um garrancho trêmulo que ultrapassa a margem e desce pela beirada.

— O Parkinson do vovô causou-lhe muitas dificuldades no fim da vida — explica Trent. Ele esfrega a testa, franzindo o cenho para o envelope como se ainda estivesse se questionando sobre a promessa que quebrou ao entregá-lo para mim.

Sei que seria inteligente abrir antes que ele mude de ideia, mas sinto uma pontada de culpa. Trent está com cara de alguém que falhou em algo, e eu sou a responsável por isso.

Entendo muito bem o que significa ser leal à família. É exatamente o que me motivou a vir até aqui no meio da noite.

— Obrigada — agradeço, como se isso fosse ajudar.

Ele massageia o cenho com a ponta dos dedos e assente, relutante.

— Só para você saber, isso pode piorar as coisas em vez de melhorá-las. Havia um motivo para meu avô passar tanto tempo ajudando a procurar pessoas. Depois que ele e minha avó se casaram e ele assumiu os negócios da família em Charleston, ele entrou na faculdade de direito para poder cuidar dos contratos imobiliários da empresa… Mas também fez isso por outro motivo.

Quando ele tinha dezoito anos, ele descobriu que foi adotado. Ninguém nunca tinha dito nada para ele. Seu pai adotivo era um sargento do departamento de polícia de Memphis, e eu não sei bem se eles eram próximos, mas quando meu avô descobriu que tinham mentido para ele a vida toda, foi a gota d'água. Ele se alistou no Exército no dia seguinte e nunca mais falou com os pais adotivos. Procurou a família biológica por anos, mas nunca os encontrou. Minha avó sempre acreditou que teria sido muito melhor se ele não tivesse encontrado os documentos. Para falar a verdade, ela desejava que os pais adotivos do meu avô os tivessem destruído.

— Os segredos têm um jeito de virem à tona. — Meu pai compartilhou comigo esse ensinamento muitas vezes. *Segredos também deixam você vulnerável aos inimigos, sejam políticos ou de outro tipo.*

Seja lá o que está dentro deste envelope, é melhor eu saber.

Ainda assim, estremeço quando passo os dedos por baixo da aba do envelope.

— Entendo agora por que seu avô estava tão empenhado em ajudar outras pessoas a encontrarem informações sobre membros perdidos da família. — *Mas como minha avó se encaixa nisso tudo?*

O adesivo se solta aos poucos conforme eu puxo. Abro devagar, exatamente como minha mãe desembrulha um presente de aniversário, com cuidado para não rasgar o papel.

— Acho que a melhor hora para descobrir é agora — declaro. Cuidadosamente, tiro um envelope menor que foi aberto em algum momento no passado. Os papéis lá dentro foram dobrados como um folheto ou uma conta de luz, mas dá para perceber que se trata de algum tipo de documento oficial.

Do outro lado da mesa, Trent olha para as próprias mãos enquanto espalho o conteúdo do envelope.

— Eu realmente… — Não há motivo para agradecer novamente. Isso não vai impedi-lo de continuar lutando contra a própria consciência. — Quero que você saiba que pode contar comigo para fazer o que for melhor nessa situação. Não vou permitir que isso cause algum tipo de problema familiar. Respeito a preocupação do seu avô, considerando o tipo de pesquisa que ele fazia para as pessoas.

— Ele sabia em primeira mão o que poderia acontecer.

Um barulho na casa nos faz virar enquanto estou abrindo os documentos na mesa. Reconheço o som de pezinhos descalços no chão arenoso. Eu meio que espero ver uma das minhas sobrinhas ou sobrinhos no corredor, mas, em vez disso, há um garotinho de três ou quatro anos de idade, louro e com olhos azuis sonolentos e uma covinha adorável no queixo. Sei bem de onde ele puxou isso.

Trent Turner tem um filho. Será que existe alguma sra. Turner dormindo em algum lugar ali? Sinto um tipo estranho de decepção tingido por um ligeiro toque de inveja, e me vejo procurando por uma aliança de casamento, antes de voltar o olhar para o garotinho. *Pare já com isso, Avery Stafford. O que há de errado com você?*

É em momentos como este que eu realmente fico imaginando o que há de errado comigo. Por que não me sinto como uma mulher que encontrou sua alma gêmea, para viverem juntos e felizes para sempre, fim de história? Minhas duas irmãs se apaixonaram perdidamente pelos maridos e nunca duvidaram desse sentimento. Assim como minha mãe. E minha avó.

O menino olha para mim quando dá a volta na mesa, bocejando e coçando a testa com um dos braços. É um gesto dramático. Ele parece uma atriz de cinema mudo preparando-se para um desmaio exagerado.

— Você não deveria estar na cama, Jonah? — pergunta o pai.

— Sim.

— E você está aqui porque... — Trent pode parecer durão, mas dá para perceber que o filho faz o que quer com ele. Jonah coloca as duas mãos no joelho do pai e começa a subir no seu colo como se estivesse em um trepa-trepa.

Trent pega o filho, que se aproxima e sussurra:

— Tem um *pteodáctilo* no meu *armáio*.

— Um pterodáctilo?

— É.

— Jonah, não tem nada no seu armário. É só por causa do filme que os garotos maiores deixaram você assistir na casa da tia Lou, lembra? Você teve outro pesadelo com isso. Um dinossauro nem ia caber no seu armário. Não tem nenhum dinossauro aqui.

— Hum... — funga Jonah, agarrando-se à camiseta do pai antes de se virar e olhar para mim no meio de um bocejo.

Eu não deveria me envolver. Talvez eu acabe piorando as coisas. No entanto, já passei por todo esse lance de dinossauros nas vezes que meus sobrinhos dormiram em Drayden Hill e nas férias com os filhos das minhas irmãs.

— Meus sobrinhos e sobrinhas tiveram o mesmo problema. Eles também tinham medo de dinossauros, mas sabe o que fizemos?

Jonah nega com a cabeça e Trent me lança um olhar zombeteiro e as sobrancelhas louras se unem. Ele tem uma testa bastante flexível.

Dois pares de olhos azuis idênticos esperam a minha solução para o dilema do dinossauro no armário. Felizmente, eu tenho uma.

— Fomos a uma loja no dia seguinte e compramos lanternas. Lanternas muito maneiras. Se você tiver lanternas bem legais ao lado da sua cama, quando você acordar à noite e achar que está vendo alguma coisa, pode ligar a lanterna e olhar. E sabe o que acontece toda vez que você acende a lanterna?

Jonah espera, ofegante e com a boquinha meio aberta. Mas o pai claramente sabe a resposta. Parece que ele quer dar um tapa na própria testa, como se estivesse se perguntando: *Por que eu não pensei nisto antes?*

— Sempre que você acende a lanterna, não tem nada lá.

— Sempre? — Jonah não parece convencido.

— Sempre. Juro.

Jonah olha para o pai em busca de confirmação, e um lindo olhar de confiança passa entre eles. Este é obviamente um pai que participa da vida do filho. Um pai que brinca de derrotar monstros e depois coloca o filho para dormir.

— Vamos comprar uma lanterna amanhã no BI-LO. O que acha?

Noto que ele não diz *mamãe pode levar você para comprar uma lanterna amanhã*. Também noto que não diz para o filho que ele já está grandinho, nem insiste em obrigar o pobrezinho a voltar para cama. Ele apenas apoia Jonah no ombro e coloca uma das mãos na mesa, os dedos apontando para os documentos que estão na minha mão.

Jonah enfia um dedo na boca e se aconchega ao peito do pai. Ele é muito fofo.

A página de cima é uma fotocópia granulada de um formulário oficial. Histórico, diz o título em letras fortes e pretas. Abaixo, há um número de registro: *7501*. IDADE: *recém-nascido*. SEXO: *masculino*. O nome do bebê está assinalado como *Shad Arthur Foss, religião desconhecida*. No canto do formulário há um carimbo com uma data de outubro de 1939, e foi aparentemente preenchido em um hospital em Memphis, Tennessee. NOME DA MÃE: *Mary Anne Anthony*. NOME DO PAI: *B. A. Foss*. O endereço de ambos está como *indigentes, acampamento no rio*. Tanto o pai quanto a mãe estavam com quase trinta anos quando o bebê nasceu.

A funcionária responsável pelo formulário, srta. Eugenia Carter, explicou a situação do bebê em poucas palavras com títulos de aparência clínica. MOTIVO DA ENTREGA PARA A SOCIEDADE DE ORFANATOS DO TENNESSEE: *nascido fora dos laços matrimoniais — incapaz de sustentar*. FORMA DA ENTREGA: *mãe e pai assinaram os documentos no parto*.

— Não reconheço esses nomes — sussurro, separando a página das outras e colocando-a silenciosamente na mesa. Com certeza, tenho muitos parentes, mas nunca vi um Foss nem um Anthony em algum convite de casamento ou me encontrei com um durante um funeral. — Não consigo imaginar como isso pode ter alguma ligação com minha avó. Isso deve ter acontecido mais ou menos na época em que ela nasceu, eu acho. — A idade da vovó Judy muda cada vez que você lhe pergunta. Ela não admite nada e considera uma tremenda falta de educação que alguém faça esse tipo de pergunta. — Talvez Shad Arthur Foss seja alguém que ela conheceu mais tarde, na escola? Será que ela estava tentando ajudar algum amigo a obter informações sobre o nascimento?

A página seguinte é uma cópia da história do caso do menino Foss.

DATA DE NASCIMENTO: 1º de setembro de 1939
PESO AO NASCER: 1,8 kg (prematuro)
PESO ATUAL: 3,100 kg
BEBÊ: o bebê nasceu prematuro pesando menos de dois quilos. Apresentou desenvolvimento normal. Kahn foi negativo. Wasserman e esfregaço negativos na mãe. Não apresentou doenças nem imunizações.
MÃE: 28 anos de idade, nascida nos Estados Unidos, de origem polonesa-holandesa. Formada no ensino médio, olhos azuis, cabelo louro, 1,70 metro de altura e 52 kg. Protestante. Considerada muito atraente e inteligente.
PAI: 29 anos de idade. Nascido nos Estados Unidos, de origem escocesa, irlandesa e francesa. Formado no ensino médio, olhos castanhos, cabelo preto, cerca de 1,85 metro de altura e 80 kg. Sem ligação religiosa.
Não existem doenças hereditárias em nenhum dos lados da família, e apesar dos erros desses jovens, tanto a família materna quanto a paterna são de trabalhadores respeitados nas próprias comunidades. Nenhum dos dois tem interesse em ter a custódia das crianças.

Passo o segundo documento para Trent, que estava analisando o primeiro. A terceira página diz:

Pais ou guardiões

PASSAM

para a

Sociedade de Orfanatos

do Tennessee

AJUDAR UMA CRIANÇA A ENCONTRAR UM LAR É O NOSSO LEMA

A triste história do bebê Shad é contada novamente com letra irregular em linhas pontilhadas ao lado de perguntas do tipo: *É saudável? É robusto? Apresenta alguma deformidade? Apresenta alguma doença? É débil mental?*

Apto a ser adotado em um lar?

Os documentos do bebê Shad são assinados, selados, reconhecidos e entregues. Ele é transferido para a Casa de Acolhimento de Memphis para observação e alocação.

— Não faço a menor ideia do que essas coisas significam. — Mas tenho certeza de que minha avó não teria vindo tantas vezes aqui para Edisto para se encontrar com o primeiro Trent Turner se o assunto não fosse importante. Também acho difícil de acreditar que ela teria ido tão longe assim para ajudar um amigo. Ela tinha algum interesse pessoal no assunto.

— Existem outros envelopes como este? O seu avô deixou mais alguma coisa?

Trent afasta o olhar como se estivesse tentando decidir o que deveria responder, travando mais uma luta com sua consciência. Por fim, ele diz:

— Apenas mais alguns envelopes lacrados com nomes escritos, exatamente como este. Meu avô conseguiu entregar a maioria dos documentos para os donos antes de falecer. Ele concluiu que os envelopes restantes eram destinados às pessoas que faleceram sem que ele tomasse conhecimento.

Trent para de falar e ajeita Jonah, que está adormecido no seu ombro.

— Alguns dos casos perduraram por cinquenta ou sessenta anos, desde que ele começou a fazer a pesquisa. Não sei como decidia quais casos ia pegar. Nunca perguntei. Lembro-me vagamente de clientes chegando aqui com fotos e sentando-se à mesa na casinha lá fora, chorando e falando, mas isso não acontecia com muita frequência. Ele conduzia a maior parte dos negócios no seu escritório em Charleston. O único motivo de eu ter visto alguns clientes foi porque eu vinha aqui para Edisto com ele sempre que podia. De vez em quando ele se encontrava com pessoas aqui por ser mais privado, eu acho. Tenho a sensação de que ele lidava com muitos clientes de famílias proeminentes. — Ele lança um olhar significativo para mim, e sei que está me incluindo nessa categoria. Sinto uma comichão na pele e me contorço embaixo da camiseta.

— Ainda não consigo entender o que isso tem a ver com minha avó. Será que existe algum documento entre os papéis do seu avô que tenha a ver com uma mulher chamada May Crandall... Ou talvez alguém chamado Fern... ou Queenie? Acho que elas podem ter sido amigas da minha avó.

Ele apoia o queixo na cabeça de Jonah.

— Os nomes não parecem familiares. Mas, como eu disse mais cedo, eu não li nenhum dos documentos depois que meu avô faleceu. Tranquei o escritório dele e nunca mais voltei lá. — Ele faz um gesto com o ombro para indicar a casa do lado de fora, iluminada por uma lâmpada no jardim. — Eu só fiquei responsável pelos envelopes, como ele me pediu. O que quer que tenha ficado lá, presumi que não importava mais. Ele respeitava muito a privacidade das pessoas, considerando tudo pelo que passou quando descobriu a verdade sobre os pais. Nunca quis assumir a responsabilidade de mudar a história de outra pessoa da mesma maneira. A não ser que elas pedissem informações.

— Então, isso significa que minha avó definitivamente o procurou?

— Com base em tudo que sei sobre o trabalho do meu avô, acredito que sim. — Ele morde o lábio inferior de forma pensativa. E eu percebo que estou olhando tão fixamente para sua boca que quase perco o que ele está dizendo. — Se outra pessoa estivesse procurando pela sua avó, um parente perdido, talvez, o meu avô poderia ter entregue os documentos para eles e arquivado o caso quando tivesse encontrado sua avó. Ele sempre deixava a cargo dos clientes a decisão sobre entrar ou não em contato com a pessoa. O fato de ele não ter arquivado esse caso e de ter escrito *Judy Stafford* significa que sua avó estava procurando alguém... uma pessoa que ele nunca conseguiu encontrar.

Minha mente está a mil por hora no momento, apesar de já ser tarde da noite.

— Será que eu poderia ver o resto? — Sei que é um pedido ousado para fazer agora, mas temo que Trent possa mudar de ideia quando tiver tido tempo para pensar sobre tudo. Uma lição do tribunal. Se você precisa que uma testemunha mude de ideia, peça um recesso. Caso contrário, mergulhe de cabeça atrás do que quer.

— Acredite em mim, você não vai querer entrar lá à noite. Aquela construção é uma antiga senzala que faz parte da propriedade, então não é exatamente protegida. Não há como dizer o que pode estar habitando o local no momento.

— Eu cresci em estábulos. Não tenho medo de muita coisa.

Seus lábios abrem um sorriso, mostrando uma covinha.

— Por que isso não me surpreende? — Ele muda Jonah de ombro de novo. — Vou colocá-lo de volta na cama.

Nossos olhares se cruzam por um momento, estamos apenas... olhando um para o outro. Talvez seja a luz fraca do lustre antigo ou o ar íntimo e acolhedor da casa, mas sinto algo que não quero sentir. É uma sensação que passa por mim como algo lânguido e cálido, como entrar em uma piscina em uma noite de verão depois que o ar esfriou.

Molho o dedinho do pé nessas águas, dou um riso suave, sinto-me enrubescer e baixo o olhar. Quando olho de novo para Trent, o canto de sua boca se curva em um sorriso, e uma estranha sensação desce pelo meu corpo até chegar à ponta dos dedos do pé. É como um raio caindo na água — algo imprevisível e perigoso.

O momento me pega de surpresa e por um segundo me esqueço de onde estou e por que vim aqui.

A cabeça de Jonah escorrega do ombro do pai, e o feitiço se quebra. Desperto do momento como uma paciente que acabou de acordar de uma anestesia. Minha mente vagueia, meu cérebro demora a voltar a funcionar adequadamente para que eu consiga afastar os olhos. Então, meu olhar recai sobre o meu anelar, que agora está sem meu anel de noivado, que tirei antes do banho, quando minha noite ainda não havia tomado um rumo tão estranho.

O que está *acontecendo*? Nunca me aconteceu nada assim antes. Nunca. Não tenho lapsos mentais. Não sou facilmente conquistada por pessoas. Não me comporto de maneira inadequada com estranhos. A suprema importância de *não* fazer essas coisas foi impressa em mim desde meu nascimento, e a faculdade de direito reforçou muito bem isso.

— É melhor eu ir. — Quase como uma deixa, meu celular vibra no meu bolso. O mundo real invadindo o momento. Minha cadeira arranha o chão quando a empurro para trás. O som parece fazer Trent parar inesperadamente. Será que ele realmente estava considerando a possibilidade de me deixar entrar no escritório do avô nesta noite? Ou será que ele estava pensando em algo mais íntimo?

Ignoro o telefonema e o agradeço por ter me dado o envelope. Depois, acrescento:

— Talvez a gente possa se encontrar amanhã? — *Sob a luz clara e brilhante do dia.* — Procurar o que mais ele deixou? — Estou assumindo um risco independentemente de como eu lide com isso. Amanhã, talvez Trent já tenha mudado de ideia. Mas, aqui, neste momento, existem outros tipos de riscos. — Eu já tomei muito do seu tempo. Foi muito rude da minha parte ligar tão tarde. Sinto muito... Eu só estava... desesperada para entender as coisas.

Ele disfarça um bocejo, pisca e obriga as pálpebras a ficarem abertas.

— Sem problemas. Sou uma pessoa noturna.

— Dá para perceber — brinco, e ele deixa escapar uma risada.

— Amanhã, então. — Ele fala isso como se fosse uma promessa. — Terá que ser depois do trabalho. Tenho um dia cheio. Vou ver se tia Lou pode ficar com Jonah por mais umas duas horas.

Fico aliviada por definirmos o encontro. Eu só espero que amanhã Trent continue de acordo com isso.

— Encontro você amanhã no início da noite. Só me diga a que horas devo estar aqui. Ah, e não precisa deixar Jonah com a tia por minha causa. Tenho sobrinhos trigêmeos de dois anos. Adoro menininhos. — Pegando os documentos da vovó Judy e minha lanterna, dou um passo em direção à porta e paro, procurando um lápis e algo em que eu possa escrever. — Deixe eu anotar meu telefone para você.

— Eu já tenho. — Ele faz uma careta. — No meu celular... Umas duzentas ligações.

Isso deveria ser constrangedor, mas, em vez disso, rimos juntos. Ele se vira em direção ao corredor.

— Vou colocar Jonah na cama e a acompanho até a praia. Fico de olho até você chegar em casa.

Minha cabeça diz *não*, mas tenho que me obrigar a dizer as palavras:

— Pode deixar. Eu sei o caminho.

Do lado de fora da janela, a noite está viva com o brilho do luar, a água cintilando por entre as folhas das palmeiras que cercam o quintal da casa. Os cheiros de rosas e de jasmim se misturam ao cheiro da maresia. É uma combinação perfeita. O tipo que encontramos apenas na região costeira da Carolina do Sul.

Ele olha para mim.

— Já é muito tarde. Permita-me agir como um cavalheiro pelo menos.

Espero enquanto ele coloca Jonah na cama; depois cruzamos a varanda dos fundos juntos e descemos os degraus. A brisa do mar sopra meu cabelo, fazendo-o esvoaçar, tocando minha pele e passando por baixo da camiseta. Quando chego no último degrau e olho para a pequena senzala, analiso as seis janelas de madeira que se espalham por toda a varanda da frente. Será que há respostas esperando por mim atrás do vidro manchado pela maresia?

— Foi construída em meados de 1850. — Trent parece estar procurando um assunto. Talvez nós dois estejamos sentindo a pressão estranha de um cenário que exige mais do que uma conversa casual. — Meu avô se mudou para a casa quando comprou a propriedade. Ele orginalmente a usava como escritório. Esse foi o seu primeiro negócio imobiliário. Ele comprou as terras adjacentes à casa Myers e as dividiu entre esta casa e as outras duas do meio.

Outra ligação entre o primeiro Trent Turner e minha avó. Obviamente, eles já se conheciam havia muito tempo. Será que ela o contratou para procurar alguém porque sabia que ele trabalhava com isso? Ou será que o trabalho dele o levou até a minha avó? Será que foi ela quem sugeriu que ele comprasse as terras adjacentes à casa Myers? Será que o Trent Turner do presente realmente está tão por fora das conexões entre as nossas famílias quanto eu? Será possível que uma geração tenha vivido uma vida intrinsicamente entrelaçada e, por algum motivo, escondeu isso da geração posterior?

As questões formam nós no meu cérebro ao pararmos na trilha da praia, onde as aveias do mar brilham como faixas de fibra de vidro sob o luar.

— Noite agradável — comenta ele.

— É mesmo.

— Fique atenta. A maré está subindo. Você vai molhar os pés. — Ele faz um gesto com a cabeça em direção ao mar e meu olhar acompanha o movimento. Uma trilha de ondas reluzentes conduz até a lua, e um tapete estrelado brilha maravilhosamente logo acima. Quanto tempo faz desde a última vez que eu apenas me sentei no escuro e aproveitei uma noite assim? De repente, estou ávida por isso. Estou ávida por água e céu e dias que não são divididos em pequenos quadrados na agenda de compromissos.

Será que minha avó se sentia assim? Será que era por isso que vinha aqui com tanta frequência?

— Obrigada de novo… por me deixar interromper a sua noite. — Dou um passo para trás na grama em direção à areia. Algo passa pelo meu pé e eu grito.

— Melhor acender a lanterna.

A última coisa que vejo antes de me cercar por uma esfera de luz artificial é Trent sorrindo para mim.

Viro-me e sigo meu caminho, sabendo que ele está observando.

Meu telefone vibra de novo e, quando o pego no bolso, é como uma ponte para outro mundo, que atravesso rapidamente. Preciso de algo familiar e seguro em que me concentrar depois daquele estranho momento que Trent e eu compartilhamos na praia.

Mas, Abby? Do escritório em Baltimore? Por que ela estaria me ligando de madrugada?

Quando atendo, ela está ofegante.

— Avery, aí está você. Está tudo bem? Eu recebi um e-mail seu estranhíssimo agora pouco.

Eu rio.

— Ah, Abby. Sinto muito. Era para eu ter mandado para mim mesma.

— Você precisa dizer para *você mesma* para onde você está indo? O que essa vida sofisticada na Carolina do Sul fez com você? — Abby é uma garota sensata e prática da capital, que conseguiu se reinventar ao sair de um conjunto habitacional e conquistar um diploma de direito. Também é uma maravilhosa promotora pública. Sinto falta de nossos almoços e de trabalhar com ela nos casos em andamento.

Se existe alguém em quem eu poderia confiar em relação às informações sobre vovó Judy, esse alguém seria Abby, mas é melhor falar sobre como anda o trabalho, então respondo:

— É uma longa história. Por que você está acordada a essa hora?

— Trabalho. A descoberta de amanhã. Lavagem de dinheiro e fraude nos correios. Um caso importante. Eles contrataram Bracken e Thompson.

— Ah, os poderosos. — A conversa sobre o trabalho me transporta direto para casa, em Baltimore. Seja lá o que tenha acontecido comigo na casa de Trent é rapidamente obscurecido, e eu fico feliz com isso. — Conte-me o que está acontecendo. — Meus sentidos ficam alertas de um jeito que não tem nada a ver com a noite que tive, nem com o olhar que lanço por sobre o ombro que me faz perceber que Trent ainda me observa.

Abby começa a entrar nos detalhes da investigação e a minha mente mergulha ali. Sou atingida por um fato inegável.

Sinto falta da minha antiga vida.

Capítulo Dezesseis

Rill

— Bom dia, luz do dia! Parece que finalmente está sol! — declara a srta. Dodd quando destranca a porta do quarto no porão. A srta. Dodd é nova aqui, chegou há dois dias. É mais jovem que as outras e mais legal também. Planejo perguntar sobre Camellia, se conseguir pegá-la sozinha. Ninguém me diz onde minha irmã está. A sra. Pulnik disse para eu calar a boca e parar de azucrinar as funcionárias em relação a isso.

Danny Boy diz que Camellia morreu. Diz que acordou e ouviu a sra. Murphy contar para Riggs que Camellia morreu depois que foi para o armário e perguntar o que deveriam fazer a respeito. Danny Boy afirma que Riggs carregou o corpo de Camellia até um caminhão e o levou para jogar no pântano. Ele viu tudo com os próprios olhos. Declara que minha irmã se foi e que já foi tarde.

Não acredito em nenhuma palavra que sai da boca de Danny Boy. Ele é cruel e odioso até a raiz dos cabelos.

A srta. Dodd vai contar a verdade.

Neste momento, ela está preocupada com o fedor no quarto. Fica um cheiro úmido e de mofo aqui quando chove e, além disso, Fern tem feito xixi na cama desde a noite que levaram Camellia e Gabion. Peço a Fern para não fazer isso, mas não adianta.

— Minha nossa! Que cheiro! — A srta. Dodd lança um olhar de preocupação para nós. — Este lugar não é nada bom para crianças.

Coloco-me entre ela e a cama de armar molhada. Eu a cobri com um monte de cobertas porque foi a única ideia que tive para esconder a parte encharcada.

— Eu derrubei o penico.

Ela olha para o canto. O cimento está seco embaixo do penico.

— Será que alguém teve um acidente durante a noite?

Meus olhos se enchem de lágrimas, e Lark dá um passo em direção ao canto, levando Fern consigo. Agarro o avental da srta. Dodd e baixo a cabeça ao mesmo tempo porque imagino que vou levar um tapa. Mas não importa. Preciso impedir que ela suba e conte para a sra. Pulnik.

— Não conte.

Os cílios castanhos da srta. Dodd piscam sobre os olhos verde-acinzentados.

— Minha nossa senhora, por que não? Nós só vamos limpar a bagunça e tudo ficará bem.

— Fern vai ter problemas. — Acho que a srta. Dodd ainda não sabe o que acontece com as crianças que fazem xixi na cama por aqui.

— Pelo amor de Deus. É claro que não.

— *Por favor...* — O pânico me inunda como um rio na época da cheia. — Por favor, não conte. — Não posso perder Fern e Lark. Não sei ao certo o que aconteceu com Camellia e, depois de quatro dias, imagino que aquelas pessoas não vão devolver Gabby. Perdi meu irmão. Camellia desapareceu. Lark e Fern são tudo que me restou.

A srta. Dodd coloca as mãos nas laterais do meu rosto e o segura com gentileza.

— Psiu. Calma. Vou arrumar tudo. Não se preocupe, docinho. Vamos manter isso entre nós.

Minhas lágrimas escorrem ainda mais. Ninguém me tocou dessa forma desde Queenie.

— Pode se acalmar agora. — A srta. Dodd olha por sobre o ombro, pare- cendo nervosa. — É melhor subirmos agora, antes que venham nos procurar.

Concordo com a cabeça e consigo dizer:

— Sim, senhora.

Seria horrível se a srta. Dodd tivesse problemas por minha causa. Eu a ouvi contar para uma das mulheres da cozinha que o pai morreu no ano pas- sado e que a mãe está doente com um edema, e que ela tem quatro irmãos pequenos que moram em uma fazenda no condado de Shelby, mais ao norte. A srta. Dodd caminhou e pegou carona até chegar em Memphis na busca de um emprego para poder mandar dinheiro para a família.

A srta. Dodd precisa desse emprego.

Nós precisamos da srta. Dodd.

Pego Fern e Lark e seguimos para a porta com a srta. Dodd atrás de nós. Riggs está perto do aquecedor, intrometido como um cachorro de rua. Como sempre, mantenho a cabeça baixa e o observo pelo canto dos olhos.

— Sr. Riggs — chama a srta. Dodd antes que cheguemos às escadas. — Será que o senhor poderia me fazer um favor? E não precisa comentar com ninguém sobre isso.

— Ora, mas é claro.

Antes que eu possa impedi-la, ela pede:

— O senhor poderia conseguir um pouco de cloro e água e lavar a cama de armar que está ali perto da porta? Pode deixar o balde quando acabar. Eu mesma termino de lavar o resto.

— Sim, senhora. Eu v-vou f-fazer para a senhora. Com certeza. — Seus dentes quebrados aparecem com o sorriso, longos e amarelados como os de um castor. — Acho que essas crianças v-vão se mudar logo l-lá para cima. — Ele faz um gesto na nossa direção com a pá.

— Quanto antes melhor. — A srta. Dodd não sabe que está errada. Quando estivermos lá em cima, não *haverá* uma porta trancada entre Riggs e nós. — Um quarto no porão não é adequado para as crianças.

— Não, senhora.

— E se a casa pegasse fogo, elas acabariam presas aqui.

— Se houvesse u-um in-incêndio, eu derrubaria a porta. D-derrubaria mesmo.

— O senhor é um bom homem, sr. Riggs.

A srta. Dodd não sabe a verdade sobre o sr. Riggs. Não mesmo.

— Ob-obrigado, senhora.

— E não precisa contar para ninguém sobre essa limpeza — reforça ela. — Será o nosso segredo.

Riggs apenas sorri e nos lança um olhar predatório, como o de um urso em pleno inverno. Se você vir um urso durante o inverno, é melhor ter cuidado. Ele está faminto e quer encontrar algo para matar a fome. Qualquer coisa servirá.

Não consigo parar de pensar no olhar de Riggs durante todo o café da manhã, e até mesmo mais tarde, quando o pátio finalmente está seco para sairmos. Cruzando a varanda, olho para o canto e penso em Camellia, perguntando-me: *Será que Danny Boy pode estar dizendo a verdade? Será que minha irmã está morta?*

A culpa é toda minha. Eu sou a mais velha. Eu deveria cuidar de todos. Esta foi a última coisa que Briny disse antes de sair pelo rio. *Você precisa tomar conta dos menores, Rill. Você precisa cuidar de todo mundo até eu voltar. Até Queenie e eu voltarmos.*

Até mesmo o nome soa estranho na minha mente agora. As pessoas continuam me chamando de May. Talvez Rill ainda esteja no rio em algum lugar com Camellia, Lark, Fern e Gabion. Talvez eles estejam navegando nas correntes lentas e preguiçosas de verão, observando os barcos e as lanchas passarem, e os falcões voarem em círculos amplos e lentos em busca de peixes que possam caçar com um mergulho.

Talvez Rill seja apenas uma história que li, como a de Huck Finn e Jim. Talvez eu não seja nem nunca tenha sido Rill. Viro-me e corro pela escada e pelo pátio, meu vestido está esvoaçando em volta das minhas pernas. Abro os braços, jogo a cabeça para trás e crio minha própria brisa e, por um instante, encontro Rill de novo. Eu sou ela. Estou no *Arcádia*, o nosso pedacinho do paraíso.

Não paro quando passo pelo portão onde os garotos maiores têm o seu esconderijo. Eles estão ocupados implicando com duas crianças novas que chegaram durante a chuva de ontem. Irmãos, eu acho. Não me importo. Se Danny Boy tentasse me impedir, fecharia meu punho e acertaria um soco no meio da cara dele, exatamente como Camellia faria. Eu o derrubaria bem ao lado da cerca e o usaria para escalá-la e me libertar.

E não pararia de correr até chegar às margens do rio.

Dou a volta na casa antiga, correndo o mais rápido que consigo, e salto sobre as barras de ferro, tentando chegar alto o suficiente para espiar o outro lado, mas não consigo. Só subo um pouco antes de escorregar e cair com força. Agarro as barras e berro, e uivo como um animal selvagem tentando lutar contra uma jaula.

Continuo até as barras ficarem escorregadias de suor, lágrimas e sangue. As barras não cedem. Não se movem nem um pouco. Elas ficam firmes enquanto escorrego até o chão e permito que as lágrimas escorram.

Em algum lugar externo aos meus sons, ouço Danny Boy dizer:

— A bonitinha ficou lelé da cuca. Ficou mesmo.

Ouço o choro de Fern e Stevie, e Fern gritar meu nome e os garotos maiores implicando e empurrando-os sempre que tentam passar pelo portão. Preciso ir. Preciso ajudá-los, mas, mais do que qualquer outra coisa, só quero desaparecer. Quero ficar sozinha em um lugar onde ninguém possa me encontrar. Onde ninguém que eu amo possa ser roubado de mim.

Danny Boy torce o braço de Stevie para trás até ele dizer "desisto", e continua a fazer isso até que o berro de Stevie me atinge bem na barriga. Atinge o lugar que quero tornar duro como pedra. Como a espada de Arthur, o grito de Stevie me perfura.

Antes de me dar conta do que estou fazendo, volto ao pátio da igreja e seguro Danny Boy pelo cabelo.

— Solte ele agora mesmo! — Puxo com força, e a cabeça de Danny Boy dobra para trás. — Solte Stevie e *nunca* mais encoste nele. Ou eu quebro seu pescoço como o de uma galinha. *Quebro mesmo.* — Sem Camellia aqui para brigar por nós, de repente, eu me transformo nela. — Eu quebro seu pescoço e jogo *você* no pântano.

Um dos outros garotos solta Fern e se afasta. Ele fica me encarando com olhos arregalados. Pela minha sombra, entendo o motivo. Meu cabelo está voando para todas as direções. Pareço a Medusa das histórias gregas.

— Briga! Briga! — gritam as outras crianças, vindo correndo para assistir.

Danny Boy solta Stevie. Ele não quer ser surrado na frente de todo mundo. Stevie cai de cara no chão e levanta com a boca cheia de terra. Ele cospe e começa a chorar, e eu empurro Danny Boy para longe e pego a mão de Stevie e de Fern. Seguimos até o monte antes de eu perceber que tem alguém faltando.

Meu coração quase para.

— Onde está Lark?

— Oça… — balbucia Stevie a primeira palavra que sai da sua boca desde o dia que chegamos aqui. — *Oça.*

Ajoelho-me na grama úmida e olho para o rosto dos dois.

— Que moça? *Que* moça, Fern?

— A moça pegou Lark na varanda — sussurra Fern. Seus olhos estão cheios de lágrimas. — Bem assim. — Ela pega Stevie pelo braço e o levanta, arrastando-o por alguns degraus. Stevie concorda com a cabeça para confirmar que também viu isso.

— Uma moça? Não foi Riggs? Riggs não a pegou?

Os dois negam com a cabeça.

— *Oça* — repete Stevie.

Minha mente ainda está anuviada com as lágrimas secas e o ódio que me resta. Será que Lark está em apuros? Será que está doente? Não pode ser. Quando voltamos do café da manhã, ela estava como sempre. Eles não levam crianças para a enfermaria a não ser que estejam queimando de febre ou vomitando.

Aponto para o parquinho e falo para Fern e Stevie:

— Vocês dois vão até lá. Fiquem na gangorra e não saiam dali por nada até eu vir buscar vocês ou o sinal tocar. Entenderam?

Os dois parecem mortos de medo, mas concordam com a cabeça e dão as mãos. Observo enquanto seguem para a gangorra e, então, sigo para a casa. Quando passo pelo portão, aviso a Danny Boy que, se ele mexer com eles, vai ter que se ver comigo.

Minha coragem vai e vem enquanto atravesso o pátio. Fico olhando para a casa na esperança de ver a srta. Dodd. Um martelo soa nos meus ouvidos quando ando na ponta dos pés pela varanda e sigo para o lavatório. Dependendo de quem me vir aqui, posso entrar em uma baita confusão. Alguém poderia achar que estou tentando roubar comida.

As mulheres negras estão ao lado da lavadora quando passo pelo lavatório. Será que sabem o que aconteceu com Lark? Será que me contariam se soubessem? Em geral, fingimos que não notamos a existência umas das outras.

Elas não erguem o olhar e eu não pergunto. Não tem ninguém na cozinha, e eu passo correndo para não ser pega ali.

A porta vaivém range quando enfio a cabeça pelo corredor principal da casa da sra. Murphy. É quase tarde demais quando ouço sua voz e percebo que a porta do escritório está aberta.

— Acho que você vai achá-la muito agradável. — A srta. Tann também está no escritório. Sua voz melosa indica que estava falando com outra pessoa além da sra. Murphy. — Ela é perfeita de todas as formas. A mãe tinha começado a cursar a faculdade antes da Grande Depressão. Uma jovem muito inteligente, considerada uma beldade. A menina claramente puxou a mãe. Essa pequena é como uma Shirley Temple, e nem precisa de permanente; tem cachos naturais. Ela não fala muito, mas é muito bem-comportada e tem boas maneiras. Não causará nenhum tipo de problema em situações públicas, que sei que é algo importante na sua linha de trabalho. Gostaria que tivesse permitido que a levássemos até você. Não é o nosso procedimento normal receber os novos pais nos próprios orfanatos.

— Nós agradecemos por ter aberto essa exceção. — A voz do homem é profunda e ele parece um comandante do Exército. — É difícil para nós irmos a qualquer lugar sem sermos reconhecidos.

194 Lisa Wingate

— Nós compreendemos totalmente. — Nunca ouvi a sra. Murphy soar tão amigável. — É uma honra receber a sua visita. Bem aqui na minha própria casa!

— O senhor escolheu uma das melhores. — A srta. Tann se aproxima da porta. — E você vai ser a melhor, não é mesmo, Bonnie? Você vai fazer tudo que sua nova mamãe e seu novo papai pedirem para você fazer. Você é uma menininha de muita sorte. E você é muito grata por isso, não é?

Bonnie é o novo nome de Lark.

Tento ouvir se Lark responde, mas não dá para saber.

— Então, acho que devemos deixá-los partir, mas sentiremos muito sua falta — declara a srta. Tann.

Um homem e uma mulher saem para o corredor, trazendo Lark com eles. O homem é bonito, como um príncipe dos contos de fada. A mulher é linda, com cabelo arrumado e um belo batom. Lark está usando um vestido branco cheio de babados. Parece uma pequena bailarina.

O ar fica preso na minha garganta. Empurro a porta da cozinha para abri-la. *Você tem que impedi-los*, digo para mim mesma. *Você tem que fazê-los perceber que Lark é sua, e que eles não podem levá-la.*

Uma mão agarra meu braço e me puxa para trás, e a porta vaivém se fecha com um som agudo. Tropeço e cambaleio enquanto alguém me arrasta pela cozinha e pelo lavatório até a varanda. Não sei quem me pegou até a srta. Dodd me girar e me colocar de pé, segurando-me pelos ombros.

— Você não deveria estar lá, May! — Ela está com os olhos arregalados e a pele pálida. Parece estar quase com tanto medo quanto eu. — Você conhece as regras. Se você incomodar a sra. Murphy e a srta. Tann, vai pagar muito caro.

O bolo que se formou na minha garganta se desfaz e escorrega quente e grosso até a minha barriga.

—A m-minha irmã…

A srta. Dodd segura meu rosto.

— Eu sei, querida, mas você tem que pensar no que é melhor para ela. Os pais dela são astros do cinema. — Ela respira fundo como se tivesse acabado de receber um prêmio no parque de diversões. — Sei que você vai ficar triste, mas é o melhor que alguém poderia ter. Novos pais em uma nova casa. Uma vida completamente nova.

— Mas nós temos um pai e uma mãe!

— Psiu! Psiu. —A srta. Dodd começa a me arrastar pela varanda, afastando-me da porta. Tento me soltar, mas ela não permite. — Psiu! Você não pode se comportar assim. Sei que você deseja que seus pais venham buscar você. Mas eles não podem. Eles entregaram vocês para a Sociedade de Orfanatos do Tennessee. Vocês são órfãos agora.

— Não somos, não! — choramingo.

Não consigo evitar. Começo a falar a verdade — tudo sobre o *Arcádia* e a Queenie e o Briny e meu irmão e minhas irmãs. Conto sobre Camellia e o armário, e as funcionárias contando histórias diferentes sobre o que aconteceu com ela, e Danny Boy me dizendo que ela foi jogada no pântano.

A srta. Dodd fica boquiaberta. Ela me segura pelos ombros com tanta força que dói.

— Meu Deus, isso tudo é verdade? — pergunta ela quando acabo meu relato.

Fecho os olhos e concordo com a cabeça, engolindo as lágrimas e o catarro.

— Psiu — sussurra ela, abraçando-me. — Não diga mais nada. Para ninguém. Volte para ficar com as outras crianças. Seja boazinha e mantenha a boca fechada. Vou ver o que consigo descobrir.

Quando ela me solta, eu agarro sua mão.

— Não conte nada para a sra. Murphy. Ela vai tirar Fern de mim. Fern é tudo que me resta.

— Não vou contar. Também não vou abandoná-la. Vou descobrir o que aconteceu com sua irmã. Deus é minha testemunha de que vamos corrigir as coisas, mas você precisa ser forte. — Ela olha nos meus olhos e vejo o fogo dentro dela. O fogo é um conforto para mim, mas sei muito bem o que pedi para ela fazer. Se a sra. Murphy pode fazer Camellia desaparecer, pode fazer o mesmo com a srta. Dodd.

— N-não deixe que eles peguem a senhorita, srta. Dodd.

— Sou mais afiada do que uma faca, mas as pessoas não percebem isso. — Ela me manda voltar para o pátio e, de repente, tenho uma amiga aqui. Finalmente alguém está ouvindo a nossa história.

Naquela noite, Fern chora sem parar chamando por Lark. Eu até tento ler um pouco da história, mas ela não fica quieta. Por fim, quando não consigo mais suportar aquilo, eu a agarro e aperto seus braços com força e coloco o meu rosto bem diante do dela.

— Pare já com isso! — A minha voz ecoa no quartinho. — Pare com isso, sua *idiota*. Ela foi *embora*! Eu *não* tenho *culpa*! Pare já com isso, ou você vai *apanhar*. — Ergo a mão, e só depois que os olhos da minha irmã piscam, piscam e piscam é que percebo o que estou fazendo.

Eu a largo em uma das camas e me afasto. Agarro meu cabelo e o puxo até começar a doer. Quero arrancar todos os fios. Cada um deles. Quero sentir uma dor que eu compreenda, e não essa que não consigo entender. Quero uma dor que tenha começo e fim, e não essa que continua sem parar e me perfura até os ossos.

Essa dor está me transformando em uma garota que eu nem conheço.

Está me transformando em uma *delas*. Vejo isso no rosto da minha irmã. E isso é o que mais dói.

Deito-me na cama de montar que a srta. Dodd mandou lavar para nós. Está com cheiro de cloro agora. Três balinhas de hortelã saem rolando de debaixo do travesseiro sujo e eu as jogo no penico.

Fern se aproxima e se senta do meu lado, e me dá tapinhas nas costas do jeito que uma mãe faria para acalmar um bebê. Tudo que aconteceu neste dia e neste lugar desde que chegamos passa pela minha mente. E eu vejo tudo como em um filme, igual àqueles a que assistimos por cinco centavos nos parques de diversão que viajam pelas cidades ribeirinhas e ligam seus projetores na lateral de um prédio ou de um celeiro. Mas o filme na minha mente é borrado e embaçado, e passa rápido demais.

Por fim, eu me afundo mais e tudo fica escuro e calmo.

No meio da noite, eu acordo e Fern está aconchegada junto a mim. Há um cobertor sobre nós duas. Está retorcido e torto, então sei que foi Fern que o ajeitou.

Eu a abraço e sonho com o *Arcádia*, e é um sonho tão bom. Estamos todos juntos de novo e o dia é tão doce como as gotas de melaço que escorrem por um arbusto de madressilva. Coloco a língua para fora e sinto o gosto.

Perco-me no cheiro de fumaça de lenha e névoa matinal tão densa que não nos deixa ver o outro lado da margem do rio, transformando-o em um mar. Corro pelos bancos de areia junto com minhas irmãs e me escondo no mato, esperando que venham me encontrar. Suas vozes chegam suaves pela névoa, então não sei dizer se estão longe ou perto.

No *Arcádia*, Queenie canta uma música. Fico sentada imóvel no mato e ouço a voz da minha mãe:

Quando um melro na primavera
Em um salgueiro
Pousado está a balançar
Ouço ele cantar.

E cantar, Aura Lee,
Aura Lee, Aura Lee,
Moça de cabelo dourado
A luz do sol a te acompanhar...

Estou tão envolta na canção que nem percebo que a porta do porão está sendo destrancada, até ouvir a maçaneta girar. Levanto-me com um salto e percebo que já amanheceu. Pequenos raios de sol passam por entre as azaleias e chegam ao quarto.

No canto, Fern está se levantando do penico e puxando a calcinha. Depois da noite passada, talvez ela tenha ficado com muito medo de fazer xixi na cama de novo.

— Boa menina — sussurro e me apresso a arrumar as camas.

— Não precisa fazer *isso*. *Você* não vai a *lugar nenhum* hoje.

A voz na porta não é da srta. Dodd. É da sra. Murphy. E me atinge como um chicote, estalando por todo o meu corpo. Ela nunca desceu até aqui antes.

— Como você *se atreve*! — Sua boca está tão contraída que as maçãs do rosto parecem que vão saltar para fora. — Como você *se atreve* a usar a minha hospitalidade, a minha *bondade*, para inventar histórias contra mim! Você realmente achou que aquela camponesa, aquela ignorante, realmente seria de alguma ajuda para você? Ah, é claro que ela é tola o suficiente para acreditar nas suas *mentiras*. Mas tudo que você conseguiu foi fazê-la perder o emprego, e a srta. Tann logo vai pegar os irmãozinhos e a irmãzinha da srta. Dodd. Eles foram denunciados para o departamento de assistência social do condado de Shelby, e os documentos estão sendo processados agora mesmo. Era *isso* que você *queria*? Era *isso* que tinha em *mente* quando encheu a cabeça dela com essas histórias horrendas sobre o pobre sr. Riggs? Meu próprio *primo*, ainda por cima. *Meu primo*, que limpa a bagunça que vocês, imprestáveis, deixam no pátio, e conserta os brinquedos e cuida do aquecedor para que os *pequenos preciosos* não peguem gripe nas noites frias! — Ela se vira e dá um sorriso odioso para Fern, que se encolheu em um canto o máximo que conseguiu.

— Eu... eu... eu não... — O que eu posso fazer? Para onde posso ir? Eu poderia tentar escapar e sair correndo pela porta, mas Fern está presa ali.

— Não se incomode em negar. *Vergonha. Que vergonha.* Sinto vergonha por suas mentiras. Vocês receberam muito mais do que gentalha do rio como vocês merecem. Bem, vamos ver como se sente depois de passar um tempo sozinha para avaliar o erro que cometeu.

Ela me empurra com força e eu caio de costas na cama de montar. Antes de conseguir me levantar, ela agarra Fern. Minha irmã grita e estende os braços para mim.

— Não! — Eu grito, ficando de pé. — Você a está machucando!

— Você tem sorte de eu não fazer pior. Talvez eu devesse deixá-la pagar pelos seus crimes? — A sra. Murphy me empurra para fora do seu caminho quando passa. — Dê mais algum motivo e é *exatamente* isso o que vou fazer.

Quero lutar, mas não me permito. Sei que se eu fizer isso, vai ser pior para Fern.

— Seja boazinha — aconselho à minha irmã. — Seja uma boa menina.

A última coisa que vejo são seus pezinhos se arrastando pelo pó de carvão quando a sra. Murphy a puxa pela porta. A chave gira e eu ouço os gritos de Fern ficando cada vez mais distantes. Eles finalmente desaparecem de vez.

Caio na cama e agarro o cobertor que ainda tem um pouco do calor que Fern e eu dividimos à noite, e choro até esgotar todas as minhas lágrimas e só me restar olhar para o teto.

Espero o dia todo, mas ninguém volta para me buscar. Abro a janela do porão e ouço as outras crianças brincando do lado de fora. O sol chega ao ponto mais alto do céu e segue o seu caminho para o oeste. Por fim, ouço o sino que indica a hora do jantar.

Depois de um tempo, o teto range enquanto todos correm para o andar de cima para dormir.

Estou com fome e com sede, mas o que mais quero é Fern. Eles não vão obrigá-la a dormir em outro lugar, não é? Por causa do que *eu* disse?

Mas é o que fazem.

Depois que a casa fica em silêncio, eu me deito de novo. Meu estômago ronca e dói como se um rato o tivesse roído de dentro para fora. Minha garganta parece ter sido deixada em carne viva.

Eu durmo e acordo, durmo e acordo.

De manhã, a sra. Pulnik me traz uma tigela de água e uma concha.

— Beba porções pequenas. Você não vai ver ninguém por um tempo. Você está sob restrição.

Demora mais três dias antes de ela trazer comida. Estou com tanta fome que passei a comer as balas de hortelã que Riggs enfia por baixo da porta mesmo me odiando por fazer isso.

Um dia se transforma em outro e em outro e mais outro. Leio a história inteira de *Huckleberry Finn*, quando Huck decide que prefere fugir para as terras dos índios do que ser adotado.

Fecho os olhos e finjo que também estou fugindo para as terras indígenas. Tenho um lindo cavalo castanho-avermelhado com manchas brancas nas patas e uma listra branca na cara, como Tony, o cavalo maravilha de Tom Mix. Meu cavalo é mais rápido que o vento, e nós simplesmente corremos e corremos.

Começo a ler o livro de novo, e estou de volta ao Missouri nas margens de um grande rio. Viajo no barco de Huckleberry Finn para passar os dias.

À noite, quando o vento sopra os galhos, fico olhando pela janela procurando Zede, Silas ou Briny sob a luz do poste. Uma vez, quando estava ventando, eu os vi lá. Tem uma mulher com eles. Ela é corpulenta demais para ser Queenie. Acho que é a srta. Dodd.

Tão rápido quanto apareceram, somem de novo. Pergunto-me se não estou ficando de miolo mole.

A sra. Pulnik vem e pega o livro e me diz que eu causei problemas para a sra. Murphy com as moças da biblioteca móvel. Ela me chama de ladra e me dá um tapa no rosto por não tê-la lembrado de que eu ainda estava com um livro da biblioteca.

Não sei como vou conseguir subsistir sem *Huckleberry Finn*.

Fico preocupada com Fern e se ela está se virando bem sozinha lá em cima.

Dias, dias e mais dias se passam. Por fim, perco a conta de quantos, mas se passa muito tempo até que a sra. Pulnik me tire do quarto e me leve ao escritório da sra. Murphy. Estou com um cheiro tão ruim quanto o penico, e meu cabelo está emaranhado em um grande bolo de sujeira. A luz no andar de cima é tão clara que cambaleio e bato nas coisas, e tenho que colocar a mão na frente para tatear pelo caminho.

A sra. Murphy é só uma mancha atrás da mesa. Aperto os olhos para enxergá-la melhor e, então, percebo que não é a sra. Murphy e, sim, a srta. Tann. A sra. Murphy está logo atrás, perto da janela.

A sra. Pulnik me empurra para a frente. Minhas pernas cedem e caio de joelhos no chão. Ela me agarra pelo vestido e pelo cabelo e me mantém ali.

A srta. Tann se levanta e se debruça sobre a mesa.

— Acho que este é *exatamente* o seu lugar. De joelhos, implorando o perdão por todos os problemas que causou. Por todas as *mentiras* que contou sobre a pobre sra. Murphy. Você é uma ingrata miserável, não é mesmo?

— S-s-sim, senhora — respondo com um sussurro. Eu diria praticamente qualquer coisa para sair daquela sala.

A sra. Murphy cerra os punhos e os leva à cintura.

— Contar mentiras sobre meu primo. Que coisa terrível, sua...

— Psiu! — A srta. Tann ergue uma das mãos, e a sra. Murphy cala a boca. — Ah, eu acho que May *sabe* o que fez. Acho que ela só estava querendo atenção. É esse o seu problema, May? Você quer atenção?

Não sei o que dizer, então fico ali ajoelhada, tremendo por dentro e batendo o queixo. A sra. Pulnik me empurra com mais força para o chão. A dor desce pelo meu couro cabeludo e sobe pelo joelho. As lágrimas começam a se formar dentro de mim, mas não posso deixá-las virem à tona.

— Responda! — A voz da srta. Tann ecoa pela sala como um trovão. Ela contorna a mesa mancando e aponta dedo para o meu rosto. Seus olhos cinzentos estão frios como uma tempestade de inverno.

— S-s-sim, senhora... N-não, senhora.

— Bem, qual *é* a resposta?

Abro a boca, mas nada sai.

Seus dedos se fecham no meu queixo, ela estica meu pescoço e se aproxima. Sinto cheiro de talco e de hálito azedo.

— Não está tão falante agora, não é? Talvez você tenha entendido os erros que cometeu?

Consigo assentir de leve.

Um sorriso se forma na sua boca e seus olhos assumem um brilho faminto, como se ela conseguisse sentir o medo emanando de mim e gostasse disso.

— Talvez você devesse ter pensado nisso *antes* de inventar alguma história ridícula sobre sua irmã fictícia e o pobre sr. Riggs.

Sinto o sangue latejar na cabeça. Tento entender o que ela está falando, mas não consigo.

— Nunca houve nenhuma... *Camellia.* Você e eu sabemos muito bem disso, não é, May? Eram apenas *quatro* irmãos quando vocês chegaram. Duas irmãzinhas e um irmãozinho. *Apenas* quatro. Fizemos um trabalho maravilhoso encontrando lares até agora. Boas casas. E por isso você é *muito* grata, não é? — Ela faz um gesto para a sra. Pulnik, e o peso deixa meu corpo. A srta. Tann me puxa pelo queixo até que eu fique de pé diante dela. — Não vou tolerar mais as suas bobagens. Estamos entendidas?

Concordo com a cabeça, odiando-me na hora. É errado. Tudo que contei para a srta. Dodd era verdade. Mas não posso voltar para o porão. Tenho que encontrar Fern e me certificar de que não a machucaram. Fern é tudo que me restou.

— Ótimo. — A srta. Tann me solta e coloca uma das mãos sobre a outra e se vira, o vestido girando em torno dos joelhos.

A sra. Murphy dá uma risada.

— Ora, não é que essas crianças de rua têm um cérebro dentro das cabecinhas ocas?

Os lábios da srta. Tann se curvam em um sorriso, mas do tipo que faz você gelar por dentro ao olhar para ela.

— Até mesmo os mais difíceis podem aprender. É só uma questão de quais meios são necessários para ensinar a lição. — Ela aperta os olhos, observando-me de cima a baixo, até o relógio sobre a cornija da lareira soar, chamando a sua atenção. — Eu realmente preciso voltar aos meus negócios. — Ela passa por mim, deixando o cheiro de talco na sala. Tento não respirar aquilo, mas o cheiro se prende no meu nariz.

A sra. Murphy se senta à sua escrivaninha e pega alguns papéis como se tivesse se esquecido da minha presença.

— De agora em diante, você será *grata* pela minha hospitalidade.

— S-s-sim, senhora. S-será que eu posso ver Fern agora? — É difícil pedir, mas preciso fazer isso. — S-sra. Murphy?

Ela não olha para mim.

— A sua irmã se foi. Ela foi adotada. Você nunca mais vai vê-la. Você pode sair para brincar com as outras crianças agora. — Passando pelos documentos, ela pega uma caneta. — Sra. Pulnik, por favor, certifique-se de que May tome um banho antes de levá-la lá para cima, para sua nova cama. Não suporto o cheiro dela.

— Vou resolver isso.

A sra. Pulnik agarra meu braço, mas eu mal sinto. Quando ela me deixa lá fora, eu só fico sentada nos degraus da varanda. As outras crianças param e olham para mim, como se eu fosse um bicho no zoológico.

Eu não lhes dou atenção.

Stevie se aproxima e tenta subir no meu colo, mas não consigo suportar tê-lo por perto. Ele me faz pensar em Fern.

— Vá brincar com os caminhões — peço para ele, então atravesso o pátio até chegar à cerca atrás da igreja, e me encolho sob um arbusto para me esconder.

Olho para as janelas dos quartos lá em cima por entre as folhas e me pergunto: *Se eu pular de uma delas hoje à noite, será que vou morrer?*

Não vou conseguir sobreviver sem Fern. Nossos corações estão unidos desde o dia em que ela nasceu.

Agora o meu coração se foi.

Baixo a cabeça e sinto alguns raios de sol na minha nuca. Entrego-me ao sono e torço para não acordar nunca mais.

Quando acordo, alguém está tocando no meu braço. Afasto-me com um sobressalto achando que é Riggs. Mas o rosto que olha para mim me faz acreditar que ainda estou sonhando.

Só pode ser.

— Silas?

Ele coloca um dedo sobre os lábios.

— Psiu! — sussurra ele.

Passo o braço pelas barras, minhas mãos estão trêmulas. Tenho que ver se ele é real.

Seus dedos se fecham sobre os meus. Ele segura firme.

— A gente finalmente encontrou você — declara ele. — Uma mulher no hospital fez seu pai e sua mãe assinarem alguns papéis logo depois que os bebês nasceram. Disseram que, se eles assinassem tudo, a conta do hospital seria paga e os bebês teriam um enterro digno. Mas os documentos não eram para nada disso. Era para deixá-los ir até o *Arcádia* pegar vocês. Quando Briny e Zede procuraram a polícia, eles disseram que Briny tinha assinado os documentos dando a custódia de todos vocês para a Sociedade de Orfanatos do Tennessee. Nada poderia ser feito em relação a isso. Estamos procurando vocês há semanas. Aquela mulher, a srta. Dodd, finalmente nos encontrou e nos contou onde vocês estavam. Tenho vindo aqui e observado este lugar sempre que posso, esperando encontrar você.

— Elas me prenderam lá dentro. Estive em apuros. — Olho em volta dos arbustos. Ainda não acredito no que está acontecendo. Devo estar imaginando tudo isso. — Onde estão Queenie e Briny?

— Tomando conta do *Arcádia*. Preparando tudo para sair pelo rio de novo. Eles estão atracados por muito tempo.

Eu me encosto às barras. Minha pele fica quente e vermelha. O suor escorre pela minha camisola rasgada que já estou usando há semanas. O que Briny vai pensar de mim quando descobrir a verdade?

— Elas levaram todos os outros embora. Menos eu. Não consegui fazer o que Briny me pediu. Eu não consegui manter todos nós juntos.

— Tudo bem — sussurra Silas. Ele acaricia meu cabelo enquanto choro, seus dedos se embolando nos nós. — Vou tirar você daqui. Eu vou vir hoje à noite e cortar uma das barras... Bem ali, embaixo do arbusto de azevinhos, onde a folhagem é bem espessa. Você acha que consegue sair hoje à noite? Consegue escapar?

Soluço, fungo e concordo. Se James conseguia chegar à cozinha para roubar comida, eu também consigo. Se eu conseguir chegar à cozinha, consigo chegar ao pátio da igreja.

Silas analisa a cerca.

— Vai levar um tempo. Umas duas horas depois que estiver totalmente escuro, vou vir até aqui serrar a barra. Aí, você vem. Quanto menos tempo eles sentirem sua falta, melhor.

Nós fazemos o plano e, então, ele me diz que é melhor ir embora antes que alguém o veja. Preciso me esforçar para soltá-lo e sair de debaixo do arbusto e me afastar.

Só mais algumas horas, digo para mim mesma. *Só o resto do dia, então, o jantar, um banho e eu vou voltar para casa. Vou voltar para o* Arcádia.

Mas, quando atravesso o pátio, vejo Stevie me procurando e penso: *E quanto a ele?*

Danny Boy chega para implicar com Stevie no portão que dá para o pátio da igreja.

— Deixe ele em paz.

Cruzo o caminho que nos separa e fico parada diante de Danny Boy. Acho que fiquei mais alta no tempo em que estive no porão. Mais magra com certeza. O primeiro soco que dou na direção do rosto de Danny Boy é tão esquelético que parece um punho saindo de um túmulo.

— Não vou brigar com você. Você está fedendo demais. — Danny Boy engole em seco. Talvez pense que, já que sobrevivi durante semanas lá no porão, sou muito durona para ele. Talvez esteja com medo de entrar em uma briga comigo e ser punido como eu fui.

Ele não causa problemas para mim nem para Stevie pelo resto do dia.

Quando pegamos a fila para entrar, tomo o primeiro lugar para mim e para Stevie. Danny Boy não gosta nada disso, mas não tem coragem de impedir. Ele se contenta em debochar do meu cabelo e do meu cheiro.

— Ouvi dizer que vão trazer a idiota da sua irmãzinha de volta amanhã —

revela ele atrás de mim quando entramos. — Ouvi dizer que eles não a querem mais porque ela é burra demais e faz xixi na cama.

Deve ser apenas mais uma de suas mentiras, mas uma pequena chama de esperança surge mesmo assim. Eu não a apago. Em vez disso, eu a alimento com mais lenha e atiço a brasa. Depois do jantar, reúno coragem para perguntar para uma das funcionárias se é verdade que Fern vai voltar. Ela responde que sim. Que durante todo o tempo em que esteve fora, Fern não parou de perguntar por mim e de fazer xixi na calça.

— Parece que a teimosia está na família — comenta a funcionária. — É uma pena. Ela nunca mais vai encontrar uma casa.

Tento fingir que não estou feliz com isso, mas estou. Assim que Fern estiver de volta, nós duas podemos fugir, mas preciso fazer Silas esperar mais um dia. Esta noite vou sair escondido para contar para ele.

Só preciso descobrir uma maneira de fazer isso sem que nenhuma funcionária me pegue. Elas devem ficar me observando de perto, já que é minha primeira noite lá em cima. Mas não é com as funcionárias que eu me preocupo. É com Riggs. Ele deve saber onde vou dormir esta noite.

E ele sabe que não tem tranca na porta.

Capítulo Dezessete

Avery

Se você precisa matar tempo, Edisto Island é um lugar excelente para isso.

A brisa da água passa pelas telas e sopra a bainha do vestido simples que vesti para aproveitar o dia. Eu me esqueci de pegar o carregador do celular antes de vir para cá, a bateria está pela metade, e não há nenhum carregador compatível em nenhum lugar da ilha. Em vez de responder a e-mails ou vasculhar a internet em busca de qualquer coisa sobre as descobertas da noite anterior, fui obrigada a me distrair à moda antiga.

Andar de caiaque na bacia de ACE rendeu um segundo banho quase morno e uma mancha permanente em um short por causa da mistura preta de mofo e lama no banco do caiaque de aluguel. Sinto como se eu tivesse redescoberto o meu eu da infância.

A viagem com remos trouxe-me de volta lembranças da excursão do sexto ano para Edisto com meu pai, há muito esquecidas. Eu estava trabalhando em um projeto para a feira de ciências sobre os ecossistemas de águas profundas na costa da Carolina do Sul. Sendo a pequena perfeccionista motivada que sempre fui, eu queria coletar as minhas próprias amostras e tirar as minhas próprias fotografias, em vez de pegar as informações dos livros. Meu pai me incentivou. A nossa visita de apenas uma noite aqui proporcionou um dos poucos momentos exclusivamente de pai e filha que não estivesse ligado a um concurso hípico ou a uma operação para a imprensa. A lembrança ainda vale ouro, mesmo depois de tantos anos.

Eu também me lembro de que foi Elliot que me ajudou a montar o grande cenário para o meu trabalho. Nós saqueamos as coisas de um armário repleto de materiais antigos de campanha, pintamos por cima da propaganda e tivemos uma longa discussão sobre como fazer com que os pedaços enormes de papelão ficassem em pé sozinhos. Nenhum de nós dois tinha muito jeito com ferramentas.

— Não sei por que você simplesmente não comprou alguma coisa — Reclamara ele depois do segundo fracasso épico. Àquela altura, já era tarde da noite e ainda estávamos no estábulo do meu pai, com a mão na massa, lidando com manchas de tinta e lascas de madeira mal pregada.

— Porque eu quero colocar no meu trabalho que tudo da exposição foi feito com material reciclado. Eu quero poder dizer que eu mesma fiz tudo.

— Eu não vejo qual é a diferença...

O restante da discussão foi, felizmente, esquecido nas brumas do tempo. Lembro-me de que começamos a falar alto o suficiente para que o capataz dos estábulos interviesse com cavaletes de madeira usados para os saltos dos cavalos. Ele também levou uma grande caixa de amarras e fita adesiva. Elliot e eu assumimos a partir daí.

A lembrança da feira de ciências me faz rir. Olho para o relógio pensando em ligar para Elliot, mas não quero estar presa em uma ligação quando receber o telefonema de Trent Turner. Estou preocupada enquanto penso na hora. Já passa das cinco, e ainda não recebi nenhum contato dele. Talvez ele vá trabalhar até mais tarde, talvez tenha mudado de ideia sobre me deixar ver o restante dos registros do avô.

Mais meia hora se passa. Estou ansiosa como um ratinho em uma gaiola. Sento-me. Levanto-me. Ando pela casa e verifico o meu celular para me certificar de que o sinal está bom.

Por fim, rendo-me à vontade de seguir pela praia e disfarçadamente buscar por sinais de vida na casa de Trent. Quando o telefone toca, já estou no meio do caminho, observando através das dunas e das aveias do mar.

Levo um susto tão grande com o toque, que me sobressalto, perco o equilíbrio na areia e acabo tentando pegar o celular como uma malabarista para que não caia no chão.

— Eu estava prestes a desistir de você — anuncia Trent quando finalmente consigo atender. — Bati três vezes e ninguém apareceu. Achei que você talvez tivesse mudado de ideia.

Tento não demonstrar minha ansiedade, mas é em vão.

— Não. Eu estou aqui. Só que estou nos fundos da casa. — *Ele acabou de dizer que bateu na porta? Ele está na minha casa?*

— Vou dar a volta.

Olho para a casa Myers e percebo como estou longe. Ele vai saber o que eu estava fazendo.

— Acho que vi hera venenosa crescendo no portão.

— Não. Parece que não.

Eu viro e saio correndo em direção aos fundos da casa, mas estou correndo pela areia, o vestido comprido agarrando nas minhas pernas e os chinelos escorregando dos meus pés. Vislumbro um pedaço de camisa azul perto da cerca de palmeiras bem na hora de diminuir o passo e caminhar casualmente pela rampa de madeira.

Mesmo assim, Trent reage com um olhar zombeteiro.

— Você parece um pouco arrumada demais... para fazer uma busca no barracão do meu avô. Eu disse para você que está uma bagunça lá, não foi? E é quente.

—Ah... isso? — Eu olho para o vestido. — É a única coisa que eu tinha na mala. Eu fiz um passeio de caiaque hoje cedo e estraguei minha outra roupa. Sou desastrada.

— Você não parece ser. — Tento decifrar se ele está sendo legal ou se está dando em cima de mim, e não consigo decidir. Percebo por que ele é bem-sucedido no ramo imobiliário. Ele emana charme. — Pronta?

— Pronta.

Fecho o portão dos fundos e caminhamos juntos pela praia. Ele se desculpa por chegar tão tarde.

— Um pouco de animação demais hoje na casa da tia Lou. Nenhum dos primos quis confessar os detalhes, mas Jonah deu um jeito de enfiar uma bolinha do cereal de achocolatado no nariz. Tive que ficar lá e ajudar a retirar.

—Você conseguiu tirar? Ele está bem?

Trent sorri.

— Era como um grão de pimenta-do-reino. A obstrução foi retirada por ar comprimido dentro das vias nasais. Em outras palavras, ele espirrou. Se a tia Lou vai conseguir arrancar a confissão de quem foi o responsável ainda é um mistério. São sete. Todos meninos. E Jonah é o mais novo, têm três anos de diferença para o penúltimo garoto, então ele tem que aprender as lições da vida do jeito mais difícil.

— Tadinho. Consigo me identificar. Ser o menor não é fácil. Na minha família somos todas meninas e já foi ruim o suficiente. Se você precisar ir buscá-lo...

— Você está brincando? Eu enfrentaria um motim se eu tentasse. Ele adora ficar lá. Duas irmãs da minha mãe e uma prima moram na mesma rua, e minha mãe e meu pai costumam passar uma parte do ano aqui, então, sempre tem comida e muita coisa acontecendo, e ele sempre tem com quem brincar. Esse foi o principal motivo de eu ter me mudado para cá e assumido a imobiliária depois que a mãe de Jonah faleceu. Eu precisava diminuir as horas de trabalho para algo razoável, mas também queria que Jonah tivesse familiares por perto. Não queria que ele crescesse em um apartamento tendo apenas minha companhia.

Várias perguntas passam pela minha cabeça. A maioria parece pessoal demais.

— Onde você morava antes? — Eu já sei a resposta. Fiz uma pesquisa sobre ele quando estava investigando a teoria de chantagem.

— Nova York. — Considerando a calça cargo, a camisa polo, os sapatos casuais e o ligeiro sotaque texano, é difícil imaginá-lo usando o terno preto básico do profissional nova-iorquino. — Imóveis comerciais.

Sinto um tipo inesperado de ligação com Trent Turner. Nós dois estamos nos adaptando a um novo ambiente, a uma nova vida. Invejo a dele.

— Grande mudança, hein? Você gosta daqui?

Sinto um indício de algo, como arrependimento.

— As coisas aqui são bem mais devagar... Mas, sim. É bom.

— Sinto muito por sua esposa.

Fico imaginando os detalhes, mas não vou perguntar. O que achei que talvez fosse um interesse da parte dele provavelmente não passa da natural solidão depois de apenas alguns meses de tamanha perda. Não quero causar a impressão errada de maneira alguma. Estou usando meu anel de noivado. Um anel de esmeralda com uma lapidação quadrada no estilo francês, então as pessoas nem sempre percebem que não se trata apenas de uma joia decorativa.

— Nós não éramos casados.

Enrubesço na hora, sentindo-me tola por ter feito suposições. Hoje em dia, nunca se sabe.

— Ah... sinto muito... quer dizer...

Ele sorri e me tranquiliza.

— Tudo bem. É complicado, só isso. Nós trabalhávamos juntos e éramos amigos. Ela e eu ultrapassamos certos limites que não deveríamos depois do divórcio dela. Eu achava que Jonah era meu filho, mas Laura disse que não. Ela ia se mudar para o Norte para tentar resolver as coisas com o ex-marido. Deixei o assunto para lá. Eu não soube a verdade sobre Jonah até depois do acidente de carro. Jonah sofreu lesões internas e precisou de um doador de fígado. A irmã dela entrou em contato comigo porque esperava que fôssemos compatíveis. Nós éramos e o resto é história...

— Ah... — Foi tudo que consegui dizer.

Ele olha para mim. Paramos de falar antes de pegar a trilha em direção à sua casa, e sei que ele vai contar o resto da história.

— Jonah tem dois meios-irmãos dos quais ele quase não se lembra mais. Parece que ele não vai ter a chance de conhecê-los, a não ser que eles decidam se conectar novamente quando ficarem adultos. Depois da audiência de custódia, o pai deles não os deixou mais ter qualquer contato com o irmão nem comigo. As coisas não aconteceram como eu queria, mas a vida é assim. Entendo as pessoas que meu avô ajudou melhor do que você pode imaginar.

— Percebo que sim. — Estou surpresa por ele ter se aberto tanto. A profundidade da sua dor e da decepção está bem óbvia. Ele nem tenta esconder o fato de que tem um conflito em relação às decisões que tomou e que um erro de julgamento no passado resultou em uma situação repleta de escolhas difíceis. Essa realidade afetará Jonah pelo resto da vida.

Venho de um mundo no qual jamais admitiríamos abertamente esse tipo de coisa, e com certeza não para alguém que é praticamente um estranho. No mundo que conheço, o principal é ter um exterior polido e uma reputação imaculada. Trent faz com que eu me pergunte se estou acostumada demais às amarras que acompanham a vida pública.

O que eu faria se tivesse que enfrentar uma situação assim?

— Jonah parece ser um ótimo menino — comento.

— É mesmo. Não consigo imaginar outro tipo de vida agora. Acho que os pais sempre se sentem assim.

— Com certeza.

Ele espera eu entrar na trilha e segue atrás. Uma teia de aranha se prende no meu rosto quando entro no quintal e, depois, outra. Agora me lembro por que meus primos e eu sempre brigávamos para escolher quem ia seguir na frente nas trilhas quando andávamos a cavalo em Hitchcock Woods. Retiro os fios sedosos de mim e uso uma folha seca de palmeira para ir abanando o ar à frente.

Trent ri.

— Você não é tão urbana quanto parece.

— Eu disse que fui criada nos estábulos da família.

— E eu não acreditei. Achei que o barracão do vovô fosse fazer você sair correndo quando o visse.

— Sem chance. — Quando olho por sobre o ombro, ele está sorrindo. — Você tinha esperanças de que eu fosse embora?

A trilha chega a um quintal e ele fica mais sério quando o cruzamos e chegamos à cabana de telhado baixo e subimos os degraus.

— Não tenho certeza. Gostaria que meu avô estivesse aqui para tomar essas decisões. — A preocupação deixa marcas profundas na sua testa bronzea-da enquanto ele pega as chaves no bolso e baixa a cabeça para olhar para elas.

— Eu entendo. De verdade. Eu mesma tenho me perguntado se deveria estar investigando o passado da minha avó, mas não consigo evitar. Sinto que a verdade é mais importante.

Ele enfia a chave na fechadura e abre a porta.

— Falou mais como uma repórter do que como uma política. É melhor você se cuidar, Avery Stafford. Esse tipo de idealismo pode voltar para assom-brá-la no mundo político.

Enfureço-me com o comentário.

— Falou como alguém que lidou com o tipo errado de políticos. — Ele não disse nada que Leslie não tenha me dito antes. Ela teme que eu seja nobre demais e nem um pouco realista sobre o que uma candidatura ao Senado significa. Ela se esquece de que passei a vida toda ouvindo opiniões de estranhos sobre tudo, desde as nossas roupas até os custos das mensa-lidades das escolas particulares que frequentamos. Na verdade, não só de estranhos. De amigos também. — Para a minha família, serviço público ainda diz respeito ao *público*.

O rosto dele está impassível, então não dá para saber se ele concorda comigo ou não.

— Então, você não vai gostar do que está prestes a descobrir em relação à Sociedade de Orfanatos do Tennessee. Não é uma história bonita, não importa o ângulo que você olhe.

— Por quê?

— A instituição era incrivelmente muito respeitada, e a mulher que a administrava, Georgia Tann, frequentava círculos poderosos, tanto em termos sociais quanto políticos. Era admirada pela opinião pública. As pessoas admiravam o trabalho que ela fazia. Ela mudou a percepção geral de que órfãos eram mercadoria defeituosa. Mas, na *realidade*, a Sociedade de Orfanatos do Tennessee em Memphis era podre até o caroço. Não é de estranhar que vovô nunca quisesse conversar sobre o que ele fazia nesta cabana. As histórias são tristes e nojentas, e há, literalmente, milhares delas. As crianças eram *negociadas*. Georgia Tann ganhava dinheiro ao cobrar taxas exorbitantes pelas adoções, pelo transporte, e pela entrega para fora do estado. Ela pegava crianças de famílias pobres e as vendia para celebridades e pessoas com influência política. Tinha agências de cumprimento da lei e juízes da vara da família na palma da mão. Ela enganava mulheres na maternidade dos hospitais para que assinassem papéis dando a guarda dos filhos enquanto ainda estavam sob os efeitos da anestesia. Dizia para as pessoas que os filhos tinham morrido, quando na verdade não tinham. — Ele pega um papel dobrado no bolso de trás da calça e me entrega. — Tem muito mais. Imprimi isto hoje em uma folga entre dois compromissos que tive.

O papel é um scan de uma antiga história de jornal. O título não deixa nada para a imaginação: "Supervisora de adoções pode ter sido a mais prolífica assassina em série".

Trent para com a mão na maçaneta. Está esperando eu ler o artigo.

— Ninguém nunca entrou aqui a não ser meu avô e, ocasionalmente, alguns clientes. Nem mesmo minha avó. Mas ela não compartilhava com ele o interesse pelo assunto. Eu comentei que ela achava que o passado deveria permanecer no passado. Talvez ela estivesse certa. Meu avô deve ter sentido isso quando estava chegando no fim da vida. Ele me disse para limpar este lugar e destruir tudo que ainda estivesse aqui. Só queria avisar antes de a gente entrar que eu não faço ideia do que vamos encontrar do outro lado desta porta.

— Eu entendo. Mas eu sou... eu era promotora pública em Maryland. Não há muita coisa que consiga me chocar.

Mesmo assim, só o título da matéria já *é* chocante. Percebo que Trent não vai me deixar entrar até eu ler a história — até eu estar ciente do que me aguarda. Ele quer que eu entenda que o que está lá dentro não serão histórias bonitas e amorosas sobre órfãos solitários que finalmente encontram um lar.

Volto minha atenção para a folha nas minhas mãos e começo a ler o artigo:

Outrora conhecida como "mãe das adoções modernas" e tendo prestado consultoria para pessoas como Eleanor Roosevelt em relação a esforços para reformar as diretrizes de adoção nos Estados Unidos, Georgia Tann, de fato, facilitou a adoção de milhares de crianças desde os anos 1920 até os anos 1950. Também dirigia uma rede que, sob sua supervisão, permitiu ou causou intencionalmente as mortes de aproximadamente quinhentas crianças e recém-nascidos.

"Muitas crianças não eram órfãs", informou Mary Sykes, que, junto com a irmã recém-nascida, foi roubada da varanda da casa da mãe solteira com apenas quatro anos de idade e colocada sob a custódia da Sociedade de Orfanatos do Tennessee. "Muitas tinham pais amorosos que queriam criá-las. As crianças costumavam ser literalmente sequestradas em plena luz do dia, e não importavam os esforços dos pais biológicos para brigar nos tribunais, eles não tinham como ganhar." A sra. Sykes viveu por três anos em uma grande casa branca dirigida por Georgia Tann e sua rede de ajudantes.

A irmãzinha de Mary, que tinha apenas seis meses de idade quando uma mulher que alegava ser uma enfermeira do serviço social as tirou da varanda da família, viveu apenas dois meses nas instalações da Sociedade de Orfanatos do Tennessee.

"Os bebês não recebiam alimentos adequados, nem assistência médica", contou a sra. Sykes. "Eu me lembro de ficar sentada em um quarto cheio de berços, enfiando o braço pelas grades para acariciar o bracinho da minha irmã. Ela estava fraca e desidratada demais para sequer chorar. Ninguém a ajudava. Quando ficou claro que ela já estava tão doente que não havia mais jeito, uma funcionária a colocou em uma caixa de papelão e a levou embora. Nunca mais a vi. Mais tarde, ouvi dizer que se bebês ficassem muito doentes ou chorassem muito eram colocados num carrinho no sol e abandonados. Eu tenho filhos e netos e bisnetos agora. Não consigo imaginar como alguém pode ser capaz de cometer tais atrocidades com crianças, mas aconteceu. Nós éramos amarrados a camas e cadeiras; éramos surrados, afundavam as nossas cabeças na água da banheira; sofremos abusos. Era uma casa de horrores."

Ao longo de três décadas há relatos de que crianças sob os cuidados da Sociedade de Orfanatos do Tennessee desapareceram em massa, e era comum que seus documentos desaparecessem junto com elas para não deixar registros de suas vidas. Se membros da família biológica aparecessem em busca de informações ou entrassem na justiça, simplesmente eram informados de que as crianças tinham sido adotadas e que os documentos estavam lacrados pela justiça.

Operando sob a proteção de Boss Crump, uma notória figura política, a rede de Georgia Tann era aparentemente intocável.

O restante do artigo dava detalhes sobre as negociações de crianças para pais ricos e celebridades de Hollywood, a tristeza das famílias biológicas deixadas para trás, as alegações de violência física e sexual. As últimas linhas são uma citação de um homem que dirige um website chamado *The Lost Lambs*.

A agência de Memphis da Sociedade de Orfanatos do Tennessee tinha olheiros em todos os lugares — nas agências de serviço social, em clínicas médicas nas zonas rurais, nos bairros mais pobres e nos guetos. Os bebês frequentemente eram entregues para assistentes sociais e funcionários públicos que pudessem ficar no caminho de Tann e agir contra o esquema. Os pais adotivos costumavam ser chantageados a dar mais dinheiro, sob a ameaça de ter os filhos adotivos tirados deles. Georgia Tann conquistou a proteção de Boss Crump e da vara da família. No final das contas, a mulher tinha a liberdade para mudar vidas do jeito que quisesse. Ela brincava de Deus e parecia não ter arrependimentos. Georgia Tann morreu de câncer antes de ser obrigada a responder às acusações. Muitos poderosos queriam ver o caso arquivado, e foi o que aconteceu.

— Isso é... — Paro de falar em busca de uma palavra. Estou prestes a dizer *inacreditável*, mas não é a palavra adequada. — Estarrecedor. É difícil imaginar que uma coisa dessas possa ter acontecido, e em uma escala tão grande... e durante tanto tempo.

— A Sociedade de Orfanatos do Tennessee só foi obrigada a fechar em 1950. — Claramente, Trent compartilha meu misto de horror, surpresa e raiva. A história de Mary Sykes de tocar a irmãzinha que estava morrendo me faz pensar nos meus sobrinhos e na ligação que eles têm com os próprios irmãos. Courtney costumava ir para o berço dos irmãos e dormir com eles se os ouvisse chorar à noite.

— Eu só... eu não consigo imaginar. — Já trabalhei em muitos casos de abuso e corrupção, mas esse caso é de tão grande escala. Dezenas e mais dezenas de pessoas deviam saber o que estava acontecendo. — Como alguém pôde ignorar algo assim?

Mas a compreensão me atinge de repente. Eu tenho parentes no Tennessee. Eles eram políticos influentes. Trabalhavam nas esferas estadual, judicial e até federal. Será que sabiam disso? Será que fingiam que não viam? Será que foi por isso que vovó Judy se envolveu com o primeiro Trent Turner? Será que estava tentando corrigir os erros da família?

Talvez ela não quisesse que vazasse a informação de que a família dela cooperou com esses atos monstruosos e que talvez os tenha até apoiado.

O sangue foge do meu rosto, e estendo a mão para me apoiar na parede. Meu rosto parece frio apesar do calor do dia de verão.

Trent parece preocupado, parado na frente da porta.

— Tem certeza de que quer entrar?

Ele não parece ter mais certeza do que eu. Somos como duas crianças tentando desafiar o outro a entrar em um lugar proibido. Será que ele tem a esperança de que eu mude de ideia e nos poupe dos detalhes que nos esperam?

— A verdade sempre vem à tona, mais cedo ou mais tarde. Acredito que é melhor saber do que se trata antes que isso aconteça. — Mas mesmo quando digo isso, me questiono. Durante toda minha vida, sempre tive tanta certeza de que estávamos acima de qualquer reprovação, que minha família era um livro aberto. Talvez tenha sido ingenuidade minha. E se, durante todos esses anos, estive errada?

Trent olha para os sapatos, chuta uma concha perdida na varanda. Ela quica em um trator vermelho de brinquedo que parece particularmente comovente neste momento.

— Temo que vou descobrir que a adoção do meu avô foi como essas que o artigo descreve, em que eles mencionam dar crianças para funcionários públicos para mantê-los de bico calado. O pai adotivo do meu avô era um sargento da polícia de Memphis. Eles não eram o tipo de pessoa que teria muito dinheiro para custear uma adoção cara... — Ele para de falar como se não quisesse mais colocar palavras na história, mas seus olhos são um espelho do meu próprio medo. Será que carregamos a culpa dos pecados das gerações passadas? Se for o caso, será que conseguimos carregar o fardo?

Trent abre a porta e, talvez, o mistério.

A cabana de pé-direito baixo está escura. As paredes de madeira branca estão rachadas e desbotadas, e o vidro das janelas está um pouco solto nas armações de madeira. O ar tem cheiro de poeira e umidade e de outra coisa que demoro mais para identificar: tabaco de cachimbo. O cheiro logo me faz lembrar do meu avô Stafford. Seu escritório na casa de Lagniappe sempre tinha esse cheiro, e ainda tem.

Trent acende a luz e a lâmpada pisca teimosamente em um lustre déco que parece destoar do restante do ambiente.

Adentramos a estrutura de apenas um cômodo. Há uma grande escrivaninha que parece ter sido comprada em uma venda de biblioteca, dois arquivos, uma pequena mesa de madeira e duas cadeiras estranhas. Um antigo aparelho de telefone de disco preto ainda está em cima da escrivaninha. Há uma lata com lápis de madeira, um grampeador, um furador de papel, um cinzeiro que ninguém limpou, uma luminária de mesa e uma máquina de escrever elétrica verde-oliva. Prateleiras ao longo da parede dos fundos estão envergadas sob a carga de arquivos empilhados, pastas antigas, papéis soltos, revistas e livros.

Trent suspira, passando a mão pelo cabelo. Parece alto demais para aquele espaço confinado. A cabeça dele está a uns quinze centímetros das vigas que, percebo, foram pregadas à mão, talvez provenientes de destroços de um navio.

— Você está bem? — pergunto.

Ele nega com a cabeça e depois dá de ombros, indicando um chapéu, um guarda-chuva antigo com o punho entalhado no formato de um dragão e um par de galochas azuis. As três coisas estão perto dos ganchos para casaco, como se esperassem o retorno do dono.

— Parece que ele está *aqui*, sabe? Ele tinha o cheiro deste lugar a maior parte do tempo.

Trent abre as venezianas, iluminando os quadros de aviso que estão presos às paredes.

— Olhe — sussurro, sentindo a poeira na garganta.

Há literalmente dezenas de fotos, algumas com cores da fotografia moderna, outras com os tons desbotados de antigas Polaroides, algumas em preto e branco com molduras brancas e datas: *julho de 1941, dezembro de 1936, abril de 1952...*

Trent e eu ficamos um do lado do outro olhando para a parede, perdidos nos próprios pensamentos, incrédulos e horrorizados ao mesmo tempo. Absorvo as imagens — rostos de crianças justapostos com fotos de suas versões adultas. A semelhança é evidente. São pais e mães e filhos, supostamente as famílias biológicas de que foram separadas. As fotos das crianças agora estão ao lado de fotos mais recentes dos adultos que se tornaram.

Olho nos olhos de uma mulher bonita, seu sorriso vibrante, o quadril projetado para fora enquanto apoia um bebê ali. Um vestido grande e um avental pendem soltos em seu corpo, fazendo com que mais pareça uma criança brincando de se fantasiar. Ela não poderia ter mais do que quinze ou dezesseis anos.

O que você pode me contar? O que aconteceu com você?, penso.

Ao meu lado, Trent toca em algumas fotos. Existem outras ainda por baixo delas, formando camadas. O primeiro Trent Turner levava seu trabalho a sério.

— Não há nada no verso das fotos — observa. — Acho que foi por isso que ele não se preocupou em me pedir para cuidar disso. Você não teria como saber quem são a não ser que já conhecesse.

Sou tomada por tristeza, mas é um sentimento vago. Minha atenção está concentrada na foto de quatro mulheres abraçadas em uma praia. Mesmo que a foto seja em preto e branco, imagino as cores chamativas dos vestidos dos anos 1960 e dos chapéus de aba larga. Consigo ver o brilho dourado do sol nos seus cachos louros.

Uma das mulheres é minha avó. Ela está segurando o chapéu na cabeça. A pulseira de libélula está no seu pulso.

As outras três mulheres são parecidas com ela. Todas com os mesmos cachos dourados, os mesmos olhos claros, provavelmente azuis. Poderiam ser facilmente parentes, mas não reconheço nenhuma delas.

Cada uma delas usa uma pulseira de libélula igual à da minha avó.

Ao fundo, um pouco fora de foco, meninos divertem-se na beirada da água, ajoelhados enquanto brincam com baldinhos e constroem castelos de areia.

Será que um deles é o meu pai?

Estendo a mão para pegar a foto e Trent a solta para mim. Quando ele tira o alfinete, algo pequeno e branco cai, voando pelo ar como uma pipa que perdeu o vento. A imagem é familiar mesmo antes de eu me abaixar para pegá-la.

Uma versão maior dela descansa em uma moldura perolada no quarto do asilo de May Crandall.

Uma voz perturba o ar, mas estou tão concentrada que quase não percebo que sou eu que estou falando.

— Eu já vi esta foto antes.

Capítulo Dezoito

Rill

A CASA ESTÁ MERGULHADA NA ESCURIDÃO. Não há luzes acesas, e as cortinas escondem a luz do luar do lado de fora das janelas do quarto. À minha volta, as crianças se remexem nas camas, choramingam e rangem os dentes durante o sono. Depois de todo aquele tempo presa sozinha no porão, é um conforto estar perto de alguém, mas a verdade é que este não é um lugar seguro. Essas meninas contam histórias. Elas dizem quem Riggs vêm à noite e pega quem ele quer, geralmente as crianças menores que são mais fáceis de carregar.

Sou grande demais para ele carregar. Espero. Mas não quero descobrir.

Silenciosa como uma sombra, saio de debaixo das cobertas e atravesso o quarto na ponta dos pés. Fui bem cuidadosa mais cedo ao ir para minha nova cama. Sei onde estão as tábuas que rangem. Sei quantos passos tenho que dar até chegar à porta. Sei quantos degraus tenho que descer e o caminho mais seguro para passar pela sala de visitas, perto da cozinha, onde funcionárias estarão cochilando nas cadeiras. James me contou tudo sobre como descer até a cozinha à noite para roubar os bolinhos da sra. Murphy. Sei como ele conseguiu fazer isso.

Mas todas as coisas que James descobriu não o salvaram, então preciso ser muito cuidadosa ao me esgueirar e falar para Silas que estou esperando que Fern volte. Assim que ela chegar, vou pegá-la e vamos fugir na escuridão, e Silas vai nos levar para a nossa casa no rio, e toda essa época terrível vai finalmente chegar ao fim.

E se Queenie e Briny não me quiserem de volta depois do que eu fiz? Talvez eles me odeiem tanto quanto eu odeio a mim mesma. Talvez olhem para a garotinha triste e magra que sou agora e vejam uma pessoa que ninguém quer.

Acalmo meus pensamentos porque eles têm o poder de arruinar a mente se você deixar. Preciso prestar atenção, fazer tudo bem certinho para não ser pega.

Não é tão difícil quanto achei que seria. Chego bem rápido ao andar de baixo. Um pequeno círculo de luz vaza do aposento perto da cozinha. Alguém está roncando bem alto lá dentro. Perto da porta, pés calçados com sapatos brancos pesados estão abertos como asas de mariposas. Eu nem olho para ver de quem são. Simplesmente fico colada na parede perto do forno, mantendo-me nas sombras como James falou. Testo cuidadosamente cada tábua do piso com a ponta dos pés. A bainha rasgada do meu vestido fica presa na superfície de ferro áspero do forno. Penso que fez um barulho, mas foi só imaginação.

A porta de tela para o lavatório range um pouco quando eu a abro. Paro, prendo a respiração, aguço os ouvidos em direção à casa e ouço atentamente.

Nada.

Suave como um sussurro, saio. As tábuas do piso da varanda estão úmidas do orvalho, exatamente como o deque do *Arcádia*. No alto, gafanhotos e grilos dão ao céu um ritmo, e um milhão de estrelas brilham como fogueiras distantes. A lua crescente está pesada, balançando no alto. Sua imagem cintila no barril de água de chuva quando passo.

De repente, estou em casa de novo. Estou enrolada no cobertor da noite e das estrelas. O cobertor faz parte de mim e eu sou parte dele. Ninguém pode me tocar. Ninguém consegue nos diferenciar um do outro.

Sapos-bois coaxam e pássaros noturnos grasnam enquanto corro pelo pátio. A camisola fina e branca esvoaça pelas minhas pernas, leve como seda. Perto da cerca dos fundos, aproximo-me dos arbustos de azevinho e assovio como um curiango.

Um eco responde. Sorrio e respiro fundo o cheiro doce e pesado de jasmim e me apresso em direção ao som, passando pelo túnel dos garotos maiores até chegar à cerca. Silas está do outro lado. Nas sombras da lua, não consigo ver seu rosto, apenas o contorno do seu boné e as pernas finas encolhidas como um sapo. Ele estende a mão através das barras para me pegar.

— Vamos — sussurra ele, então segura uma das barras como se quisesse soltá-la com as próprias mãos. — Serrei esta aqui até quase o fim e ela deve...

Seguro sua mão para impedi-lo de puxar. Se ele abrir o buraco, os garotos mais velhos vão ver na manhã seguinte quando vierem para seu esconderijo.

— Não posso. — Tudo dentro de mim grita: *Vá logo! Fuja!* — Ainda não. Fern vai voltar. As pessoas que a levaram não a querem mais. Preciso esperar até amanhã à noite para que eu possa trazê-la comigo.

— Você tem que sair agora. Volto aqui para buscar a Fern.

Dúvidas cruzam minha mente, puxando-me de um lado para outro.

— Não. Quando eles descobrirem que eu desapareci e virem o buraco na cerca, nunca vão deixá-la sair. Posso me esgueirar até aqui de novo amanhã à noite. E tem outro menininho também, Stevie. Ele também é do rio. Não posso deixá-lo aqui. — Como vou conseguir isso? Sei onde Stevie dorme, mas tirá-lo do quarto dos pequenos e trazer Fern sem deixar ninguém nos ver...

Parece impossível.

Mesmo assim, a presença de Silas ali me faz acreditar em mim mesma. A presença dele me enche de coragem e sinto que posso fazer qualquer coisa. Vou encontrar uma maneira. Não posso deixar Fern nem Stevie aqui. Eles pertencem ao rio. Eles devem ficar com a gente. A sra. Murphy e a srta. Tann já roubaram o suficiente de mim. Eu quero tudo de volta. Quero ser Rill Foss de novo.

Antes de isso terminar, vou encontrar todas as minhas irmãs e o meu ir-mãozinho, e vou trazê-los de volta para o *Arcádia*. É isso que eu vou fazer.

Silas estende os braços finos e me abraça. Inclino-me na sua direção e seu boné cai. Sua testa fica apoiada no meu rosto, o cabelo negro faz cócegas no meu rosto.

— Não quero que você volte lá para dentro. — Ele passa uma das mãos pelo meu cabelo com carinho e cuidado. O meu coração dispara.

Preciso me controlar para não passar pela cerca agora.

— É só mais um dia.

— Eu vou estar aqui amanhã à noite — promete Silas.

Ele me dá um beijo no rosto. Algo novo estremece dentro de mim, e fecho os olhos com força diante da sensação.

Deixá-lo ali é a coisa mais difícil que já fiz na minha vida. Enquanto me ar-rasto para fora, ele passa lama nas marcas de serra no metal para que ninguém perceba. Se um dos garotos mais velhos encostar na cerca enquanto estiverem no túnel, espero que ela não ceda.

Parece que já estou de volta à casa e ao andar de cima sem ao menos respirar. Lá em cima, verifico o corredor e ouço atentamente antes de começar a subir pelo local onde formamos a fila para o banho. Não há nada além de sombras do luar que passam pela janela da escada e sons de pessoas dormindo. Uma das crianças pequenas fala durante o sono. Eu congelo, mas então ela volta a ficar quieta.

Vou conseguir enganar a todos. A ideia cresce dentro de mim. Faz com que eu sinta que tirei algo deles, algo que eles roubaram e que era *meu*. Poder. Tenho poder agora. Quando estivermos seguros no *Arcádia* e o rio nos levar para longe, vou me esquecer deste lugar. Nunca vou contar para ninguém o que aconteceu aqui. Será como se nunca tivesse acontecido.

Um pesadelo cheio de pessoas más.

Estou tão presa à ideia, que piso no lugar errado. Uma das tábuas range sob meus pés. Seguro um arfar, olho para baixo e decido que o melhor que posso fazer é me apressar para o caso de uma das funcionárias aparecer. Se eu estiver na cama, elas não vão ter como saber quem era...

Não vejo o sr. Riggs até estar quase em cima dele. Ele está saindo do quarto dos bebês. Ele cambaleia para trás e eu também. O ombro dele bate na parede e ele sussurra:

— Ai!

Viro-me para fugir, mas ele me agarra pela camisola e pelo cabelo. Sua mão enorme cobre meu nariz e minha boca. Sinto o cheiro de suor e uísque, tabaco e cinza de carvão. Ele puxa tanto minha cabeça para trás que penso: *Ele vai quebrar meu pescoço agora mesmo e me jogar escada abaixo e dizer que eu caí. É assim que isso vai terminar...*

Esforço-me para olhar para ele. Ele olha em volta, tentando decidir para onde vai me levar. Não posso permitir que me leve para o porão. Se ele fizer isso, estarei morta. Sei disso. Fern voltará amanhã, e eu não vou estar aqui.

Olhando para a escada, ele cambaleia. Sua bota pisa bem no meu pé e eu vejo estrelas e gemo. Ele cobre meu nariz e minha boca com mais força, bloqueando todo o ar. Ouço o osso das minhas costas estalar. Eu me retorço e empurro, tentando me libertar, mas ele só me puxa para mais perto dele, erguendo-me do chão e me arrastando pelo corredor até as sombras perto da porta do banheiro. Seus dedos tateiam para encontrar a maçaneta para abri-la. Eu choramingo e luto e empurro, até ele finalmente rosnar e me prender à parede para conseguir abrir a porta. Sua barriga esmaga meu peito e sinto a escuridão começar a se fechar em volta dos meus olhos enquanto meus pulmões lutam para respirar.

O rosto dele se aproxima da minha orelha.

— V-você e eu podemos s-s-ser amigos. P-posso conseguir balinhas de hortelã e b-biscoitos. Qualquer coisa que você q-queira. Você p-pode ser minha m-melhor amiga. — Ele roça o rosto no meu queixo e no meu ombro, esfregando o bigode com força enquanto cheira meu cabelo, e então enfia o rosto no meu pescoço. — V-você está com c-cheiro l-lá de f-fora. V-você f-foi se encontrar com um g-garoto lá embaixo? Es-está n-namorando de n-novo?

A voz dele parece estar vindo de muito longe, ecoando pela névoa das manhãs frias do rio. Meus joelhos se dobram. Meus pés ficam dormentes. Não consigo sentir o corpo dele contra o meu, nem a parede atrás de mim. Minhas costelas estremecem como as guelras de um peixe pendurado no anzol.

Vejo fadinhas brilhantes e elas dançam na escuridão.

Não! Digo para mim mesma. *Não!* Mas não tenho mais forças para lutar. Meu corpo se foi. Talvez eu sufoque e morra. Espero que sim.

De repente, ele me solta e o frio substitui os lugares onde o corpo dele estava e o ar consegue chegar aos meus pulmões. Escorrego pela parede e, tonta e piscando, caio como um monte de trapos e tento me levantar.

— Sr. *Riggs*? — A voz cortante de uma funcionária vem da escada. — *O que* o senhor está fazendo aí em cima a essa hora?

Meus olhos voltam a enxergar claramente e vejo que ele está na minha frente para que ela não me veja. Encolho-me nas sombras e pressiono meu corpo contra a parede. Se elas me pegarem aqui, sou eu que vou enfrentar problemas, não ele. Vou ser trancada de novo... ou coisa pior.

— E-eu ouvi um t-trovão e v-vim fechar as janelas.

A funcionária contorna o corrimão. A lua a ilumina e percebo que ela é a nova funcionária que substituiu a srta. Dodd. Não sei muito sobre ela, se é má ou não. Ela *parece* má. Ela não gosta do fato de o sr. Riggs estar aqui, isso está bem claro. Se ela lhe causar problemas, não vai durar muito na casa da sra. Murphy.

— Eu não ouvi nada. — Ela olha de um lado para outro, em direção às portas do quarto.

— E-eu estava l-lá f-fora q-quando ouvi. Estava lidando com uns gatos e peguei meu rifle para m-matá-los.

— Meu Deus, você teria acordado todo mundo. Por certo que os gatos não estavam machucando ninguém.

— P-prima Ida n-não g-gosta de coisas que perambulam p-por onde n-não devem. — Prima Ida é a sra. Murphy. E a intenção dele ao dizer isso é colocar a nova funcionária no seu devido lugar.

— Pode deixar que eu mesma vou verificar as janelas. — Ela não está cedendo, e não sei se fico feliz com isso ou não. Se ela continuar se aproximando, vai me ver. Se ela for embora, Riggs vai me arrastar para dentro do banheiro. — Não há necessidade de atrapalhar o seu descanso, sr. Riggs, quando sou paga para tomar conta das crianças à noite.

Ele se afasta de mim e se aproxima dela, seus passos cambaleantes e incertos. No canto do corrimão, ele bloqueia a passagem dela. As duas sombras se transformam em uma. Ele sussurra algo para ela.

— Sr. Riggs! — A mão dela sai das sombras e volta em seguida. Som de tapa. — O senhor andou bebendo?

— Eu j-já v-vi como você f-fica me olhando.

— Eu não fico, não.

— É m-melhor v-você ser boazinha, c-caso c-contrário vou c-c-contar para p-prima Ida. E-ela n-não g-gosta de p-pessoas q-que me causam p-problemas.

Ela se encosta à parede e passa por ele, que a deixa seguir.

— O senhor... o senhor fique longe de mim ou... ou... eu mesma vou contar para ela. Vou contar que o senhor bebeu e ficou de saliência comigo.

Ele anda pesadamente em direção à escada.

— M-melhor v-você ir ver os p-pequenos. Alguém c-caiu d-da c-cama. — Seus passos caem pesadamente nos degraus enquanto ele desce. As tábuas rangem e cantam.

Abraçando a si mesma, a funcionária fica olhando-o se afastar antes de ir verificar os bebês. Levanto-me com pernas trêmulas e corro para minha cama, puxo a coberta até o pescoço e fico enrolada ali. Foi bom eu ter feito isso, porque a funcionária vem para o nosso quarto, talvez pensando que Riggs estivesse mais perto dele.

Ela caminha e levanta as cobertas de todos nós, como se estivesse procurando alguma coisa. Quando se aproxima da minha cama, solto uma respiração longa e profunda e tenho que me esforçar para não estremecer quando ela puxa as cobertas e toca minha pele. Talvez ela esteja se perguntando por que estou tão enrolada no cobertor em uma noite tão quente e úmida. Talvez ela consiga sentir o cheiro da noite em mim, assim como Riggs.

Ela permanece ali por mais um tempo.

Por fim, vai embora, e eu fico lá, olhando para o teto no escuro. *Mais um dia*, digo para mim mesma. *Você só precisa ficar por mais um dia.*

Esse pensamento fica girando na minha cabeça como uma promessa. Preciso disso. Caso contrário, descobriria um jeito de tirar as telas das janelas e pularia torcendo para que a altura fosse suficiente para me matar.

Não posso viver assim.

Adormeço sabendo que essa é a verdade.

A manhã chega entre sustos e sobressaltos. Acordo e volto a dormir, esperando ouvir as vozes das funcionárias dizendo para levantarmos e nos vestirmos. Sei que é melhor não levantar antes disso. A sra. Pulnik se certificou de me informar as regras do andar de cima antes de mostrar minha cama e o pequeno cesto embaixo dela, onde mantenho as minhas roupas.

Mas não vou precisar desse cesto por muito mais tempo. Vamos fugir esta noite, nós três — Fern, Stevie e eu —, não importa o que eu precise fazer. *Se eu tiver que pegar uma faca na cozinha e enfiá-la em qualquer um que tente nos impedir, vou fazer isso*, digo para mim mesma. *Não vou permitir que ninguém me impeça.*

Só quando chego lá embaixo para o café da manhã é que percebo que estou fazendo promessas difíceis de manter. Logo que chegou naquela manhã, a sra. Pulnik viu pegadas na cozinha. Elas estão secas, então ela sabe que foram deixadas na noite anterior. Elas desbotam antes da escada, o que significa que ela não vai conseguir descobrir onde a trilha terminaria, mas as pegadas são grandes o suficiente para ela ter certeza de que pertencem a um dos garotos mais velhos. Ela os colocou em fila, testando um por um para ver se as pegadas se encaixam.

Ela ainda não notou que meus pés são grandes. Parada no meu lugar ao lado das outras meninas, encolho os dedos dos pés na esperança de que ela não olhe na minha direção.

Talvez o pé de um dos garotos encaixe nas pegadas, penso, e sei que isso é errado, porque alguém enfrentaria problemas por minha causa. Problemas sérios. A sra. Murphy também está na cozinha, e ela está fervendo de raiva. Está segurando a estrutura de um guarda-chuva sem tecido. Quer usar isso para bater em alguém. Depois, o castigo provavelmente será o armário.

Não posso ir para o armário.

Mas será que posso ficar ali e permitir que isso aconteça com outra pessoa quando a culpa é minha? Seria como se eu mesma estivesse batendo com o guarda-chuva.

Pelo lavatório, vejo Riggs perto da porta telada. Está assistindo ao show. Ele olha para mim, sorri e acena com a cabeça. Minha pele fica fria.

A nova funcionária olha pelo canto, seus olhos escuros agitados. Nunca vira uma coisa dessas.

—Acho que... pode ter sido eu — balbucia ela. — O sr. Riggs mencionou gatos de rua ontem à noite, e eu saí para espantá-los.

A sra. Murphy mal a ouve.

— Não *interfira!* — grita ela. — E *seus pés* são pequenos demais. *Quem* você está protegendo? *Quem?*

— Ninguém. — Seus olhos pousam em mim.

A sra. Murphy e a sra. Pulnik tentam acompanhar o olhar. O tempo fica em câmera lenta.

Fique parada. Fique parada, penso. *Não se mova.* Fico congelada.

— P-pode ser que j-já estivessem aí na n-noite p-passada. T-tem lama p-perto do b-barril de água da chuva. — Riggs sugere isso agora que todos estão olhando para meu lado da mesa. A princípio, acho que Riggs está tentando me ajudar, mas depois percebo que ele não quer que nesta noite eu fique trancada onde ele não possa me pegar.

A sra. Murphy aponta uma das mãos para ele.

— Fique *quieto.* Honestamente, você é bom demais para esses pequenos *ingratos.* Dê um dedinho para eles, e já querem um braço inteiro. — Ela bate com o guarda-chuva na mão, analisando meu lado da mesa. — Agora... se não foi um dos garotos... então, quem poderia ter sido?

A menina que estava na cama em frente à minha na noite passada, Dora, joga a cabeça para trás, balança e desmaia, caindo dura no chão.

Ninguém se mexe.

— Acho que não foi *ela* — conjectura a sra. Murphy. — Se não foi *ela,* então *quem?* — O guarda-chuva gira em um círculo como se fosse uma varinha mágica. — Afastem-se da mesa, meninas. — Seus olhos brilham. — Vamos ver se descobrimos quem é a nossa pequena Cinderela.

O telefone toca, e todos se sobressaltam. Depois, ficamos parados como estátuas, até mesmo as funcionárias, enquanto a sra. Murphy decide se atende ou não. Quando ela decide, meio que arranca o telefone da parede, mas sua voz fica melosa assim que descobre com quem está falando.

— Ora, mas claro que *sim.* Bom dia, Georgia. Que maravilhoso receber sua ligação tão cedo. — Ela faz uma pausa e diz: — Sim, *sim.* Ah, mas *certamente.* Estou acordada há *horas.* Deixe-me voltar ao meu escritório para podermos conversar em particular.

As palavras ecoando do aparelho vêm rápidas como a rajada de uma arma, *rá-tá-tá-tá,* dos filmes do Velho Oeste.

— Ah, *entendi.* É claro. — A sra. Murphy larga o guarda-chuva e leva uma das mãos à testa, os lábios se afastando dos dentes de um jeito que me faz pensar em Queenie na última noite em que a vi. — Bem, sim, conseguimos isso por volta das dez horas, mas não acho que seja aconselhável. Veja bem...

Mais conversa do outro lado, em tom de voz alto e apressado.

— Sim, eu compreendo. Não vamos nos atrasar — afirma a sra. Murphy entre dentes, e quando bate com o fone de volta ao aparelho, aponta o dedo para mim com os lábios contraídos. — Peguem *ela*, limpem e coloquem um vestido de domingo. Algo azul para combinar com os olhos... e com um avental. A srta. Tann a quer no hotel no centro da cidade às dez.

A expressão no rosto da sra. Pulnik é igual à da sra. Murphy. A última coisa que querem fazer agora é me dar banho, pentear meu cabelo e me colocar um vestido.

— Mas... ela...

— *Não* me questione! — grita a sra. Murphy, antes de bater com força na cabeça de Danny Boy porque é o que está mais perto dela. Todos se encolhem e ela aponta o dedo para todos na sala. — O que *vocês* estão olhando?

As crianças não sabem se devem se sentar ou ficar onde estão. Elas esperam até a sra. Murphy passar pela porta vaivém. Depois todos afundam nas cadeiras enquanto as dobradiças ainda estão rangendo.

— Eu mesma vou cuidar de você. — A sra. Pulnik me pega pelo braço, segurando-o com força. Sei que ela está prestes a se vingar de mim de algum jeito.

Também sei que o que quer que a srta. Tann tenha planejado deve ser ainda pior. Já ouvi histórias sobre o que acontece com as crianças que as funcionárias levam para os hotéis.

— E não deixe marcas nela! — ecoa a voz da sra. Murphy do corredor.

E, com isso, sou salva, mas na verdade não. A sra. Pulnik puxa meus cabelos e me arrasta. Tenta com afinco fazer com que a hora seguinte seja a mais dolorosa possível, e consegue. Quando finalmente sou levada ao carro para me juntar à sra. Murphy, minha cabeça está latejando e meus olhos estão vermelhos por causa das lágrimas que me avisaram para não derramar.

A sra. Murphy não diz nada no carro e fico feliz por isso. Apenas pressiono meu corpo contra a porta do carro e olho pela janela, sentindo-me assustada, preocupada e dolorida. Não sei o que está prestes a acontecer comigo, mas sei que não será bom. Nada aqui é bom.

No caminho para o centro da cidade, passamos pelo rio. Vejo rebocadores e barcas e um grande barco de espetáculos. A música do órgão invade o carro e eu me lembro de como Gabion costumava dançar no deque do *Arcádia* quando os barcos de espetáculos passavam por nós. Ele fazia a gente rir muito. Meu coração segue em direção à água, na esperança de ver o *Arcádia* ou o barco do velho Zede ou uma casa flutuante qualquer, mas não vejo nada. Pelo caminho, um acampamento do rio está vazio. Só há fogueiras apagadas, grama pisoteada e uma pilha de lenha que alguém juntou, mas não chegou a acender. As casas flutuantes se foram.

Dou-me conta pela primeira vez que já devemos estar em outubro agora. Logo as folhas das árvores vão começar a mudar, colorindo-se com tons amarelados e avermelhados. Os ciganos no rio já começaram a longa viagem para o Sul, descendo para onde os invernos são mais quentes e as águas, cheias de peixes.

Briny ainda está aqui, digo para mim mesma, mas, de repente, sinto que nunca mais vou vê-lo, nem Fern, nem ninguém que eu ame. A sensação me engole por inteiro, e tudo que posso fazer é deixar minha mente sair do meu corpo. Não estou lá quando o motorista estaciona o carro na frente de um prédio alto. Mal ouço as ameaças da sra. Murphy sobre o que vai acontecer comigo se eu não me comportar. Mal sinto quando ela me belisca através do vestido e torce a pele perto das costelas e diz que é melhor eu fazer tudo que pedirem enquanto eu estiver aqui, e que não devo contar para ninguém, nem chorar, nem dizer mais nada sobre o assunto.

— Você vai ser tão doce como um gatinho. — Ela aperta mais minha pele e posiciona o rosto bem diante do meu. — Caso contrário, você vai se arrepender, assim como seu amiguinho Stevie. Você não vai querer que nada aconteça a *ele*, não é mesmo?

Ela salta do carro e me puxa com ela. À nossa volta, homens passam vestidos com terno e gravata. Mulheres passam carregando sacolas coloridas. Uma mãe de casaco vermelho empurra um carrinho de bebê saindo do hotel e olha para nós ao passar. Ela tem o rosto bondoso, e sinto vontade de correr em sua direção. Quero agarrar seu casaco e contar tudo para ela.

Ajude-me!, eu pediria.

Mas não posso fazer isso. Sei que vão descontar tudo em Stevie se eu agir assim. E, provavelmente, em Fern também, assim que ela voltar para a casa da sra. Murphy. Não importa o que aconteça, preciso ser boa hoje. Tenho que fazer tudo que me mandarem fazer para que não me tranquem quando eu voltar para casa hoje à noite.

Endireito as costas e digo para mim mesma que esta é a última vez. *É a última vez que eles vão me obrigar a fazer qualquer coisa.*

Seja lá o que for, eu vou fazer.

Mas meu coração estremece e meu estômago se contrai como um punho fechado. Um homem de uniforme abre a porta. Ele parece um soldado ou um príncipe. Quero que ele me salve do jeito que os príncipes fazem nos livros de contos de fada.

— Bom dia.

A sra. Murphy sorri, empina o nariz e segue em frente.

No hotel, as pessoas estão rindo, conversando e almoçando em um restaurante. É um lugar bonito, como um castelo, mas não parece bonito para mim. Parece uma armadilha.

O ascensorista parece uma estátua ao lado dos botões. Parece que ele nem respira enquanto o elevador nos leva cada vez mais para o alto. Quando saímos, o homem lança um olhar triste para mim. Será que ele sabe para onde estão me levando? Será que sabe o que vai acontecer comigo?

A sra. Murphy me arrasta pelo corredor e bate em uma porta.

— Entre — responde a voz de uma mulher e, quando entramos, a srta. Tann está esparramada em um sofá como um gato descansando ao sol. Atrás dela, as cortinas estão abertas e um janelão mostra toda a cidade de Memphis. Estamos em um andar tão alto que conseguimos olhar para baixo e ver os telhados. Nunca estive em um lugar tão alto em toda minha vida.

Cerro os punhos e os escondo atrás do avental e tento não me mexer.

A srta. Tann está segurando um copo cheio até a metade. Parece que já está aqui há um tempo. Será que mora no hotel?

Ela gira a bebida marrom, erguendo o copo em direção à porta em frente ao sofá.

— Coloque-a no quarto e pronto, sra. Murphy. Feche a porta quando a deixar lá... E diga para ela ficar sentada quietinha até a chamarem. Vou conversar com ele primeiro aqui, para me certificar de que nosso trato está de pé.

— Eu não me importo de ficar, Georgia.

— Se você prefere assim. — Ela me observa enquanto seguimos até a porta. A sra. Murphy me segura pelas axilas de um jeito que me faz andar mancando. — Sinceramente, acredito que existem opções melhores, mas consigo entender por que ele quer essa aí — diz a srta. Tann.

— Eu não sei por que *alguém* ia querer esta garota.

No quarto, a sra. Murphy me coloca sentada em uma cama e ajeita o vestido à minha volta para que eu pareça uma boneca. Ela puxa meu cabelo para a frente e o ajeita sobre meus ombros, deixando os cachos compridos descansarem ali, e depois diz para eu não mexer nem um dedinho sequer.

— Não se mexa — enfatiza ela, seguindo para a porta, que fecha atrás de si.

Ouço a sra. Murphy e a srta. Tann conversando na sala. Elas falam sobre a vista enquanto tomam suas bebidas. Então, não ouço mais nada a não ser o silêncio e os sons distantes da cidade. Uma buzina. A sineta do bonde. Os gritos do jornaleiro.

Não sei quanto tempo se passa até eu ouvir uma batida na porta do quarto. A srta. Tann responde com voz melosa e doce, e ouço uma voz de homem, mas não consigo entender o que está sendo dito até eles se aproximarem.

— É claro que ela é *toda* sua... *Se* o senhor realmente tem certeza de que é isso que deseja.

— Sim, sou grato por você ter alterado nosso trato tão rapidamente. Minha esposa tem sofrido muito nesses últimos anos, chega ao ponto de ficar por semanas na cama, mantendo-se totalmente afastada de mim. O que mais posso fazer?

— Realmente. Consigo ver como a garota talvez ajude nas suas necessidades, mas tenho outras crianças que são mais... dóceis — sugere a srta. Tann.

— Temos meninas mais velhas. Basta pedir.

Por favor, penso. *Escolha outra*. E me dou conta do quanto isso é errado. Eu não deveria desejar coisas ruins para outras crianças.

— Não, eu quero especificamente essa garota.

Encolho-me na cama. Minhas mãos estão cobertas de suor, e molham o tecido. Enterro as unhas ali.

Seja boa. Seja lá o que aconteça, seja boa.

Silas vai vir esta noite...

— O que mais posso fazer? — pergunta o homem novamente. — Minha mulher é tão frágil. A criança não para de chorar. Eu não posso lidar com o constante barulho na casa. Sou um compositor, sabe, e isso atrapalha meu trabalho. Tenho vários projetos para filmes para a temporada de férias, e meu tempo está acabando.

— Ah, senhor, posso assegurar de que essa menina vai dar *mais* trabalho, *não menos* — interfere a sra. Murphy. — Achei... presumi que o senhor só a quisesse para... eu não fazia *ideia* de que o senhor planejava ficar com ela *permanentemente* ou teria falado antes.

— Não importa, sra. Murphy — A srta. Tann está irritada. — A menina tem idade suficiente para aceitar o que quer que o sr. Sevier *desejar*.

— Sim... Sim, é claro, Georgia. Perdoe a minha interrupção.

—A menina é perfeita em todos os sentidos. Posso assegurar, senhor. Intocada.

O homem diz algo que não consigo entender e, então, a srta. Tann volta a falar.

— Muito bem, então. Tenho os documentos dela aqui para o senhor e, é claro, assim como com a outra adoção, levará um ano antes de o processo ser concluído e finalizado, mas creio que isso não será problema para um cliente como o senhor, com todo seu prestígio.

A conversa fica em tom mais baixo. Ouço o farfalhar de papéis.

— Só quero que Victoria seja feliz de novo — confessa o homem. — Amo muito minha mulher, e esses últimos anos foram um tormento. Os médicos dizem que a única esperança de superar a tristeza é dar a ela um motivo irresistível para seguir em frente, em vez de ficar olhando para trás.

— Essas situações são exatamente o motivo da nossa existência, sr. Sevier.

—A voz da srta. Tann estremece como se estivesse prestes a chorar. — Essas pobres crianças perdidas e as famílias que precisam delas são o ímpeto e a inspiração para o meu trabalho incansável. Todos os dias, enfrento o árduo trabalho e lido com a triste origem desses pequenos abandonados para que eu possa resgatá-los e lhes dar uma vida melhor, e levar vida para vários lares vazios. Por certo que, sendo de uma família boa, eu poderia ter escolhido um caminho mais fácil, mas alguém tem que se sacrificar para proteger aqueles que não podem se proteger. É um dom. É o *meu* dom, e estou disposta a aceitá-lo sem expectativas de elogios nem ganhos pessoais.

O homem suspira, parecendo impaciente.

— Sou muito grato, é claro. Falta mais alguma coisa para concluirmos nossos negócios?

— Mais nada. — Passos ecoam, mas eles estão se afastando do quarto e não vindo em direção a ele. — Toda documentação está em ordem. O senhor já pagou as taxas. Ela é sua, sr. Sevier. Está aguardando ali no quarto e nós vamos deixá-los a sós para se conhecerem... da maneira que o senhor julgar melhor.

— Eu aconselho o senhor a ser bem firme com ela. Ela...

— Venha logo, sra. Murphy.

Quando elas vão embora, fico totalmente parada na cama, ouvindo atentamente os ruídos do homem. Ele se aproxima da porta e para do outro lado. Ouço ele respirando fundo e soltando o ar.

Aperto o vestido com força, meu corpo está tremendo.

A porta se abre, e ele está parado ali, a alguns metros de distância.

Conheço o rosto dele. Ele se sentou ao meu lado no sofá na festa e perguntou quantos anos eu tinha.

A mulher dele foi a que leu livros para Fern.

Capítulo Dezenove

Avery

O motorista do carro à minha frente diminui a velocidade, mas estou tão distraída olhando duas adolescentes trotando em seus cavalos no acostamento da estrada que só freio bem em cima da hora, quando quase já é tarde demais. O carro sai da estrada, pegando o caminho que vai para o centro de eventos equestres. Pergunto-me se é para lá que as meninas estão indo nos seus cavalos. É a temporada de turfe. Se eu fosse mais nova, estaria ali assistindo ou competindo, mas hoje só tenho tempo para lamentar como a vida adulta me deixa sem tempo para atividades que eu amava tanto, como andar a cavalo.

Neste momento, minha mente já está a quilômetros de distância, entrando no quarto de May Crandall no asilo. Pedi a Ian, o estagiário amigável, para fazer algumas ligações discretas para determinar a localização atual e a condição de saúde de May.

Atrás de mim, Trent buzina e ergue uma mão no ar, como se estivesse dizendo: *Preste atenção aí*, mas ele está sorrindo sob os óculos de sol.

Se ele não estivesse em outro carro, eu diria: *Foi você que insistiu para vir. Eu disse para você que essas coisas podem ser imprevisíveis.*

Ele provavelmente daria risada e diria que não perderia isso por nada no mundo.

Parecemos dois alunos do sexto ano matando aula pela primeira vez. Nenhum de nós está onde deveria estar nesta manhã, mas, depois de descobrir aquela foto no barracão do avô dele, nenhum de nós dois consegue dizer não a essa viagem. Nem mesmo uma ligação de Leslie perdida, pela manhã, e meia dúzia de consultas de novos clientes no escritório imobiliário de Trent conseguiram mudar o plano que fizemos no impulso na noite anterior. De um jeito ou de outro, vamos descobrir o que os nossos avós estavam escondendo e como a minha história e a dele se entrelaçam... e o que May Crandall tem a ver com tudo isso.

Não atendi às chamadas de Leslie de propósito e Trent deixou um bilhete na porta da imobiliária. Caímos na estrada assim que amanheceu.

Pouco mais de duas horas depois, estamos em Aiken. Planejamos visitar May Crandall depois do seu café da manhã. Dependendo do que descobrirmos com May, a próxima parada pode ser a casa da minha avó em Lagniappe.

Tento me concentrar na direção quando passamos pelas ruas graciosas ladeadas por árvores, as magnólias e os pinheiros altos lançando suas sombras calmantes sobre a SUV, parecendo perguntar: *Por que a pressa? Vá devagar. Aproveite o dia.*

Por um instante, relaxo, convenço-me de que é apenas mais uma manhã de final de verão. Mas, assim que o asilo surge na esquina, a ilusão desaparece. De forma a marcar isso, meu telefone toca de novo, e o nome de Leslie aparece na tela pela quarta vez. Esse inconveniente me lembra de que assim que essa visita a May Crandall acabar — sejam quais forem as revelações que ela fizer —, terei que retornar a ligação. O mundo e suas questões atuais estão me chamando. Literalmente.

Pelo menos sei que, se os chamados tivessem qualquer coisa a ver com a saúde do meu pai, uma das minhas irmãs teria me ligado, e não Leslie. Então, o que ela tem a dizer tem a ver com negócios. Deve ser algo que surgiu depois que conversei com Ian ontem à noite, caso contrário, ele teria mencionado. Leslie provavelmente marcou alguma entrevista com a imprensa e quer que eu volte mais cedo das minhas miniférias em Edisto. Mal sabe ela que já estou aqui.

A ideia de mergulhar de novo na vida política dói um pouco. Realmente não quero pensar nisso agora. Coloco o telefone para vibrar e o enfio na bolsa sem verificar as mensagens de texto. Deve haver e-mails também. Leslie *não* gosta de ser ignorada.

Todos os pensamentos sobre ela desaparecem assim que estaciono, pego a pasta com as fotos antigas do quadro de cortiça e os documentos do envelope da vovó Judy, e salto do carro.

Trent me encontra na calçada.

— Se um dia viajarmos pelo país, eu dirijo.

— Não confia em mim? — Um friozinho estranho desce pelas minhas costas e eu rapidamente o ignoro. Estar de volta a Aiken é um lembrete de que, embora eu goste de Trent, nunca haverá nada mais do que amizade entre nós.

Eu me certifiquei de fazer um comentário sobre meu noivo na conversa que tivemos antes de sairmos de Edisto, só para ser justa com todos os envolvidos.

— Em você eu confio. Na sua direção... talvez não.

— Aquilo não foi nada.

Ficamos implicando um com o outro enquanto caminhamos e, quando chegamos à porta, estou rindo mesmo sem querer. O cheiro de aromatizador de ambientes e o silêncio opressivo deixam as coisas mais sérias.

A expressão no rosto de Trent muda quase instantaneamente. Seu sorriso desaparece.

— Isso traz muitas lembranças.

— Você já esteve aqui?

— Não, mas parece muito com o lugar em que deixamos a vovó depois que ela teve um derrame. Não tivemos escolha, mas foi muito difícil para o meu avô. Eles nunca tinham ficado separados por mais de uma noite ou duas em mais de sessenta anos.

— É tão difícil quando chegamos a um ponto no qual não há nenhuma boa opção. — Ele sabe sobre a situação da vovó Judy. O assunto surgiu ontem à noite enquanto estávamos sentados na varanda do barracão falando sobre as fotos e os seus possíveis significados.

Uma atendente com uniforme colorido passa por nós e nos cumprimenta. Parece se perguntar de onde me conhece, mas segue seu caminho. Fico aliviada. A última coisa de que preciso agora é que alguém perceba minha presença aqui. Se isso chegar a Leslie e ao meu pai, passarei por um longo interrogatório, e não faço ideia do que eu diria.

Na porta de May Crandall, percebo de repente que também não sei o que planejo dizer para ela. Será que devo entrar com as fotos e perguntar *que tipo de relacionamento você tinha com minha avó, e como o primeiro Trent Turner está envolvido nisso tudo?*

Ou será que devo levar as coisas de forma mais sutil? Considerando meu breve encontro com May Crandall, não sei como ela vai reagir à nossa visita. Espero que a presença de Trent suavize um pouco as coisas. Afinal de contas, é bem provável que May conhecesse o avô dele.

E se isso tudo for demais para ela? Nós dois aparecermos aqui? Ela esteve *doente*. Não quero lhe causar mais problemas. Na verdade, estar aqui me faz pensar que eu deveria fazer alguma coisa para ajudá-la. Talvez eu pudesse falar com Andrew Moore, do Comitê de Ação Política em Nome dos Idosos. Talvez ele possa me dar sugestões sobre organizações que ajudam idosos como May, cujas famílias moram longe.

Trent para diante da porta e aponta para a placa com o nome.

— Parece que chegamos.

— Estou nervosa — confesso. — Sei que ela esteve doente. Não sei se já está forte…

— Quem está aí? — May acalma minha incerteza antes de eu conseguir acabar de externá-la. — Vão embora! Eu não preciso de nada. Não quero ninguém cochichando ao meu respeito. — Um chinelo passa pela pequena abertura da porta, seguido por uma escova de cabelo, que cai no meio do corredor.

Trent recolhe os objetos.

— Ela tem boa mira.

— Deixem-me em paz! — insiste May.

Trent e eu trocamos olhares de incerteza, e eu me aproximo da porta, evitando a linha de fogo para o caso de May ter mais munição.

— May? Só ouça por um minuto, está bem? Sou Avery Stafford. Você se lembra de mim? Nós nos conhecemos há algumas semanas. Você gostou da minha pulseira de libélulas. Você se lembra?

Silêncio.

— Você me disse que minha avó era uma amiga sua. Judy. Judy Myers Stafford. E conversamos sobre a foto que você tem na cabeceira. — Parece que meu mundo inteiro mudou desde aquele dia.

— Bem? — irrita-se May. — Você vai entrar ou *não*? — Além da porta, ouço o farfalhar dos lençóis se mexendo. Não sei se ela está se preparando para nos cumprimentar ou pegando mais coisas para atirar em nós.

— Você vai jogar mais alguma coisa?

— Acho que você não vai embora mesmo que eu jogue. — Mas tem uma nota de ansiedade na sua voz dessa vez. Ela está me convidando para entrar, então entro, deixando Trent em segurança no corredor.

Ela está sentada na cama, usando um penhoar azul que combina com seus olhos. Mesmo com os travesseiros às costas, o jeito como ela me olha tem um ar de realeza, como se estivesse acostumada a ser servida na cama muito antes de vir para um asilo.

— Eu estava torcendo para que você estivesse se sentindo bem o suficiente para conversarmos — arrisco. — Perguntei à minha avó sobre você. Ela mencionou Queen ou Queenie, mas isso foi tudo de que ela conseguiu se lembrar.

May parece chocada.

— Ela está tão mal assim?

— Temo que sim. — Sinto-me péssima por trazer essas notícias. — Vovó Judy não está infeliz. Ela só não consegue mais se lembrar das coisas. É difícil para ela.

— E para você também, imagino?

A percepção de May faz com que eu seja invadida por um misto de emoções.

— Sim, é muito difícil. Minha avó e eu sempre fomos muito próximas.

— Mesmo assim ela nunca contou para você sobre as pessoas na minha fotografia? — Subjacente à pergunta há a insinuação de que esta mulher conhece intimamente minha avó. Não sei bem se vou conseguir me resignar se nunca descobrir a verdade, se May não me contar.

— Tenho a sensação de que ela contaria agora, se pudesse. Mas tenho esperança de que você me conte, já que ela não pode.

— Isso não tem nada a ver com você. — May se vira de lado, como se estivesse com medo de eu olhar diretamente para ela.

— Tenho a sensação de que tem sim. E talvez...

A atenção dela volta para a porta.

— Quem está lá fora? *Quem* está ouvindo a nossa conversa?

— Eu trouxe uma pessoa comigo. Ele está me ajudando a descobrir o que minha avó não conseguiu me contar. É só um amigo.

Trent entra no quarto com a mão estendida, dando o tipo de sorriso que poderia vender uma geladeira para um esquimó.

— Trent — apresenta-se ele. — Muito prazer, sra. Crandall.

Ela aceita o cumprimento e prende a mão dele com as suas duas mãos, fazendo com que ele tenha que se curvar um pouco na cama enquanto ela se volta para mim.

— Só um *amigo*, você disse? Duvido muito.

Minha reação é me afastar um pouco.

— Trent e eu nos conhecemos há alguns dias, quando fui a Edisto.

— Ah, que lugar adorável. Edisto. — Ela se concentra em Trent e estreita o olhar.

— É mesmo — concordo. *Por que ela está olhando para ele dessa forma?* — Minha avó passou bastante tempo lá nesses anos todos. Tio Clifford me disse que ela gostava de escrever na casa. Parece que ela e o avô de Trent tinham algum tipo... de negócios lá. — Exatamente como eu faria se estivesse questionando uma testemunha no tribunal, observo as mudanças no seu comportamento. Ela tenta escondê-las, mas elas *estão* lá e ficam cada vez mais evidentes.

Ela está se perguntando o quanto eu sei.

— Acho que eu não entendi o seu sobrenome. — Ela pisca para Trent.

O ar no quarto parece ficar tenso enquanto ela espera a resposta, mas quando ele oferece uma apresentação mais formal, ela concorda com a cabeça e sorri.

— Hum... Você tem o mesmo olhar dele — comenta ela.

Sinto o formigamento que sempre acontece quando sei que uma testemunha está prestes a revelar algo. Em geral, a causa é exatamente esse tipo de coisa: a aparição repentina de um rosto familiar, um elo com algum segredo do passado, a ponta de um segredo guardado há muito tempo.

Os dedos trêmulos de May se afastam da mão de Trent e vão em direção ao maxilar dele. Seus cílios ficam úmidos.

— Você se parece com ele. Ele também era bonitão. — May dá um sorriso com os lábios, e isso me diz que ela provavelmente gostava de flertar no seu tempo, uma mulher que não tinha dificuldade em transitar no mundo masculino.

Trent enrubesce um pouco. É fofo. Não consigo evitar gostar daquilo.

May aponta o dedo na minha direção.

— Este aqui é para você manter do seu lado. Pode acreditar nas minhas palavras.

É a minha vez de ficar vermelha.

— Infelizmente, já estou comprometida.

— Não estou vendo aliança de casamento. — May pega minha mão e examina meu anel de noivado. — E eu conheço a faísca quando vejo. Eu *conheço muito bem*. Sou viúva de três maridos.

Uma risada escapa dos lábios de Trent, e ele baixa a cabeça, o cabelo louro caindo para a frente.

— E eu não tive nada a ver com a morte deles, se vocês estiverem imaginando coisas — informa May. — Amei cada um deles. Um era professor, outro um pastor e o último, um artista que encontrou o seu dom mais tarde na vida.

Um me ensinou a *pensar*, um me ensinou a *saber* e um me ensinou a *ver*. Cada um deles me inspirou. Eu era musicista, sabem? Trabalhei em Hollywood e viajei com grandes bandas. Isso foi na época dourada, muito antes dessa tolice digital.

Meu telefone vibra na bolsa, e ela franze o cenho.

— Essas coisas infernais. O mundo seria um lugar muito melhor se *eles* nunca tivessem sido inventados.

Coloco o telefone no mudo. Se May finalmente está pronta para me contar a história daquela foto na sua mesinha de cabeceira, não quero que nada nos distraia neste momento. Na verdade, chegou a hora de redirecionar a testemunha.

Abro o envelope e tiro as fotografias que pegamos no barracão de Trent.

— Na verdade, é sobre isto que estamos em dúvida. Estas fotos e a Sociedade de Orfanatos do Tennessee.

A expressão do seu rosto endurece na hora. Ela lança um olhar exaltado na minha direção.

— Eu poderia continuar minha vida sem ouvir essas palavras de novo.

Trent pega a mão dela nas suas e olha para os dedos entrelaçados.

— Sinto muito, sra. Crandall… se estamos trazendo lembranças dolorosas à tona. Mas meu avô nunca me contou. Eu sei que ele foi adotado quando era bem pequeno, e sei que cortou relações com seus pais adotivos depois que descobriu. Mas não sabia muito sobre a Sociedade de Orfanatos do Tennessee até recentemente. Talvez tenha ouvido as pessoas mencionarem essa sociedade para o meu avô de passagem, quando vinham visitá-lo. Eu sabia que meu avô ajudava essas pessoas de algum jeito, e que ele sentia a necessidade de conduzir esses negócios em particular. No seu barracão ou no barco. Minha avó nunca gostou desse tipo de conversa em casa, nem na imobiliária. Eu não sabia nada sobre o hobby do meu avô nem do seu negócio paralelo, ou seja lá o que fosse, até que o ajudei a cuidar dos arquivos restantes antes de sua morte. Ele me pediu para não ler os documentos, e eu não os li. Não até Avery ir para Edisto alguns dias atrás.

May fica boquiaberta. Lágrimas enchem os seus olhos.

— Ele se foi, então? Eu sabia que ele estava muito doente.

Trent confirma que perdeu o avô alguns meses atrás, e May o puxa para lhe dar um beijo no rosto.

— Ele era um bom homem e um amigo querido.

— Ele foi adotado através da Sociedade de Orfanatos do Tennessee? — pergunta Trent. — É por isso que ele tinha tanto interesse nisso?

Ela confirma lentamente com a cabeça.

— Foi, sim. Assim como eu. Foi lá que nos conhecemos. É claro, ele só tinha três anos de idade na época. Era tão fofinho e doce. Seu nome não era Trent naquele tempo. Ele não mudou até anos mais tarde, quando descobriu quem realmente era. Ele tinha uma irmã que foi separada dele enquanto estivemos no orfanato. Ela era dois ou três anos mais velha, e acho que ele sempre teve esperanças de que usar o seu nome verdadeiro a ajudaria a encontrá-lo. E essa é a ironia disso tudo. O homem que ajudou tanta gente a se reunir uns com os outros nunca conseguiu encontrar a própria irmã. Talvez ela seja uma das que não sobreviveu. Foram tantos...

A voz dela falha. Ela se empertiga na cama e pigarreia.

— Eu nasci no rio Mississípi em uma casa flutuante que meu pai construiu. Queenie era minha mãe e Briny, meu pai. Eu tinha três irmãzinhas: Camellia, Lark e Fern, e um irmão, Gabion. Ele era o mais novo...

Ela fecha os olhos, mas percebo que eles estão se movendo atrás das pálpebras finas e azuladas enquanto continua sua história. É como se estivesse sonhando, vendo as imagens passando por ali. Ela conta sobre ter sido levada de casa pela polícia e ter ido parar em um orfanato. Descreve as semanas de incerteza e medo, funcionárias cruéis, a separação dos irmãos, horrores como os que Trent e eu lemos.

A história que conta é de partir o coração e, ao mesmo tempo, hipnotizante. Estamos cada um de um lado da cama, mal respirando enquanto ouvimos.

— Perdi contato com meus outros três irmãos na casa — conclui ela. — Mas Fern e eu tivemos sorte. Fomos mantidas juntas. Adotadas.

May olha pela janela e, por um momento, me pergunto se ela contou tudo que queria. Por fim, ela volta a atenção para Trent.

— Na última vez em que vi seu avô quando criança, temi que ele se tornasse um dos que não sobreviveria ao orfanato. Ele era tão tímido. Sempre arrumando problemas com as funcionárias, mesmo sem querer. Era praticamente como um irmãozinho quando eu parti. Jamais pensei que voltaria a vê-lo. Quando um homem chamado Trent Turner entrou em contato comigo anos depois, presumi que fosse uma fraude. Não reconheci o nome, é claro. Georgia Tann costumava dar novos nomes às crianças... Sem dúvida para evitar que as famílias biológicas as encontrassem. Posso dizer que me lembro dela como uma mulher horrível e cruel, e acredito que a extensão dos seus crimes nunca será totalmente revelada. Poucas de suas vítimas conseguiram fazer o que seu avô fez, recuperar o nome de nascença e sua história. Ele até encontrou a mãe biológica antes de ela morrer e conheceu outros parentes. Ele se tornou Trent novamente, mas quando era pequeno, eu o conheci como Stevie.

A atenção dela volta a vagar, e sua mente parece viajar no tempo. Pego a foto de quatro mulheres e falo um pouco, fazendo algumas inferências. No tribunal, isso seria considerado influenciar a testemunha, mas aqui só está me ajudando a descobrir a história.

— São suas irmãs aqui na foto com você e minha avó?

Sei que as três mulheres à esquerda devem ser irmãs ou primas. Isso é óbvio, mesmo com os chapéus fazendo sombra nos seus rostos. Ainda estou incomodada com as semelhanças com minha avó. A cor do cabelo. Os olhos claros que parecem transbordar pela foto. Mas a estrutura facial, até onde consigo enxergar, é diferente. Os traços das três irmãs são esculpidos de forma substancial e perfeita. Elas têm queixos largos e quadrados e narizes retos e olhos amendoados, ligeiramente puxados nas extremidades. Elas são bonitas. Minha avó é adorável também, mas seus traços são finos e delicados, os olhos azuis quase grandes demais para o rosto. São luminosos, mesmo em preto e branco.

May pega a foto com mãos trêmulas. Sua análise parece infinita. Tenho que me esforçar para não insistir. *O que está se passando na sua mente? No que ela está pensando? Do que ela se lembra?*

— Sim. Nós três... Lark, Fern e eu. Lindas na praia. — Ela dá um risinho rápido e tapinhas na mão de Trent. — Acho que sua avó se preocupava um pouco sempre que a gente chegava. Mas ela não precisava disso. Trent a amava profundamente. E nós éramos tão gratas por ele ter nos ajudado a nos reunir. Edisto era um lugar especial para nós. Foi onde nos reencontramos pela primeira vez.

— Foi lá que você conheceu minha avó? — Quero uma resposta simples para tudo isso. Uma com a qual possa viver. Não quero descobrir que minha avó está, de alguma forma, pagando penitência pelo envolvimento da nossa família com a Sociedade de Orfanatos do Tennessee. Que meus avós estavam entre os políticos que protegeram Georgia Tann e sua rede, que ignoraram as atrocidades porque famílias poderosas não queriam que seus crimes fossem revelados e que suas adoções fossem revogadas. — Foi lá que vocês se tornaram amigas?

Seu dedo passeia pela moldura da foto. Ela está olhando para minha avó. Se ao menos eu pudesse mergulhar na mente dela, ou ainda melhor, entrar na fotografia.

— Isso. Foi isso. Nossos caminhos já tinham se cruzado em eventos sociais antes de eu conhecê-la. E vou dizer que tive uma impressão totalmente errada dela antes de conhecê-la de verdade. Ela se tornou uma amiga querida. E foi muito generosa de emprestar a casa de Edisto para que eu e minhas irmãs pudéssemos nos encontrar de vez em quando. Esta foto foi tirada durante uma de nossas viagens. A sua avó se juntou a nós lá. Foi uma tarde adorável de fim de verão na praia.

A explicação me acalma, e eu gostaria de parar por aí, mas ela não explica por que as palavras *Sociedade de Orfanatos do Tennessee* estavam gravadas na fita da máquina de escrever. Ou por que o primeiro Trent Turner e minha avó se comunicavam.

— O avô de Trent deixou um envelope para vovó Judy — informo. — Considerando as anotações em sua agenda, acho que ela estava planejando ir buscá-lo antes de adoecer. Dentro do envelope, havia documentos da Sociedade de Orfanatos do Tennessee. Avaliações de saúde e os documentos de um bebê chamado Shad Arthur Foss. Por que ela ia querer isso?

Peguei May desprevenida agora. Tem *mais* coisas nessa história. Mas ela não quer abrir o jogo.

Ela pisca e fecha os olhos.

— Estou me sentindo tão… cansada… de repente. Toda essa… falação. É mais do que costumo falar… em uma semana.

— Minha avó estava envolvida de alguma forma com a Sociedade de Orfanatos do Tennessee? A minha família estava envolvida? — Se eu não descobrir isso hoje, sinto que jamais vou saber.

— Você terá que perguntar isso para ela. — May afunda nos travesseiros e suspira exageradamente.

— Eu não posso. Já expliquei para você. Ela não consegue mais se lembrar das coisas. Por favor, seja lá o que for, só me diga a verdade. Arcádia tem alguma coisa a ver com isso? — Seguro a cabeceira da cama com força.

Trent estende a mão sobre a minha.

— Talvez seja melhor se pararmos por aqui hoje.

Mas consigo ver que May está se recolhendo para dentro de si, a história desaparecendo como um desenho de giz em um dia de chuva.

Corro atrás das cores que escorrem.

— Eu só quero saber se minha família foi… responsável de alguma forma. Por que minha avó teria um interesse tão intenso em tudo isso?

May tateia a cabeceira até encontrar meus dedos. Ela os aperta de maneira encorajadora.

— Não, é claro que não, querida. Não se preocupe. Em determinada época, Judy me ajudou a escrever minha história. Isso é tudo. Mas eu pensei melhor sobre o assunto. Descobri na vida que águas passadas não movem moinhos. E que elas tendem a ser amargas. Melhor não voltar a bebê-las. A sua avó era uma excelente escritora, mas era difícil demais para ela ouvir sobre a época que passamos no orfanato. O talento dela foi feito para histórias mais felizes.

— Ela estava ajudando a escrever a sua história? Isso é tudo? — Será que era apenas isso? Não tem nenhum segredo de família, só vovó Judy usando suas habilidades para ajudar uma amiga, para lançar luz sobre uma antiga injustiça, cujos efeitos ainda estão aqui? Uma sensação de alívio me toma por completo.

Faz todo sentido.

— Isso é tudo — confirma May. — Gostaria de poder dizer mais.

Esta última parte desperta os meus sentidos como uma nuvem de fumaça de uma fogueira que deveria ter se apagado. Testemunhas que não estão dizendo a verdade têm dificuldade de responder com um simples sim ou não.

O que ela gostaria de poder me contar? Tem mais coisas?

May encontra a mão de Trent, aperta-a e depois, a solta.

— Sinto muito pelo seu avô. Ele foi um presente de Deus para nós. Antes de os registros de adoção serem abertos em 1996, nós tínhamos poucos meios para descobrir onde nossos parentes poderiam estar e quem realmente éramos. Mas seu avô tinha seus meios. Sem ele, Fern e eu nunca teríamos encontrado nossa irmã. Elas duas já se foram agora, é claro. Lark e Fern. Eu gostaria de pedir que você não perturbe as famílias delas, nem a minha, na verdade. Nós éramos jovens com nossas próprias vidas, maridos e filhos quando nos reencontramos. Optamos por não interferir uma na vida da outra. Foi o suficiente para cada uma de nós saber que as outras estavam bem. O seu avô compreendia isso. Espero que você respeite o nosso desejo. — Ela abre os olhos e vira-se para mim. — Vocês dois. — De repente, todos os sinais de exaustão despareceram. Ela nos lança um olhar intenso e exigente.

— É claro — responde Trent. Mas dá para perceber que não é a confirmação de Trent que ela deseja.

— Eu não estou fazendo isso para incomodar ninguém. — Agora sou eu que estou tentando contornar a situação… que é não fazer uma promessa que sei que não vou conseguir cumprir. — Eu só queria saber como minha avó estava envolvida nisso tudo.

— E agora você sabe, então está tudo bem. — Ela pontua isso, concordando veementemente com a cabeça. Não sei para quem ela estava tentando vender essa história: para ela mesma ou para mim. — Eu já fiz as pazes com o meu passado. É uma história que eu espero nunca mais contar. Como eu disse antes, pensei melhor sobre compartilhá-la com sua avó. Por que trazer tantos horrores para o presente? Todos passamos por dificuldades. As minhas foram um pouco diferentes, mas eu as superei, assim como Lark e Fern e, eu presumo, meu irmão também, embora a gente nunca tenha conseguido encontrá-lo. Prefiro acreditar que sim. Ele foi o verdadeiro motivo de eu querer escrever a minha história, anos atrás, quando convenci sua avó a me ajudar com o projeto. Creio que achei que um livro ou uma matéria no jornal de alguma forma fosse chegar a ele se ainda estivesse vivo, e se ele foi um dos muitos que simplesmente desapareceram sob os cuidados da Sociedade de Orfanatos do Tennessee, esse seria um memorial para ele. Talvez para os meus pais biológicos também. Não há lápides para depositarmos flores. Pelo menos não alguma que eu fosse saber como encontrar.

— Eu... eu sinto muito por tudo que você passou.

Assentindo, ela fecha os olhos novamente, deixando-me de fora.

— É melhor eu descansar agora. Logo eles vão chegar para me incomodar, me cutucar e me arrastar para a fisioterapia dos infernos. Sinceramente, tenho quase noventa anos de idade. Para que eu preciso de tônus muscular?

Trent ri.

— Agora você está falando como meu avô. Se fizéssemos sua vontade, o teríamos colocado em uma jangada para deixá-lo seguir pelo rio de Edisto.

— Isso parece perfeito e adorável. Será que você poderia ser gentil e conseguir um barco para mim? Então, eu seguiria meu caminho para casa, para Augusta, descendo o rio Savannah. — Ela fecha os olhos, sorrindo um pouco. Em questão de segundos, a respiração dela se acalma e suas pálpebras se fecham. O sorriso permanece. Pergunto-me se ela é novamente aquela garotinha brincando nas águas lamacentas do Mississípi a bordo da casa flutuante que seu pai construiu.

Tento imaginar ter uma história como a dela, ter vivido duas vidas, ser efetivamente duas pessoas diferentes. Não consigo. Nunca conheci nada além do nome forte e vigoroso dos Stafford e uma família que me apoiou e estimulou e me amou. Como será que foi a vida de May com seus pais adotivos? Percebo agora que ela nunca me contou essa parte da história. Apenas disse que, depois de uma estadia horrível no orfanato, ela e a irmã foram entregues para uma família.

Por que será que ela parou a história nesse ponto? Será que o resto era particular demais?

Mesmo que ela tenha respondido à pergunta que vim fazer, e que tenha pedido para eu não continuar a investigação, não consigo evitar querer saber mais.

Trent parece se sentir da mesma forma. É claro que sim. A história da sua família está entrelaçada com a de May.

Ficamos ao lado da cama por mais alguns minutos, olhando para May, nós dois perdidos nos próprios pensamentos. Por fim, pegamos as fotografias e, relutantes, saímos do quarto. Nenhum de nós fala nada até não podermos mais ser ouvidos.

— Eu nunca soube nada disso a respeito do meu avô — confessa ele.

— Deve ser difícil... descobrir.

Trent franze as sobrancelhas.

— É estranho saber que meu avô passou por tudo isso. Faz com que eu o admire ainda mais. Tudo que ele fez com a própria vida, o tipo de pessoa que ele era. Mas também me deixa irritado. Não consigo parar de pensar em como a vida dele teria sido se não estivesse no lugar errado na hora errada. Se os pais dele não fossem pobres, se alguém tivesse impedido as atrocidades da Sociedade de Orfanatos do Tennessee antes que chegasse até ele. Se tivesse sido criado na família em que nasceu, será que seria a mesma pessoa? Ele amava o rio porque nasceu nele ou porque o pai que o criou pescava com ele? May disse que ele conheceu alguns parentes biológicos. Como será que se sentiu em relação a isso? Por que não nos apresentou a nenhum deles? Tem tantas perguntas que gostaria de fazer para ele agora.

Andamos mais um pouco e paramos do lado de fora da porta da frente, ambos relutantes em seguir caminhos separados. O motivo de estarmos juntos desvaneceu no ar com a história de May. Devemos nos despedir agora, mas sinto como se elos tivessem se formado e que eles não deveriam ser rompidos.

— Você acha que vai tentar encontrar algum deles? Alguém da família do seu avô?

Enfiando as mãos nos bolsos da calça jeans, ele dá de ombros, olhando para a calçada.

— Já faz tanto tempo. Não vejo o motivo. Seriam parentes distantes agora. Talvez seja por isso que meu avô nem se incomodou. Talvez eu faça mais algumas pesquisas. Gostaria de saber detalhes... Por Jonah e pelos meus sobrinhos e sobrinhas. Talvez eles queiram saber um dia. Eu não quero mais segredos.

A conversa acaba. Trent passa a língua nos lábios como se quisesse dizer alguma coisa, mas não sabe se deve.

Quando começamos de novo, nossas palavras saem juntas.

— Obrigada...

— Avery, eu sei que nós...

Por algum motivo, nós dois achamos isso engraçado. O riso esvai um pouco a tensão.

— Primeiro as damas. — Ele faz um gesto para mim, como se quisesse saber o que eu queria dizer. Mas não sei as palavras certas. Depois da nossa jornada nesses poucos dias, parece quase inconcebível que este seja o final. Estamos ligados, ou pelo menos é como me sinto.

Talvez eu esteja sendo boba.

— Eu só queria agradecer por tudo isso. Por não ter me mandado embora de mãos vazias. Sei que quebrar a promessa que fez ao seu avô foi difícil. Eu não... — Nossos olhares se encontram. O resto da frase desaparece. Sinto o rosto queimar. Mais uma vez percebo uma química inesperada entre nós. Eu achava que tinha sido o impulso do mistério, mas agora o mistério foi resolvido e a excitação do fascínio ainda continua aqui.

Um pensamento aleatório surge na minha mente, completamente espontâneo e totalmente indesejado: *Talvez eu esteja cometendo um erro... com Elliot.* E percebo que não é tão espontâneo quanto parece. Eu só estava evitando a questão até agora. Será que Elliot e eu estamos apaixonados ou será que... só estamos chegando aos trinta e sentindo que chegou a hora? Temos uma amizade profunda e de longa data ou sentimos paixão? Mesmo que estejamos dizendo para nós mesmos que não estamos sendo influenciados pelas nossas famílias, será que deixamos que acontecesse mesmo assim? Um dos conselhos políticos de Leslie vem à minha mente. *Se precisarmos levantar o seu perfil público, Avery, um anúncio de casamento no momento oportuno pode cair como uma luva. Além disso, não é muito vantajoso para uma mulher bonita como você ser solteira em Washington, não importa o quanto a mulher se concentre na linguagem corporal em situações sociais. Os lobos precisam saber que não há disponibilidade aí.*

246 Lisa Wingate

Tento afastar o pensamento, mas é como um carrapato nas costas de um cavalo, preso à sua pele. Não consigo imaginar como mudar o curso agora. Todo mundo, *todo mundo* está esperando o anúncio. As consequências seriam... impensáveis. Honeybee e Bitsy ficariam com o coração partido. Em termos sociais e políticos, eu ia parecer uma pessoa fraca e indecisa, que não conhece os próprios sentimentos.

Será que sou?

— Avery? — Trent estreita os olhos, inclinando a cabeça para o lado. Está tentando descobrir no que estou pensando.

Não há a menor chance de eu contar para ele.

— Sua vez. — Não confio em mim para dizer qualquer outra coisa, considerando o caminho louco que minha mente tomou.

— Não importa agora.

— Não é justo. O que você ia dizer? Sério?

Ele se rende sem lutar muito.

— Sinto muito termos começado com o pé esquerdo. Em geral, eu jamais falaria com um cliente dessa forma.

— Bem, eu não era uma cliente, então você está desculpado.

Ele foi muito correto em relação a tudo, considerando minha insistência. No final das contas, sou uma Stafford até a raiz dos cabelos. Tendo a presumir que vou conseguir tudo o que eu quiser.

O que me faz perceber, assustada, que sou como os pais adotivos que inadvertidamente ajudaram Georgia Tann a fundar o seu negócio. Sem dúvida eram pessoas cheias de boas intenções e algumas das crianças realmente encontraram lares, mas outras, principalmente as que sabiam sobre as taxas exorbitantes que ela cobrava para tornar crianças filhos e filhas, deviam ter ideia do que estava acontecendo. Elas apenas presumiram que dinheiro, poder e status social lhes davam o direito.

A culpa inunda esse pensamento. Penso nos privilégios que tive, incluindo a cadeira no Senado que está sendo praticamente embrulhada para presente para mim.

Será que tenho direito a tudo isso só por causa da minha família?

Trent enfia as mãos nos bolsos de maneira desajeitada. Ele olha para o carro e se vira de novo para mim.

— Veja se aparece. Procure por mim da próxima vez que for a Edisto.

A ideia me atinge como o som de uma corneta no início de uma caçada, quando os músculos dos cavalos se contraem e sei que, se eu soltar as rédeas, toda a energia potencial será liberada em uma direção.

— Eu realmente adoraria saber o que você vai conseguir descobrir sobre a família do seu avô... se você descobrir alguma coisa. Sem pressão. Eu não quero ser enxerida.

— Por que parar agora?

Tusso, fingindo estar ofendida, mas nós dois sabemos a verdade.

— É a advogada dentro de mim. Foi mal.

— Você deve ser uma boa advogada.

— Tento ser. — Sinto uma sensação de orgulho crescer dentro de mim ao ouvir outra pessoa falar sobre as realizações com as quais me importo. Coisas que trabalhei para conquistar. — Gosto de descobrir a verdade.

— Dá para perceber.

Um carro estaciona em uma vaga próxima. A intrusão nos lembra de que não podemos ficar ali para sempre.

Trent lança um último olhar para o asilo.

— Parece que ela teve uma vida e tanto.

— Parece mesmo. — Dói imaginar May, a amiga da minha avó, definhando neste lugar todos os dias. Sem receber visitas. Sem ninguém com quem conversar. Os netos morando longe em uma situação complexa de família dividida. Não é culpa de ninguém. É só uma realidade. Vou definitivamente entrar em contato com Andrew Moore para ver se ele pode sugerir alguma organização que possa ajudá-la.

Uma buzina soa na rua e a porta de um carro próximo se fecha. O mundo ainda está se movendo, e Trent e eu deveríamos seguir com nossas vidas também.

Ele respira fundo e relaxa. Sua respiração toca minha orelha quando ele se inclina para me dar um beijo no rosto.

— Obrigado, Avery. Estou feliz por ter descoberto a verdade.

O rosto dele toca no meu. Sinto cheiro de mar, shampoo de bebê e um toque de lama de mangue. Ou talvez eu só esteja imaginando isso.

— Eu também.

— Não suma — repete ele.

— Não vou.

Pelo canto dos olhos, vejo uma mulher se aproximando pela rua. Camisa branca, salto alto, saia preta. Os passos apressados parecem uma invasão do meu dia. O calor sobe pelo meu rosto, e eu me afasto tão rápido de Trent que ele me lança um olhar confuso.

Leslie me localizou. Eu deveria ter pensado melhor antes de pedir para Ian verificar as condições de May para mim. Leslie encolhe o pescoço enquanto avalia a mim e Trent. E eu posso bem imaginar o que ela está pensando. Na verdade, nem preciso imaginar. Consigo *ver* o que ela está pensando. A troca que ela acabou de testemunhar pareceu íntima.

— Obrigada mais uma vez, Trent — Tento afastar a impressão que ela deve ter tido. — Dirija com cuidado. — Dou um passo para trás e coloco uma das mãos sobre a outra.

Os olhos dele me analisam.

— Pode deixar — murmura ele, inclinando a cabeça e apertando os olhos. Ele não faz ideia de que tem alguém em pé atrás dele, nem que o mundo real chegou a todo vapor.

— Estávamos procurando você. — Leslie anuncia sua presença sem pensar em ser educada. — O seu telefone não estava funcionado hoje de manhã ou você estava se escondendo?

Trent dá um passo para o lado e olha para a assessora de imprensa do meu pai e depois para mim.

— Eu estava de férias — informo. — Todo mundo sabia onde eu estava.

— Em Edisto? — retruca Leslie com uma ponta de sarcasmo. Claramente não estou mais em Edisto. Ela lança outro olhar cheio de suspeitas na direção de Trent.

— Sim… bem… eu… — Minha mente está embaralhada. Sinto o suor escorrer por baixo do vestido floral que comprei para ter algo limpo para usar hoje. — É uma longa história.

— Bem, receio que não tenhamos tempo para isso. Precisam de você em casa. — Ela quer deixar claro para Trent que temos negócios pela frente e que ele não é mais bem-vindo. Funciona. Ele lança um último olhar estranho, pede licença e diz que tem uma pessoa que quer visitar enquanto está em Aiken.

— Cuide-se, Avery — despede-se ele antes de seguir para o carro.

— Trent… obrigada — digo para ele. Ele levanta uma das mãos e acena por sobre o ombro de um jeito que me diz que, seja lá o que estivesse acontecendo aqui, ele não quer fazer parte.

Gostaria de poder correr atrás dele e pelo menos me desculpar pela interrupção abrupta de Leslie, mas sei que não devo fazer isso, pois vai servir apenas para levantar mais perguntas.

— Acho que meu telefone estava desligado — anuncio para Leslie antes que ela comece o interrogatório. — Sinto muito. O que houve?

Ela pisca devagar e levanta o queixo.

— Nós já vamos falar sobre isso. Mas primeiro quero falar sobre o que acabei de ver quando me aproximei pela calçada. — Ela faz um gesto em direção a Trent, e eu espero que ele esteja longe o suficiente para não ouvi-la. — Porque isso foi preocupante.

— Leslie, ele é um amigo. Ele só estava me ajudando com uma história da família. Isso é tudo.

— História da família? Sério? Aqui? — Erguendo o queixo de novo, ela solta um suspiro exasperado. — Que tipo de história?

— Prefiro não dizer.

Os olhos de Leslie brilham. Ela contrai os lábios formando uma linha fina. Respira fundo, pisca de novo, lança um olhar aborrecido para mim.

— Bem, deixe-me dizer uma coisa para você. *O que quer que seja* que eu acabei de testemunhar é exatamente o tipo de cena que você não pode protagonizar agora. *Nada* que possa ser retorcido, usado fora de contexto ou interpretado erroneamente, Avery. *Nada*. Você tem que ser pura como a neve. E aquilo *não* pareceu ser *nada puro* visto à distância. Você consegue imaginar como a cena ficaria em uma foto? Nós todos, a equipe inteira, estamos apostando *todas* as nossas fichas em você. Para o caso de você ser necessária.

— Eu sei disso. Eu entendo.

— A última coisa de que precisamos é ter mais uma batalha para lutar.

— Entendido. — Uso uma camada de confiança nas palavras, mas, por dentro, estou confusa, envergonhada, passada por ter que lidar com Leslie agora. Estou dividida entre acalmar Leslie e correr atrás de Trent. Estou com receio até de olhar para ver se ele já chegou ao carro.

O motor começa a roncar e responde a minha pergunta. Ouço ele sair da vaga e seguir caminho. *Foi melhor assim*, digo para mim mesma. *Claro que foi.* Eu tinha a minha vida toda planejada antes de ir para Edisto. Por que ia querer colocar tudo isso em risco por causa... de uma antiga história de família, coisas que não importam mais, um homem com quem não tenho nenhuma ligação a não ser uma história que até mesmo aqueles que a viveram querem esquecer?

— Houve uma mudança. — As palavras de Leslie demoram a fazer sentido, mesmo que eu esteja olhando diretamente para ela. — O *Sentinel* acabou de publicar uma história com uma séria revelação sobre asilos particulares e questões de responsabilidade. É só uma questão de tempo até os principais meios de comunicação assumirem a história. O artigo se concentra em casos da Carolina do Sul. Fizeram uma comparação de custos entre Magnolia Manor e o tipo de instituições que foram citadas em alguns dos processos por danos. Eles mostram fotos de vítimas e de suas famílias. A manchete é "Envelhecimento desigual", e é encabeçada com uma foto tirada de longe do seu pai caminhando com sua avó pelos jardins de Magnolia Manor.

Olho para ela, boquiaberta, uma raiva crescente queimando dentro de mim.

— Como eles se atrevem?! Como alguém se atreve?! Eles não têm direito de assediar minha avó.

— A política é assim, Avery. Política e sensacionalismo. *Não* existe um terreno seguro.

Capítulo Vinte

Rill

O homem se chama Darren e a mulher, Victoria, mas fomos orientadas a chamá-los de papai e mamãe, não de Darren nem Victoria ou sr. Sevier e sra. Sevier. Não me incomoda muito. Nunca chamei ninguém de papai nem de mamãe, então as palavras não têm um significado especial mesmo. São só palavras. Apenas isso.

Queenie e Briny ainda são nossos pais, e nós ainda vamos voltar para eles, assim que eu conseguir descobrir uma maneira. Não será tão difícil quanto pensei que seria. A casa dos Sevier é cheia de quartos que ninguém usa, e lá fora tem uma varanda ampla com vista para campos de árvores altas e grama verde, e tudo isso com declives que terminam na melhor coisa do mundo: a água. Não é um rio; é um lago longo e fino em forma de ferradura que desemboca em um lugar chamado Dedmen's Slough... e Dedmen's Slough desce até o Mississípi. Descobri isso porque perguntei à Zuma, que limpa a casa, prepara as refeições e mora na antiga casa de carruagens, onde o sr. Sevier estaciona seus carros. Ele tem três. Nunca conheci alguém que tivesse tantos carros assim.

O marido de Zuma, Hoy, e sua filha, Hootsie, moram lá com ela. Hoy faz a manutenção do jardim e cuida do galinheiro, dos cães de caça do sr. Sevier, que latem e uivam a noite inteira, e de um pônei que a sra. Sevier insiste há duas semanas que podemos montar se quisermos. Disse para ela que não gostamos de pôneis, mesmo que isso não seja verdade. Aviso a Fern que é melhor não me contradizer.

O marido de Zuma é grande, assustador e negro como a noite. Depois do tempo que passamos na casa da sra. Murphy, não quero que um caseiro encontre a mim ou Fern sozinhas em nenhum lugar. Também não quero que fiquemos sozinhas com o sr. Sevier. Ele já tentou nos levar até o pônei, mas só porque a sra. Sevier o obrigou. Ele simplesmente faz qualquer coisa para que ela não siga a trilha até o jardim, onde dois bebês natimortos e três que nem chegaram a nascer têm seus túmulos de pedras. Quando a sra. Sevier vai até lá, ela se deita no chão e chora. Então, volta para casa, deita-se na cama e fica lá. Vi velhas cicatrizes nos seus pulsos. Sei por que estão lá, mas não explico para Fern, obviamente.

— Apenas sente-se no colo dela e deixe que ela penteie seu cabelo e brinque de boneca com você. Certifique-se de deixá-la feliz — peço a Fern. — Nada de chorar, nem fazer xixi na cama. Está me ouvindo? — Esse foi o único motivo pelo qual os Sevier me trouxeram até aqui. Porque Fern não parava de chorar, fazer xixi na cama e reclamar.

Na maior parte do tempo, Fern está se saindo muito bem. No entanto, há dias em que nada é capaz de ajudar a sra. Sevier. Em alguns, ela não quer ser tocada por vivalma. Só quer os mortos.

Quando ela fica na cama chorando pelos bebês que perdeu, o sr. Sevier se esconde na sala de música, e temos que nos contentar com Zuma, que acha que nós damos muito trabalho. A sra. Sevier costumava comprar coisas para a filhinha de Zuma, Hootsie, que tem dez anos, dois a menos que eu. Agora a sra. Sevier compra coisas para nós. Zuma não está nem um pouco feliz com isso. Ela conseguiu extrair informações suficientes de Fern para descobrir de onde viemos, e não consegue compreender por que pessoas tão finas quanto o sr. e a sra. Sevier iam querer gentalha do rio como nós. Ela nos diz isso, mas não quando a sra. Sevier possa ouvir, é claro.

Zuma não se atreve a nos bater, mas bem que gostaria. Quando Hootsie faz pirraça, Zuma dá boas palmadas no traseiro magro da filha. Às vezes, a mulher sacode aquela colher de pau na nossa direção quando não tem ninguém olhando:

— Vocês têm que ser muito gratas. Deveriam estar beijando os pés da patroa por ela ter permitido que entrassem aqui. Eu sei bem quem vocês são, e vocês também não deveriam se esquecer. Só estão aqui até a patroa conseguir ter o próprio bebê. O patrão acha que se ela parar de se preocupar tanto com isso, ela vai conseguir. Quando isso acontecer, vocês, gentalha do rio, vão sumir que nem fumaça. Vão para o lixo. Só estão aqui por agora. Não se sintam muito em casa. Já vi isso acontecer. Vocês não vão ficar por muito tempo.

Ela está certa, então não tenho motivo para discutir. Tem comida aqui, pelo menos, e bastante. Tem vestidos de babado, mesmo que piniquem e sejam desconfortáveis, e laços de cabelo, lápis de cera, livros e sapatos novos e lustrosos. Tem um conjuntinho de chá para brincarmos de chá da tarde com biscoitos. Nunca tomamos chá da tarde antes, então a sra. Sevier tem que nos ensinar essa brincadeira.

Não há fila para o banho. Não temos que ficar nuas enquanto outras pessoas olham. Ninguém ameaça nos amarrar no armário. Ninguém nos tranca no porão. Pelo menos não até agora e, como Zuma disse, não vamos ficar aqui por muito tempo para descobrir o que acontece quando a novidade perder a graça.

Mas de uma coisa eu tenho certeza: quando os Sevier se cansarem de nós, não vamos voltar para a casa da sra. Murphy. À noite, quando estou segura no quarto ao lado do de Fern, olho para a pastagem e vejo a água por entre as árvores. Fico observando em busca de luzes no lago em forma de ferradura, e já vi algumas. Às vezes, vejo luzes no lamaçal, flutuando como estrelas caídas. Tudo que preciso fazer é encontrar o caminho até um dos barcos, e assim poderemos descer pelo Dedmen's Slough até o rio principal. Quando chegarmos lá, será fácil descer pelas águas até onde o rio Wolf encontra o Mississípi em Mud Island, e é lá que Queenie e Briny estarão esperando por nós.

Só preciso encontrar um barco, e é o que vou fazer. Depois que formos embora, os Sevier não saberão o que aconteceu conosco. A srta. Tann não contou a eles que somos do rio, e aposto que Zuma também não vai dizer nada. Nossos novos pais acham que nossa mãe de verdade era uma universitária e que nosso pai era professor. Acham que ela teve pneumonia e morreu, e que ele perdeu o emprego e não pôde ficar com a gente. Também acham que Fern tem três anos de idade, mas ela tem quatro.

Não conto a verdade para os Sevier. Na maior parte do tempo, apenas tento ser boazinha para que nada aconteça antes que Fern e eu possamos fugir.

— *Aí estão vocês* — exclama a sra. Sevier quando nos encontra à mesa de jantar esperando o desjejum. Ela franze o cenho ao perceber que já vestimos as roupas que deixaram separadas para nós na noite anterior. Fern está com calça xadrez azul com botõezinhos nas costas. A blusa tem babados nas mangas e sua barriguinha aparece por baixo da renda na parte inferior. Estou com um vestido roxo com rendas e babados que é um pouco apertado na parte de cima. Tive que prender o ar para abotoá-lo, e isso não deveria ser necessário, mas estou crescendo, eu acho. Queenie diz que as crianças Foss sempre crescem em estirões.

Ou estou tendo um estirão ou é porque comemos mais do que mingau de milho aqui. Todas as manhãs, nos sentamos para fazer uma grande refeição e, na hora do almoço, Zuma traz sanduíches em bandejas. À noite, temos um grande jantar, a não ser que o sr. Sevier esteja ocupado na sala de música na hora da refeição. Quando isso acontece, comemos sanduíches em bandejas de novo, e a sra. Sevier brinca de alguns jogos com a gente. Fern adora.

— May, eu *já disse* que não há necessidade de você se levantar tão cedo e fazer a pequena Beth se vestir também. — Ela cruza os braços sobre o penhoar de seda que parece ter pertencido à rainha Cleópatra. Fern e eu temos penhoares que combinam. Nossa nova mãe pediu à Zuma para fazê-los especialmente para nós. Nunca os vestimos. Acho melhor não nos acostumarmos a coisas chiques, já que não vamos ficar por muito tempo.

Além disso, dois carocinhos começaram a despontar no meu peito, e o tecido dos vestidos é fino e cintilante e os deixam em evidência, e não quero que ninguém os veja.

— Nós esperamos… um pouco. — Baixo o olhar. Ela não compreende que durante toda a nossa vida nós acordamos logo ao alvorecer. Não há outra forma de se viver em uma casa flutuante. Quando o rio acorda, acordamos também. Os pássaros conversam, os barcos apitam, e as ondas batem uma depois da outra se você estiver ancorado perto de um dos canais principais. As linhas têm que ser observadas, os peixes estão mordendo as iscas e o forno precisa ser alimentado com lenha. Existem muitas coisas a serem feitas.

— Já está na hora de vocês aprenderem a dormir até um horário decente. — A sra. Sevier meneia a cabeça, e eu não sei se ela está brincando ou se não gosta muito de mim. — Vocês não estão mais no orfanato, May. Esta é a casa de vocês.

— Sim, senhora.

— Sim, *mamãe*. — Ela pousa uma das mãos na minha cabeça e se inclina para dar um beijo no rosto de Fern, depois finge que está devorando sua orelha. Minha irmã ri e dá gritinhos.

— Sim, mamãe — repito. Não é natural para mim, mas estou ficando melhor nisso. Da próxima vez, vou me lembrar.

Ela se senta na cabeceira da mesa e olha para o corredor comprido, apoiando o queixo em uma das mãos, a testa franzida.

— Imagino que vocês ainda não viram o papai esta manhã.

— Não... mamãe.

Fern se encolhe e lança um olhar preocupado para a nossa nova mamãe. Todas nós sabemos onde o sr. Sevier está. Conseguimos ouvir a música que vem pelo corredor. Ele não deve ir até a sala de música antes do café da manhã. Já os ouvimos discutir por causa disso.

— Dar-ren! — grita ela, batendo com a ponta das unhas na mesa.

Fern leva as duas mãozinhas aos ouvidos, e Zuma chega correndo com uma tigela de porcelana nas mãos. A tampa quase cai antes de ela conseguir equilibrá-la. O branco dos seus olhos fica mais evidente e, então, ela percebe que a sra. Sevier não está zangada com *ela*.

— Vou lá chamar o patrão. — Ela deixa a tigela na mesa e grita por sobre o ombro em direção à cozinha: — Hootsie, traga as bandejas para elas antes que esfriem!

Zuma passa pela mesa, dura como uma vassoura, e lança um olhar de raiva para mim quando a nossa nova mãe não está olhando. Antes da nossa chegada, ela não tinha que sujar tanta louça para o café da manhã, já que preparava uma bandeja e a levava até o quarto da sra. Sevier. Hootsie me contou. Antes de chegarmos, Hootsie ficava lá em cima com a patroa de vez em quando, só folheando as revistas *Life* e os livros de colorir, tentando fazê-la feliz enquanto o patrão trabalhava.

Agora Hootsie tem que ajudar na cozinha, e a culpa disso é *nossa*.

Ela enfia um dos pés por baixo da mesa e pisa nos meus dedos ao servir os ovos.

Em seguida, Zuma chega pelo corredor acompanhada pelo sr. Sevier. Ela é a única que consegue tirá-lo da sala de música quando a porta está fechada. Ela criou o sr. Sevier desde que ele era um garotinho, e continua cuidando dele como se fosse um. Ele a ouve mesmo quando não ouve a própria esposa.

— Você tem que comer! — repreende ela enquanto o segue pelo corredor, as mãos balançando através das sombras da manhã. — Fiquei aqui cozinhando toda essa comida que já está quase fria.

— Acordei com uma melodia na minha cabeça mais cedo. Tive que trabalhar nela antes que ela me abandonasse. — Ele para no fim do corredor, coloca uma das mãos na barriga e estende a outra no ar. Faz uma dancinha como se fosse um ator no palco. Então, faz uma mesura para nós. — Bom dia, senhoras.

A sra. Sevier franze ainda mais a testa.

SEGREDOS DE FAMÍLIA 257

— Você *sabe* o que combinamos, Darren. *Não* antes do café da manhã, *nem* das refeições juntos à mesa. Como as meninas vão aprender a ser uma família se você fica trancado sozinho por horas?

Ele passa reto por sua cadeira e contorna a mesa e dá um beijo bem nos seus lábios.

— Como vai a minha musa inspiradora esta manhã?

— Ah, *pare* com isso — reclama ela. — Você só está tentando me acalmar.

— E estou conseguindo? — Ele dá uma piscadela para mim e Fern. Fern dá uma risadinha, e eu finjo que não percebi.

Sinto um aperto no peito e olho para meu prato, e vejo Briny beijando Queenie do mesmo jeito quando ele cruzava a casa flutuante em direção ao deque.

O cheiro da comida de repente não é mais tão bom, mesmo que meu estômago esteja roncando. Não quero comer a comida dessas pessoas nem rir das suas piadas, nem chamá-las de mamãe e papai. Já tenho uma mãe e um pai, e quero ir para casa ficar com eles.

Fern não deveria rir nem agradar essas pessoas. Isso não é certo.

Coloco a mão por baixo da mesa e belisco sua perna, e ela grita um pouco.

Nossa nova mãe e nosso novo pai se inclinam para nós, tentando descobrir o que aconteceu. Fern não conta.

Zuma e Hootsie trazem os outros pratos, e nós tomamos o café da manhã enquanto o sr. Sevier nos conta sobre sua nova música e como ela chegou para ele no meio da noite. Fala sobre notas e melodias e partituras e todo tipo de coisa. A sra. Sevier suspira e olha pela janela, mas eu não consigo evitar ouvir. Nunca ouvi nada sobre como as pessoas escrevem música no papel. Todas as músicas que conheço aprendi ouvindo Briny tocar no violão ou na gaita e até no piano do bilhar. A música sempre me emociona e faz com que eu me sinta de uma forma peculiar.

Agora eu me pergunto se Briny sabia que as pessoas escrevem melodias no papel como se fossem um livro de histórias e as colocam em filmes, do jeito que o sr. Sevier está falando. A melodia em que ele está trabalhando é para um filme. Na cabeceira da mesa, ele move a mão no ar e fala animadamente sobre uma cena em que o bando de Quantrill invade o estado de Kansas e queima uma cidade inteira.

Ele cantarola a melodia e usa a mesa como tambor, os pratos chacoalham e consigo sentir os cavalos galopando e ouvir o tiro das armas.

— O que acha, querida? — pergunta ele para a sra. Sevier quando termina.

Ela aplaude e Fern faz o mesmo.

— Uma obra-prima — elogia ela. — É claro que é uma obra-prima. Você não acha, Beth?

Não consigo me acostumar a chamar Fern de Beth, que eles acham que é o verdadeiro nome dela.

— *Oba-pima* — ecoa Fern, tentando repetir a expressão *obra-prima* com a boca cheia de aveia.

Os três riem e eu só fico olhando para meu prato.

— É tão bom vê-la feliz. — A nossa nova mãe estende a mão e afasta o cabelo de Fern do rosto para que não fique sujo de aveia.

— É mesmo. — O sr. Sevier olha para a esposa quando diz isso, e ela nem percebe, pois está ocupada fazendo carinho em Fern.

A sra. Sevier enrola o cabelo de Fern no dedo, fazendo os pequenos cachos se juntarem em um maior, como os cachos de Shirley Temple. Esse é o estilo que a sra. Sevier mais gosta. Na maioria dos dias, prendo o meu em uma trança que cai pelas costas para que ela não queira fazer o mesmo penteado em mim.

— Eu tinha medo de que nunca chegássemos a esse ponto — confessa ela para o marido.

— Essas coisas levam tempo.

— Eu tinha medo de nunca ser mãe.

Ele ergue o olhar, como se estivesse feliz, e olha para ela.

— Ela agora é nossa.

Não é não!, quero gritar. *Você não é a mãe dela. Você não é a nossa mãe. Você é mãe daqueles bebezinhos nos túmulos do jardim.* Odeio a sra. Sevier por querer Fern. Odeio aqueles bebês por terem morrido. Odeio o sr. Sevier por nos trazer até aqui. Se ele tivesse nos deixado em paz, estaríamos de volta ao *Arcádia* agora, Fern e eu. Ninguém estaria enrolando o cabelo da minha irmã em cachos da Shirley Temple, chamando-a de Beth.

Aperto os dentes com tanta força que a dor viaja até o topo da minha cabeça. Fico feliz com isso. A dor é ínfima, e sei de onde ela vem. Posso fazê-la parar quando eu quiser. A dor que sinto no meu coração é maior. Não consigo curá-la, não importa o quanto eu me esforce para isso. Ela provoca tanto medo que nem consigo respirar.

E se Fern passar a gostar mais dessas pessoas do que de mim? E se ela se esquecer de Briny e Queenie e do Arcádia? Não tínhamos vestidos bonitos, nem brinquedos na varanda, nem ursinhos de pelúcia e lápis de cera, nem conjuntinhos de chá. Tudo que tínhamos era o rio, mas o rio nos alimentava e nos levava para onde queríamos ir, e éramos livres.

Tenho que me certificar de que Fern não se esqueça. Ela não pode virar Beth por dentro.

— May? — A sra. Sevier está falando comigo e nem prestei atenção. Faço minha expressão radiante e olho para ela.

— Sim... mamãe?

— Eu disse que vou levar Beth a Memphis hoje para encomendar sapatos especiais. É importante que ela corrija a perna que está virando para dentro antes que fique mais velha. Quando a criança já está grande é tarde demais, foi o que me disseram. Seria uma pena, já que é algo que pode ser curado. — Ela vira um pouco a cabeça para o lado. Parece uma águia procurando peixes. Bonita, mas é melhor que o peixe tome cuidado. Fico aliviada por meus pés estarem embaixo da mesa e ela não poder ver minha perna direita. Todos nós temos pernas ligeiramente tortas. Herdamos isso de Queenie. Briny diz que isso nos torna parte da linhagem real do Reino de Arcádia.

Agora decido endireitar a perna para o caso de ela resolver dar uma olhada.

— Ela vai ter que dormir com uma órtese à noite — continua a sra. Sevier. Ao seu lado, o sr. Sevier abre o jornal e passa os olhos pelas notícias enquanto come bacon.

— Ah — murmuro. *Vou tirar a órtese da perna de Fern à noite. É isso que vou fazer.*

— Pensei em ir sozinha com ela. — As palavras da sra. Sevier são ditas com muito cuidado, os olhos azuis profundos olhando-me sob os cachos louros que me lembram tantos os de Queenie, mesmo contra minha vontade. Mas Queenie é *muito* mais bonita. É mesmo. — Beth precisa se acostumar a passar um tempo com sua nova mamãe, só nós duas... Sem reclamar disso. — Ela lança um sorriso para minha irmã, que está ocupada tentando pegar os morangos no prato com um garfinho de bebê. Os Sevier não gostam de ninguém usando as mãos para comer.

A sra. Sevier bate as mãos para chamar a atenção do sr. Sevier, e ele baixa o jornal, olhando para ela.

— Darren, Darren, olhe para ela. Que fofura!

— Muito bem — elogia ele. — Depois que pegar esse, vai poder pegar outro.

Fern consegue espetar o morango e o devora inteiro, sorrindo enquanto o suco escorre pelos cantos da boca.

Nossos novos pais riem. A sra. Sevier limpa o rostinho de Fern com um guardanapo para não manchar a blusa.

Tento decidir se devo implorar para ir ao médico com elas ou não. Sinto medo de deixá-la afastar Fern de mim. Ela vai comprar presentes para minha irmã, e Fern vai passar a gostar mais dela. Mas não quero ir a Memphis. A última coisa de que me lembro do lugar foi de ser levada pela sra. Murphy para meu novo papai em um quarto de hotel.

Se eu ficar em casa enquanto a sra. Sevier estiver fora, provavelmente poderei sair e olhar em volta. Ela não gosta que a gente ande lá fora. Tem medo de tocarmos em alguma planta venenosa ou sermos picadas por uma cobra. Ela não tem como saber que somos crianças do rio e aprendemos evitar essas coisas antes mesmo de aprendermos a andar.

— Logo começarão as suas aulas. — A nossa nova mãe não ficou satisfeita por eu não ter respondido corretamente sobre a ida de Fern ao médico. — Beth ainda é nova demais para isso, é claro. Ela vai passar dois anos em casa antes de chegar a hora de entrar no jardim de infância... se é que vamos mandá-la mesmo para o jardim de infância. Acho que vou deixá-la aqui por mais um ano. Tudo vai depender... — Os dedos finos pousam em sua barriga, abrindo-se devagar. Ela não diz as palavras, mas espera que tenha um bebê ali.

Tento não pensar nisso. E tento não pensar sobre a escola também. Assim que me mandarem para lá, a sra. Sevier terá o dia todo com Fern e minha irmã com certeza vai gostar mais dela. Preciso arrumar um jeito de fugirmos daqui antes que isso aconteça.

A sra. Sevier pigarreia e o marido baixa o jornal novamente.

— O que você tem na agenda de hoje, querido? — pergunta ela.

— Música, é claro. Quero terminar a nova partitura hoje enquanto está tudo fresco na minha memória. Então, vou ligar para Stanley e vou tocar um trecho para ele ao telefone, ver se ele acha que combina com o filme.

Ela suspira e franze os olhos.

— Achei que talvez você pudesse pedir a Hoy para pegar a charrete para vocês dois passearem. — Ela olha para o sr. Sevier e para mim. — Você gostaria disso, May? Com o seu pai ao lado você não vai precisar ter medo do pônei, que é muito dócil. Eu tive um quando era pequena, lá em Augusta. Era minha coisa favorita no mundo todo.

Contraio os músculos e sinto o rosto ficar frio. Não tenho medo do pônei. Tenho medo do sr. Sevier. Não porque ele tenha feito alguma coisa comigo, mas porque, depois da casa da sra. Murphy, sei o que pode acontecer.

— Eu não quero dar trabalho.

Minhas mãos estão suadas e eu as esfrego no vestido.

— Hum. — O sr. Sevier baixa as sobrancelhas. Não gosta muito da ideia também. E eu fico feliz. — Vamos ver como o dia vai transcorrer, querida. A produção do filme está tão atrasada que meu prazo está menor do que o usual. E com o caos que vivemos nas últimas semanas... — Sua mulher ergue o queixo, negando levemente com a cabeça, e ele para de falar, antes de repetir:

— Vamos ver como o dia vai transcorrer.

Encaro meu colo, e ninguém menciona mais nada sobre a charrete e o pônei. Terminamos o café da manhã e o sr. Sevier desaparece na sala de música o mais rápido que consegue. Logo, Fern e a sra. Sevier também saem. Pego meus lápis de cera e me sento na ampla varanda que tem vista para as árvores e para o lago. Os sons do piano vêm do estúdio do sr. Sevier. Eles se misturam com o canto dos pássaros, e eu fecho os olhos e espero Zuma e Hootsie entrarem na casa de carruagens para que eu possa me esgueirar e explorar um pouco...

Adormeço e sonho que Fern e eu estamos no cais de pescaria do sr. Sevier. Estamos sentadas em uma daquelas grandes malas que eles guardam na despensa, perto das vassouras e dos rodos de Zuma, e nós as enchemos de brinquedos para dividirmos com Camellia, Lark e Gabion. Estamos esperando que Briny e Queenie venham nos buscar.

O *Arcádia* aparece na ponta do lago. Ele está lutando para subir a corrente bem devagar. Então, de repente, o vento começa a soprar, afastando a embarcação. Olho por sobre o ombro e vejo um grande carro preto passando pelos campos atrás de nós. O rosto da srta. Tann está pressionado na janela. Seus olhos estão fervendo de raiva. Pego Fern e tento entrar na água para que possamos nadar para longe.

Começamos a correr, mas, quanto mais corremos, mais comprido fica o cais.

O carro para bem atrás da gente. A srta. Tann me agarra pelo cabelo e pelo vestido.

— Você não passa de uma desgraçada mal-agradecida, não é?

Acordo com um sobressalto, e Hootsie está em pé ali segurando uma bandeja com um copo de chá e um sanduíche para mim. Ela bate com a bandeja na mesa com força. A bebida derrama na bandeja e no prato.

— Vai ser como a comida do rio agora, não é? Boa e macia. — Ela dá um sorriso maldoso.

Pego o sanduíche molhado e dou uma mordida bem grande, retribuindo o sorriso. Hootsie não faz ideia de como as coisas eram antes de chegarmos aqui. Posso comer mingau de milho com besouros sem pensar duas vezes. O chá derramado no sanduíche não vai me afetar. Nem Hootsie, não importa o quanto ela tente. Ela não é violenta. Eu conheci crianças violentas de verdade.

Ela bufa, empina o nariz e vai embora. Depois que termino de comer, coloco o guardanapo em cima de tudo para não atrair as moscas. Então, começo a vagar pela varanda em direção à sala de música. Está tudo silencioso agora, mas sou muito cuidadosa quando dobro a quina da casa. Não vejo sinal do sr. Sevier. Verifico antes de me aproximar mais.

Quando passo pela porta de tela, a sala de música está escura, as cortinas estão fechadas. No canto, um projetor exibe um quadrado vazio de luz na parede. Isso me faz pensar nos parques itinerantes nas cidades ribeirinhas. Aproximo-me mais e vejo minha sombra, comprida e magra com alguns fachos de luz passando pelo cabelo. Penso em como às vezes Briny fazia bonecos com sombras no *Arcádia*. Tento fazer um, mas não me lembro como.

Ao lado do projetor, uma agulha fica correndo sobre um disco que gira no fonógrafo. Um chiado suave sai da caixa que está ao lado. Vou até lá e olho para a caixa e observo o disco girar. Por um tempo, tivemos um na varanda dos fundos da nossa casa flutuante, mas era com manete. Briny o encontrou em uma casa antiga ao longo do rio na qual ninguém morava.

Ele o trocou por lenha um tempo depois.

Digo para mim mesma que não devo tocar naquilo, mas não consigo resistir. É a coisa mais linda que já vi na vida. Deve ser novinho em folha.

Pego a bola prateada que contém a agulha e a movo um pouquinho para trás para ouvir a parte final da música. Então, faço isso de novo e de novo. Está tão baixo que imagino que ninguém mais vai ouvir.

Depois de um minuto, vou até o piano e me lembro de como Briny e eu costumávamos nos sentar juntos nas casas de bilhar e nos barcos de espetáculos quando estavam vazios. Ele me ensinou a tocar algumas músicas. Entre todos os filhos, eu era a que tinha mais facilidade para aprender; pelo menos foi o que Briny disse.

Os últimos acordes da música tocam no fonógrafo e a agulha fica chiando no disco.

Encontro as notas no piano, bem baixinho. Eu só pressiono as teclas de leve. Não é muito difícil tocar a música. Eu gostei dela, então, coloco a agulha no lugar e toco um pouco mais. Aquela parte é mais difícil, então preciso me esforçar mais, mas finalmente consigo.

— Muito bem. *Bravo!*

Sobressalto-me e vejo o sr. Sevier parado ali com uma das mãos apoiada na porta de tela. Ele a solta e aplaude. Levanto-me do banco do piano e procuro um lugar por onde fugir.

— Sinto muito. Eu não deveria... — As lágrimas ficam presas na minha garganta. E se ele ficar com raiva e contar para a sra. Sevier, e eles se livrarem de mim antes que Fern e eu consigamos fugir para o rio e voltar para casa?

Ele entra e deixa a porta de tela fechar.

— Não se preocupe. Você não vai estragar o piano. Mas Victoria insistiu para que saíssemos com a charrete e o pônei. Pedi a Hoy para arrumar tudo. Algumas pessoas que contratei estão vindo para construir uma pequena cabana perto do lago, para que eu possa trabalhar quando a casa estiver caótica demais. Vamos pegar a charrete e dar uma olhada pela propriedade. Quando voltarmos, vou mostrar para você como...

Ele dá mais alguns passos e entra na sala.

— Bem, sabe de uma coisa? Pensando bem, o pônei pode esperar um pouco. Ele é paciente. — O sr. Sevier faz um gesto em direção ao piano. — Toque mais uma vez.

As lágrimas somem da minha garganta. Engulo as que restaram enquanto ele caminha até o fonógrafo.

— Aqui. Vou colocar a agulha de novo. Quanto você consegue fazer?

Dou de ombros.

— Não sei. Não muito. Eu preciso escutar com muita atenção primeiro.

Ele deixa o disco tocar mais do que eu já tinha tentado, mas pego bem rápido e consigo acertar quase tudo.

— Você já tocou antes? — pergunta ele.

— Não, senhor. — Ele coloca a agulha em uma parte ainda maior da música e fazemos tudo de novo. Só cometo alguns erros na parte nova.

— Impressionante — elogia ele.

Não é nem um pouco, mas é bom ouvi-lo dizer isso. Ao mesmo tempo, fico me perguntando: *O que ele quer? Ele não precisa que eu toque o piano. Ele é muito bom tocando sozinho. Ele é até melhor que o disco do fonógrafo.*

— De novo. — Ele faz um gesto com a mão. — De cabeça agora.

Faço como ele diz, mas algo está errado.

— *Ooops* — diz ele. — Está ouvindo isso?

— Sim, senhor.

— É porque é agudo, é por isso. — Ele aponta para o piano. — Posso mostrar para você se quiser.

Concordo com a cabeça e me viro para o piano e posiciono os dedos nas teclas.

— Não, assim. — Ele se inclina por trás de mim e me mostra como abrir os dedos. — Dó central para o polegar. Você tem dedos longos, isso é ótimo. Mãos de pianista.

São as mãos de Briny, mas o sr. Sevier não tem como saber disso.

Ele toca meus dedos, um por um. As teclas tocam a música. Ele me ensina a fazer o som agudo que eu estava errando.

— É assim que se faz — orienta ele. — Está ouvindo a diferença?

Concordo com a cabeça.

— Estou sim! Consigo ouvir!

— Você sabe onde a nota entra agora? — pergunta ele. — Na melodia?

— Sim, senhor.

— Muito bem, então. — Antes de eu ter a chance de pensar nisso, ele se senta ao meu lado. — Você toca a melodia e eu os acordes. Você vai ver como eles saem juntos. É assim que uma música é criada, como você ouviu no disco.

Faço conforme ele disse, e o sr. Sevier toca as teclas do seu lado e o som é igual ao do disco! Sinto a música sair do piano e invadir meu corpo. Agora sei o que os pássaros sentem quando cantam.

— Podemos tocar de novo? — pergunto quando terminamos. — Uma parte maior? — Quero tocar mais e mais e mais.

Ele coloca o disco e me ajuda a encontrar as teclas certas, e então tocamos juntos. Ele está rindo quando terminamos, e eu também.

— Temos que providenciar aulas para você — declara ele. — Você tem muito talento.

Estudo seu rosto com muita atenção para ver se ele está brincando. *Talento, eu?*

Cubro o sorriso com a mão e olho para as teclas, sentindo o rosto queimar. *Será que ele está falando sério?*

— Eu não diria isso se não fosse verdade, May. Não sei muita coisa sobre criar menininhas, mas conheço tudo sobre música. — Ele se aproxima mais, tentando ver meu rosto. — Sei que deve ser difícil para você, vir para um novo lar, com a sua idade... mas eu acho que podemos ser amigos.

De repente, estou de volta ao corredor da casa da sra. Murphy, no escuro, e Riggs está me segurando entre sua barriga e a parede, e está me apertando com força, tirando todo o meu ar, fazendo meu corpo ficar dormente. O cheiro de uísque e cinzas de carvão sobe pelo meu nariz enquanto ele sussurra: *"V-você e eu podemos s-s-ser amigos. P-posso conseguir balinhas de hortelã e b-biscoitos. Qualquer coisa que você q-queira. Você p-pode ser minha m-melhor amiga..."*.

Levanto-me do banco do piano com um salto, batendo com força nas teclas que emitem um som alto. O barulho se mistura com o som dos meus sapatos batendo no chão.

Não paro de correr até chegar ao andar de cima e me encolher no fundo do armário, segurando a porta com os pés para que ninguém consiga entrar.

Capítulo Vinte e um

AVERY

QUANDO OS STAFFORD SE UNEM EM PROL de uma causa em comum, somos implacáveis. Por quase três semanas estamos atrás das barricadas, lutando contra a imprensa, cujo principal objetivo é nos pintar como uma elite criminosa porque escolhemos uma clínica de repouso de luxo para minha avó, que *pode* pagar por ela, diga-se de passagem. Não estamos pedindo que o povo pague a sua estadia... é o que sinto vontade de dizer para todos os repórteres que nos abordam com um microfone quando estamos a caminho de eventos públicos, compromissos sociais e até mesmo da igreja.

Ao entrar em Drayden Hill, depois de acompanhar meus pais até a igreja e em um almoço de domingo, vejo minhas irmãs em um dos estábulos com os trigêmeos de Allison. Na arena, Courtney está com um cavalo cinzento dócil e castrado. Está montada sem sela e, enquanto estaciono, imagino o ritmo do trote de Doughboy, seus músculos se contraindo e relaxando, o subir e descer de suas costas largas.

— Oi, tia Avery! Quer dar uma volta comigo? — chama Courtney com a voz esperançosa quando me aproximo da cerca. — Você pode me levar para casa depois.

Estou prestes a dizer *só vou colocar uma calça jeans*, mas a mãe de Courtney é mais rápida:

— Court, você tem que se arrumar para o acampamento!

— Ah, fala sério — reclama minha sobrinha, afastando-se com Doughboy.

Passo pela cerca e caminho pelo pasto de salto alto. Do outro lado, os meninos se divertem enfiando flores e mato pelos buracos da cerca para os potros deste ano cheirarem. Allison e Missy tiram fotos com seus iPhones. Os shorts de linho dos meninos e as gravatas-borboletas não estão mais tão impecáveis quanto estavam na igreja.

Missy se abaixa e abraça um dos meninos enquanto o ajuda a colher uma flor.

— Ah, eu sinto saudade dessa época — comenta ela, melancólica. Seus filhos adolescentes estão no acampamento de verão em Asheville, o que frequentamos durante toda a nossa infância. Court vai amanhã, para uma temporada mais curta.

— Você pode alugar esses sapecas sempre que quiser. — Os olhos de Allison estão esperançosos enquanto ela ajeita o cabelo castanho-avermelhado atrás da orelha. — *Sempre que quiser mesmo.* Você não precisa nem ficar com os três. Só um ou dois.

Começamos a rir. É um momento legal que alivia o estresse. As últimas semanas deixaram todos tensos.

— Como o papai estava no almoço? — Como sempre, Missy volta aos assuntos práticos.

— Bem, eu acho. Eles ainda estão lá conversando com alguns amigos. Espero que mamãe o coloque para descansar quando chegarem em casa. Temos um jantar para ir mais tarde. — Meu pai está determinado a manter o ritmo, mas a controvérsia envolvendo a vovó Judy o está desgastando. O fato de a mãe dele ter se tornado o último alvo político está sendo muito difícil. O senador Stafford pode lidar com todas as flechas atiradas em sua direção, mas quando sua família é atingida de alguma forma, sua pressão sobe nas alturas.

Nos dias em que precisa usar a bomba de quimioterapia presa à perna, ele parece prestes a cair com o peso adicional.

— Nós vamos embora então, antes de eles chegarem. — Allison lança um olhar para a entrada da propriedade. — Eu só queria tirar algumas fotos dos meninos com os potros enquanto eles ainda estavam com as roupas da igreja. Leslie acha que algumas fotos fofas dos bebês e dos filhotes seriam uma boa distração nas redes sociais. Algo fofo e inocente.

— Bem, a distração funcionaria comigo. — Beijo a cabeça de um dos meus sobrinhos e ele estende as mãozinhas sujas de terra para fazer carinho no meu rosto.

— Ei, tia Avery, olhe isto! — Courtney faz Doughboy dar um pequeno salto.

— Courtney! Não sem sela e sem capacete! — grita Allison.

— Ela é das minhas — vanglorio-me.

— Ela se parece *demais* com você. — Missy me cutuca com o ombro.

— Não sei do que você está falando.

Allison franze o nariz reto.

— Sabe, sim.

— Vamos lá, Al. Deixe ela ficar e andar a cavalo. — Não consigo evitar interceder por Courtney. Além disso, tenho um tempinho livre e montar seria ótimo. — Eu a levo para casa daqui a uma ou duas horas. Ela pode fazer as malas quando chegar.

Court faz Doughboy dar outro salto.

— Courtney Lynne! — briga Allison.

Estou prestes a protestar dizendo que são saltos pequenos e que Courtney monta como um nômade mongol, mas me distraio com um carro estacionando perto do celeiro. Reconheço imediatamente a BMW conversível. Sinto um peso no coração na hora.

— Bitsy está aqui? — pergunta Missy.

— Não pode ser coisa boa. — Eu não deveria dizer isso, principalmente sobre minha futura sogra, mas a última coisa de que preciso hoje é ser assediada por Bitsy em relação ao casamento. As intenções são boas, mas ela não sai do meu pé com esses assuntos.

O peso some quando vejo outra pessoa descendo do carro — alguém alto, de cabelo escuro e lindo.

— Bem, vejam quem chegou para ver sua amada. Eu não sabia que seu noivo estava na cidade. — Missy abre um sorriso para mim e acena em direção ao celeiro. — Oi, Elliot!

Fico boquiaberta.

— Ele não… ele nunca me disse que viria até Aiken. Quando conversamos ontem, ele estava em Washington para uma reunião e seguiria para a Califórnia hoje.

— Acho que ele mudou de ideia. Que romântico! — Allison me empurra em direção ao portão. — É melhor ir lá dar um abraço no seu homem.

— E um beijo — completa Missy. — E o que mais der na telha.

— Parem com isso. — Talvez sejam todos os anos que Elliot e eu passamos rebatendo as insinuações das minhas irmãs de que éramos namorados quando não *éramos*, mas sinto o rosto queimar quando Elliot acena e caminha em direção ao cercado. Ele está bonito no terno cinza cinturado. Definitivamente está com roupas de trabalho. Por que está aqui?

De repente, não consigo esperar para descobrir. Tiro os sapatos e corro pelo gramado e me jogo nos seus braços. Ele me levanta no ar e me coloca no chão e me dá um beijo rápido. Tudo no gesto é maravilhoso. É familiar e doce e seguro, e percebo que é exatamente do que preciso no momento.

— O que você está fazendo em Aiken? — Ainda estou chocada com sua aparição repentina. Feliz, mas chocada.

Seus olhos castanhos brilham. Ele está satisfeito consigo mesmo por ter feito uma surpresa.

— Mudei meu voo para poder vir aqui por algumas horas antes de seguir para Los Angeles.

— Você vai embora ainda hoje? — Odeio soar decepcionada, mas eu já tinha começado a fazer planos na minha cabeça.

— Esta noite — responde ele. — Sinto muito não poder ficar mais. Mas é melhor do que nada, não é?

Ouço um carro entrando em casa e puxo Elliot em direção ao celeiro. Deve ser meu pai e Honeybee chegando do almoço. Se nos virem, não vamos conseguir ficar sozinhos.

— Vamos dar uma caminhada. Quero ter você todo para mim. — Espero que meus pais não notem o carro extra estacionado ao lado da suv de Allison.

Elliot franze a testa ao ver os meus pés descalços.

— Você não vai precisar de sapatos?

— Vou pegar botas de montaria no estábulo. Se eu for até em casa todo mundo vai saber que você está aqui e minha mãe vai querer que você fique para conversar. — As palavras mal saem da minha boca quando uma dose de realidade se intromete nos meus pensamentos. — A sua mãe sabe que você está aqui? — Bitsy vai matar nós dois se souber que Elliot veio e não passou nenhum tempo com ela.

— Relaxe. Eu já passei em casa e a vi. Tomamos o café da manhã juntos.

Isso explica porque Bitsy não apareceu no almoço.

— Até a sua *mãe* sabia que você estava aqui e você não me disse nada? — Odeio sentir ciúme. Mas é o que estou sentindo. Elliot vem à cidade e a primeira pessoa que vai ver é a mãe?

Ele me puxa para si e me dá um beijo que me mostra de quem ele gosta mais.

— Eu queria fazer uma surpresa. — Seguimos até o estábulo juntos. — Além disso, eu queria tirar minha mãe do caminho. Você sabe bem como ela é.

— Entendi agora. — Como sempre, ele lidou com Bitsy da melhor forma possível. Ele fez com que não precisássemos ir visitá-la juntos, o que acabaria em uma intensa conversa sobre o casamento. — Ela o assediou com planos do casamento?

— Um pouco — admite ele. — Eu disse que nós dois íamos conversar sobre isso.

Eu me seguro para não dizer que *nós dois vamos conversar sobre isso* significa *sim, vamos fazer o que você quer* no vocabulário de Bitsy. Na verdade, a última coisa que queremos é falar sobre sua mãe.

Ele abre a porta do estábulo para mim e pendura o paletó em um gancho.

— Como está seu pai?

Dou a ele um resumo das últimas notícias sobre a saúde do meu pai, enquanto procuro um par de botas do meu tamanho, calço e enfio a calça para dentro do cano.

— Linda — zomba ele, analisando o resultado quando termino. Elliot não é o tipo que aprecia calça e bota de montaria.

— Eu posso ir até lá em casa e encontrar algo melhor enquanto Honeybee conversa com você sobre casamentos na primavera…

Ele ri e esfrega os olhos, e percebo que está cansado. Isso torna o fato de ele ter feito uma parada em Aiken só para me ver ainda mais romântico.

— A proposta é tentadora… mas não. Vamos caminhar um pouco e talvez consigamos sair para um passeio de carro.

— Parece perfeito. Vou mandar uma mensagem de texto para Missy e Allison e pedir para elas não contarem para os meus pais que você está aqui. — Envio uma mensagem rápida para elas e seguimos de mãos dadas em direção à trilha de montaria. Como sempre, Elliot e eu conversamos de forma fácil sobre os negócios, a família, sua viagem para Milão, política. Colocamos em dia todos os assuntos que não tivemos tempo para conversar pelo telefone. É ótimo, como voltar para casa depois de uma viagem longa.

O ritmo da conversa e os movimentos são velhos conhecidos. Nós dois sabemos para onde vamos: para o pequeno lago onde nos sentaremos em um coreto de pinheiro que está lá desde que me lembro. Estamos quase lá, quando me vejo contando toda a história de May Crandall, da Sociedade de Orfanatos do Tennessee e do aviso estranho de vovó Judy sobre o *Arcádia*.

Elliot para diante dos degraus do coreto. Ele se apoia em uma pilastra, cruza os braços e me olha como se tivessem nascido chifres na minha testa.

— Avery, de onde está vindo isso tudo?

— Isso... o quê?

— Tudo isso... não sei... essa investigação de coisas que aconteceram no passado? Coisas com as quais você não tem nada a ver? Você não acha que já tem problemas demais com seu pai, o escândalo dos asilos e Leslie sempre pegando no seu pé?

Não sei se devo ficar ofendida ou considerar o protesto de Elliot como a voz da razão.

— Mas essa é a questão. E se *isso* tiver a ver com a gente? E se o interesse de vovó Judy na Sociedade de Orfanatos do Tennessee foi provocado porque nossa família tem alguma ligação com isso? E se eles se envolveram na legislação que legalizou todas as adoções e aprovou que os registros fossem secretos?

— Se foi isso que aconteceu, por que você quer saber? Por que isso importa depois de décadas? — Ele franze as sobrancelhas escuras.

— Bem... porque era importante para vovó Judy.

— É exatamente por isso que você deve ter cuidado.

Fico muda por um minuto. O calor sobe pela seda da blusa sem manga que usei na igreja. De repente, meu noivo está soando como a mãe dele. Até mesmo a entonação da frase me faz lembrar Bitsy. Durante anos, ela e minha avó se viram em lados opostos em diversos assuntos da cidade, geralmente com Honeybee servindo de intermediária.

— O que você quer dizer com isso?

Talvez Elliot só esteja cansado, e talvez Bitsy o tenha irritado durante o café da manhã, mas fico em choque quando ele gira a mão no ar e a deixa cair sobre a perna com um som oco.

— Avery, você *sabe* que Judy Stafford sempre falou demais. Isso não é nenhum segredo. Não aja como se ninguém tivesse dito isso antes. — Ele olha nos meus olhos com o semblante irritantemente calmo. — Ela quase arruinou a carreira do seu avô algumas vezes... E a do seu pai.

Fico ofendida na hora.

— Ela acreditava na importância de se pronunciar quando algo estava errado.

— A sua avó gerava controvérsia.

— Claro que *não*.

Meu coração sobe pela garganta, mas também sinto vontade de chorar. Sinto-me um pouco traída pela opinião secreta que ele tem da minha família, mas no que mais penso é: *Elliot finalmente veio me ver e estamos discutindo?*

Ele estende o braço para acariciar o meu e pega minha mão.

— Ei... querida. — A voz dele é conciliadora, calma. — Não quero brigar. Só estou dando a minha opinião sincera. E faço isso porque te amo e quero o melhor para você.

Seu olhar encontra o meu, e é como se eu conseguisse enxergar seu coração. Ele é completamente sincero. Ele me ama. E tem o direito a ter a própria opinião. Só me incomoda o fato de ser tão diferente da minha.

— Eu também não quero brigar.

A discussão termina onde todas as nossas discussões terminam: no altar de um acordo comum.

Ele leva minha mão aos lábios e a beija.

— Eu amo você.

Olho nos olhos dele e vejo todos os anos e quilômetros e experiências que compartilhamos. Vejo o garoto que era o meu amigo e que agora é um homem.

— Eu sei. Amo você também.

— Acho que deveríamos conversar sobre o casamento. — Ele contrai um dos olhos e tenho a sensação de que a conversa no café da manhã não foi fácil. Ele pega o telefone do bolso para olhar o horário. — Prometi para minha mãe que conversaríamos.

Vamos para o nosso velho lugar no coreto e nos sentamos, mas está quente demais para ficar aqui por muito tempo, certamente não o suficiente para acertarmos qualquer detalhe. Por fim, vamos ao nosso restaurantezinho favorito no centro da cidade para fazermos o que fazíamos na infância, na adolescência e nos anos de faculdade: falarmos sobre o que *nós* queremos e tentar separar isso de tudo que os outros querem para nós.

Não deu tempo de tomarmos nenhuma decisão, e Elliot já precisou voltar para o aeroporto, mas conseguimos colocar os assuntos em dia e fomos amáveis um com o outro, e isso é o mais importante de tudo.

Honeybee me encontra na porta quando volto para casa. Espia a entrada de carros. De alguma forma descobriu sobre a visita de Elliot e está decepcionada por ele não ter voltado comigo.

— Ele está ocupado, mãe — declaro, desculpando-me por ele. — E tinha um avião para pegar.

— Eu teria preparado um quarto de hóspedes para ele. Elliot é sempre bem-vindo aqui.

— Ele sabe disso, mãe.

Ela faz uma pausa, batendo com um dos dedos enquanto segura a porta e observa, ansiosa, a entrada de carros. Ela provavelmente aqueceu metade da propriedade com o ar quente do lado de fora quando, por fim, fecha a porta, desistindo de Elliot.

— Bitsy ligou. Disse que esta manhã discutiu os planos do casamento... ou a falta de planos... com Elliot e ele prometeu que vocês dois iam conversar sobre isso. Eu só presumi que, depois que passassem um tempo sozinhos, voltariam juntos para casa.

— Conversamos sobre algumas possibilidades. Mas ainda não decidimos nada.

Ela morde o lábio inferior, franzindo as sobrancelhas.

— Não quero que tudo que está acontecendo agora... seja uma distração para vocês dois. Não quero que você sinta que tem que adiar o seu futuro.

— Mãe, não é assim que eu me sinto.

— Tem certeza? — A decepção e o desespero no seu rosto magoam. Um casamento seria uma notícia boa, algo para criar um foco no futuro. Também significaria um anúncio público que sutilmente indicaria que os Stafford estão confiantes o bastante para agirem normalmente.

Talvez Elliot e eu estejamos sendo egoístas, mantendo a todos em suspense. Será que seria tão ruim planejar uma data e um lugar, talvez até mesmo o jardim de azaleias na primavera? Isso deixaria a família inteira radiante. E se você tem certeza de que está se casando com a pessoa certa, qual a importância do lugar da cerimônia e da data da festa?

— Vamos decidir logo. Prometo.

No canto mais escuro da minha mente, porém, estão aquelas palavras: *Avery, você sabe que Judy Stafford sempre falou demais. Isso não é nenhum segredo.* O que Elliot não percebe — ou talvez não queira encarar — é que minha avó e eu somos muito parecidas.

— Que bom. — As rugas de preocupação se suavizam em torno dos olhos de Honeybee. — Mas eu não estou pressionando você.

— Eu sei.

Ela coloca as mãos no meu rosto, uma de cada lado, e me olha com adoração.

— Amo você, florzinha.

O apelido de criança me faz corar.

— Também amo você, mamãe.

— Elliot é um homem de sorte. Tenho certeza de que ele percebe isso todas as vezes que vocês estão juntos. — Ela fica um pouco emocionada, o que me faz ficar emocionada também. É bom vê-la... feliz. — Vamos logo. É melhor você trocar de roupa ou chegaremos atrasados no evento de arrecadação de fundos esta noite. A parte do concerto começa às sete horas com um coral de crianças da África. Ouvi dizer que são fabulosos.

— Já vou, mãe. — Prometo para mim mesma que vou conversar com Elliot sobre o casamento em breve, assim que ele voltar de Los Angeles. O fato de amanhã ser a minha vez de visitar vovó Judy em Magnolia Manor apenas reforça minha determinação. Quero que minha avó compartilhe a celebração do casamento conosco. Desde minha infância, eu a imagino comigo neste dia. Não há como saber quanto tempo ainda lhe resta.

Fico pensando em várias ideias enquanto a noite passa. Tento imaginar um casamento no jardim. Elliot e eu, algumas centenas de amigos e conhecidos, um dia perfeito de primavera. Poderia ser realmente adorável, uma versão moderna de uma antiga tradição. Vovó Judy e meu avô se casaram nos jardins de Drayden Hill.

Elliot vai concordar, não importa o quanto ele instintivamente resista à ideia de a mãe dele ou a minha dirigirem nossas vidas. Se um casamento no jardim for o que eu realmente quero, ele vai querer também.

Pela manhã, sigo para Magnolia Manor com um novo objetivo em mente. Vou pedir para vovó Judy me contar os detalhes do seu dia especial. Talvez possamos recriar alguns dos seus momentos favoritos.

Como se sentisse que vim com assuntos importantes desta vez, ela me recebe com um sorriso radiante e um olhar de reconhecimento.

— Ah, aí está você! Sente-se bem aqui do meu lado. Preciso dizer uma coisa. — Ela tenta puxar a outra poltrona para mais perto, mas não consegue. Eu a arrasto um pouco para a frente e me sento bem na ponta, então nossos joelhos quase se tocam.

Pegando minha mão, ela me olha de forma tão intensa que fico pregada no meu lugar.

— Quero que você destrua tudo que está no armário do meu escritório. O da casa de Lagniappe. — Seu olhar está fixo no meu. — Imagino que nunca mais vou voltar lá para poder fazer isso eu mesma. Não quero que as pessoas leiam as minhas agendas depois que eu me for.

Preparo-me para a inevitável dor da perda.

— Não diga isso, vovó Judy. Eu a vi na aula de ginástica no outro dia. O professor disse que a senhora está ótima. — Dou uma de boba em relação às agendas. Não posso suportar a ideia. Seria como dar adeus à guerreira incansável que ela foi.

— Há nomes e números de telefone lá. Não posso permitir que caiam nas mãos erradas. Acenda uma fogueira no jardim dos fundos e queime tudo.

Agora estou me perguntando se sua mente está vagando novamente, mas ela *parece* lúcida. Acender uma fogueira no jardim dos fundos... em uma rua residencial com casas antigas meticulosamente preservadas? Os vizinhos chamariam a polícia em dois segundos.

Posso imaginar as manchetes nos jornais.

— Eles vão achar que você está queimando folhas de árvores. — Ela sorri e dá uma piscadinha conspiratória. — Não se preocupe, Beth.

De repente fica muito claro que não estamos no mesmo lugar. Não faço ideia de quem Beth seja. Estou quase aliviada por vovó Judy não saber com quem está falando. Isso me dá uma desculpa para não atender ao seu pedido sobre o armário do escritório.

— Vou dar uma olhada, vovó — declaro.

— Esplêndido. Você sempre foi tão boa para mim.

— Porque eu amo muito você.

— Eu sei. E não abra as caixas. Apenas queime-as.

— As caixas?

— As que contêm os meus antigos artigos para as colunas sociais. Eu não posso ser lembrada como a "Má Dama", sabe? — Ela cobre a boca e finge estar envergonhada em relação à época que tinha uma coluna de fofocas, mas claramente não está. Posso ver em seu rosto.

— Você nunca me contou que escrevia uma coluna social. — Aponto um dedo, repreendendo-a.

Ela finge inocência em relação aos segredos.

— É mesmo? Mas já faz tanto tempo.

— Você não contou nenhuma mentira nessas colunas, não é? — provoco.

— Ora, é claro que não. Mas as pessoas nem sempre lidam bem com a verdade, não é?

Tão rapidamente quanto entramos no assunto da Má Dama nós saímos. Ela fala sobre pessoas que já morreram há anos, mas com as quais, na sua mente, almoçou ontem.

Pergunto a ela sobre o seu casamento. Como resposta, ela oferece uma mistura de lembranças do seu casamento e de outros a que foi ao longo dos anos, incluindo os das minhas irmãs. Vovó Judy adora casamentos.

Ela nem vai se lembrar do meu.

A conversa me deixa triste e vazia. Sempre há faíscas de lucidez para que eu tenha esperanças, mas as ondas de demência rapidamente as apagam e as arrastam para o mar.

Estamos à deriva, bem longe da arrebentação quando me despeço dela e digo que espero que papai passe por lá mais tarde.

— Ah? E quem é o seu pai? — pergunta ela.

— O seu filho, Wells.

— Acho que você deve estar enganada. Eu não tenho um filho.

Quando saio da casa de repouso, preciso desesperadamente conversar com alguém para desabafar sobre tudo isso. Abro minha lista de favoritos e meu dedo para sobre o contato de Elliot. Depois do que ele disse sobre vovó Judy ontem, parece quase desleal ligar para ele e contar sobre os lapsos de memória dela.

É só quando meu telefone toca e vejo o nome na tela que percebo que *existe* alguém com quem eu posso conversar. Penso na expressão do rosto dele ao falar sobre as últimas e difíceis promessas que fez ao avô, as promessas que envolviam os segredos de May Crandall e da minha avó, e instintivamente sei que ele vai entender.

Algo dentro de mim se acende, mesmo que não tenhamos nos falado desde aquele dia no asilo, várias semanas atrás. Prometi para mim mesma que não entraria em contato com ele de novo, que era melhor deixar as coisas do jeito que estavam e seguir em frente.

Assim que atendo, ele parece não ter certeza do motivo de ter ligado. Pergunto-me se ele estava pensando a mesma coisa que eu, que não há lugar para uma amizade entre nós dois. A situação com Leslie no estacionamento do asilo provou exatamente isso.

— Eu só... — diz ele por fim. — Eu vi algumas matérias sobre a revelação da casa de repouso. Tenho pensado em você.

Uma sensação cálida e agradável percorre meu corpo. Estou completamente despreparada para isso. Mas não permito que minha voz demonstre isso.

— Ah, nem me fale. Se isso continuar, estou pronta para dar uma de Tartaruga Ninja em alguém.

— Não está não.

— Acho que você está certo. Mas eu bem que gostaria. Isso tudo é tão... frustrante. Eu entendo que meu pai seja um político, mas somos humanos, sabe? É de imaginar que alguns assuntos deveriam ser mantidos privados... como câncer, por exemplo. E observar minha avó lutar para se lembrar de qualquer coisa sobre quem ela é, por exemplo. Parece que hoje em dia as pessoas enfiam o dedo nas feridas para ver o sangue jorrar. As coisas não eram assim quando eu era criança. Nem mesmo na política. As pessoas tinham algum grau de... — Busco a palavra e uso a melhor que encontro: — ... decência.

— Vivemos em um mundo voltado para o entretenimento — pontua Trent, com seriedade. — Tudo pode ser usado.

Abro a boca para desabafar um pouco mais sobre os ataques à minha família, mas mudo de ideia.

— Sinto muito. Eu não queria descarregar tudo isso em cima de você. Talvez eu precise de outra viagem para a praia. — Só quando as palavras saem da minha boca é que percebo que elas soam como um flerte.

— Que tal um almoço?

— Hã?

— Eu só pensei que poderíamos nos ver se você estiver livre, já que estou em Aiken. Andei fazendo algumas investigações nos documentos do meu avô e conversando com pessoas que o ajudaram nas buscas. Um deles é um homem que trabalhava no tribunal do condado de Shelby, Tennessee, na época em que os registros ainda eram confidenciais. Pelo que percebi, ele conseguiu muitas informações para meu avô.

Instantaneamente embarco de novo no assunto. Os cheiros da cabana de Edisto aguçam meus sentidos. Sinto o cheiro de cachimbo, recortes velhos de jornal, cortiça ressecada, tinta descascada e fotos desbotadas. — Você está se referindo ao que seu avô fazia para ajudar os adotados a encontrar seus parentes, certo? Então... você está continuando a partir de onde ele parou?

— Na verdade, não. Eu estou investigando para May Crandall. Acho que talvez possa descobrir algo sobre o irmãozinho que ela nunca encontrou, Gabion.

Fico um pouco surpresa. O cara é íntegro até a raiz dos cabelos. Também é uma pessoa bem melhor do que eu. Estive tão obcecada pelos problemas da minha família que adiei minha ligação para o Comitê de Ação Política em Nome dos Idosos para falar sobre a situação de May. Agora percebo que deixei esse assunto de lado de propósito. Tenho medo de ter qualquer coisa a ver com ela depois de toda a controvérsia que o artigo "Envelhecimento desigual" causou. Se ficassem sabendo que a estou ajudando, nossos inimigos políticos me acusariam de a estar usando para melhorar a nossa imagem pública manchada.

Também não posso ser vista almoçando com Trent. Não posso ir, mas também não consigo negar o convite, então continuo a conversa.

— Que legal da sua parte. E o que você descobriu?

— Nada muito significativo até agora. Só um endereço na Califórnia nos documentos do tribunal. Eu o anotei só para ver se eles sabem de alguma coisa sobre um garotinho de dois anos de idade que foi adotado por intermédio da Sociedade de Orfanatos do Tennessee em 1939... Ou talvez apenas para descobrir quem morava no endereço na época. É um tiro no escuro...

— Então você veio até aqui para contar isso para May?

— Não... eu não quero dar falsas esperanças a ela, a não ser que eu descubra alguma coisa. Na verdade, eu vim aqui por causa de geleia. Quando estive da última vez aqui com você, fui visitar minha tia que mora aqui perto de Aiken. Ela estava preparando geleia de mirtilos. Ficaram prontas, finalmente.

Dou uma risadinha.

— Duas horas e meia de viagem só para pegar geleia?

— Ah, mas você nunca provou a geleia de mirtilos da minha tia. Além disso, Jonah adora ir até lá. Tio Bobby ainda tem uma mula.

— Então, Jonah veio com você? — Almoço parece uma possibilidade, agora que somos três pessoas. Mesmo que sejamos *vistos*, ninguém pensaria que tem algo rolando entre Trent e eu com a presença do menino ali. Repasso mentalmente minha agenda para aquela tarde, tentando calcular se posso manejar algumas coisas e fugir por um tempinho. — Sabe de uma coisa? Eu adoraria almoçar com vocês dois.

—Acho que consigo arrancar Jonah do tio Bobby e da mula. Só me diga a hora e o lugar. Algum lugar em especial que você gostaria de ir? Somos bem flexíveis... Desde que não seja na hora do cochilo. Aí as coisas podem ficar feias.

Novamente o comentário me faz rir.

— E que horas é o cochilo?

— Por volta das duas.

— Tudo bem, então. Que tal um almoço bem cedo? Talvez por volta das onze? Ou é cedo demais? — Eu não faço ideia da distância que a casa da tia dele fica da cidade, mas se há uma mula envolvida, não deve ser muito perto de onde estou. Ninguém cultiva nada perto de Magnolia Manor há anos. As propriedades aqui são impecáveis. — Escolha o lugar e eu encontro vocês lá.

Nada muito elegante, tá? Um lugar discreto seria ótimo.

Trent ri.

— Nós não frequentamos lugares elegantes. Na verdade, nós comemos em lugares em que há parquinhos. Conhece algum lugar assim por acaso?

Minha mente viaja no tempo e chega a uma boa lembrança.

— Na verdade, conheço, sim. Há um antigo drive-in com um pequeno parquinho não muito longe da casa da minha avó. Ela costumava nos levar até lá quando éramos crianças. — Dou as coordenadas para ele e marcamos. O melhor de tudo é que se nos encontrarmos às onze, ninguém vai sentir, minha falta lá em casa.

Sou adulta, penso enquanto faço o retorno e sigo para o bairro da casa da vovó Judy. *Não deveria estar me sentindo como uma adolescente saindo escondida só porque fiz planos para almoçar com um... amigo.*

Eu tenho o direito de ter minha própria vida, não é?

Perco-me na discussão mental por um tempo, meus pensamentos estão viajando junto com o carro. Talvez eu tenha ficado mimada em Maryland, vivendo uma vida de anonimato, trabalhando em um emprego que era meu e só meu, sem ligações com uma equipe de apoio, escritórios na capital e no estado, sem eleitores, contribuintes e toda uma rede política.

Talvez eu nunca tenha me dado conta de como ser uma Stafford é exaustivo, principalmente no nosso próprio território. A identidade coletiva é tão opressiva que não há espaço para individualidade.

Antes eu gostava disso... não é? Gostava dos benefícios que acompanhavam o nome. Todos os caminhos que eu escolhia eram instantaneamente pavimentados para mim.

Mas, agora, tive o gostinho de escalar as minhas próprias montanhas.

Será que amadureci demais para esse tipo de vida?

A ideia me divide ao meio, deixando metade da minha identidade de cada lado. Sou filha do meu pai ou sou apenas eu? Será que tenho que sacrificar uma para ser a outra?

Certamente, isso é só uma... reação a todo o estresse das últimas semanas.

Parada em um sinal de trânsito, vejo a rua da casa da vovó Judy lá adiante, depois do declive da estrada no qual costumávamos brincar nas poças de lama formadas pela chuva quando éramos crianças, atrás da bem-cuidada cerca viva e da caixa de correio com uma cabeça de cavalo esculpida na parte superior.

Há um táxi parado na entrada da minha avó. Em uma cidade do tamanho de Aiken, não é uma visão comum.

Hesito no cruzamento e observo o táxi por um instante. Ele não dá a ré e vai embora. Talvez o motorista não saiba que ninguém mora mais ali? Talvez esteja esperando na casa errada.

Virando para a rua dela, a minha expectativa é que ele já tenha ido embora quando eu parar, mas ele continua lá. Na verdade, parece que ele está... cochilando no banco do motorista? Ele permanece imóvel enquanto passo por ele, estaciono e desço do meu carro.

Ele parece jovem, quase um adolescente, mas deve ter idade suficiente para ter uma carteira de motorista. Não tem nenhum passageiro no banco de trás e ninguém perto da casa até onde posso ver. Suspeito que isso tenha alguma coisa a ver com uma nova reportagem horrível, um repórter bisbilhotando e tirando fotos para mostrar como é a vida dos abastados, mas por que alguém assim viria de táxi?

O motorista se sobressalta quando bato na janela entreaberta. Ele abre a boca enquanto pisca para que eu entre em foco.

— Hum... acho apaguei — desculpa-se ele. — Sinto muito, senhora.

— Acho que você está no lugar errado — aviso para ele.

Ele olha em volta, segura um bocejo, pisca com cílios escuros por causa da luz forte do fim da manhã.

— Não.... não, senhora. A reserva é para as dez e meia.

Olho o relógio.

— Você está aqui há meia hora... parado na entrada? — *Quem teria enviado um táxi para a casa da minha avó?* — Você deve estar no endereço errado.

— Algum cliente deve estar esperando ansiosamente agora.

O motorista não parece nem um pouco preocupado. Empertigando-se no assento, ele olha para o painel.

— Não, senhora. É uma reserva semanal. Toda quinta-feira às dez e meia. Já está pago, então meu pai... Quero dizer, meu *patrão* diz para eu vir aqui e esperar, já que já pagaram por isso.

— Toda quinta-feira? — Repasso na cabeça o que me lembro da agenda de quando vovó Judy ainda morava aqui com uma cuidadora em tempo integral. O dia em que ela acabou perdida e confusa em um shopping, ela estava em um táxi. — Há quanto tempo você faz isso? Vir aqui toda quinta-feira?

— Hum... Talvez eu devesse... ligar para a central, para que você possa falar...

SEGREDOS DE FAMÍLIA *281*

— Não. Tudo bem. — Temo que a central não responda às minhas perguntas. O garoto atrás do volante parece não ter muita noção. — Quando você pegava minha avó às quintas-feiras, para onde você a levava?

— Para Augusta, em um lugar perto da água. Eu só a levei algumas vezes, mas meu pai e meu avô fizeram isso por... talvez uns dois anos. Somos uma empresa familiar. Quatro gerações. — A última parte parece adorável, como se fosse uma frase de um outdoor.

— Anos? — Estou tão confusa que nem existem palavras para descrever como me sinto. Não havia nada nas agendas da minha avó sobre compromissos fixos nas quintas-feiras. Ela *não* tinha compromissos fixos a não ser jogos de bridge e idas ao salão de beleza. E Augusta? Fica a meia hora da cidade. Por que cargas-d'água ela fazia visitas constantes à região de Augusta? E de táxi? E por *anos*?

— E ela ia sempre para o mesmo lugar? — pergunto.

— Sim, senhora. Até onde sei. — Ele parece extremamente desconfortável agora. Por um lado, ele percebe que eu o estou interrogando. Por outro, não quer perder o que tem sido uma corrida longa e constante. Não consigo imaginar quanto custaria a viagem de ida e volta para Augusta.

Pouso a mão no alto da janela. Pode ser bobeira, mas quero me certificar de que ele não tente fugir de lá enquanto ainda estou em busca de informações. *Um lugar perto da água...*

Algo completamente inesperado surge na minha mente.

— Um lugar perto da água. Você quer dizer no rio? — O rio Savannah passa por Augusta. Quando Trent e eu conversamos com May, ela mencionou a cidade de Augusta. Algo sobre ir para casa, descendo o rio Savannah.

— Bem, sim. O lugar pode ser no rio. A ponte é meio... cheia de mato. Eu só a deixo lá e espero. Não sei o que acontece depois que ela entra.

— E quanto tempo ela costumava ficar?

— Algumas horas. Geralmente meu pai ia até a ponte pescar enquanto esperava. Ela não ligava, apenas saía e tocava a buzina do carro quando estava pronta para partir.

Fico ali boquiaberta, olhando para ele. Não consigo conciliar nada disso com a avó que eu conhecia. A avó que eu *achava* que conhecia. Será que ela estava escrevendo a história de May Crandall no final das contas? Ou será que tem mais coisas?

— Você pode me levar até lá? — pergunto.

O motorista dá de ombros. Ele se move para sair do carro para que possa abrir a porta de trás para mim.

— Claro. A corrida já está paga.

Meu pulso acelera. Um arrepio sobe pelo meu braço. *Se eu entrar neste carro, onde vou chegar?*

Meu telefone vibra, lembrando-me de que eu tinha outro compromisso antes de parar ali. É uma mensagem de texto de Trent dizendo que ele e Jonah estão segurando uma mesa para nós. A barraquinha de hambúrgueres já está cheia esta manhã.

Em vez de responder por mensagem, afasto-me do táxi e ligo para Trent. Desculpo-me por não estar lá ainda e pergunto:

— Será que você... você poderia... vir comigo fazer uma coisa? — A explicação de onde estou e do que está acontecendo soa ainda mais bizarra quando dita em voz alta.

Felizmente, Trent não acha que enlouqueci de vez. Na verdade, ele parece intrigado. Combinamos de o táxi passar pelo restaurante para que Trent e Jonah possam seguir no carro deles.

— Nesse meio-tempo, vou pegar um hambúrguer para você — oferece Trent. — Os milk-shakes daqui são famosos. Jonah já está doido por um. Você quer também?

— Obrigada. Parece ótimo. — Mas nem sei se eu conseguiria comer agora.

No curto percurso até o restaurante, mal consigo me concentrar de tão nervosa. Trent está esperando no estacionamento com Jonah já no carro. Ele me dá uma sacola e o milk-shake e diz que seguirá logo atrás de mim.

— Você está bem? — pergunta ele. Nossos olhares se encontram por um momento e eu me perco nas profundezas do azul dos seus olhos. Sinto que estou relaxando enquanto penso: *Trent está aqui. Vai ficar tudo bem.*

O pensamento quase acaba com a onda de medo que está crescendo dentro de mim. Quase.

Infelizmente, conheço o sentimento bem o suficiente para saber que não devo ignorá-lo. É o sexto sentido que sempre desperta quando estou prestes a descobrir algo praticamente impensável sobre os envolvidos em um caso no qual estou trabalhando: o vizinho confiável foi o responsável pelo desaparecimento da criança; o aluno de oitavo ano com aparência inocente estava estocando bombas; o pai perfeito de quatro filhos tinha um computador cheio de fotografias nojentas. Esse sexto sentido está me preparando para algo; só não sei para o quê.

— Eu estou bem — respondo. — Só estou com medo de onde esta corrida de táxi vai terminar... e o que podemos descobrir.

Trent coloca a mão no meu braço e minha pele parece esquentar sob seu toque.

— Você quer ir com a gente? Podemos só seguir o táxi. — Ele lança um olhar para o seu carro, onde Jonah está acenando loucamente da sua cadeirinha, tentando chamar a minha atenção. Ele quer dividir as batatas fritas dele comigo.

— Não. Mas obrigada. Preciso conversar mais com o motorista durante o caminho. — Na verdade, acho que ele já me disse tudo que sabe, mas quero manter o jovem ocupado para que ele não entre em contato com a central. Seu pai pode ter uma opinião diferente sobre eu usar a corrida paga por vovó Judy para me levar a um lugar misterioso. Talvez ele seja experiente o suficiente para saber que isso pode levantar questões de privacidade. — E não quero arriscar que ele mude de ideia.

Os dedos de Trent acariciam meu braço enquanto ele me solta... ou talvez seja só a minha imaginação.

— Nós estamos bem atrás de você, está bem?

Concordo com a cabeça e aceno para Jonah, que abre um sorriso mostrando os dentes repletos de batatas. Como o trânsito do meio-dia é leve, levamos trinta e cinco minutos para chegar, então é fácil conversar com o motorista. Ele me conta que o nome dele é Oz e que, quando ele levava a minha avó, ela sempre lhe dava biscoitos, chocolates ou doces que pegava em festas ou reuniões. Por causa disso, ele se lembra bem dela. Ele ficou chateado quando eu disse que ela está em uma instituição para idosos agora. Claramente ele não está seguindo a cobertura e os controversos desdobramentos nos jornais. Ele esteve ocupado trabalhando depois que assumiu a direção para o pai, que está enfrentando problemas de saúde.

— Fiquei preocupado com ela da última vez que eu a trouxe aqui — admite ele enquanto deixamos a estrada principal e pegamos estradas secundárias à medida que nos aproximamos do nosso destino. Paredes de arbustos, trepadeiras e pinheiros altos se fecham à nossa volta, levando-nos mais para o interior, enquanto viramos de um lado para outro. — Ela parecia bem, mas um pouco confusa. Perguntei se poderia entrar com ela, mas ela não permitiu. Disse que havia um carrinho de golfe esperando por ela do outro lado, como sempre, para eu não me preocupar. Então, eu a deixei lá. E foi a última vez que a trouxe até aqui.

Fico em silêncio no banco de trás, tentando formar as imagens enquanto Oz fala. Tento, mas não consigo imaginar as coisas que ele está descrevendo.

— Na semana depois disso, meu pai passou por uma cirurgia cardíaca. Contratamos um motorista substituto por um mês mais ou menos. Quando consegui reassumir a corrida, cheguei à casa e não havia ninguém. E tem sido assim desde então. O motorista que contratamos não fazia ideia do que tinha acontecido. Da última vez que a viu, deixou-a em um shopping e ela disse que se veriam novamente na quinta-feira seguinte. Tentamos telefonar para o número na conta, mas ninguém responde, e não há ninguém na casa quando eu apareço. Nós ficamos nos perguntando se alguma coisa teria acontecido com ela. Sinto muito se causamos problemas.

— Não é culpa sua. Os cuidadores dela não deviam ter permitido que ela saísse sozinha.

Bons empregados são difíceis de encontrar hoje em dia, mas minha avó também era surpreendentemente boa em convencer os cuidadores de que *ela* estava perfeitamente bem e que *nós* éramos supercontroladores. Obviamente, eles estavam permitindo que saísse de táxi às quintas-feiras. Mas era ela quem pagava o salário deles, e eles sabiam muito bem disso. Ela não hesitaria em demitir alguém que lhe causasse problemas.

O carro passa por uma ponte em arco antiga com balaustradas de cimento e arcos cobertos de musgo. O motorista diminui a velocidade, mas não vejo nenhum sinal de casas, nem caixas de correio. Ao que tudo indica, estamos no meio do nada.

Ainda bem que Oz sabe exatamente para onde está indo. Qualquer outra pessoa desavisada teria perdido a entrada completamente. Um caminho de cascalhos quase invisível corta o acostamento gramado e passa por cima de um canal de dreno. Adiante, uma enorme entrada de pedra está escondida entre moitas e arbustos de amoras. Pesados portões de ferro, cada qual com talvez mais de dois metros de altura, estão tortos, seu peso suportado por folhas e trepadeiras, as dobradiças já há muito tempo enferrujadas. A presença de uma corrente velha e um cadeado ali parece até piada. Ninguém passa por esses portões há décadas. Depois deles, vejo um sicômoro, seus galhos robustos passam por entre as barras, elevando um dos portões e deixando-os desalinhados.

— Esta é a entrada. — Oz aponta para uma trilha estreita que leva a uma entrada de pedestre ao lado da principal. É extremamente prática, a trilha está bem pavimentada e o mato do verão ainda não a cobriu por completo. — É por aí que ela sempre seguia.

Atrás de nós, ouço uma porta de carro bater. Sobressalto-me e olho para trás antes de me lembrar de Trent.

Quando volto a olhar para a frente, sou tomada por uma forte sensação de que o portão deveria ter desaparecido. *Poof.* Acordo e estou na cama em Drayden Hill pensando: *Nossa, esse foi um sonho tão estranho...*

Mas o portão não desapareceu, e o caminho ainda me aguarda.

Capítulo Vinte e dois

Rill

Fern congela no meio do corredor em frente à sala de estar. Seu corpo fica tão duro que consigo ver todos os músculos. Um segundo mais tarde, ela faz xixi na calça pela primeira vez em semanas.

— Fern! — exclamo baixinho porque não quero que a sra. Sevier me ouça e descubra o que Fern acabou de fazer. Nossa nova mãe está tão orgulhosa de Fern que nos leva para assistir a filmes e fala sobre viagens que vamos fazer juntas e em como vamos ver o Papai Noel no Natal, e sobre o que ele vai nos dar de presente. Ela até colocou na cabeça que nós todos deveríamos seguir até Augusta para visitar a mãe dela. Não quero ir para Augusta, mas também não quero causar nenhum problema agora que a sra. Sevier começou a liberar um pouco do seu olhar atento.

Atravesso o cômodo correndo e tiro o vestido, os sapatos e as meias de Fern e limpo a poça no chão com eles.

— Vá lá para cima antes que ela veja.

Consigo ouvir a sra. Sevier conversando com alguém na sala da frente.

A boca de Fern estremece e seus olhos se enchem de lágrimas. Ela fica parada ali enquanto recolho as roupas molhadas e as escondo atrás da lixeira, onde posso pegá-las mais tarde.

De repente, sei por que Fern não está se mexendo. Ouço outra voz. E quanto mais me aproximo, mais sinto o sangue gelar nas veias.

— Vá se esconder embaixo da cama — sussurro no ouvido de Fern, e a empurro em direção às escadas.

Fern sobe correndo e desaparece. Ofego enquanto me encosto à escada e me aproximo da porta da sala. Na cozinha, Zuma liga o liquidificador e não consigo mais ouvir as vozes. Então, volto a ouvir:

— Uma situação muito desagradável, mas acontece — explica a srta. Tann. — Nunca é meu desejo tirar as crianças dos lares que encontraram.

— Mas meu marido... os documentos. Disseram que as meninas seriam nossas. — A voz da sra. Sevier estremece e falha.

Uma xícara bate no pires. Parece que passa uma eternidade até a srta. Tann responder.

— E deveriam ser mesmo. — Ela soa como se sentisse muito por nossos problemas. — Mas as adoções só são finalizadas depois de um ano. As famílias biológicas podem ser *tão* difíceis. A avó dessas crianças entrou com o pedido de guarda.

Ofego, ouço o som que emiti e cubro a boca com a mão. Nós nem temos avó. Nenhuma que eu conheça, pelo menos. Os pais de Briny já morreram e Queenie não tem contato com os seus parentes desde que fugiu com ele.

— Isso não pode... — A sra. Sevier solta um soluço que parece que vai parti-la ao meio. Ela funga e tosse, e finalmente se obriga a dizer: — Nós... nós... não podemos permitir... D-Darren chegará para o... almoço. Por favor... por favor. Espere. Ele vai saber o que fazer.

— Minha nossa, sinto que eu a tenha chateado mais do que o necessário. — A voz da srta. Tann é doce e melada, mas consigo imaginar o seu rosto. Ela está com aquele mesmo sorriso cruel que tinha nos lábios quando a sra. Pulnik estava me segurando de joelhos. A srta. Tann gosta quando as pessoas sentem medo. — Eu não planejo levar as meninas *hoje*. Você pode lutar contra essa tolice, é claro. Na verdade, é *exatamente* o que você deve fazer. A avó não tem meio de sustentar as meninas. Elas teriam uma vida terrível. May e a pequena Beth dependem de *você* para protegê-las. Mas você deve saber que... o trabalho legal pode... custar caro.

— Custar... c-caro?

— Para pessoas com recursos como você, não deve ser muito difícil, não é mesmo? Não quando o destino de duas crianças inocentes está em jogo. Duas crianças que vocês começaram a amar muito.

— Sim, mas...

— Três mil dólares, talvez um pouco mais. Isso deve ser o suficiente para cobrir os custos e resolver essas questões legais.

— Três... três mil?

— Talvez quatro.

— Mas o que a senhora *está dizendo*?

Outra pausa.

— Nada importa mais do que sua família, você não acha? — Consigo perceber o sorriso terrível na voz da srta. Tann. Quero correr até lá e contar a verdade. Quero apontar para ela e gritar: *Mentirosa! Nem temos avó! E eu tinha três irmãs, não duas. E um irmãozinho, e o nome dele era Gabion e não Robby. E você o tirou de mim, assim como tirou as minhas irmãs.*

Quero contar tudo. Consigo sentir o gosto das palavras na minha boca, mas não posso dizer nada. Se eu fizer isso, sei o que vai acontecer. A srta. Tann vai nos pegar e nos levar de volta para o orfanato. Ela vai dar Fern para outra pessoa e não vamos mais ficar juntas.

A sra. Sevier funga e tosse de novo.

— É... é claro que eu acho, mas... — Ela para de falar e soluça de novo, desculpando-se por isso.

Uma cadeira range e chia e passos desiguais cruzam o chão.

— Converse com seu marido. Expresse seus verdadeiros sentimentos sobre o assunto. Diga a ele o quanto você ama as crianças e o quanto elas precisam de você. Acho que não será necessário que eu veja as meninas hoje. Tenho certeza de que estão sendo muito bem cuidadas. Crescendo e florescendo.

Seus passos se aproximam das portas do outro lado da sala. Afasto-me da parede e subo as escadas correndo. A última coisa que ouço é a voz da srta. Tann ecoando pela casa:

— Não precisa se levantar. Eu sei o caminho até a porta. Vou esperar notícias suas amanhã. O tempo é precioso.

Lá em cima, corro até o quarto e nem tiro Fern de debaixo da cama, simplesmente entro lá com ela. Ficamos deitadas uma de frente para a outra como sempre fazíamos no *Arcádia*.

— Está tudo bem — sussurro. — Não vou permitir que ela nos leve de volta. Eu prometo. Não importa o que aconteça.

Ouço a sra. Sevier passando pelo corredor. Seus soluços ecoam nas paredes de madeira e no teto alto com beiradas douradas. Uma porta se fecha e ouço quando ela deita na cama e chora sem parar, exatamente como fazia logo que chegamos aqui. Zuma sobe e bate na porta, mas está trancada, e a sra. Sevier não deixa ninguém entrar. Ela ainda está na cama quando o sr. Sevier chega para almoçar. A essa altura eu já limpei Fern e li um livro para ela, que está dormindo com o dedo na boca, abraçada com um ursinho que ela chama de Gabby, como o nosso irmãozinho.

Ouço o sr. Sevier destrancar a porta do quarto. Depois que ele entra, saio do quarto na ponta dos pés para ouvir melhor. Nem preciso chegar tão perto para ouvir como o sr. Sevier fica louco da vida quando sua esposa conta o que aconteceu.

— Isso é chantagem! — grita ele. — Isso não passa de chantagem!

— Não podemos permitir que ela leve as meninas, Darren — implora a sra. Sevier. — Não podemos.

— Eu *não* serei chantageado por esta mulher. Nós pagamos as taxas de adoção que, aliás, foram exorbitantes. Especialmente da segunda vez.

— Darren, *por favor*.

— Victoria, se deixarmos isso começar, não vai parar nunca mais. — Algo de metal cai no chão. — E, então, até onde isso vai chegar? Diga-me.

— Eu não sei. Eu não sei. Mas temos que *fazer* alguma coisa.

— Ah, mas vou fazer alguma coisa. Essa mulher não sabe com quem está lidando. — A maçaneta da porta range e eu corro para o meu quarto.

— Darren, por favor. Por favor. Ouça o que eu tenho a dizer — implora a sra. Sevier. — Nós vamos para a casa da minha mãe em Augusta. Bellegrove tem bastante espaço agora que papai se foi. As meninas terão tios e tias e todos os meus amigos estão lá. Nós vamos levar Hoy, Zuma e Hootsie. Podemos ficar o tempo que for necessário. Até se for para sempre. Mamãe está solitária, e Bellegrove House precisa de uma família. É um lugar maravilhoso para se crescer.

— Veja bem, Victoria, *esta* é a nossa casa. Eu finalmente consegui começar a construir um pequeno estúdio perto do lago. Os McCamey não são os trabalhadores mais rápidos do mundo, mas eles já colocaram o piso e estão progredindo com os painéis das paredes. Não podemos permitir que Georgia Tann nos tire de casa, a casa da minha *família,* pelo amor de Deus.

— Bellegrove tem hectares e mais hectares ao longo do rio Savannah. Você pode construir outro estúdio lá. Um maior. E do jeito que quiser. — A sra. Sevier está falando tão rápido que quase não consigo discernir as palavras. — Por favor, Darren, não posso viver sabendo que essa mulher pode bater à nossa porta a qualquer momento e tirar nossas filhas.

O sr. Sevier não responde. Fecho os olhos e finco as unhas no papel de parede cor-de-rosa, esperando, rezando.

— Não vamos nos precipitar — pondera o sr. Sevier, por fim. — Tenho uma reunião esta noite na cidade. Vou fazer uma visita à srta. Tann e resolver essa questão cara a cara de uma vez por todas. Vamos ver se ela vai ser tão corajosa nas suas exigências.

A sra. Sevier não discute mais. Ouço ela chorar baixinho e o rangido da cama quando ele vai até lá consolá-la.

— Vamos lá, querida. Chega de lágrimas. Eu vou cuidar disso, e se você quiser levar as meninas para uma visita a Augusta, podemos providenciar tudo.

Fico parada ali com a cabeça cheia de pensamentos e, então, paro e me concentro em um. Sei o que tenho que fazer. Não tenho tempo a perder. Corro até minha penteadeira para pegar o que preciso e desço as escadas correndo.

Na cozinha, Zuma já aprontou o almoço, mas ela está no canto com a cabeça enfiada no buraco do duto para passagem de roupas sujas para ouvir o que está acontecendo com os Sevier. Hootsie deve ter se enfiado lá dentro e está contando tudo que ouve. Em cima da tábua de corte, há um pequeno cesto de piquenique pronto para ser levado à obra dos McCamey. Normalmente, Zuma obrigaria Hootsie a descer até lá. A menina odeia isso, assim como a mãe. Zuma diz que os McCamey não passam de gentalha branca, e que eles vão roubar o sr. Sevier assim que ele virar de costas. A única coisa boa é que Zuma e Hootsie nos odeiam menos agora, porque estão ocupadas odiando mais os garotos McCamey e seu pai.

Pego o cesto e corro pela porta, gritando:

— Vou levar isso para a obra. Tenho um folheto de um filme para entregar para o garoto lá embaixo.

Já desapareci antes que Zuma tenha chance de dizer que vou chegar atrasada para o almoço.

Corro pelos fundos, pulo a varanda e cruzo o jardim o mais rápido que minhas pernas conseguem me levar, sempre olhando por sobre o ombro para ver se Hootsie está vindo atrás de mim. É um alívio quando vejo que não.

Perto do lago, o sr. McCamey está mais do que pronto para se acomodar na sombra de uma árvore quando apareço com o cesto. Pelo que pude perceber, ele sempre está disposto a fazer uma pausa no trabalho. O único motivo para ele estar colocando a mão na massa hoje é porque os dois filhos mais velhos foram até a casa do vizinho para ajudar a cortar uma árvore que caiu no celeiro deles e consertar o telhado. Não voltarão por um dia ou dois, até que terminem o trabalho. A única ajuda que o sr. McCamey tem no momento é o menino mais novo. Arney é o nome dele, mas o sr. McCamey só o chama de garoto.

Faço um gesto com a cabeça para Arney, e ele me segue pela trilha até o salgueiro onde já nos sentamos e conversamos antes. Passo por entre os galhos e dou para ele um sanduíche, uma maçã e dois biscoitos açucarados que guardei no bolso. Arney é magro e pequeno, então sempre lhe trago comida que ele não precisa dividir com os outros McCamey quando venho até aqui. Sinto que ele precisa disso. Ele é um ano mais velho que eu, mas não chegou à minha altura ainda.

— Trouxe mais uma coisa para você. — Entrego a ele o panfleto do cinema.

Ele segura a foto do caubói em um cavalo castanho e solta um assovio longo e baixo.

— Com certeza parece legal. Conte a história. Teve muitos tiros?

Ele se senta e eu me acomodo do lado dele. Quero contar tudo sobre o filme que a sra. Sevier nos levou para assistir no cinema com poltronas de veludo vermelho e torres altas que pareciam mais as de um castelo. Mas não tenho tempo para falar sobre essas coisas. Não hoje. Não depois de tudo que aconteceu. Tenho que fazer Arney concordar com o que pedi para ele ontem.

A lua vai estar cheia hoje, e a água vai estar clara como o dia. Com os irmãos de Arney longe, não haverá uma hora melhor para isso. Não posso permitir que a sra. Sevier nos leve até Augusta. Não posso permitir que a srta. Tann nos leve de volta para o orfanato. Além disso, Fern está começando a ver a sra. Sevier como sua nova mãe. Aos poucos, sua mente está se esquecendo da nossa *verdadeira* mãe. Na hora de dormir, vou até o quarto de Fern e conto histórias sobre Queenie e Briny, mas não está mais funcionando. Fern está se esquecendo do rio e do reino de Arcádia. Ela está se esquecendo de quem nós somos.

É hora de partir.

— Então, sobre o que conversamos ontem. Você vai nos levar, não vai? — pergunto para Arney. — Esta noite. A lua estará cheia e clara. — Você não passa a vida toda no rio sem saber os movimentos da lua. O rio e suas criaturas escolhem seu humor de acordo com a lua.

Arney se afasta, como se eu tivesse batido nele. Fecha os olhos castanhos. Um cacho de cabelo fino e avermelhado cai na sua testa e pousa em seu nariz comprido e ossudo. Ele balança a cabeça de um jeito nervoso. Talvez ele nunca tenha querido nos ajudar. Talvez só estivesse mentindo quando disse que podia pegar o barco do pai e que sabe como nos levar do lago e de Dedmen's Slough até o rio principal.

Mas contei a verdade para ele sobre mim e Fern. A história toda. Até contei nossos nomes de verdade. Achei que ele tivesse entendido por que precisamos de sua ajuda.

Ele apoia os cotovelos no macacão sujo rasgado na altura do joelho.

— Eu vou sentir a sua falta se for embora. Você é a única coisa boa neste lugar.

— Você pode vir com a gente. O velho Zede cuida de muitos garotos. Ele aceitaria você. Tenho certeza que sim. Você nunca mais teria que ver este lugar. Você poderia ser livre. Assim como Fern e eu vamos ser. — O pai de Arney enche a cara toda noite e faz os filhos de burro de carga e sempre bate neles, principalmente em Arney. Hootsie o viu levar uma pancada na cabeça com o cabo do martelo só por ter levado o tipo errado de pregos para o pai. — E, no fim, as pérolas serão suas, exatamente como eu prometi.

Pego as pérolas no meu bolso e abro as mãos para que Arney possa vê-las. Sinto-me um pouco mal. A sra. Sevier me deu de presente na noite seguinte ao dia em que levou Fern para tirar as medidas para os sapatos. Achou que era o meu aniversário por causa dos documentos que a Sociedade de Orfanatos do Tennessee deu para ela. Os Sevier acharam que eu tinha me esquecido e me surpreenderam com uma festa no jantar. Eu com certeza fiquei surpresa, já que meu aniversário foi há cinco meses e meio e sou um ano mais velha do que eles acham que sou. Mas meu nome também não é May Weathers, então um aniversário no outono não tem muita importância para mim.

As pérolas são a coisa mais linda que já tive, mas estou disposta a abrir mão delas por Queenie, Briny e o rio. Eu as entregaria em um piscar de olhos.

Além disso, Arney precisa mais do dinheiro que elas valem do que eu. Na maior parte do tempo, eles têm uísque e nenhuma comida no acampamento da obra.

Arney toca as pérolas, mas afasta as mãos e coça os nós dos dedos.

— Ah, mas eu não poderia abandonar minha família. Os meus irmãos e tudo mais.

— Pense muito bem. Sobre ficar com a gente no rio. — A verdade é que os irmãos de Arney já são praticamente adultos e são quase tão ruins quanto o pai. Uma vez que se cansarem de trabalhar como cães e decidirem ir embora, é provável que Arney morra de fome ou seja surrado até se quebrar em dois. — Briny e Queenie podem encontrar um lugar para você, eu prometo. Eles ficarão

Segredos de família 293

tão felizes por você estar levando a mim e Fern de volta, que vão encontrar um lugar muito bom. Se Zede não estiver mais em Mud Island, você pode ficar no *Arcádia* até nosso caminho cruzar com o dele de novo.

Uma onda de preocupação me invade. Na verdade, não tenho como saber se Briny e Queenie ainda estão atracados no mesmo ponto... só que eu simplesmente *sei*. Eles esperariam ali para sempre se fosse preciso, mesmo que as noites estejam ficando mais frias e as folhas estejam caindo, e já tenha chegado a hora de descer o rio e seguir para regiões mais quentes.

O que mais tenho medo é de que não será fácil fazer Briny e Queenie saírem dali quando Fern e eu estivermos de volta ao *Arcádia*.

Será que Silas contou que restaram apenas Fern e eu, e que Camellia se foi, e que Lark e Gabion também estão longe? Será que eles sabem?

Não consigo pensar muito nisso, porque dói. *Não se preocupe antes do tempo*, é o que Briny sempre disse. No momento, eu só preciso me concentrar em seguir até o rio principal. De lá, vou permanecer perto da margem e ficarei atenta aos barcos e barcas e toras soltas e árvores caídas e coisas assim. Em muitas noites aqui na casa dos Sevier, subi até a cúpula e contemplei a paisagem. Não dá para ver o rio daqui, mas consigo senti-lo. Tenho certeza de que ouço buzinas de neblina e apitos à distância. No horizonte, vejo as luzes de Memphis. Pelo que Arney me disse, imagino que o pântano que alimenta este lago deve desembocar em algum ponto do rio Old Man entre Chickasaw Bluffs e Mud Island. Arney não tem muita certeza, mas não posso estar tão enganada assim.

Arney assente e é um alívio.

— Tudo bem, eu levo você, mas tem que ser esta noite. Não tenho como saber quando meus irmãos estarão de volta.

— Ótimo. Fern e eu vamos sair escondidas assim que a lua estiver alta no céu. Vamos nos encontrar no seu barco. Certifique-se de que seu pai comece a beber bem cedo esta noite. Deixe que ele coma muito bem também. Isso vai deixá-lo com sono. Vou providenciar para que Hootsie traga muita comida no jantar. — Não vai ser difícil. Tudo que preciso fazer é dizer para minha nova mãe que o garoto aqui do acampamento da obra está faminto e não tem o suficiente para comer. Ela vai obrigar Zuma a trazer uma porção extra de comida.

O coração da sra. Sevier é mole como manteiga. E frágil também. Não quero nem pensar no que vai acontecer quando partirmos. *Não posso* pensar sobre isso. Queenie e Briny também precisam de nós e são nossos pais. É simples assim. Não há outra forma de olhar a situação.

Chegou a hora de partirmos.

Arney assente mais uma vez.

— Tudo bem. Eu estarei lá no barco, mas se vamos descer o rio juntos, tem uma coisa que você precisa saber. Talvez mude as coisas.

— O que é? — Minha voz sai um pouco aguda.

Os ombros finos e ossudos de Arney sobem e caem, e ele estreita o olhar para mim antes de revelar:

— Eu não sou um garoto. — Ele desabotoa a camisa suja que não passa de um monte de trapos. Tem uma faixa de musselina velha enrolada em volta do seu peito como se fosse uma bandagem de um médico, e Arney não é um garoto. — Arney vem de Arnelle, mas meu pai não quer que ninguém saiba disso. Eles não vão me deixar trabalhar se descobrirem.

Agora tenho ainda mais certeza de que Arney precisa ficar no rio com a gente. Além disso, ele é *ela*, e esse não é o tipo de vida que uma menina deve levar. Ela tem marcas roxas por todo o corpo magro.

Mas o que Zede vai dizer sobre uma garota no seu barco?

Talvez Briny e Queenie permitam que Arney fique no *Arcádia*. Vou dar um jeito.

— Não importa que você seja uma garota, Arney. Vamos encontrar um lugar para você. Só esteja pronta esta noite quando a lua estiver alta no céu.

Juramos, cruzamos nossos dedinhos, e então o pai de Arney chama por ela do outro lado das árvores. Acabou a hora do almoço.

Durante toda a tarde, fico me perguntando se Arney estará no barco aquela noite quando Fern e eu chegarmos lá. Mas acho que estará, porque quando pensar sobre o assunto, verá que não tem muita coisa que a prenda aqui. Ela precisa fugir para o rio tanto quanto nós.

Os Sevier voltam a conversar no quarto deles antes de o sr. Sevier seguir para sua reunião em Memphis. Quando ele desce, está carregando uma mala pequena para passar a noite fora.

— Se a reunião for até mais tarde, eu talvez fique na cidade — informa ele, e, então, dá um beijo na cabeça de Fern e na minha também, algo que ele nunca tinha feito antes. Aperto os dentes e tento ficar parada enquanto ele faz isso. Tudo que consigo fazer é pensar no sr. Riggs. — Vocês três tomem conta uma da outra. — Ele olha para a sra. Sevier. — Não se preocupe. Vai ficar tudo bem.

Zuma lhe entrega o chapéu quando ele passa pela porta e, então, ficamos apenas as mulheres. A sra. Sevier diz à Zuma e à Hootsie que elas podem ir para a casa delas descansar. Que não precisam preparar uma refeição completa. Que nós meninas vamos comer sanduíches pequenos na bandeja.

Zuma arruma uma bandeja bem bonita de sanduichinhos antes de partir.

— Uma festa do pijama para nós três. *Captain Midnight* vai passar hoje no rádio — declara a sra. Sevier. — Podemos tomar chocolate quente. Talvez isso acalme meu estômago. — Ela lambe os lábios e apoia uma mão na barriga.

— Meu estômago também não está muito bom. — Estou ansiosa para ir para o meu quarto e arrumar algumas coisas. Só vou levar o necessário do que os Sevier compraram para nós. Não é certo levar mais. E temos as nossas coisas no *Arcádia*. Não são coisas elegantes como essas, mas temos tudo de que precisamos. O que uma cigana do rio faria com vestidos de babados e sapatos lustrosos de couro? O som dos passos com sola dura assustaria os peixes.

— Vocês, meninas, subam agora e se vistam. May, você vai se sentir melhor quando estivermos juntas, tomando chocolate quente e comendo guloseimas. — A sra. Sevier passa as costas da mão na testa e abre um sorriso. — Vamos logo. Vamos ter uma noite adorável juntas. Só as meninas.

Pego a mão de Fern e a levo lá para cima.

Fern está muito animada com a nossa festa com a sra. Sevier, ela se lava e veste o pijama bem rapidinho, mesmo que o tenha colocado ao contrário.

Arrumo seu pijama e ponho o penhoar por cima, e visto o meu também. Mas mantenho as minhas roupas por baixo. Se a sra. Sevier notar, direi que estava com frio. Ultimamente, tem ficado frio dentro de casa. Mais um lembrete de que chegou a hora de voltar para o rio, antes que o inverno chegue.

Tento agir como se estivesse feliz com a festa e com o rádio, mas estou nervosa como uma gata enquanto como um dos pequenos sanduíches. Derrubo um pouco no meu penhoar, deixando uma mancha. A sra. Sevier limpa a sujeira para mim.

Ela coloca uma das mãos na minha testa para verificar a temperatura.

— Como você está se sentindo agora que comeu um pouco?

Tudo que consigo pensar é que eu queria que ela fosse Queenie. Queria que Queenie e Briny fossem donos desta casa, e gostaria que a sra. Sevier pudesse ter filhos saudáveis, um depois do outro, como Queenie, para ela não se sentir tão sozinha depois que partirmos.

Nego com a cabeça e sussurro:

— Acho que é melhor eu ir para a cama. Posso levar Fern comigo e colocá-la para dormir.

— Não precisa se preocupar. — Ela acaricia meu cabelo com uma das mãos, juntando-os entre os dedos como Queenie costumava fazer. — Pode deixar que eu a levo quando ela estiver pronta. Sou a mãe dela, afinal de contas.

Tudo dentro de mim endurece e gela novamente. Mal sinto quando ela me dá um beijo no rosto e pergunta se quero que ela me coloque na cama.

— Não… mamãe. — Corro para o meu quarto o mais rápido que consigo e não olho para trás nenhuma vez.

Lá em cima, parece que demora uma eternidade até a sra. Sevier trazer Fern para a cama. Pela parede, ouço quando ela canta a cantiga de ninar. Cubro os ouvidos com as mãos com força.

Queenie e eu cantávamos muito aquela canção para os pequenos.

Se essa rua
Se essa rua fosse minha
Eu mandava
Eu mandava ladrilhar
Com pedrinhas
Com pedrinhas de brilhante
Para o meu
Para o meu amor passar.

Tudo isso se mistura na minha cabeça: o *Arcádia* e esta casa. Meus pais de verdade e o sr. e a sra. Sevier. Queenie e mamãe e Briny e papai. O grande rio. O lago em forma de ferradura. O pântano. A grande varanda branca e as varandas pequenas que flutuam, flutuam e flutuam na água sem qualquer tipo de pintura.

Finjo que estou dormindo quando a sra. Sevier entra no quarto e toca minha testa de novo. Tenho medo de que ela tente me acordar e pergunte como estou me sentindo, mas ela sai do quarto. A porta no fim do corredor se fecha e finalmente consigo respirar com calma.

A lua está subindo quando visto meu casaco e calço os sapatos e jogo uma pequena bolsa nas costas. Vou até o quarto de Fern e a tiro da cama.

— Psiu… fique bem quietinha. Nós vamos para o rio para tentar ver vaga-lumes. Se nos ouvirem, não vão nos deixar ir.

Enrolo minha irmã no cobertor e ela adormece no meu ombro antes de acabarmos de descer a escada e sair para a varanda. Está escuro e sombrio ali, ouço o som de algo arranhando no jardim perto da casa, talvez um guaxinim ou um gambá. Os cães de caça do sr. Sevier latem quando piso na grama, mas se acalmam quando veem que sou eu. Ninguém acende a luz na casa das carruagens. O orvalho respinga nas minhas pernas enquanto seguro Fern no colo e me apresso em direção às árvores. Por sobre os galhos, a lua brilha alta e cheia, tão brilhante quanto a lanterna que Briny sempre deixa acesa no *Arcádia* à noite. A noite está clara e iluminada, e isso é tudo de que precisamos. Chegamos rapidamente à margem do lago. Arney está esperando exatamente como prometeu.

Falamos aos sussurros mesmo que ela tenha dito que o pai está apagado de tanto uísque, como sempre.

— Se ele acordar e quiser falar comigo, não vai se levantar para vir procurar. — Mesmo assim Arney nos apressa a entrar no barco. Seus olhos são duas bolas brancas arregaladas no rosto fino quando ela se vira para olhar em direção ao acampamento da obra.

Por fim, ela fica lá com uma das mãos no barco e os dois pés na margem. Parece que fica uma eternidade virada para o acampamento, só observando.

— Entre logo — sussurro. Fern está despertando um pouco no fundo do barco, espreguiçando-se e piscando. Se ela descobrir o que está acontecendo, temo que faça uma cena.

As mãos de Arney empurram o barco até que apenas as pontas dos dedos toquem o casco.

— Arney. — *Será que ela quer nos mandar sozinhas?* Não faço a menor ideia de como pilotar um barco a motor, e não conheço o caminho pelo pântano. Vamos nos perder e nunca mais conseguiremos sair de lá. — Arney, a gente tem que ir.

Por sobre a copa das árvores, as sombras se movem no jardim. Acho que vejo fachos de luz movendo-se na grama. Eles desaparecem quando me levanto para ver melhor. Talvez isso só tenha acontecido na minha cabeça... Ou talvez o sr. Sevier tenha voltado para casa esta noite em vez de ficar na cidade. Pode ser que ele esteja estacionando o carro e caminhando até a casa neste momento. Ele vai olhar os nossos quartos e ver que partimos.

Estendo a mão para fora do casco e agarro o braço de Arney. Ela se sobressalta como se tivesse se esquecido da minha presença. Ela me olha nos olhos sob a luz do luar.

— Não sei se devo fazer isso — confessa ela. — Eu nunca mais vou ver minha família.

— Eles tratam você muito mal, Arney. Você tem que deixá-los para trás. Tem que vir com a gente. *Nós* vamos ser a sua família. Fern e eu, Briny e Queenie e o velho Zede.

Nós nos olhamos por um longo tempo. Por fim ela concorda com a cabeça e empurra o barco com tanta força que eu caio por cima de Fern. Nós pegamos os remos e remamos, deixando o vento e a corrente nos levarem em direção ao pântano, até estarmos bem longe da margem.

— Onde estão os va-vaga-lumes? — murmura Fern quando me aproximo dela.

— Psssiu. Temos que chegar ao rio primeiro. Você pode dormir mais um pouco. — Eu a cubro com um cobertor e calço os sapatos nos seus pés descalços para aquecê-los, e deixo que use a bolsa como travesseiro. — Eu acordo você quando chegar a hora de olhar. — Não haverá vaga-lumes, mas quando Fern finalmente vir o *Arcádia*, não vai se importar nem um pouco com isso.

Arney liga o motor e se senta na popa para pilotá-lo. Pego o meu remo e vou para a frente do barco para ver se tem toras no rio.

— Acenda o lampião — pede Arney. — Tem uma caixa de fósforo aí.

Faço o que ela pediu e em alguns minutos estamos no meio do lago amplo e claro, agitando as criaturas da noite enquanto fogem do brilho da lanterna. Sinto-me livre como os gansos que voam acima de nós, cantando suas notas para as estrelas no céu. Estão seguindo para a mesma direção que nós. Para o sul do rio. Observo enquanto passam, e gostaria de me agarrar a um deles e deixar que me levassem para casa.

— Melhor prestar bastante atenção aqui. — Arney diminui a velocidade quando o lago se estreita e as árvores ficam mais próximas. — Empurre qualquer coisa que vir na água. Não deixe para passarmos por cima.

— Eu sei.

O ar da noite está frio e pesado e cheira a pântano. Abotoo mais o casaco. As árvores tampam o céu e suas raízes são grandes e retorcidas. Seus galhos se estendem como dedos. Algo arranha o casco e nos levanta para um lado.

— Mantenha a gente longe disso — ordena Arney. — Se um tronco furar o barco, já era.

Olho atentamente para ver troncos ou galhos ou qualquer tipo de madeira à deriva. Empurro com o remo e vamos cobrindo a distância. Aqui e acolá vemos barcos ancorados e casas de pântano flutuando com suas lanternas tremeluzindo, mas, na maior parte do tempo, estamos sozinhas. Não há nada, a não ser nós, por quilômetros de terras baixas e lamacentas onde lontras e linces vivem e o musgo pende dos galhos acima. As árvores têm formas que parecem monstros no escuro.

Uma coruja pia alto, e Arney e eu nos encolhemos e a sentimos passando por cima das nossas cabeças.

Fern se remexe no sono, incomodada com o barulho.

Penso nas histórias de Briny sobre o Rougarou, o lobo da mata, que pega as criancinhas e as leva para o pântano. Sinto um arrepio atravessar meu corpo, mas não permito que Arney perceba. Não há monstros piores do que os que estão esperando por nós na casa da sra. Murphy se formos enviadas de volta.

Não importa o que aconteça, Fern e eu não podemos ser capturadas.

Observo a água e tento não pensar no que pode haver lá no pântano. Arney vira para um lado e para outro, sempre encontrando o canal, exatamente como disse que faria.

Por fim, ficamos sem o luar, e o querosene do lampião acaba. A chama tremula até sobrar apenas uma fagulha, que a brisa apaga enquanto seguimos para a margem e amarramos a corda em uma árvore. Meus braços e minhas pernas estão pesados como as toras que fui tirando do caminho com o remo. Eles doem e estalam quando engatinho até o meio do barco para deitar embaixo do cobertor junto com Fern, que dormiu durante quase todo o trajeto.

Arney se aproxima também.

— A gente não está muito longe do fim do pântano — avisa ela. E nós três nos encolhemos juntas, com frio e molhadas e querendo dormir. Acho que escuto algo parecido com música e digo para mim mesma que deve ser um barco de shows, e isso significa que o rio está próximo, mas também pode ser minha mente pregando peças. Conforme caio no sono, tenho certeza de que ouço o som de barcas e barcos nas cercanias. Suas buzinas de neblina e apitos viajam pela noite. Ouço com atenção e tento decidir se sei quais são eles. O *Benny Slade*, o *General P* e o barco com a roda de pás com o seu som peculiar: *puff, pá, pá, pá, puff.*

Estou em casa. E envolvida em uma canção que sei de cor. Deixo a escuridão e os sons da noite invadirem meu corpo, não há sonhos nem preocupações em lugar nenhum. A mãe água me nina suave e gentilmente até que não haja mais nada ao meu redor.

Durmo o sono profundo dos ciganos do rio.

De manhã, vozes arrancam-me do sono. Vozes e o som de madeira batendo na madeira. Tiro o cobertor, e Arney se levanta rapidamente do outro lado de Fern. Olhamos uma para outra por um minuto, lembrando-nos de onde estamos e o que fizemos. No meio de nós duas, Fern se vira e pisca, olhando para o céu.

— Eu disse para você que tem alguém no barco, Remley. — Três meninos negros estão olhando para nós do tronco de um cipreste, os macacões dobrados até o joelho acima de pernas magras e enlameadas.

— Aquela lá é uma *garota*! — exclama o garoto maior, esticando o pescoço para olhar melhor para mim e batendo no barco com uma vara de caçar sapos. — E tem uma menininha também. Meninas brancas!

Os outros dão um passo para trás, mas o maior — não deve ter muito mais do que nove ou dez — fica no mesmo lugar e se inclina sobre a vara.

— O que estão fazendo aqui? Vocês se perderam?

Arney se levanta e ergue uma das mãos.

— Saiam já daqui. É melhor darem o fora se sabem o que é bom para tosse. — Sua voz sai mais grossa, como a que usava antes de eu saber que ela era uma menina. — A gente só está pescando. Só esperando amanhecer para começar tudo de novo. Um de vocês aí, solte a corda para gente seguir nosso caminho.

Os garotos ficam onde estão, ainda nos olhando com olhos arregalados.

— Vamos logo! Vocês são surdos? — Arney sacode um dos remos em direção à árvore à qual estamos amarradas. A água nos moveu um pouco enquanto dormíamos e a corda embolou nos galhos. Vai ser difícil para nós chegarmos até ela.

Remexo na bolsa e pego um biscoito. Na casa dos Sevier sempre há uma abundância de guloseimas preparadas por Zuma. Peguei algumas nos últimos dias para guardá-las para nossa viagem. Agora, elas serão de grande serventia.

— Vou dar um biscoito para cada um se vocês soltarem a corda.

Fern esfrega os olhos e sussurra:

— Cadê a mamãe?

— Psiu! — digo para ela. — Fique bem quietinha agora. Nada de perguntas.

Seguro o biscoito para que os meninos o vejam. O menor abre um sorriso e solta a sua vara e sobe no galho com tanta habilidade quanto um lagarto. Ele se esforça para soltar o nó e leva um tempo até conseguir. Antes de sermos levadas pela correnteza, jogo três biscoitos em direção à margem.

— Não precisava ter dado nenhum para eles — reclama Arney.

Fern estica os braços para mim e lambe os lábios.

Dou a Fern e a Arney os dois últimos biscoitos.

— Vamos ter bastante comida quando chegarmos ao *Arcádia*. Queenie e Briny vão ficar tão felizes de nos ver que vão cozinhar tanta comida que você nem vai acreditar nos seus próprios olhos.

Desde que começamos essa viagem, venho fazendo promessas a Arney para ela continuar seguindo em frente. Sinto que ela quer voltar para sua família. É engraçado ver que as coisas com as quais estamos acostumados parecem certas, mesmo quando são ruins.

— Você vai ver só — continuo. — Quando chegarmos ao *Arcádia*, vamos descer o rio e seguir para um lugar onde ninguém vai causar problemas para a gente. Vamos para o Sul, e o velho Zede vai seguir logo atrás.

Repito isso para mim mesma várias e várias vezes enquanto ligamos o pequeno motor e seguimos para a boca do pântano, mas é como se houvesse uma fina linha dentro de mim que ainda está amarrada lá atrás. Ela fica cada vez mais apertada, mesmo quando fazemos a curva e as árvores se abrem e eu vejo o rio pronto para nos levar de volta para casa. Sinto uma preocupação crescendo dentro de mim, e não tem nada a ver com as ondas dos barcos maiores que nos fazem balançar enquanto seguimos em direção a Memphis.

Quando Mud Island finalmente aparece, a preocupação me deixa totalmente sem ar, e eu meio que desejo que uma das balsas passe por cima de nós enquanto cruzamos em direção às águas paradas. O que Briny e Queenie vão dizer quando virem que somos apenas Fern e eu?

A pergunta vai ficando cada vez mais pesada conforme passamos pelo antigo acampamento de casas flutuantes, que já está quase vazio agora, e eu guio Arney em direção às águas paradas pelas quais já naveguei centenas de vezes na minha mente. Vim até aqui quando estava no carro da srta. Tann e quando estava no porão da sra. Murphy e no sofá na festa de visitação e no quarto cor-de-rosa na casa dos Sevier.

É difícil acreditar, mesmo quando passamos pela curva e o *Arcádia* está esperando por nós, que ele é real. Que não é outro sonho.

A casa flutuante de Zede está atracada logo abaixo, mas quanto mais perto chegamos, mais coisas parecem erradas com o *Arcádia*. O parapeito da varanda está quebrado. Folhas e galhos estão caídos no telhado. Uma janela estilhaçada cintila suas pontas afiadas sob a luz do sol perto da chaminé do forno. O *Arcádia* está na água, mas seu casco está tão alto na margem, que eu me pergunto se vamos conseguir soltá-lo.

— *Arcádia! Arcádia!* — exclama Fern, batendo palminhas e apontando, os cachinhos dourados balançam. Ela fica em pé no meio do barco do jeito que apenas uma menina do rio conseguiria. — *Arcádia!* Queenie! Queenie! — grita ela de novo e de novo à medida que nos aproximamos.

Não há sinal de ninguém por ali. *Talvez eles tenham saído para pescar ou caçar esta manhã. Ou talvez estejam com Zede.*

Mas Queenie não costuma deixar o barco. Ela gosta de ficar em casa, a não ser que tenha mulheres para visitar nos arredores. E não tem ninguém por aqui.

— É aqui? — Arney parece duvidar.

— Eles devem ter saído. — Tento parecer segura de mim mesma, mas não estou. Sinto uma sensação pesada e nefasta. Queenie e Briny jamais deixariam o barco ficar nesse estado. Briny sempre teve tanto orgulho do *Arcádia*. Ele o mantinha em ordem. Mesmo tendo cinco crianças a bordo, Queenie sempre deixou a nossa casa impecável. Pronta para navegar, era como ela dizia.

O *Arcádia* está longe de poder navegar agora. Parece ainda pior à medida que Arney se aproxima da prancha e desliga o motor para que possamos navegar até lá embaixo. Quando seguro no parapeito para nos içar até ele, um pedaço sai na minha mão e eu quase caio na água.

Assim que amarro o barco, vejo Silas correndo pela margem, as pernas longas passando pela areia. Ele salta sobre um arbusto como uma raposa e, por um instante, me lembro de Camellia tentando fugir quando a polícia chegou.

Parece que se passaram anos, e não apenas meses.

Silas me encontra quando saio do barco. Ele me agarra em um abraço apertado e me levanta enquanto seus pés afundam na areia. Então, ele me coloca na ponta da prancha.

— Você é um colírio para os meus olhos — confessa ele. — Achei que nunca mais fosse ver você.

— Eu também achei. — Atrás de mim, ouço Arney ajudando Fern, mas tudo que consigo fazer é olhar para Silas. *Ele* é um colírio para os meus olhos, é mesmo. — Estamos em casa. Conseguimos.

— Conseguiram mesmo. E você trouxe Fern também. Espere até Zede ver vocês.

Ele me abraça de novo e, dessa vez, os meus braços não estão presos sob os deles, então posso retribuir o abraço.

Só quando Fern fala é que eu me lembro que tem outras pessoas ali olhando.

— Cadê a Queenie? — pergunta ela.

No instante que solto Silas e dou um passo para trás, sei que tem alguma coisa errada. Ninguém saiu da casa, mesmo com todo o barulho que fizemos.

— Silas? Cadê a Queenie? Cadê o Briny?

Silas segura meus ombros. Seus olhos escuros mergulham nos meus. O canto dos seus lábios estremece um pouco.

— Sua mãe morreu há três semanas, Rill. O médico disse que foi septicemia, mas Zede disse que foi por causa do coração partido. Ela sentia muita falta de todos vocês.

A notícia me parte ao meio. Sinto um vazio por dentro. *Minha mãe se foi deste mundo? Ela se foi e eu nunca mais vou vê-la?*

— Onde está o Briny? — pergunto.

Silas me abraça ainda mais forte. Temo que se ele me soltar, eu vá cair como uma boneca de pano. Por um segundo, acho que vou.

— Ele não anda nada bem, Rill. Ele começou a beber depois que perdeu todos vocês. E piorou depois da morte de Queenie. Piorou muito.

Capítulo Vinte e três

Avery

Trent e eu ficamos lado a lado olhando para as colunas antigas que delimitam o perímetro de uma pedra decrépita e uma fundação de concreto. Estão de pé, como sentinelas, postura militar, com os pés perdidos entre a hera e o mato, os chapéus coroados com arabescos entalhados e querubins cobertos de musgos.

Passam-se alguns instantes até percebermos que Jonah subiu os degraus para investigar o que deve ter sido uma varanda com muitos níveis. Parapeitos enferrujados do segundo andar envolvem a coluna bem acima de nossas cabeças, unindo-as como cordas desbotadas de uma trança dourada.

— Ei, volte aqui, cara — diz Trent, chamando o filho. As pedras parecem firmes, mas não temos como saber se este lugar é estável.

Isso costumava ser uma casa de fazenda, construída ao longo do rio Savannah, não muito longe de Augusta. De quem ela era? Perto dali, há um depósito de gelo e outras construções abandonadas, seus telhados vermelhos lentamente ruindo, estacas de madeira sobressaindo como ossos quebrados.

— Mas o que cargas-d'água minha avó *fazia* aqui? — É impossível imaginar vovó Judy em um lugar como este; uma mulher que reclamava se eu chegasse em casa vinda do estábulo com pelo de cavalo na roupa e cometesse o erro de me sentar em algum lugar.

E *toda* quinta-feira por *anos*? Por quê?

— Uma coisa é certa. Ninguém a incomodaria aqui. Duvido muito que alguém se dê conta de que este lugar existe. — Trent segue até a escada e pega a mão de Jonah enquanto o menino pula alegremente os degraus. — Fique perto do papai, cara. Sei que parece legal, mas pode ter uma cobra.

Jonah se levanta na ponta dos pés para ver acima da fundação.

— Cadê a *coba*?

— Eu disse que pode ter uma cobra.

— Aaaahh...

Distraio-me um pouco com eles. Parecem ter saído diretamente de uma foto de revista, o sol forte do meio-dia passando por entre as folhas de velhas árvores e iluminando os cabelos louros e as feições parecidas.

Por fim, viro-me para as ruínas da casa. Deve ter sido grandiosa na sua época.

— Bem, considerando que ela usava um táxi para vir até aqui em vez do seu motorista, não queria que ninguém soubesse onde ela estava.

Quero que a verdade seja algo inocente, mas sei que estou enganada. É muita coincidência que May Crandall tenha mencionado Augusta e minha avó tenha vindo aqui tantas vezes. O assunto envolve as duas de alguma forma. Esta é a casa de May, eu sei que é. Sua ligação com vovó Judy está além de trabalharem juntas em alguma história trágica de adoção há tanto tempo.

— Parece que a estrada continua por ali. — Trent aponta para o caminho que usamos para chegar até aqui. Com grama crescida no meio e brotos cobrindo a trilha deixada por pneus, acho que aquilo não se qualifica como estrada, mas obviamente alguém passou por ali de carro e o mato foi cortado desde a última temporada. Alguém cuidava deste lugar até muito recentemente.

— Acho que devemos ver onde vai dar.

Mas parte de mim — a maior parte — teme o que vai descobrir.

Começamos a descer a estrada, cruzando o que um dia foi um gramado. Jonah levanta bem as perninhas a cada passo, atravessando a grama alta como se testasse as ondas que quebram na areia da praia. Trent o pega no colo e o segura com um braço quando a grama fica mais alta, e o caminho nos leva para o meio das árvores.

Jonah aponta para passarinhos, esquilos e flores, fazendo com que nosso passeio pareça inocente — amigos caminhando pela natureza. Ele quer que seu pai e eu façamos comentários sobre suas descobertas. Faço o melhor que posso, mas minha mente está a mil por hora montanha abaixo. Através das árvores, vejo a água. Está iluminada pelo sol e ondulada pelo vento. O rio, sem dúvida.

Jonah me chama de "Ay-ber-wee". Seu pai o corrige, dizendo:

— Esta é a srta. Stafford. — Trent sorri para mim. — A minha família é antiquada. Nada de crianças chamarem adultos pelo primeiro nome.

— Isso é legal. — Fui criada assim também. Honeybee me colocava de castigo no quarto se eu não usasse corretamente os tratamentos *sr.* e *sra.* para me dirigir aos adultos. A regra prevaleceu até eu entrar na faculdade e ser oficialmente uma adulta.

À nossa frente, a trilha chega ao que parece ser as ruínas de uma cerca de metal enferrujado. As trepadeiras estão tão grandes que não noto que estão cercando um jardim até estarmos quase em cima delas. Há uma casinha limpa e arrumada entre os roseirais vermelhos e as murtas brancas. Localizada em uma colina acima do rio, parece com uma casinha encantada dos contos de fadas — um tipo de esconderijo que protegeria a princesa disfarçada ou um sábio idoso que já fora rei. Do portão da frente, um caminho de tábuas desce a colina até um ancoradouro sobre as águas.

Mesmo que os jardins no entorno da casa estejam descuidados no momento, eram obviamente tratados com amor. Arvoredos, bancos e fontes foram cuidadosamente colocados ao longo do caminho de pedras. A casinha fica em um pequeno píer, preparado para conter a cheia do rio. Julgando pelas janelas de madeira gastas pelo tempo e pelo telhado de latão, eu diria que a casa já está ali há décadas.

Então este era o destino da minha avó. É fácil imaginar por que ela gostaria de vir até aqui. É o tipo de lugar onde poderia se esquecer das obrigações, das preocupações, das responsabilidades, da reputação da família, do olhar público... de tudo que enchia aquelas agendas cuidadosamente preenchidas.

— Uma pessoa jamais saberia da existência desse lugar. — Trent admira o pequeno refúgio enquanto caminhamos até a frente da casa, onde uma ampla varanda telada aparece por entre as árvores. Cortinas de renda cobrem as janelas da frente. Um carrilhão de vento toca a música suave e doce da brisa do meio-dia. Galhos e folhas nos degraus confirmam que ninguém varreu o lugar desde as últimas tempestades.

— Não, não saberia mesmo. — *Será* que esta é a casa de May Crandall, o lugar onde ela foi encontrada abraçada ao corpo sem vida da irmã?

Trent abre o portão retorcido, que arranha a trilha de pedra, protestando contra a invasão.

— Parece bem quieto. Vamos ver se tem alguém em casa.

Subimos juntos os degraus, e ele coloca Jonah no chão da varanda enquanto a porta de tela range até se fechar atrás de nós.

Batemos na porta e esperamos. Por fim, espiamos pelas janelas com cortinas de renda. Lá dentro, um sofá florido ladeado com mesas no estilo Rainha Anne e abajures Tiffany parecem fora de lugar nesta modesta casa ribeirinha. Pinturas e fotos enfeitam as paredes da pequena sala, mas não dá para vê-las com clareza. Lá atrás, há uma cozinha. Portas saindo da sala principal parecem levar aos quartos e a uma varanda nos fundos.

Segui para outra janela para ter uma visão melhor, quando ouço Trent tentar abrir a porta.

— O que você está *fazendo*? — Olhando por sobre o ombro, meio que espero ouvir sirenes e ver uma arma apontada para nós.

Trent dá uma piscadinha para mim com um brilho travesso no olhar enquanto a maçaneta gira.

— Estou verificando para uma venda potencial. Acho que alguém me ligou pedindo uma avaliação deste lugar.

Ele está lá dentro antes que eu tenha a chance de protestar. Nem sei se protestaria mesmo. Não vou conseguir ir embora sem descobrir mais coisas, sem saber o que estava acontecendo aqui. É difícil imaginar como alguém nas condições de May poderia viver em um lugar tão isolado.

— Jonah, fique aí na varanda. Nada de sair pela porta de tela. — Trent lança um olhar de comando por sobre o ombro.

— Tá bom. — Jonah está entretido catando bolotas de carvalho que algum esquilo deve ter enfiado ali por um rasgo na tela. Ele está contando quando entro atrás de Trent. — Um, dois, *tês*... sete... oito... *calenta e cato*...

A contagem fica para trás quando paro sobre um tapete pequeno na soleira da porta e olho a sala. Não é o que eu esperava. Não tem poeira, nem insetos mortos nos peitoris das janelas. Tudo está impecável. Há uma sensação inegável de que alguém esteve ali, mas os únicos sons são os do carrilhão de vento, dos pássaros, das folhas, da voz sussurrada de Jonah e do grito de um pássaro do rio.

Trent aponta para um envelope que está na bancada da cozinha.

— May Crandall. — Ele apresenta a evidência, mas não presto muita atenção.

Estou concentrada em um quadro sobre a lareira. Os chapéus de verão, os vestidos bem passados da década de 1970, os sorrisos, os cachos dourados levantados pela brisa do mar, o riso que você pode ver, mas não ouvir...

Reconheço a cena, mesmo que não seja a mesma pose. Nessa imagem, as quatro mulheres estão olhando uma para outra e rindo. Não há meninos brincando na areia ao fundo. A foto que encontrei na cabana do primeiro Trent Turner estava em preto e branco, e as mulheres sorriam para a câmera. A foto que inspirou a pintura deve ter sido tirada instantes antes da outra. A pintora acrescentou cores vibrantes. Não há um tom para se pintar o riso, mesmo assim o momento representado irradia alegria. As mulheres estão de braços dados enquanto jogam a cabeça para trás. Uma delas chuta a água do mar em direção ao fotógrafo.

Aproximo-me da pintura e estudo a assinatura no canto inferior. *Fern*.

A moldura de bronze traz o título da obra: DIA DAS IRMÃS.

Minha avó está à esquerda. As outras três, com base na história contada no asilo, são May, Lark e Fern.

Com as cabeças viradas para trás e iluminadas pelo sol, em vez de com sombras nos rostos, as mulheres realmente *parecem* irmãs.

Até mesmo minha avó.

— Esse não é o único. — Trent se vira, analisando o cômodo. Em todos os lugares há fotografias. Décadas diferentes, locais diferentes, uma coleção de molduras e tamanhos, mas sempre das mesmas quatro mulheres. No ancoradouro de um rio, com as calças jeans dobradas e varas de pescar nas mãos; apreciando o chá perto da roseira que fica atrás desta casa; em canoas vermelhas e remos preparados para a aventura.

Trent se inclina sobre a mesa, abre um álbum preto de fotografia e passa as páginas.

— Elas passavam muito tempo aqui.

Dou um passo na direção dele.

De repente, um cachorro late lá fora. Nós dois congelamos enquanto o som se aproxima. Unhas arranham os degraus da varanda. Com quatro passos largos e apressados, Trent atravessa a sala e sai pela porta, mas não é rápido o suficiente. Um cachorrão preto está do outro lado da tela, e Jonah está congelado no chão.

— Calma, amigão... — Trent dá um passo para a frente, pega o braço de Jonah e o entrega para mim.

O cachorro levanta a cabeça e late, então arranha a soleira da porta, tentando enfiar o focinho pelo canto.

Não muito longe, um motor ronca. Talvez um cortador de grama. Está vindo em nossa direção. Trent e eu não temos escolha, a não ser esperar. Eu nem me atrevo a fechar a porta da casa atrás de nós. Se o cachorro conseguir passar pela tela, precisamos de um lugar para onde fugir.

Somos como criminosos pegos no flagra. Na verdade, *somos* criminosos pegos no flagra.

Apenas Jonah, inocente de qualquer crime, está animado. Mantenho uma das mãos em seu ombro enquanto ele dá pulinhos e tenta ver de onde vem o barulho do motor.

— O trator! O trator! — exclama ele quando um homem de macacão e chapéu de palha surge em um trator vermelho e cinza de uma idade inestimável. Um carrinho de duas rodas já desbotado vem a reboque com um aparador de grama e alguns galhos. O sol o ilumina, revelando a pele escura do homem quando ele para perto do portão e desliga o motor.

Mais de perto, vejo que ele é mais novo do que sua roupa o faz aparentar. Deve ter mais ou menos a idade dos meus pais... uns sessenta anos talvez?

— Sammy! — Sua voz soa grossa e exigente enquanto desce do trator e chama o cão. — Pare já com isso! Quieto! Aqui!

Mas Sammy tem outros planos. Ele espera até o homem quase chegar à casa antes de obedecer ao comando.

O estranho para no meio da escada. Mas ele é tão alto que fica quase da minha altura.

— Posso ajudá-los?

Trent e eu olhamos um para o outro. Claramente nenhum de nós dois se preparou para este momento.

— Nós conversamos com May no asilo. — Trent tem lábia de vendedor. Ele faz isso parecer uma explicação quando, na verdade, não é.

— Eu... esta é a casa... dela? — gaguejo, fazendo com que a gente pareça ainda mais culpado.

— Você tem um trator! — Entre nós três, Jonah foi o que fez o comentário mais inteligente.

— Sim, senhor. Eu tenho um trator, rapazinho. — O homem coloca as mãos nos joelhos para falar com Jonah. — Aquele lá era o trator do meu pai. Ele comprou novinho em 1958. Venho aqui para ligá-lo quando tenho tempo e para limpar um pouco de mato na fazenda, pegar alguns galhos e dar uma olhada na minha mãe. Os netinhos adoram vir comigo. Um deles está ali agora e tem mais ou menos o seu tamanho.

— Ah... — Jonah mostra que está impressionado. — Tenho *tês* anos. — Ele se esforça para erguer os três dedinhos do meio e dobrar o mindinho e o polegar.

— Isso mesmo. Bart tem a mesma idade — concorda o homem. — Três anos e meio. O nome é em homenagem ao vovô, que sou eu.

Big Bart se empertiga, analisando a mim e Trent.

— Vocês são parentes de May? Como ela está? Mamãe me disse que a irmã da sra. Crandall morreu e que tiveram que levá-la para um asilo. Disse que os netos a colocaram em uma instituição em Aiken, achando que seria melhor ela não ficar tão perto de casa. Isso é muito triste. Ela amava este lugar.

— Ela está como é de esperar, eu acho — respondo. — Acho que ela não gosta muito de lá. Depois de visitar sua casa aqui, consigo perceber o motivo.

— Você é sobrinha ou neta? — Ele se concentra em mim, e percebo que está tentando descobrir se sabe quem eu sou.

Tenho medo de mentir para o homem. Não tenho como saber se May sequer *tem* uma neta. Bart pode estar me testando.

E uma mentira não vai resolver meu problema, de qualquer forma.

— Eu não sei bem, para dizer a verdade. Você disse que sua mãe mora por aqui? Eu gostaria de saber se ela sabe alguma coisa sobre... — *o segredo que minha avó escondeu de todos* — ...as fotos na casa e o quadro em cima da lareira. Minha avó é uma das mulheres pintadas.

Bart lança um olhar sem expressão para a casa.

— Eu não saberia dizer. Não entro aí há anos. Minha mãe é que toma conta deste lugar há muito tempo. Desde antes do incêndio de 1982.

— Será que poderíamos conversar com ela? Ou seria uma intromissão da nossa parte?

Ele puxa o chapéu para trás.

— Minha nossa. Não mesmo. Ela adora quando aparece alguma visita. Só tenham certeza se vocês têm tempo. Mamãe fala pelos cotovelos. — Ele dá um passo para trás e olha pela lateral da casa. — Vocês desceram a pé até aqui lá da casa antiga? Tem um caminho mais fácil por ali. Um caminho para carros até a passagem para a fazenda. May deixava o carro dela estacionado perto da casa da mamãe.

— Ah, eu não sabia. — Mas isso explica algumas coisas, como o matagal na entrada da frente e a trilha difícil que nos trouxe até aqui. — Nós viemos andando desde o portão de ferro.

— Melhor bater nas roupas ou ficarão cheiros de carrapato amanhã. Lembrem-me de dar a vocês um pouco de sabão contra esses bichos. Minha mãe mesma que faz.

Eu começo a me coçar na hora.

— Vocês podem subir no carrinho a reboque ali, dou uma carona até a casa da mamãe. A não ser que prefiram ir andando.

Olho para o caminho e imagino que há bilhões de bichos-do-pé só esperando para se agarrarem em mim e me causarem coceira por toda a eternidade.

Jonah já está pulando no lugar, puxando a calça do pai e apontando para o trator.

— Acho que vamos de carona — decide Trent.

Jonah bate as mãozinhas e comemora.

— Você vem comigo, rapazinho.

Bart abre a porta de tela e Jonah estende os braços para ele como se fosse um velho amigo. Ele levanta Jonah e desce os degraus. Fica claro que Bart tem experiência com esse tipo de coisa. Obviamente é um superavô.

Jonah está no paraíso quando subimos no carrinho de duas rodas, que me faz lembrar do carrinho de adubo que os funcionários dos estábulos usam em Drayden Hill. Desconfio que este carrinho tenha sido usado da mesma forma. Substâncias de aparência estranha deslizam por entre os galhos. Jonah não dá a mínima. Ele parece estar feliz da vida enquanto passamos por baixo de árvores na extremidade do jardim e seguimos por uma trilha bastante usada, talvez por um carrinho de golfe.

O caminho que pegamos segue para a direção oposta ao rio, levando-nos para uma estrada rural, na qual entramos no primeiro portão. A casa pintada de azul parece o tipo de lugar onde uma fazendeira moraria. Há galinhas ciscando no quintal. Vejo uma vaca leiteira na sombra de uma árvore. A roupa está pendurada em várias cordas de varal. Sammy vai correndo na frente, latindo para anunciar a nossa chegada.

A mãe de Bart chega à varanda, usando um vestido havaiano colorido, pantufas e um cachecol amarelo vibrante. Uma flor de seda combinando enfeita o coque grisalho no alto da cabeça. Quando ela vê o trator, dá um passo para trás e protege os olhos.

— Quem está aí com você, Bartholomew?

Deixo o filho dar as explicações, já que não tenho nenhuma.

— Eles estavam lá na casa da sra. Crandall. Disseram que a visitaram no asilo.

O queixo da mulher idosa desaparece nas dobras cor de canela do pescoço enrugado.

— E quem são vocês?

Desço do carrinho antes que ela tenha a chance de decidir que o filho deve nos levar de volta para onde nos encontrou.

— Avery. — São só dois passos até a varanda, e eu me apresso a oferecer a mão para cumprimentá-la. — Eu estava perguntando ao seu filho sobre as fotos e as pinturas na casa de May. Minha avó está em todas elas.

A mulher olha de mim para Trent, que está esperando ao pé da escada, enquanto Jonah explora o trator com Bart. Um menino mais ou menos do tamanho de Jonah sai de um celeiro e corre pelo quintal até chegar a eles. Não é necessário fazer apresentações, mas eles rapidamente fazem. Este é o pequeno Bart.

A mulher idosa volta a atenção para mim novamente. Inclina o rosto para a frente e me avalia com um olhar longo e duro, como se estivesse mapeando os contornos do meu rosto, comparando com alguma coisa. Será que é a minha imaginação ou há um brilho de reconhecimento ali?

— Quem você disse que é?

— Avery — repito um pouco mais alto dessa vez.

— Avery de quê?

— Stafford. — Eu tinha omitido meu sobrenome de propósito até agora. Mas não quero sair daqui sem respostas, e se esse é o preço, que assim seja.

— Você é filha da srta. Judy?

Meu coração dispara tão forte no peito que posso escutar as batidas pulsarem no meu ouvido.

— Neta.

O tempo parece ficar em câmera lenta. Perco totalmente a consciência da conversa dos meninos sobre o trator, de Big Bart e das galinhas cacarejando, da vaca espantando as moscas e do canto incessante de um pássaro.

— Você quer saber sobre a casa aqui do lado. Sobre o motivo das visitas dela. — Não é uma pergunta, mas uma afirmação, como se esta mulher estivesse esperando por anos, sabendo que mais cedo ou mais tarde alguém viria perguntar.

— Sim, senhora. É isso que eu quero. Perguntaria à minha avó, mas, para dizer a verdade, a cabeça dela não está muito boa. Ela não se lembra das coisas.

Ela balança a cabeça e sua língua estala fazendo um *tsc, tsc, tsc* suave. Então olha para mim novamente e diz:

— O que a mente não se lembra, o coração ainda sabe. Amor é a coisa mais forte de todas. Mais forte do que todo o resto. Você quer saber sobre as irmãs.

— Por favor — sussurro. — Por favor, me conte.

— Não posso contar um segredo que não é meu. — Ela se vira em direção à casa e, por um instante, acho que estou sendo dispensada, mas um olhar rápido por sobre o ombro me diz o contrário. Ela está me convidando para entrar.

Ela está me *mandando* entrar.

Paro logo depois do limiar da porta, esperando enquanto ela levanta a tampa de uma antiga escrivaninha de carvalho e pega um crucifixo amassado de latão. Debaixo dele, ela tira três páginas arrancadas de um bloco amarelo de anotações. Mesmo tendo sido amassadas e alisadas de novo, não parecem particularmente antigas e certamente não são da mesma época do crucifixo.

— Eu só peguei isso para guardar — informa a mulher. Ela me entrega a peça de latão e os papéis separadamente. — Essa cruz foi de Queenie há muito tempo. A srta. Judy escreveu isso. É a história *dela*, mas nunca escreveu o resto. Elas decidiram levar a história delas para o túmulo, eu acho. Mas achei que talvez um dia alguém pudesse vir perguntar. Não é uma coisa boa guardar esse tipo de segredo, não importa quão antigo seja. Às vezes, os mais antigos são os piores de todos. Você leve a sua avó para visitar a srta. May. O coração ainda sabe. Ele sabe quem ele ama.

Olho para o crucifixo, viro-o na minha mão e abro as folhas amarelas. Reconheço a letra. É da minha avó. Eu já li bastante de seus diários para ter certeza.

— Sente-se, menina. — A mãe de Bart me leva até uma poltrona. Eu meio que sento, meio que caio. No alto da página, leio:

PRELÚDIO
Baltimore, Maryland
3 de agosto de 1939

A data de aniversário da minha avó e o lugar em que ela nasceu.

Minha história começa em uma noite abafada de agosto em um lugar que nunca vi. O cômodo ganha vida apenas na minha imaginação. É grande na maioria das vezes em que o imagino. As paredes são brancas e limpas, e os lençóis, macios como uma folha recém-caída. A suíte privativa tem tudo do bom e do melhor.

Flutuo pelo tempo, voltando anos e décadas, movendo-me pelo espaço até um quarto de hospital em agosto de 1939, até uma pequena vida que chega ao mundo e o deixa no mesmo instante, deixando para trás sangue, luto e uma mãe exausta que mergulha em um sono misericordioso.

Há conversas sussurradas de homens poderosos. Um avô que, apesar de toda riqueza e posição, não pode salvar sua pequena neta.

Ele é um homem importante... um deputado talvez?

Ele não pode salvar a filha. Ou será que pode?

Eu conheço uma mulher em Memphis...

Uma escolha desesperada é feita.

É neste ponto que a história termina.

E onde outra começa. A saga de uma menininha de cabelos claros que, se a história sórdida de Georgia Tann serve de indicação, foi tirada da mãe logo após o nascimento. Documentos falsos são assinados, ou talvez a mãe exausta que acabou de dar à luz simplesmente recebe a notícia de que a filha nasceu morta. O bebê é levado para longe nos braços de Georgia e secretamente entregue para a família que aguarda para recebê-la, como se fosse sua, e então enterrar o seu segredo desesperado.

A menininha se torna Judy Myers Stafford.

Essa é a verdade que meu coração vinha buscando desde o dia em que vi a fotografia desbotada na mesinha de cabeceira de May e fiquei assustada com a semelhança.

A foto no asilo é de Queenie e Briny. Eles não são apenas pessoas do passado de May Crandall. Eles são meus bisavós. Ciganos do rio.

Talvez eu também seria uma se o destino não tivesse dado essa reviravolta impensável.

A mãe de Bart se aproxima de mim. Ela se senta no braço da poltrona, acaricia minhas costas e me entrega um lenço enquanto minhas lágrimas escorrem pelo rosto.

— Ah, querida. Minha criança. A melhor coisa é *saber*. Eu sempre disse isso para elas. É melhor ser quem realmente é. O que se é bem lá no fundo. Não existe outra forma de se viver. Mas essa não era uma decisão que eu pudesse tomar.

Não sei por quanto tempo fico sentada lá, enquanto a mulher idosa me acalma e eu penso em todas as coisas que afastaram as crianças do *Arcádia* uma da outra. Penso no modo como May explicou suas escolhas: *Nós éramos jovens com nossas próprias vidas, maridos e filhos quando nos reencontramos. Optamos por não interferir uma na vida da outra. Foi o suficiente para cada uma de nós saber que as outras estavam bem...*

Mas a verdade é que não era o suficiente. Mesmo o baluarte da reputação e da ambição e a posição social não foram capazes de apagar o amor entre as irmãs, a ligação uma com a outra. De repente, as barreiras que criaram a necessidade de elas viverem vidas ocultas e de terem lugares de encontros secretos parecem quase tão cruéis como aquelas adoções negociadas, aqueles documentos falsificados e aquelas separações forçadas.

— Leve sua avó para ver a irmã. — A mão trêmula aperta a minha. — Elas são as únicas que restaram. As duas irmãs que ainda estão vivas. Diga a elas que Hootsie disse que já chegou a hora de serem quem realmente são.

Capítulo Vinte e quatro

Rill

O CANTO DO CURIANGO TENTA ME ARRANCAR do meu sonho, mas eu o afasto e me mantenho lá. No sonho, estamos todos a bordo do *Arcádia*... Briny e Lark e Fern e Gabion. Navegamos o Mississípi abaixo e estamos bem no meio dele, como se fôssemos os donos do grande rio. O dia está bom e claro e não tem nenhum rebocador, nem balsa, nem barco a vapor à vista.

Estamos *livres*. Estamos livres e deixamos o rio nos levar para o Sul. Para bem, bem longe de Mud Island e tudo que aconteceu lá.

Silas e Zede também estão com a gente. E Camellia e Queenie.

E é por isso que sei que nada disso é real.

Abro os olhos e afasto o cobertor e, por um minuto, os raios de sol me cegam e me sinto perdida. É o meio do dia e não da noite. Então, me dou conta de que estou encolhida no esquife junto com Fern, e que estamos enroladas embaixo da lona rasgada e não do cobertor. O esquife está amarrado ao *Arcádia*, sem ir para lugar nenhum. É o único lugar que podemos ir para descansar durante o dia e ter certeza de que Briny não vai nos assustar.

O chamado do curiango chega novamente. É Silas, eu sei. Procuro por ele nos arbustos, mas ele se escondeu.

Remexo-me sob a lona, e Fern segura meu tornozelo. Desde que voltamos para o *Arcádia*, ela morre de medo de ficar sozinha, mesmo que seja só por um minuto. Ela nunca sabe se Briny vai empurrá-la com força, fazendo-a cair no chão, ou agarrá-la e abraçá-la com uma força que a impede de respirar.

Respondo ao chamado e Fern se levanta para tentar ver o interior da mata.

— Psiu! — sussurro. Quando saímos do esquife esta manhã, Briny estava cambaleando pelo barco com uma garrafa de uísque na mão. Ele deve estar dormindo na varanda agora. Mas não tenho certeza se está mesmo. — Melhor não deixar Briny descobrir que Silas está aqui.

Fern concorda com a cabeça e contrai os lábios. A barriguinha dela ronca. Ela provavelmente sabe que Silas trouxe alguma coisa para comermos. Se não fosse por Silas e pelo velho Zede e por Arney, teríamos morrido de fome nessas três semanas desde que voltamos para o *Arcádia*. Briny não tem necessidade de comida. Ele agora vive à base de uísque.

Levanto a lona para Fern.

— Volte para baixo por um minuto.

Se Briny vir que Silas veio até aqui e começar uma briga por isso, não quero que Fern esteja por perto.

Preciso desgrudá-la de mim para colocá-la de volta, mas ela fica.

Silas está esperando em um arbusto. Ele me dá um abraço apertado e eu mordo o lábio para não chorar. Nós nos afastamos um pouco dali, mas não para muito longe para que eu possa ouvir Fern se ela precisar de mim.

— Você está bem? — pergunta Silas quando nos sentamos embaixo de uma árvore.

Concordo com a cabeça.

— Mas a pescaria não foi boa esta manhã. — Não quero pedir comida, mas espero que seja isso que ele está carregando na pequena bolsa.

Ele me entrega uma trouxa não muito maior do que dois punhos fechados, mas significa muito. Os suprimentos de Zede estão acabando e ele tem que alimentar Arney também. Ela se mudou para o barco dele, onde ficará segura. Zede queria que Fern e eu fôssemos para lá também, mas sei que Briny não vai nos machucar.

— Algumas panquecas e um pouco de peixe salgado. Uma maçã para vocês dividirem. — Silas se apoia nas mãos e olha em direção ao rio. — Briny está melhor hoje? Ele está lúcido?

— Um pouco. — Não sei se é verdade ou se eu só quero que seja. Briny só fica vagando pelo barco e bebe e grita à noite toda. Então, ele dorme durante o dia.

— Zede disse que vai chover esta noite.

Também vi sinais de chuva. Isso me preocupa.

318 *Lisa Wingate*

— Não volte aqui, e não tente soltar as cordas novamente, está bem? Ainda não. Talvez daqui a alguns dias. Daqui a alguns dias acho que Briny pode estar pronto.

Por duas semanas permanecemos na margem em frente a Mud Island enquanto o tempo ficava mais frio. Mesmo que Silas e Zede tenham avisado Briny que seria fácil para a polícia nos encontrar se viessem procurar, Briny não permitiu que ninguém tocasse nas cordas. Ele quase arrancou as mãos de Silas com um tiro por tentar. Quase atirou na pobre Arney também. Dei a ela algumas das roupas de Queenie para usar, e Briny pensou que ela fosse Queenie e ficou com raiva dela por ter morrido.

— Só mais um pouco — imploro a Silas.

Silas esfrega a orelha como se não fosse isso que esperasse ouvir.

— Você tem que trazer Fern e voltar para o barco de Zede comigo. Vamos descer um pouco até o canal principal e ver se Briny vai nos seguir.

— Só mais alguns dias. Briny vai melhorar. Ele perdeu a cabeça por um tempo, só isso. Vai passar.

Espero que eu esteja certa, mas a verdade é que Briny não quer deixar Queenie, e Queenie está enterrada embaixo do rico solo do Mississípi, não muito longe daqui. Zede me contou que um padre católico disse algumas palavras para ela. Eu nunca soube que mamãe era católica. Até eu ir morar com os Sevier, nem sabia o que isso significava. Zuma usava um crucifixo igual ao que temos pendurado na parede da casa flutuante. Ela às vezes o segurava e falava alguma coisa, exatamente como Queenie fazia, mas não em polonês. Os Sevier não ligavam muito para isso porque são da Igreja Batista.

De qualquer forma, acredito que seja um conforto saber que minha mãe foi enterrada de maneira adequada e que havia um padre para dizer as orações no seu túmulo.

— Zede quer que você diga para Briny que, em quatro dias, ele vai zarpar, e se Briny não quiser vir junto, ele vai tirar você e Fern do *Arcádia*, e vocês vão descer o rio com a gente.

— Quem *essstá* aí? — troveja a voz de Briny em algum lugar na margem. As palavras saem enroladas por causa da bebedeira. Deve ter ouvido a voz de Silas. — Quem *essstá* aí? — Briny chega cambaleando pelo arbusto.

Agarro a bolsa e escondo embaixo do vestido e faço sinal para Silas ir embora. Briny cambaleia um pouco enquanto sigo para o esquife, pego Fern e a levo para casa.

Segredos de família 319

Briny nos encontra lá quando finalmente volta. Faço de conta que acabei de preparar as panquecas. Ele nem nota que o fogo não está aceso.

— O jantar está quase pronto. — Finjo que estou lavando a louça. — Você está com fome?

Ele pisca e pega Fern no colo, se senta à mesa e a segura com força. Ela fica olhando para mim com o rosto pálido e amedrontado.

Sinto um nó na garganta. Como é que vou dizer para Briny que Zede só vai esperar por mais quatro dias? Não consigo, então digo:

— Panquecas, peixe salgado e fatias de maçã.

Coloco a comida na mesa, e Briny acomoda Fern no seu lugar. Parece até que estamos tendo refeições agradáveis juntos todos os dias. Por um tempo, tudo fica como deveria ser. Briny sorri para mim com os olhos escuros e cansados que me fazem lembrar de Camellia.

Sinto falta da minha irmã, mesmo que brigássemos o tempo inteiro. Sinto falta de como era corajosa e teimosa. De como ela nunca se entregou.

— Zede disse que em quatro dias nós zarpamos. A corrente estará ideal, e é hora de descermos o rio para onde a pescaria está boa e o tempo está mais quente. Ele disse que chegou a hora.

Briny apoia os cotovelos na mesa, esfrega os olhos, e meneia a cabeça de um lado para outro, devagar. Suas palavras saem arrastadas, mas consigo entender as últimas:

— ...não sem Queenie.

Ele se levanta e segue para a porta, agarrando a garrafa vazia de uísque no caminho. Um minuto depois, ouço ele baixando o esquife.

Ouço até ele partir e, no silêncio que fica, sinto como se o mundo estivesse me engolindo. Quando eu estava na casa da sra. Murphy e, depois na dos Sevier, achei que tudo ficaria bem se eu pudesse simplesmente voltar para o *Arcádia*. Achei que *eu* ficaria bem. Mas agora percebo que só estava me enganando, apenas para conseguir sobreviver, um dia depois do outro.

A verdade é que, em vez de consertar tudo, o *Arcádia* tornou tudo real. Camellia se foi. Lark e Gabion estão longe. Queenie está enterrada em um túmulo de indigente e levou o coração de Briny com ela. Ele perdeu a cabeça para a bebida e não quer voltar.

Nem por mim. Nem por Fern. Nós não somos suficientes.

Fern vem para o meu colo, e eu a abraço. Esperamos a noite chegar, prestando atenção em qualquer sinal de que Briny está de volta, mas ninguém vem.

320 *Lisa Wingate*

Ele provavelmente foi para alguma casa de bilhar para tentar ganhar dinheiro para comprar mais bebida.

Por fim, coloco Fern na cama e me deito na minha, tentando encontrar o sono. Não há nenhum livro para me fazer companhia. Tudo que poderia ser usado para comprar uísque já foi trocado.

A chuva começa antes de eu adormecer, mas ainda não há sinal de Briny.

Eu o encontro no meu sonho. Estamos juntos e tudo está do jeito que deveria ser. Briny toca gaita enquanto fazemos um piquenique na areia na margem do rio. Colhemos margaridas e provamos madressilvas. Gabion e Lark correm atrás de pequenos sapos até pegarem o suficiente para encher um vidro.

— Sua mãe não é linda como uma rainha? — pergunta Briny. — E isso faz de você o quê? Ora, a princesa Rill do reino de Arcádia, é claro.

Quando acordo, ouço Briny do lado de fora, mas não há música. Ele está gritando sob a pesada tempestade. O suor gruda a roupa de cama na minha pele, então tenho que desgrudá-la para me sentar. Minha boca está seca e pastosa, e meus olhos não querem entrar em foco. O ar em volta está negro como piche. A chuva castiga o telhado. O forno à lenha está cheio e o registro deve estar todo aberto porque está estalando e apitando, e o quarto está muito quente.

Do lado de fora de casa, Briny amaldiçoa um raio azulado. A luz de um lampião ilumina a janela. Coloco os pés no chão para me levantar, mas o barco está oscilando loucamente, e me derruba de volta no colchão. O *Arcádia* balança de um lado para outro.

Fern rola por cima da grade do seu beliche e cai no chão com um baque.

De repente, sei... Não estamos mais atracados. Estamos na água.

Silas e Zede vieram e cortaram as cordas depois que Briny voltou. Esse é meu primeiro pensamento. *Ele está lá fora gritando porque está com raiva.*

Mas, tão rápido quanto esse pensamento chegou, vem a certeza de que eles não fariam isso à noite. É perigoso demais com os troncos e bancos de areia e as ondas das balsas e dos rebocadores. Silas e Zede sabem disso.

Briny também, mas ele está meio fora de si lá fora. Não está nem tentando nos levar de volta para a margem. Está desafiando o rio a nos levar.

— Vamos lá, seu maldito! — berra ele, como o capitão Ahab em *Moby Dick*. — Tente me vencer! Derrube-me! Venha logo!

Um trovão retumba. Raios cortam o céu. Briny amaldiçoa o rio, e ri.

O lampião desaparece na janela, então reaparece na escada lateral quando Briny sobe para o telhado.

Cambaleio pelo quarto para ver Fern e colocá-la de volta na cama.

— Fique aqui. Fique até eu voltar.

Ela agarra minha camisola e grita:

— Nããão.

Desde que voltamos para o *Arcádia*, ela morre de medo da noite.

— Vai ficar tudo bem. Acho que as cordas se soltaram, só isso. Briny provavelmente está tentando nos levar para a margem.

Saio apressada, deixando-a na cama. O *Arcádia* balança de um lado para outro enquanto tento me equilibrar, e um rebocador toca sua buzina e ouço os rangidos e os silvos de grandes cascos, e sei que ondas maiores estão vindo. Seguro-me na porta bem a tempo. O *Arcádia* sobe em uma onda e depois cai forte na água. Farpas de madeira entram embaixo das minhas unhas. Caio para a frente e aterrisso na varanda fria. O barco vira para outra direção, ficando de lado contra a corrente.

Não, não! Por favor, não!

O *Arcádia* se ajeita como se tivesse me ouvido. Ele desliza por outra onda de forma estável.

— Você acha que pode me pegar? Acha que consegue? — grita Briny lá do alto. Uma garrafa se espatifa no telhado da varanda, os estilhaços reluzindo na chuva e na luz de busca do rebocador. Parece cair devagar lá do telhado, enquanto os cacos voam para a água negra.

— Briny, precisamos ir para a margem! — berro. — Briny, precisamos atracar!

Mas a buzina do rebocador e os sons da tempestade abafam minha voz.

Em algum lugar, um homem grita xingamentos e avisos. Um apito de emergência soa. O *Arcádia* levanta em uma onda enorme, equilibrando-se como um dançarino na ponta dos pés.

O barco cai inclinado. Água fria inunda a varanda.

Nós giramos pelo rio.

A luz do rebocador passa pelas águas e nos ilumina.

Uma árvore enorme que caiu no rio com raiz e tudo segue em direção à nossa proa. Eu a vejo um pouco antes de o facho de luz seguir adiante. Tateio para pegar o croque para empurrá-la para longe, mas ele não está onde deveria. Não há nada que eu possa fazer, a não ser me segurar na coluna da varanda e gritar para Fern se segurar e se preparar para quando a árvore bater em nós, suas raízes se espalhando em volta do *Arcádia* como dedos, passando pelos meus tornozelos, virando o barco e puxando-o com força.

Dentro da cabine, Fern grita o meu nome.

— Segure-se! Segure firme! — grito. A árvore puxa e rasga o *Arcádia*, fazendo-o girar e girar para depois se soltar, deixando-nos à deriva na corrente. Uma onda nos atinge com força, cobrindo a casa.

Meus pés escorregam, desestabilizando meu já pouco equilíbrio.

O *Arcádia* geme. Pregos se soltam. Lascas de madeira voam.

O casco bate em alguma coisa com força, a coluna da varanda salta das minhas mãos e, quando dou por mim, estou voando pela chuva. O ar é arrancado do meu peito. Tudo fica preto.

Perco o som da madeira se partindo, das vozes que gritam e de um trovão ao longe.

A água está fria, mas estou quente. Vejo uma luz, e dentro dela está minha mãe. Queenie estende a mão para mim e eu estendo a minha para ela, mas antes que eu possa alcançá-la, o rio me puxa pela cintura.

Chuto e luto para voltar à superfície. Vejo o *Arcádia* sob a luz do rebocador. Vejo um esquife vindo na nossa direção. Ouço apitos e gritos. Minha perna fica dura e minha pele, gelada.

O *Arcádia* está preso a uma pilha de destroços. O Mississípi vem atrás dele com a voracidade de um dragão gigante, devorando-o pela popa.

— Fern! — Minha voz se perde na água e no barulho. Nado com toda a energia que tenho e sinto a corrente me puxar para baixo enquanto alcanço a pilha de destroços. O redemoinho da corrente tenta me puxar de volta, mas eu luto com todas as minhas forças e consigo subir e me equilibrar até chegar ao deque e seguir para a porta.

Ela abre para dentro com um baque quando a forço.

— Fern! Fern! — grito. — Fern! Responda! — A fumaça abafa minha voz. O forno está de cabeça para baixo. Carvão em brasa cobre o chão. Eles chiam em cima do deque molhado e sob meus pés.

Está tudo revirado e não consigo enxergar. Primeiro, sigo na direção errada e acabo na mesa, e não na cama de Fern. A colcha de saco de farinha da cama de Briny e Queenie passa boiando à minha frente como uma baleia colorida, carregando uma chama. Ali perto, o fogo lambe as cortinas.

— Fern? — *Será que ela se foi? Será que caiu no rio? Será que Briny já a tirou do barco?*

Uma onda invade a casa e agarra o carvão em brasa, levando-o pela porta. Eles estalam e gritam enquanto morrem.

— Riiiiill! Aqui! Aqui!

O refletor passa por nós de novo, entrando pela janela com um círculo longo e lento. Vejo o rosto aterrorizado da minha irmã, os olhinhos arregalados embaixo da sua cama. Ela procura por mim e, no instante que seguro sua mão e tento puxá-la, a água nos alcança. Uma cadeira tomba e me atinge com força nas costas, derrubando-me no chão. A água cai no meu rosto e nos meus ouvidos. Eu me seguro a Fern com força.

A cadeira cai no chão. Pego minha irmã, tropeço e engatinho em direção à porta lateral.

O refletor nos ilumina mais uma vez e vejo a foto de Briny e Queenie na parede e o crucifixo de Queenie logo abaixo.

Eu não deveria, mas seguro Fern com minha perna e pego a foto e o crucifixo da minha mãe e os enfio por baixo da camisola e os prendo na calcinha. Eles batem contra minha pele e me machucam enquanto saímos pelo parapeito e seguimos até a pilha de destroços, cambaleando sobre galhos e pranchas de madeira e árvores. Somos rápidas como ratos. Fizemos isso a vida toda.

Mas nós duas sabemos muito bem que uma pilha de destroços não é um lugar seguro para ficar. Mesmo quando alcançamos o outro lado, sinto o calor do fogo. Seguro a mão de Fern e me viro para olhar em direção ao *Arcádia*. Ergo a mão para proteger os olhos. As chamas sobem pelo céu, saindo da casa pelo telhado, lambendo as paredes e o deque, queimando o *Arcádia* até a estrutura, arrancando toda a sua beleza. Fagulhas flutuam no ar, girando, girando, até chegarem ao céu como um milhão de estrelas.

Esfriadas pela chuva, elas caem e pousam na nossa pele. Fern grita quando uma que ainda está quente aterrissa no seu braço. Eu enrolo uma das mãos em volta da gola da camisola dela e me abaixo e a puxo para a água, dizendo para ela segurar bem firme nos galhos. A corrente está muito forte para nadarmos até a margem. Os dentes de Fern estão batendo e o rosto está pálido.

A pilha de destroços está começando a queimar. O fogo logo chegará até nós.

— Briny! — O nome sai de dentro de mim em desespero. Ele está lá em algum lugar. Certamente saiu do barco. Ele vai nos salvar, *não vai?*

— Segurem-se! — grita alguém, mas não é a voz de Briny. — Segurem-se e não se mexam.

Um tanque explode no *Arcádia*. Faíscas voam para todos os lados e caem à nossa volta. Uma delas cai no meu pé e a dor me rasga por dentro. Grito e chuto e enfio a perna na água, enquanto seguro Fern.

A pilha de destroços se mexe. Está se separando em vários pedaços agora.

— Estamos quase chegando! — anuncia a voz de um homem.

Um barco pequeno aparece na escuridão, dois homens com capuz no rosto estão remando com força.

— Não soltem agora. Não soltem!

Os galhos estalam. As toras gemem e assobiam. Toda a pilha se desloca um pouco na direção da corrente. Um dos homens no bote salva-vidas avisa o outro que eles serão arrastados se a pilha se soltar de vez.

Eles continuam assim mesmo, nos puxam para o barco, jogam cobertores em nós e remam vigorosamente.

— Tinha mais alguém no barco? Tinha mais alguém? — querem saber eles.

— Meu pai. — Eu tusso. — Briny. Briny Foss.

Nada parece tão bom quanto a margem quando eles nos deixam lá e voltam para procurar Briny. Abraço Fern bem forte dentro do meu cobertor, a foto e o crucifixo de Queenie entre nós. Nós trememos e observamos o *Arcádia* queimar até finalmente a pilha de destroços se desprender e levar o que sobrou da nossa casa.

Fern e eu nos levantamos e vamos até a beira da água assistir enquanto o reino de Arcádia desaparece no rio, pedacinho por pedacinho. Finalmente, ele desaparece de vez. Sem vestígios. Como se nunca tivesse existido.

Contra a aurora cinzenta do leste, observo os homens e os barcos. Eles procuram e procuram sem parar. Eles gritam, e seus holofotes varrem as águas, e eles remam.

Acho que vejo alguém na margem. A capa de chuva bate nos seus joelhos. Ele não se mexe, não grita, não acena para a luz. Apenas observa o rio, onde a vida que nós conhecíamos foi devorada.

Será que é o Briny?

Coloco as mãos em volta da boca e grito por ele. Minha voz corta a neblina da manhã, ecoando e ecoando.

Um dos homens do barco olha para mim.

Quando olho para a margem de novo, mal consigo ver o homem de capa de chuva. Ele se vira e caminha em direção às árvores, até que as sombras da madrugada o cubram por completo.

Talvez ele nunca tenha estado ali.

Dou alguns passos na direção dele, grito e ouço atentamente.

A minha voz ecoa e morre.

— Rill! — Quando finalmente ouço uma resposta, não vem do rio, e não é a voz de Briny.

Um barco a motor chega ao banco de areia, e Silas desce antes que o *Jenny* tenha parado totalmente. Ele agarra a corda e corre bem rápido na minha direção, até me pegar nos braços. Eu me agarro a ele e choro.

— Você está bem! Você está bem! — Ele respira no meu cabelo, me abraçando com tanta força que a foto e o crucifixo de Queenie ferem a minha pele. — Zede, Arney e eu morremos de medo quando vimos que o *Arcádia* tinha desparecido.

— Briny cortou as cordas ontem à noite e o barco foi para o rio.

Conto o resto da história entre soluços. Briny no alto do telhado gritando como um louco, quando quase batemos na balsa, a batida na pilha de destroços, o incêndio, como acabamos caindo na água, sobre como vi Queenie e quando voltei para o *Arcádia* enquanto o rio o devorava.

— Alguns homens nos tiraram dos destroços antes de ele se soltar — concluo a nossa triste história, tremendo de frio. — Eles foram procurar o Briny. — Não conto para Silas que acho que já o vi e que, em vez de vir nos encontrar, ele foi embora.

Se eu não contar para *ninguém*, nunca será verdade. Nunca será o jeito como o reino de Arcádia chegou ao fim.

Silas se afasta um pouco, ainda me segurando, para olhar nos meus olhos.

— Mas você está bem. Vocês duas estão inteiras. Graças aos santos do céu! Zede e Arney vão trazer o barco de Zede assim que puderem. Vamos encontrar Briny também. Vocês vão ficar com a gente. E vamos para um lugar quente onde a pescaria é boa e…

Ele fala sobre como Zede e Briny vão juntar madeira nas margens do rio e construir um novo barco. Um novo *Arcádia*. Vamos começar tudo de novo, e sempre viajaremos juntos até o fim dos dias.

Minha mente quer dar cor a essas imagens, mas não consegue. O barco de Zede é pequeno demais para todos nós, e Briny se foi. Zede é velho demais para navegar pelo rio por muito tempo. Ele é velho demais para criar Fern. Ela ainda é muito pequena.

Pendurada na minha perna, ela se encolhe sob o cobertor e puxa meu vestido.

— Quero a mamãe — funga ela. Seus dedinhos quase tocam a foto de Queenie, mas sei que não é a ela que minha irmã está se referindo.

Olho bem nos olhos de Silas enquanto os raios do amanhecer o iluminam. Sinto o coração tão apertado no peito que chega a doer. Gostaria que fôssemos mais velhos. Gostaria que tivéssemos idade suficiente. Eu amo o Silas. Sei que amo.

Mas amo Fern também. E a amo em primeiro lugar. Ela é toda a família que me resta.

Nas margens à nossa frente, as buscas por Briny estão diminuindo enquanto o sol da manhã ilumina o rio. A qualquer instante os homens vão perceber que não resta esperanças de encontrar outro sobrevivente. Eles vão voltar para pegar Fern e a mim.

— Silas, você precisa tirar a gente daqui. Você precisa tirar a gente daqui *agora*. — Afasto-me dele e sigo em direção à canoa, arrastando Fern comigo.

— Mas... Briny... — protesta Silas.

— Temos que *ir*. Antes que os homens cheguem até aqui. Eles vão nos levar para o orfanato de novo.

E então Silas entende. Sabe que estou certa. Ele entra no barco e nós seguimos em silêncio até estarmos longe o suficiente para ligar o motor sem que os homens percebam. Seguimos pela margem que fica do outro lado dos armazéns de algodão, do ancoradouro, de Mud Island e Memphis. Quando chegamos nas águas paradas, digo para Silas que não quero que ele nos leve para o barco de Zede, a não ser para nos despedirmos.

Tenho que subir o rio com Fern e esperar que os Sevier a aceitem de volta. Não foi culpa dela termos partido. Não foi ideia dela roubar coisas. Foi minha. Fern não teve nada a ver com o que aconteceu.

Se tivermos sorte, eles a aceitarão de volta... se já não tiverem escolhido outra menininha no orfanato. Mesmo que tenham, talvez fiquem com Fern assim mesmo. Talvez eles prometam que vão amá-la e mantê-la segura e longe da srta. Tann.

O que vai acontecer comigo depois disso, eu não sei. Os Sevier certamente não vão me querer — uma mentirosa e ladra. Não posso permitir que a srta. Tann me encontre de novo. Talvez eu possa trabalhar em algum lugar nas redondezas, mas são tempos difíceis. Não vou voltar para o rio. O velho Zede não tem como alimentar mais uma pessoa, mas esse não é o motivo de eu não poder ficar.

O verdadeiro motivo é que tenho que ficar perto da minha irmã. Nossos corações foram unidos desde o dia em que ela nasceu. Não consigo respirar em um mundo onde ela não esteja perto.

Digo para Silas o que quero que ele faça por nós. Ele nega com a cabeça, e a expressão do seu rosto fica cada vez mais carregada quando falo sobre isso.

— Tome conta de Arney — peço, por fim. — Ela não tem para onde voltar. A família dela a tratava muito mal. Encontre um lugar bom para ela, está bem? Ela não se importa de trabalhar duro.

Silas olha para água e não para mim.

— Está bem.

Talvez Silas e Arney se casem daqui a alguns anos, penso.

Sinto um aperto no peito de novo.

Não posso mais ter a vida que sempre quis. O caminho que me trouxe até aqui afundou nas águas. Não há volta. Esse é o verdadeiro motivo para quando encontramos o barco de Zede, eu dizer a ele que os Sevier com certeza vão nos receber de volta de braços abertos.

— Só preciso que Silas nos leve rio acima. — Não quero que Zede venha com a gente. Tenho medo de que ele não nos deixe ir quando chegar a hora.

Ele olha pela porta aberta da sua casa como se estivesse tentando decidir se teria como sustentar a todos nós.

— Fern tem um monte de roupas boas e brinquedos na casa dos Sevier. E lápis de cera. Eu logo vou começar a frequentar a escola. — Minha voz falha e engulo em seco para mantê-la firme.

Quando Zede olha para mim, parece estar enxergando minha alma.

Fern estende os braços para ele, e ele a pega no colo, apoiando o queixo na cabeça dela.

— Minha pequena — soluça ele. Depois ele me puxa e nos abraça bem apertado. Ele tem cheiro de cinzas, e peixe e óleo de carvão e do rio. Coisas familiares.

— Se vocês precisarem de mim, mandem um recado pelo rio — instrui.

Concordo com a cabeça, mas quando ele nos solta, nós dois sabemos que este adeus é para sempre. O rio é grande demais.

A tristeza marca seu rosto. Ele enxuga as lágrimas antes de assentir. Então, aperta os lábios e coloca Fern no *Jenny* para que possamos partir.

— É melhor eu ir com vocês, para não se perderem no pântano — sugere Arney. — Mas não vou ficar por lá. Vou deixar o barco do meu pai amarrado em algum lugar lá perto. Você pode mostrar para ele onde está. Não quero nada dele. — Ela não espera resposta, mas nos segue no outro barco. Apesar de tudo que a família fez com ela, ainda se preocupa em como vão viver sem o barco.

Eu não choro quando partimos de novo. O barco tem que lutar para subir o rio, mas conseguimos chegar ao pântano. As árvores se fecham mais e mais a cada curva que fazemos, e dou uma olhada para trás. Deixo o rio lavar algo dentro de mim.

Ele lava o último vestígio de Rill Foss.

Rill Foss é a princesa do reino de Arcádia. O rei se foi, assim como todo o reino.

Rill Foss tem que morrer com ele.

Sou May Weathers agora.

Capítulo Vinte e cinco

AVERY

— E É ASSIM QUE MINHA HISTÓRIA TERMINA. — Os olhos azuis de May estão anuviados e úmidos ao me analisarem do outro lado da mesa no seu quarto no asilo. — Está feliz agora que sabe? Ou isso é apenas um fardo? Sempre me perguntei como vocês jovens se sentiriam. Eu achava que nunca ia precisar descobrir.

—Acho que... um pouco das duas coisas. — Mesmo depois de tirar uma semana para pensar sobre isso desde nossa visita à casa do rio e à fazenda de Hootsie, ainda estou me esforçando para assimilar essa história e como ela se entrelaça com *minha* história.

Fico repassando na cabeça os avisos de Elliot de que estou brincando com fogo — que o passado deveria ficar no passado. Nem mesmo as surpreendentes revelações da minha visita à casa perto do rio Savannah mudaram sua opinião. *Pense na repercussão, Avery. Existem pessoas que não veriam mais... a sua família do mesmo jeito.*

Quando ele diz *pessoas*, sinto que quer dizer *Bitsy*.

O mais triste de tudo é que Bitsy não é a única. Se tudo isso vier a público, não há como saber o que aconteceria com nosso futuro político, nossa reputação e o nome da família Stafford.

Os tempos mudaram, mas velhas doutrinas ainda se aplicam. A notícia de que os Stafford não são quem realmente sempre disseram ser cairia como uma bomba...

Nem consigo imaginar.

Isso me assusta de um jeito que não quero nem pensar, mas a verdade é que não consigo suportar a ideia de a minha avó e sua irmã passarem o resto da vida separadas uma da outra. O que preciso saber é se fiz o que era certo para vovó Judy.

— Umas duas vezes pensei em contar para os meus netos — conta-me May. — Mas eles têm a vida deles. A mãe deles se casou novamente com outro homem que já tinha filhos depois que o meu filho morreu. São pessoas jovens e maravilhosas criando seus próprios filhos entre um monte de tios, tias e primos. O mesmo aconteceu com a família das minhas irmãs. Lark se casou com um empresário que construiu um império de lojas de departamento. Fern se casou com um médico famoso em Atlanta. Entre elas, são oito filhos e dezenas de netos e bisnetos, é claro. Todos são bem-sucedidos e felizes... e ocupados. O que uma história antiga pode lhes dar que eles já não tenham?

May me lança um olhar profundo e observa enquanto tento me equilibrar na corda bamba que une a geração dela à minha.

— Você vai contar a história para sua família? — pergunta ela.

Engulo em seco enquanto travo uma batalha comigo mesma.

— Vou contar para o meu pai. É mais uma decisão dele do que minha. Vovó Judy é mãe dele. — Não faço ideia de como ele vai reagir às revelações nem o que fará com elas. — Uma parte de mim acredita que Hootsie está certa. A verdade ainda é a verdade. Tem seu valor.

— Hootsie — resmunga ela. — Esse é o agradecimento que eu recebo por ter vendido para ela o terreno ao lado da antiga casa da minha avó para que ela e Ted pudessem ter uma fazenda. Depois de todos esses anos, ela revela os meus segredos.

— Realmente acho que ela acredita que isso era o melhor para você. Ela queria que eu compreendesse a ligação entre você e minha avó. Ela só estava pensando em vocês duas.

May espanta a ideia como se fosse uma mosca voando em volta do seu rosto.

— Ppff! Hootsie só gosta de remexer no passado. Sempre foi assim. Sabe, foi por causa dela que eu acabei ficando com os Sevier. Quando chegamos à casa deles, Silas tinha quase me convencido a seguir a vida no rio junto com ele. Ficamos parados na beira da água, e ele agarrou meus ombros e me beijou. Foi meu primeiro beijo. — Ela ri e seu rosto fica corado enquanto seus olhos brilham. Por um instante ela é novamente aquela menina de doze anos de idade na margem do lago em formato de ferradura. — "Eu amo você, Rill Foss", foi o que ele disse para mim. "Vou esperar você aqui por uma hora. Vou esperar você voltar. Eu posso cuidar de você, Rill. Posso mesmo."

Ela faz uma pausa antes de continuar:

— Eu sabia que ele estava fazendo promessas que não poderia manter. Alguns meses antes, Silas estava viajando clandestinamente em trens, tentando sobreviver. Se tem uma coisa que aprendi com Briny e Queenie é que o amor nem sempre coloca comida na mesa e não mantém a família em segurança.

Ela assente diante da própria conclusão, enquanto franze as sobrancelhas.

— Querer fazer uma coisa e fazer essa coisa são duas coisas diferentes. Acho que, de certa forma, eu sabia que Silas e eu não era para acontecer. Não quando éramos tão jovens. Mas quando segui o caminho com Fern, tudo que eu queria era voltar correndo para o menino de cabelo escuro e para o rio. Talvez eu tivesse feito exatamente isso se não fosse por Hootsie. Ela fez a escolha por mim antes que eu pudesse fazê-la por mim mesma. Meu plano era me esgueirar pelas árvores e me esconder lá e observar até ter certeza de que os Sevier acolheriam Fern de novo. Eu estava morrendo de medo de que eles me mandassem de volta para o orfanato ou para alguma casa que castigasse garotas más, ou até mesmo para a cadeia se me pegassem. Mas Hootsie estava do lado de fora colhendo raízes para a mãe e ela nos viu perto do quintal e começou a gritar. Quando dei por mim, Zuma e Hoy e o sr. e a sra. Sevier estavam correndo pela colina, e os cães seguindo na frente. Eu não tinha para onde fugir, então só fiquei ali e esperei pelo pior.

Ela para de falar e me vejo pendurada em um precipício onde ela me deixou.

— E o que *aconteceu*?

— Eu aprendi que não é necessário nascer em uma família para ser amada por ela.

— Então, eles aceitaram vocês de volta?

Um sorriso aparece no canto da sua boca.

— Foi exatamente isso. Papai Sevier e Hoy e os outros homens vinham fazendo buscas pelo pântano havia semanas. Eles sabiam que tínhamos partido no barco com Arney. Quando voltamos, eles já tinham perdido as esperanças de nos encontrarem. — Ela dá um riso suave. — Até mesmo Zuma e Hootsie nos abraçaram naquele dia, de tão aliviadas que ficaram por estarmos vivas.

— Vocês foram felizes com os Sevier no final das contas?

— Eles foram compreensivos em relação ao que fizemos depois que descobriram a verdade sobre o *Arcádia*. Ou o que consegui revelar da verdade para eles. Decidi nunca contar que havia outros irmãos além de mim e Fern. Acho que, no meu coração de doze anos, eu ainda me envergonhava por não ter conseguido proteger Camellia, Lark e Gabion. Eu temia que os Sevier não fossem me amar se soubessem. Eles eram pessoas boas, pacientes e gentis. Ensinaram-me a encontrar a música.

— A música?

Ela estende a mão sobre a mesa.

— Sim, minha querida. A música. Veja bem, aprendi uma coisa quando segui os passos de papai Sevier quando cresci. A vida não é muito diferente do cinema. Cada cena tem sua própria música, e a música é criada para a cena, entrelaçada a ela de formas que não conseguimos compreender. Não importa o quanto a gente ame a música de um dia passado ou o quanto imaginemos a música do futuro, precisamos dançar a música de hoje, ou sempre estaremos fora do ritmo, trocando os passos em uma dança que não combina com o momento. Eu deixei a música do rio passar e encontrei a música daquela casa grande. Encontrei lugar para uma nova vida, uma nova mãe que cuidava de mim e um novo pai que pacientemente me ensinou não apenas a tocar música, mas a voltar a confiar. Ele foi o melhor homem que já conheci. Ah, nunca foi como no *Arcádia*, mas foi uma vida boa. Fomos amadas e estimadas e protegidas.

Ela suspira, dando de ombros.

— Ao olhar para mim agora, você talvez pense que eu nunca tenha compreendido o segredo. Esta música da velhice... Ela não foi feita para dançar. É tão... solitária. Você passa a ser um fardo para todos.

Penso na minha avó, naquela casa vazia, no seu quarto na casa de repouso, na sua incapacidade de me reconhecer na maior parte dos dias. Meus olhos se enchem de lágrimas. A música da velhice é difícil de ouvir quando é tocada para alguém que você ama. Pergunto-me se minha avó vai reconhecer May quando elas finalmente se reencontrarem. Será que May aceitará vir comigo? Ainda não perguntei. Trent está me esperando no corredor. Ele veio de Edisto. Depois de discutirmos as possibilidades, decidimos que seria melhor se primeiro eu conversasse com May sozinha.

— Você viu Silas de novo? — A pergunta sai da minha boca parecendo aleatória. Depois, percebo que perguntei porque eu estava pensando em Trent e na história do primeiro amor de May. Por mais estranho que pareça, tenho pensado nisso com frequência. O sorriso de Trent, suas piadas bobas, sua proximidade, até mesmo sua voz desperta algo em mim. O fato de ele não dar a mínima para a história da minha família ou que decisão vou tomar em relação a ela mexe comigo de um jeito para o qual não estou preparada. Não sei como classificar isso nem como encaixar na minha vida.

Só sei que não posso ignorar.

O olhar de May parece mergulhar dentro de mim. É como se ela estivesse escavando até chegar à minha alma.

— Eu desejei muito isso, mas alguns desejos não se tornam realidade. Papai Sevier nos levou para Augusta para nos proteger de Georgia Tann. A nossa família era bem conhecida lá, então eu imagino que ele sentia que ela não se atreveria a chantageá-lo em outro estado. Silas e o velho Zede não saberiam onde nos encontrar. Nunca soube o que aconteceu com eles. A minha última visão de Silas foi através dos cachos da minha nova mãe quando ela me deu um abraço apertado. Ele estava parado entre as árvores onde eu estivera momentos antes. Então, Silas se virou e voltou para a água. Eu nunca mais o vi.

Ela meneia a cabeça devagar.

— Sempre me perguntei o que deve ter acontecido com ele. Talvez tenha sido melhor eu nunca saber. Eu estava começando uma nova vida, em um mundo diferente, com outro nome. Tive notícias de Arney novamente alguns anos depois. Recebi uma carta de repente. Minha mãe a guardou para mim e me entregou quando voltei para casa depois que acabou o ano letivo da faculdade. Sempre imaginei que Arney e Silas talvez tivessem se casado, mas não foi o que aconteceu. Zede encontrou um emprego para Arney em uma fazenda leiteira logo depois que eu os deixei. Arney foi feita para trabalhar duro, mas as pessoas lá foram justas com ela. Depois arrumou um emprego em uma fábrica de aviões bombardeiros e se casou com um soldado. Eles moravam no exterior quando ela escreveu para mim. Arney estava muito feliz conhecendo o mundo. Nunca achou que teria esse tipo de oportunidade.

Mesmo agora a história traz um sorriso ao rosto dela.

— Fico muito feliz de as coisas terem dado certo para ela depois de um início de vida tão difícil.

Considerando que May tem noventa anos e Arney era mais velha que ela, é pouco provável que ainda esteja viva agora, mas sinto uma sensação de alívio. A história de May tornou Arney e Silas e todas as pessoas do rio reais para mim.

— Sim — responde May, assentindo. — Ela deixou em mim um desejo ardente de ajudar todas as mulheres jovens e indefesas de quem os machões de Hollywood tiravam vantagem. Conheci muitas durante os anos em que vivi lá, e sempre fiz questão de ajudá-las. Arrumar um lugar para dormirem ou um ombro para se apoiarem. Era muito comum as garotas acabarem em situações terríveis. Eu sempre pensei nas últimas palavras de Arney no final daquela carta.

— O que ela disse?

— Que eu a salvei. — May enxuga uma lágrima perto dos olhos. — Mas é claro que isso não é verdade. Uma salvou a outra. Se Arney não tivesse me levado de volta para o rio, se não fosse pelo que aconteceu no *Arcádia*, eu jamais teria sido capaz de me libertar de Briny e Queenie e do rio. Teria buscado aquela música pelo resto da minha vida. Ao me levar de volta, Arney me fez seguir adiante. Eu escrevi isso na minha resposta.

— Imagino que isso tenha significado muito para ela.

— As pessoas não voltam para nossa vida por acidente.

— Não, elas não voltam. — Penso em Trent mais uma vez e sinto o cabo de guerra entre os meus sentimentos e as esperanças e os planos que minha família sempre teve para mim. Os planos que sempre pensei que eu queria para mim.

— Arney e eu mantivemos contato ao longo dos anos — continua May, e eu tento mergulhar na história novamente e deixar de lado minha preocupação em relação ao desenrolar do dia. — Ela era uma mulher muito inspiradora. Ela e o marido abriram uma empresa de construção quando voltaram para casa. Arney trabalhava lado a lado com os homens e se sustentava. Imagino que as casas que construiu eram muito sólidas, e vão durar muito mais do que nós.

— Sem dúvida.

May se vira para mim com um objetivo, aproxima-se de mim de forma íntima como se planejasse dividir um segredo.

— O passado de uma mulher não precisa determinar seu futuro. Ela pode dançar uma nova música se assim escolher. A sua *própria* música. Para ouvir a melodia, basta parar de falar. Com ela mesma, é o que quero dizer. Nós sempre tentamos nos convencer sobre as coisas.

Fico surpresa diante da profundidade do que está dizendo. Será que ela consegue sentir que desde a visita à casa do rio, desde que descobri a verdade sobre minha avó, eu comecei a questionar tudo em relação à minha vida?

Não quero magoar ninguém, mas quero encontrar minha própria música. May me faz acreditar que isso é possível. O que me traz de volta ao verdadeiro propósito da minha visita aqui hoje.

— Eu gostaria que você saísse comigo esta tarde — informo por fim.

— E eu posso saber para onde vamos? — Mas ela já está se levantando, as mãos segurando os braços da cadeira.

— Você está disposta a ir comigo mesmo que eu não diga para onde vamos?

— É fora dessas malditas paredes?

— É.

Ela é surpreendentemente rápida ao se levantar.

— Então, acho que não me importo para *onde* nós vamos. Sou toda sua. Desde que você não me leve a nenhum evento político. Eu desprezo a política.

Dou risada.

— Não é um evento político.

— Excelente. — Caminhamos juntas pelo corredor, May empurrando o seu andador com uma velocidade surpreendente. Eu meio que espero que ela vá jogar o objeto de lado e sair correndo pela porta.

— Trent está esperando lá fora para nos levar.

— O bonitão de olhos azuis?

— *Esse* mesmo.

— Ah, agora eu realmente fiquei animada. — Ela olha para a camisa e a calça de algodão que parecem de pijama. — Não estou muito bem-vestida. Será que não é melhor eu trocar de roupa?

— Acho que você está ótima.

Ela não protesta quando chegamos ao seu quarto. Na verdade, ela só para tempo suficiente para pegar a bolsa.

Trent se levanta da cadeira quando chegamos à entrada principal. Ele sorri e ergue o polegar atrás de May, enquanto ela informa à funcionária que nós vamos levá-la para uma *saída* aquela tarde. Ela entrega o andador para mim e escolhe se apoiar no braço de Trent ao passarmos pela porta. Fico responsável por dobrar o aparelho e guardá-lo no porta-malas, enquanto Trent acomoda May. Felizmente, já tenho experiência com esse tipo de coisa.

May conta sua história no caminho — a história toda, não apenas as partes que compartilhou com a gente quando a visitamos depois da nossa primeira investigação no barracão atrás da casa de Trent em Edisto. Trent olha para mim várias vezes pelo espelho retrovisor enquanto balança a cabeça com um tipo triste de respeito. É difícil acreditar que, não muito tempo atrás, crianças órfãs eram consideradas mercadoria.

May está tão entretida na própria história ou tão cativada por Trent que nem nota para onde estamos indo. É só quando nos aproximamos de Augusta que ela abre a janela e suspira.

— Vocês estão me levando para casa. Você deveria ter me dito. Eu teria calçado meu tênis.

Trent olha para a sapatilha de May.

— Vai ficar tudo bem. O seu vizinho aparou a grama.

— Hootsie teve filhos tão adoráveis. Difícil de acreditar, ela era tão bruta. Eu brigava mais com ela do que jamais briguei com minhas irmãs.

Trent sorri.

— Depois de conhecê-la um pouco, não acho difícil de acreditar. — Ele conversou com Hootsie sobre a viagem de hoje. Ela e Bart moveram montanhas para tornar isso possível.

May nota a diferença quando passamos pela casa de Hootsie no caminho para a fazenda, e percebe que a estrada está totalmente limpa do bosque até a casa. Paramos sobre os cascalhos novos perto do portão.

— Quem fez tudo isso? — May olha para a grama recém-aparada, para o jardim cuidado, para a varanda com cadeiras esperando atrás da tela.

— Fiquei com medo de que você não conseguisse descer até aqui — explico. — Pareceu a melhor forma. Espero que não se importe.

Ela apenas enxuga os olhos, enquanto contrai os lábios trêmulos.

— Achei que você ia querer fazer visitas mais frequentes depois disso. Minha avó tem um compromisso fixo com uma empresa de táxi. Eles conhecem o caminho para cá.

— Não sei se vão... deixar. — Um sussurro é tudo que ela consegue emitir. — O asilo. Não quero que liguem para os meus netos e os incomodem.

— Conversei sobre isso com um amigo, um homem que dirige um grupo que defende os direitos da terceira idade. Acho que podemos ajudá-la com algumas dessas questões. Você não é prisioneira do asilo, May. Eles só estão tentando se certificar de que você fique segura. — Deixo ela absorver essa ideia. Depois podemos conversar mais sobre as sugestões de Andrew Moore, incluindo a possibilidade de May poder ganhar um novo propósito de vida ao realizar trabalhos voluntários para o Comitê de Ação Política em Nome dos Idosos. Andrew é uma pessoa maravilhosa, cheio de ideias. Acho que May pode gostar dele.

Neste momento, ela está impressionada demais com o cenário para falar sobre qualquer outra coisa. Ela se aproxima da janela e lágrimas escorrem pelo seu rosto.

— Ah, estou em casa. Achei que nunca mais viria aqui.

— Hootsie e a neta dela têm mantido a casa limpa para você.

— Mas... Mas eu não pude mais pagar a ela... desde... — As lágrimas interrompem suas palavras. — Desde que me tiraram daqui.

— Ela disse que não se importa. — Abro a porta do carro enquanto Trent contorna o veículo. — Ela realmente ama você, sabe?

— Ela *disse* isso?

— Bem, não, mas acho que está na cara.

May bufa como se não acreditasse, e novamente vejo a precocidade de uma cigana do rio.

— Você me deixou preocupada achando que Hootsie estava começando a perder a cabeça. — Ela sorri para mim, permitindo que Trent a ajude a sair do carro. — Hootsie e eu sempre nos provocamos. Seria uma pena arruinar isso com sentimentalismo agora.

Olho através das árvores em direção às ruínas da velha casa de fazenda enquanto me levanto e alongo o corpo. É difícil imaginar a complexidade do relacionamento dessas duas mulheres com o passar dos anos.

— Você mesma pode dizer isso para Hootsie se quiser. Ela virá mais tarde. Pedi para ela nos dar um pouco de privacidade primeiro.

Ela lança um olhar desconfiado enquanto entra pelo portão, a mão enrugada apoiada no braço de Trent.

— O que vocês estão tramando fazer aqui? Eu já contei tudo que tinha para contar. Não tem mais história nenhuma.

À distância, consigo ouvir outro carro passando pela entrada da fazenda. May ainda não notou, e provavelmente é melhor assim. Quero entrar com ela na casa primeiro. Mas as coisas talvez não saiam como planejei. Minha mãe é ótima em chegar adiantada, mesmo quando não faz ideia de onde está indo ou qual é o compromisso.

— Eu pedi para meus pais virem até aqui. — Não consigo imaginar um jeito melhor de fazê-los acreditar que não seja mostrando para eles. Caso contrário, vão achar que enlouqueci de vez.

— O senador? — May arregala os olhos, parecendo horrorizada, e começa a ajeitar o cabelo.

Trent tenta conduzi-la pelo portão, mas ela se segura ali como uma criança que está sendo levada para tomar vacina.

— Minha nossa! — exclama ela. — Eu perguntei se eu precisava trocar de roupa. Não posso encontrá-los assim.

Sinto que as minhas melhores intenções estão batendo em uma barreira de adequação, e essa barreira existe para todo mundo. Fazer os meus pais cooperarem com meu plano misterioso para este domingo foi quase impossível. Eu disse a eles que tinha a ver com um favor para uma amiga, mas minha mãe consegue detectar uma mentira a um quilômetro de distância. Ela estará em alerta total ao chegar aqui, principalmente considerando a estranheza do pedido e o local afastado.

Esse encontro *vai* acontecer, com o consentimento das partes envolvidas ou não e, no fundo, sei que organizei isso dessa maneira de propósito. Fiquei com medo de que, se eu não agisse de uma vez, perderia a coragem.

— Bem, vamos rápido! — May decide entrar na casa, desequilibrando Trent. — Tenho algumas roupas no armário. Posso encontrar algo melhor lá dentro.

Através das árvores, vejo a limusine da empresa de transporte.

— Não temos tempo. Eles já estão chegando.

As narinas de May se abrem.

— *Hootsie* sabia disso?

— Sim e não, mas tudo foi ideia minha. Por favor. Apenas confie em mim. Eu realmente acredito que vai ser melhor assim. — Depois disso, ou vamos ficar ligadas pelo resto da vida ou May nunca mais vai falar comigo.

— Acho que vou desmaiar — May se apoia em Trent, e não sei se é um teatro ou não.

Trent a envolve com um dos braços, preparado para segurá-la.

— Que tal eu levá-la até a sua casa?

Ela o segue, surpresa demais para protestar.

Espero no portão. Quando chega, minha mãe sai do carro sem nem esperar Oz sair para abrir a porta. Honeybee está louca da vida.

— Avery Judith Stafford, o que está acontecendo aqui? Eu tinha certeza de que o motorista havia se perdido ou estava nos sequestrando. — Está evidente pelo tom avermelhado do seu rosto que ela esteve fervilhando durante o trajeto todo, talvez reclamando com meu pai e assediando o pobre Oz, que só foi arrastado para essa missão por conhecer o caminho. — Eu liguei para seu celular umas quinze vezes. Por que você não atendeu?

— Acho que o sinal é ruim aqui. — Não sei se isso é verdade, já que desliguei o telefone pela manhã. Se Honeybee não conseguisse entrar em contato para cancelar ou alterar os planos que tínhamos feito, ela não teria escolha a não ser aparecer. Honeybee nunca falta a um compromisso.

— Acalmem-se, meninas. — Meu pai está com o humor bem mais afável. Diferente de mamãe, ele gosta de estar ao ar livre. Agora que o sangramento intestinal foi resolvido por uma cirurgia por laparoscopia, sua contagem sanguínea está bem melhor e sua força, voltando. Com as forças recobradas por completo, pode se defender contra seus inimigos em relação à questão dos asilos. E ele começou a fazer exatamente isso. Também está criando um projeto de lei que impede que donos de instituições usem empresas de fachada para evitar o pagamento de indenizações.

Ele olha para o rio com interesse.

— Que domingo agradável para uma viagem de carro. Há muito tempo não vínhamos para a região de Augusta. Gostaria de ter trazido a vara de pescar. — Ele sorri para mim e na hora flashes da nossa vida passam pela minha mente, desde as visitas ao seu escritório, quando eu era criança, até as viagens de tentativas frustradas de pescaria, bailes e festas e formaturas... E, mais recentemente, as reuniões de estratégia e os eventos públicos. — Ela não costuma pedir muita coisa para nós, Honeybee — acrescenta ele com uma piscadinha indulgente só para mim. — Não mesmo.

Ele quer me tranquilizar, dizendo que está pronto para o que o que quer que eu tenha planejado para hoje, mas isso só me faz lembrar de tudo que tenho a perder aqui — a preferência do meu pai, sendo o principal item nesta lista. Sou sua favorita. Sempre fui sua menina de ouro.

Como ele vai lidar com o fato de que tenho dado escapadelas há semanas, buscando informações que minha avó manteve em segredo para proteger o legado dos Stafford?

O que vai acontecer depois, quando contar para ele que esta jornada me fez mudar? Não quero viver a vida que minha avó viveu. Quero ser quem eu sou de verdade. Isso pode significar ou não que a dinastia política dos Stafford vai terminar com meu pai. As chances são de que ele vai continuar no Senado por mais algum tempo. Com sua saúde de volta, ele vai resolver essa controvérsia dos asilos e ainda transformará isso em uma coisa boa. Estou certa disso.

Estarei aqui para ajudá-lo da maneira que eu puder, mas a verdade é que não estou pronta para uma campanha política. Não tenho experiência suficiente. Ainda tenho muito a aprender. O mandato não deve ser entregue para mim só porque sou quem sou. Quero conquistá-lo do jeito antigo. Quero conhecer as questões a fundo — todas elas, não apenas umas poucas e limitadas — e decidir qual é a minha opinião. Se a *minha* vez chegar, vou concorrer devido aos meus próprios méritos, não como a menininha do papai. Nesse meio-tempo, Andrew Moore mencionou que o Comitê de Ação Política em Nome dos Idosos precisa de um bom advogado. Não deve pagar muito bem, mas essa não é a questão. Se quero mergulhar meu pé nas águas turvas da política, esse é o tipo de lugar por onde uma pessoa comum começa, e eu *sou* uma boa advogada.

Será que meu pai vai entender?

Será que ainda vai me amar?

É claro. É claro que sim. Ele sempre colocou o papel de pai em primeiro lugar. Sei que isso é verdade. Sim, haverá decepção quando contar os meus planos para meus pais. Sim, vai ter um pouco de drama, mas vamos passar por isso. Sempre passamos.

— Avery, eu *não* vou permitir que sua avó saia do carro aqui. — Honeybee avalia a casinha, o rio abaixo da colina, as árvores frondosas com galhos pendendo sobre o telhado da varanda. Ela se abraça e esfrega as mãos nos braços.

— Honeybee. — Papai tenta acalmar minha mãe, dando um sorriso indulgente para mim. — Avery não teria nos trazido até aqui se não tivesse um bom motivo. — Ele se inclina e envolve a cintura da minha mãe e aperta em um ponto especial que só ele conhece. É sua arma secreta.

Ela se esforça para não sorrir.

— Pare com isso. — O olhar que ela lança para mim não é tão alegre. — Avery, pelo amor de Deus, será que tudo isso realmente é necessário? Por que tanto mistério? Por que viemos até *este lugar* em uma *limusine* entre todas as opções? E por que cargas-d'água tivemos que trazer sua avó conosco? Tirá-la de Magnolia Manor é tão confuso para ela. Vai ser difícil ela se ajustar à rotina de novo depois disso.

— Eu queria ver se ela vai se lembrar de uma coisa — confesso.

Honeybee abre os lábios.

— Duvido que ela vai se lembrar disto.

— De *alguém*, na verdade.

— Ela não *conheceria* ninguém que mora aqui, Avery. Acho que é melhor...

— Só venha comigo, mamãe. Vovó Judy *já esteve* aqui antes. Tenho a sensação de que ela talvez se dê conta disso.

— Será que alguém pode me ajudar a sair? — pede minha avó de dentro do carro.

Oz olha para nós em busca de autorização. Meu pai assente. Ele teme que se soltar Honeybee agora, ela vai mudar de ideia.

Pego minha avó no portão e seguimos o caminho juntas. Apesar do declínio mental, vovó Judy só tem setenta e oito anos e ainda se movimenta muito bem. Isso torna a demência ainda mais injusta.

Eu a observo enquanto caminhamos. A cada passo, ela parece mais feliz, seu olhar passa de um lado para outro, pousando na trepadeira de rosas e azaleias, no banco perto do rio, na antiga cerca, na grade de glicínias, em uma fonte de bronze com a estátua de duas menininhas brincando na água.

— Ah — sussurra ela. — Ah, eu amo este lugar. Já faz um tempo que não venho, não é?

— Acho que sim — respondo.

— Senti tanta falta daqui — sussurra ela. — Senti muita falta mesmo.

Minha mãe e meu pai hesitam nos degraus da escada, piscando o tempo todo para minha avó e para mim, ansiosos. Honeybee está em uma situação que não pode controlar, e por causa disso já odeia tudo que está por vir, não importa o que seja.

— Avery Judith, é melhor você começar a explicar tudo agora mesmo.

— Mãe! — irrito-me e Honeybee se encolhe. Nunca falei com minha mãe desse jeito. Não em trinta anos. — Só deixe vovó Judy ver do que se lembra.

Colocando uma das mãos no ombro da minha avó, eu a guio pela porta da casa. Ela fica parada ali por um momento enquanto seus olhos se ajustam à mudança de luz.

Observo enquanto ela absorve a sala, as fotografias, a pintura sobre a lareira. Demora um pouco até perceber que tem mais alguém no cômodo.

— Ah… May! — Ela fala de forma tão natural como se tivessem se visto ontem mesmo.

— Judy. — May tenta se levantar do sofá, mas não tem forças para ficar de pé, então apenas estende os braços. Trent, que estava prestes a ajudá-la, volta para seu lugar.

Minha avó atravessa a sala. Deixo que caminhe sozinha. Os olhos de May estão marejados e ela ergue os braços, abrindo e fechando os dedos, chamando a irmã para ficar com ela. Vovó Judy, que anda tão incerta em relação às pessoas ultimamente, não demonstra nenhum sinal de hesitação. Como se fosse a coisa mais natural do mundo, ela se inclina no sofá e abraça May. Elas compartilham o abraço trêmulo da velhice, May fechando os olhos enquanto apoia o queixo no ombro da minha avó. Elas ficam assim até que, por fim, minha avó se senta exausta na poltrona ao lado do sofá. Ela e a irmã mantêm as mãos entrelaçadas por sobre a mesa de canto. Elas ficam se olhando como se não houvesse mais ninguém na sala.

— Achei que nunca mais fôssemos nos ver — admite May.

O sorriso fácil da minha avó demonstra que ela não tem conhecimento de todos os obstáculos que as mantiveram separadas.

— Você sabe que eu sempre venho. Nas quintas-feiras para o Dia das Irmãs. — Ela aponta para a cadeira de balanço perto da janela. — Onde está Fern hoje?

May ergue um pouco as mãos entrelaçadas e as sacode de leve.

— Fern se foi, querida. Ela morreu enquanto dormia.

— Fern? — Os ombros da minha avó caem e seus olhos ficam marejados. Uma lágrima escorre ao longo do nariz. — Ah... Fern.

— Somos só nós duas agora.

— Temos Lark.

— Lark morreu cinco anos atrás. Câncer, lembra?

Vovó Judy se encolhe um pouco mais e enxuga outra lágrima.

— Minha nossa. Eu tinha me esquecido. Minha mente não anda nada boa.

— Não importa. — May se alonga para cobrir a mão que está entrelaçada com a da minha avó com a outra. — Você se lembra de quando passamos aquela primeira semana em Edisto? — Ela olha para o quadro em cima da lareira. — Não foi uma época ótima? Nós quatro juntas? Fern adorava aquele lugar.

— Foi, foi sim — concorda vovó Judy. Não consigo determinar se ela realmente se lembra ou se só está tentando ser educada, mas ela olha para o quadro e, de repente, vejo uma expressão de lucidez. — Você nos deu as pulseiras de libélula. Três libélulas para nos lembrarmos dos três que nunca mais vimos. Camellia, Gabion e meu irmão gêmeo. Estávamos comemorando o aniversário de Camellia na tarde que você nos deu, não foi? Camellia era a libélula de ônix. — O brilho da lembrança aparece nos olhos da minha avó. O amor das irmãs aquece seu sorriso. — Minha nossa, como éramos bonitas naquela época, não é?

— Nós éramos, sim. Todas nós com o lindo cabelo da nossa mãe, mas você foi a única que herdou seu adorável rosto. Se eu não soubesse que era você na foto, acharia que era mamãe ao nosso lado.

Atrás de mim, minha mãe sussurra entre dentes:

— Mas o que está *acontecendo* aqui? — Sinto o calor irradiando do corpo dela. Ela está suando, e Honeybee nunca sua.

— Talvez seja melhor irmos até lá fora.

Tento fazer meus pais voltarem para a varanda. Meu pai parece quase relutante em sair da sala. Ele está ocupado olhando para as fotos, tentando compreender tudo isso. Será que uma parte dele se lembra das ausências inexplicáveis da mãe? Será que ele se lembra de estar no fundo daquela foto tirada em Edisto? Será que sempre suspeitou que a mãe fosse mais do que a mulher que ele conhecia?

Trent faz um gesto de encorajamento um pouco antes de eu fechar a porta da sala para a varanda. Isso faz com que eu me sinta forte, capaz e confiante. Ele acredita em deixar a verdade ser revelada por ela mesma. Ele e Hootsie têm isso em comum.

— É melhor vocês se sentarem para ouvir o que tenho para contar — alerto meus pais.

Honeybee relutantemente se equilibra na ponta da cadeira de balanço. Meu pai se senta no balanço de dois lugares e assume uma postura que deixa claro que está esperando uma notícia ruim e desagradável. Ele se inclina para a frente e os dois pés estão plantados firmemente no chão, os cotovelos estão apoiados nos joelhos e os dedos entrelaçados. Seja lá qual for a situação, ele está pronto para analisá-la e fazer o controle de danos.

— Deixem-me contar a história toda — peço. — Não façam perguntas até que eu termine, está bem? — Sem esperar por uma resposta, respiro fundo e começo a história.

Meu pai ouve tudo atrás de sua máscara usual de estoicismo. Minha mãe afunda na cadeira com um pulso apoiado na testa.

Quando termino, o silêncio paira no ar. Ninguém sabe o que dizer. É óbvio que nem meu pai tinha ideia de nada disso, embora haja algo na sua expressão que me diz que alguns detalhes sobre o comportamento da sua mãe começaram a fazer sentido agora.

— Como... como você sabe que tudo isso é verdade? Talvez... talvez esta mulher... — A voz da minha mãe falha, e ela olha para a janela, pensando no que ouviu lá e nas fotos nas paredes. — Eu só não entendo como tudo isso é possível.

Meu pai respira por cima dos dedos entrelaçados, franzindo as sobrancelhas grisalhas. Ele sabe que é possível, só não queria que fosse. Mas contei a ele o que Trent e eu descobrimos sobre a Sociedade de Orfanatos do Tennessee e percebo que a maior parte do que disse não era novidade para ele nem para minha mãe. Sem dúvida, eles já tinham ouvido falar do escândalo, talvez assistido programas de TV mostrando os eventos que se passaram no notório orfanato de Georgia.

— Não posso... minha *mãe?* — murmura o meu pai. — O meu pai sabia disso?

— Acho que ninguém sabia. Vovó Judy e suas irmãs já eram adultas quando se reencontraram. May me disse que elas não quiseram interferir uma na vida da outra. Considerando que os documentos foram preparados para evitar que as famílias biológicas se reencontrassem, é um milagre que as quatro irmãs tenham se reunido.

— Meu Deus. — Ele balança a cabeça como se estivesse tentando organizar os pensamentos em alguma ordem viável. — Minha mãe tem um irmão gêmeo?

— Tinha um irmão gêmeo. Ela procurou por ele por muitos anos, mas nunca conseguiu descobrir o que aconteceu depois do nascimento. Se ele morreu ou se sobreviveu e se foi adotado.

Meu pai descansa o queixo nas mãos. Olha para o alto das árvores.

— Meu Deus do céu.

Sei no que ele está pensando. Fiquei remoendo as mesmas coisas desde que descobri a verdade. A semana toda refleti sobre se eu deveria levar o segredo para o túmulo... ou contar a verdade a todo o custo. No fim, decidi o seguinte: meu pai merece saber quem ele é. Minha avó merece passar o tempo que lhe resta com a irmã.

Os cinco ciganinhos do rio que sofreram nas mãos da Sociedade de Orfanatos do Tennessee merecem que sua história seja contada para as gerações futuras. Não fosse por uma estranha reviravolta do destino, a mãe do meu pai teria sido criada em uma casa flutuante, entre pessoas comuns, cercada pela pobreza causada pela Grande Depressão.

Ela não teria pertencido a uma classe social alta para ter conhecido meu avô, que dirá se casar com ele.

Nós não seríamos Stafford.

Minha mãe se recobra um pouco, ergue o queixo, estende a mão e pega uma das mãos do meu pai.

— É uma história muito antiga. Não faz sentido sofrer por causa dela agora, Wells. Não há motivo para revelar nada disso. — Um olhar segue na minha direção: um aviso.

Resisto à vontade de me encolher. Para mim não tem mais volta.

— Pai, o que você fizer a partir daqui é uma escolha sua. Tudo que peço é que vovó Judy possa passar um pouco de tempo com sua irmã... pelo tempo que ainda lhes resta. Elas passaram a vida toda se escondendo do mundo para nos proteger. Elas merecem um pouco de paz agora.

Meu pai beija os dedos da minha mãe, entrelaça-os com os dele e concorda. Em silêncio, ele está dizendo que vai pensar sobre o assunto e tomar as próprias decisões.

Honeybee se aproxima de mim.

— E quanto aquele... aquele *homem* lá dentro? Ele é confiável para não... bem, para não *usar* esta informação? Com a campanha para o Senado no ano que vem, não há nada que Cal Fortner gostaria mais do que um escândalo pessoal para distrair as atenções.

Fico aliviada quando ela olha automaticamente para o meu pai, não para mim, em relação à campanha para o Senado. Sinto que a vida está voltando ao antigo equilíbrio e estou feliz com isso. Será mais fácil dizer para eles que não haverá um casamento politicamente vantajoso no jardim de azaleias na primavera. Ainda não estou pronta para falar sobre o assunto, mas logo estarei.

Estar aqui, ver May e minha avó juntas, tudo isso me fez ter ainda mais certeza disso. Ter mais certeza do que quero.

— Vocês não precisam se preocupar com Trent. Ele não faria isso. É um amigo. Se não fosse pelo avô dele, as irmãs de vovó Judy nunca a teriam encontrado. Ela não teria descoberto a verdade sobre seu passado.

A expressão da minha mãe indica que ela não está convencida de que as coisas não teriam sido melhores assim.

O rosto do meu pai diz o contrário.

— Gostaria de conversar um pouco com May Crandall.

A boca de Honeybee se abre devagar. Então, ela a fecha, empertiga-se e concorda com a cabeça. Seja lá qual caminho meu pai escolha tomar, ela seguirá bem ao seu lado. Sempre foi assim com meus pais.

— Acho que May gostaria disso. Podemos deixar vocês quatro a sós para ela contar a história para vocês. — Ouvir pela boca de May vai fazer com que meu pai compreenda. Essa é a história da nossa família.

— Você pode ficar — diz minha mãe, incerta.

— Prefiro deixar que tenham um pouco de tempo a sós.

Na verdade, quero ficar sozinha com Trent. Sei que ele está morrendo de curiosidade sobre como meus pais reagiram às revelações sobre vovó Judy. Ele não para de olhar para mim pela janela da casa.

Trent fica visivelmente aliviado quando entramos novamente. Lá dentro, minha avó está falando sobre um passeio de barco pelo rio. Ela fala como se tivesse acontecido ontem. Ao que tudo indica, May comprou um pequeno barco a motor em determinada época. Vovó Judy está rindo sobre as quatro à deriva no rio Savannah quando o motor parou de funcionar.

Meu pai segue hesitante até uma cadeira, olha para sua mãe como se nunca a tivesse visto antes. De certa forma não viu. A mulher de que se lembra era uma atriz seguindo um roteiro, pelo menos em parte. Durante todos os anos depois que suas irmãs a encontraram, havia duas pessoas dentro do corpo de Judy Stafford. Uma era a mulher do senador. A outra carregava o sangue de ciganos do rio nas veias.

Nessa pequena casa em outro Dia das Irmãs, as duas se transformaram em uma.

Trent fica mais do que satisfeito em sair comigo.

— Vamos subir a colina — sugiro. — Eu quero tirar algumas fotos das ruínas da casa de fazenda... Só para o caso de tudo desmoronar e a gente nunca mais voltar aqui.

Trent sorri quando passamos pelo portão e deixamos os jardins para trás.

— Acho que isso não vai acontecer.

Passamos pela trilha ladeada pelas árvores. Penso em Rill Foss tornando-se May Weathers tantos anos atrás.

Será que ela tinha imaginado a vida que viveria?

O sol aquece-me enquanto cruzamos o campo aberto e subimos a colina. É um dia bonito — um daqueles que indicam que está chegando a mudança da estação. A sombra da antiga mansão marca o gramado, fazendo com que a estrutura pareça sólida novamente. Minhas mãos tremem quando pego o celular para tirar as fotos. Não foi por isso que quis vir até aqui. Tem um motivo para ter sentido a necessidade de ficar longe dos olhos... e dos ouvidos de todos na casa.

Agora não consigo encontrar as palavras... nem a coragem. Em vez disso, tiro uma quantidade absurda de fotos. Por fim, o artifício se acaba.

Engulo em seco e sinto um frio na barriga, tentando encontrar a coragem necessária.

Trent é mais rápido do que eu.

— Você não está usando o anel — observa ele. Seus olhos estão cheios de perguntas quando eu me viro para ele.

Olho para minha mão, penso em tudo que aprendi desde que aceitei o pedido de casamento de Elliot, e depois a mudança para a Carolina do Sul para fazer o que era esperado de mim. Parece uma vida diferente, a música de uma mulher diferente.

— Elliot e eu conversamos. Ele não concorda com as minhas decisões sobre vovó Judy e May, e provavelmente nunca vai aceitar. Mas tem mais do que isso. Acho que nós dois já sabíamos há um tempo que somos melhores como amigos do que como um casal. Temos anos de história entre nós, um monte de lembranças gostosas, mas… falta alguma coisa. Acho que é por isso que protelamos tanto a escolha da data ou um planejamento para o casamento. Tudo era muito mais sobre as nossas famílias do que sobre nós. Talvez soubéssemos disso o tempo todo.

Observo enquanto Trent analisa as nossas sombras no gramado, franzindo as sobrancelhas, pensativo.

Meu coração quase para e, depois, acelera. Os segundos parecem rastejar em câmera lenta. Será que Trent sente o mesmo que eu? E se não sentir?

Ele tem um filhinho em quem pensar, por exemplo.

Não saber exatamente para onde vou com minha vida é outra questão. Trabalhar para o Comitê de Ação Política em Nome dos Idosos vai me dar tempo para descobrir a pessoa que eu quero ser. Gosto de corrigir coisas que estão erradas. Acho que é por isso que mergulhei tão fundo na história de May, por isso que uni minha avó e May aqui nesta tarde.

Um erro do passado foi corrigido hoje, na medida do possível, tantos anos depois.

Sinto uma sensação de satisfação em tudo isso, mas agora as dúvidas em relação a Trent embaçam esse sentimento. *Como ele se encaixa no futuro que estou começando a imaginar para mim? Sua família e a minha são tão diferentes.*

Seus olhos brilham sob o sol quando ele olha para mim. Eles têm o tom de azul das águas profundas e, pela primeira vez, percebo que não somos tão diferentes assim. Compartilhamos a mesma herança. Nós dois somos descendentes do rio.

— Isso significa que posso segurar sua mão? — Ele sorri ao dizer as palavras, e levanta uma das sobrancelhas enquanto espera minha resposta.

— Acho que sim.

Ele estende uma das mãos e eu coloco a minha na dele.

Seus dedos se fecham sobre os meus, quentes e fortes, e nós continuamos subindo a colina, afastando-nos das ruínas de uma vida que passou.

E seguindo para uma vida cheia de possibilidades.

Capítulo Vinte e seis

May Crandall
Dias atuais

A NOSSA HISTÓRIA COMEÇOU em uma noite abafada de agosto, em um quarto branco e estéril onde uma decisão fatídica foi tomada no meio de uma onda de sofrimento impensável. Mas a nossa história não termina aí. E ainda não terminou.

Eu mudaria o curso das nossas vidas se pudesse? Teria passado a vida tocando música em barcos de shows ou virando a terra como a mulher de algum fazendeiro, ou esperando um homem do rio voltar para casa do trabalho e me sentar ao lado dele perto de uma lareira aconchegante?

Eu trocaria o filho que tive por um filho diferente, por mais filhos ou por uma filha para me confortar na velhice? Abriria mão dos maridos que amei e enterrei, da música, das sinfonias, das luzes de Hollywood, dos netos e bisnetos que vivem tão longe, mas que herdaram os meus olhos?

Penso sobre isso quando estou sentada no banco de madeira segurando a mão de Judy na minha, enquanto compartilhamos calmamente mais um Dia das Irmãs. Aqui nos jardins de Magnolia Manor, podemos ter o Dia das Irmãs sempre que quisermos. Só preciso sair do meu quarto, seguir para o outro corredor e dizer para a funcionária:

— Creio que vou levar minha querida amiga Judy para um pequeno passeio. Ah, é claro, vou me certificar de trazê-la de volta para a unidade de tratamento de memórias. Você sabe que sempre faço isso.

Às vezes, eu e minha irmã rimos da mentirinha inteligente.

— Na verdade, somos irmãs e não amigas — lembro a ela. — Mas não conte nada. É o nosso segredo.

— Não vou contar. — Ela dá um sorriso doce. — Mas irmãs também são amigas. Irmãs são amigas especiais.

Conversamos sobre nossos muitos Dias das Irmãs e sobre as nossas aventuras ao longo dos anos, e ela me implora para contar tudo que me lembro sobre Queenie e Briny e da nossa vida no rio. Conto a ela sobre os dias e as estações do ano com Camellia, Lark, Fern e Gabion, e Silas e o velho Zede. Falo sobre a tranquilidade das águas paradas e sobre as correntes rápidas, sobre o balé de libélulas no meio do verão e do gelo que cobria o rio no inverno. Viramos nossos rostos para o sol e voamos através do tempo de volta para casa, para o reino de Arcádia.

Há dias que minha irmã me conhece apenas como uma vizinha nesta antiga mansão. Mas o amor de irmãs não precisa de palavras. Não depende de lembranças, nem de momentos ou provas. Ele está fincado profundamente no coração. E está sempre presente como os seus batimentos.

— Eles não são lindos? — Judy aponta para um jovem casal que caminha de mãos dadas pelo jardim perto do lago. Eles formam uma linda imagem.

Dou um leve tapinha no braço de Judy.

— Aquela é a sua neta. Acho que ela veio visitá-la e trouxe o namorado junto com ela. Ele é bonitão. É mesmo. Eu disse para ela a primeira vez que os vi juntos que ela não podia deixá-lo escapar. Reconheço a fagulha quando eu vejo uma.

— Ah, é claro, a minha neta. — Judy finge ter percebido o tempo todo. Às vezes, ela se lembra, mas não hoje. — E o seu namorado. — Ela aperta os olhos para o jardim. — Não consigo me lembrar do nome deles agora. Minha mente anda me pregando peças.

— Avery.

— Ah, sim… Avery.

— E Trent.

— Nós conhecemos um Trent Turner no passado, não foi? Era um homem querido. Vendia terrenos ao lado da casa de Edisto, eu acho.

— Isso mesmo. E é o neto dele que está com Avery.

— Nossa, é mesmo? — Judy acena com entusiasmo e Avery retribui. Então, ela e o namorado somem por um instante atrás de um arvoredo. Não reaparecem tão rapidamente quanto deveriam.

Judy leva uma das mãos à boca, rindo.

— Minha nossa.

— É mesmo. — Recordo-me dos amores perdidos e dos amores que não chegaram a ser. — Nós, as Foss, sempre fomos cheias de paixão. Acho que isso nunca vai mudar.

— Acho que isso nunca deveria mudar — concorda Judy, e nós trocamos um doce abraço de irmãs, rindo dos nossos próprios segredos.

Nota da autora

Ao terminar estas páginas, você talvez esteja se perguntando: o quanto desta história é verdade? Essa pergunta é, de certa maneira, difícil de responder. Se quiser entrar mais a fundo na história real das fazendas de bebês, orfanatos, mudanças em adoções, Georgia Tann e o escândalo envolvendo a Sociedade de Orfanatos do Tennessee em Memphis, você encontrará farto material em *Pricing the Priceless Child: The Changing Social Value of Children*, de Viviana A. Zelizer (1985), *Babies for Sale: The Tennessee Children's Home Adoption Scandal*, de Linda Tollett Austin (1993), *Alone in the World: Orphans and Orphanages in America*, de Catherine Reef (2005), e *The Baby Thief: The Untold Story of Georgia Tann, the Baby Seller Who Corrupted Adoption*, de Barbara Bisantz Raymond (2007), que também contém diversas entrevistas com várias vítimas de Georgia Tann. Para um panorama do escândalo assim que veio à tona, consulte o *Report to Governor Gordon Browning on Shelby County Branch, Tennessee Children's Home Society* (1951), que está disponível no sistema público de bibliotecas dos Estados Unidos. Existem também disponíveis artigos de jornais e revistas que cobriram o desenrolar do escândalo e o reencontro de famílias biológicas nos anos seguintes, assim como episódios do programa *60 Minutes, Unsolved Mysteries*, e de *Deadly Women*, no Investigação ID. Todas essas foram fontes inestimáveis de pesquisa.

As crianças Foss e o *Arcádia* ganharam forma a partir da minha imaginação e das águas turvas do rio Mississípi. Embora Rill e seus irmãos só existam nestas páginas, suas experiências espelham as relatadas por crianças que foram arrancadas de suas famílias entre os anos 1920 e 1950.

A verdadeira história de Georgia Tann e a filial de Memphis da Sociedade de Orfanatos do Tennessee é bizarra e traz um triste paradoxo. Existem poucas dúvidas de que a organização resgatou muitas crianças em situações deploráveis, circunstâncias perigosas ou simplesmente aceitavam crianças indesejadas e as colocavam em lares amorosos. Também existem poucas dúvidas em relação às incontáveis crianças que foram arrancadas de pais amorosos sem motivo ou processos legais, e que nunca mais foram vistas apesar dos esforços desesperados das famílias biológicas. Relatos de sobreviventes contam que mães biológicas de braços vazios procuraram pelos filhos por décadas, e que muitas dessas crianças foram colocadas em instituições onde foram negligenciadas e molestadas, sofreram abusos e foram tratadas como objetos.

Mães que criavam os filhos sozinhas, pais indigentes, mulheres em instituições psiquiátricas e aquelas que buscavam assistência social e maternidades eram alvos específicos. Mães biológicas eram convencidas a assinarem documentos enquanto ainda estavam sob efeito de sedativos pós-parto, e recebiam informações de que estavam dando custódia temporária para que os filhos recebessem tratamento médico, ou simplesmente recebiam a notícia de que os filhos tinham morrido. Crianças que sobreviveram às restrições das casas de custódia — as que tinham idade suficiente para se lembrarem da vida anterior — disseram que foram arrancadas das varandas de suas casas, de acostamentos de estrada enquanto seguiam caminhando para a escola e, sim, de casas flutuantes no rio. Se você fosse pobre e vivesse ou fizesse uma parada ou ficasse em algum lugar nas proximidades de Memphis, suas crianças estavam em risco de serem pegas também.

Louros, como os irmãos Foss, eram populares no sistema de Georgia Tann, e eram alvos de "olheiros" que trabalhavam em hospitais e clínicas de saúde ou de caridade. Os moradores da cidade, embora desconhecessem os métodos de Georgia Tann, conheciam seu trabalho. Durante anos, os cidadãos viam anúncios nos jornais com fotos de adoráveis bebês e crianças com legendas como "Seu, se quiser" ou "Quer um verdadeiro presente de Natal?" e "George quer brincar de pique, mas ele precisa de um pai". Georgia Tann foi proclamada como "Mãe da Adoção Moderna" e chegou a ser consultora de Eleanor Roosevelt em assuntos de bem-estar infantil.

Para o público em geral, Tann era simplesmente uma matrona cheia de boas intenções que dedicava a vida a resgatar crianças necessitadas. Seus contratos de adoção de crianças por famílias ricas e conhecidas ajudou a popularizar a ideia da adoção e a dissipar a noção geral de que órfãos eram indesejáveis e inerentemente problemáticos. A lista de clientes famosos incluía figuras políticas como o governador de Nova York, Herbert Lehman, e celebridades de Hollywood como Joan Crawford, e June Allyson e seu marido Dick Powell. Antigos funcionários do orfanato de Tann dizem que sete bebês por vez eram levados sob o véu da noite para "lares adotivos" na Califórnia, Nova York e outros estados. Na verdade, essas crianças estavam sendo enviadas para adoções interestaduais lucrativas, e Tann ficava com grande parte das taxas exorbitantes de entrega. Quando questionada sobre seus métodos, sem qualquer vergonha ou arrependimento, Georgia exaltou as virtudes de tirar crianças de pais de baixa renda que não poderiam criá-las de forma adequada e colocá-las em lares de pessoas de "alto padrão".

De uma perspectiva moderna, é difícil imaginar como Georgia Tann e sua rede conseguiram operar em larga escala e sem fiscalização por décadas, nem onde ela encontrava funcionários dispostos a ignorar o tratamento cruel que dispensava às crianças nos orfanatos do grupo e nas casas não licenciadas de abrigo, como a casa na qual Rill e seus irmãos foram colocados. Mas tudo isso aconteceu. Em determinada época, a agência norte-americana da infância e adolescência enviou um investigador para Memphis devido aos elevados índices de mortalidade de recém-nascidos. Em um quadrimestre de 1945, uma epidemia de disenteria provocou a morte de 45 a cinquenta crianças que se encontravam sob os cuidados da instituição de Georgia, apesar dos esforços do médico que prestava serviços voluntários lá. Georgia, porém, insistia que apenas duas crianças tinham perecido. Sob pressão, aprovou-se uma lei estadual dizendo que cada casa de custódia no Tennessee deveria ser devidamente licenciada. A lei recém-aprovada incluía uma subseção que isentava de documentação todas as casas usadas pela agência de Georgia Tann.

Embora a sra. Murphy e sua casa na história sejam fictícias, as experiências de Rill foram inspiradas em relatos de sobreviventes. Existem muitos que, por causa dos constantes abusos, negligência, doenças ou cuidados médicos inadequados, não sobreviveram para contar a sua história. São as vítimas silenciosas de um sistema sem fiscalização, alimentado pela ganância e pela oportunidade financeira. As estimativas do número de crianças que talvez tenham simplesmente desaparecido sob os cuidados de Georgia Tann podem chegar a quinhentas. Milhares desapareceram em adoções via contratos financeiros nas quais os nomes e as datas e certidões de nascimento foram alterados para evitar que as famílias biológicas encontrassem seus filhos.

As pessoas podem presumir que, considerando as terríveis estatísticas, o reinado de Georgia Tann ia acabar no meio da avalanche de revelações públicas, investigações policiais e processos judiciais. Se este livro fosse inteiramente fictício, eu teria escrito um fim com cenas de justiça. Infelizmente, esse não é o caso. A jornada de Georgia no ramo de adoções não foi encerrada até 1950. Em uma coletiva de imprensa, o governador Gordon Browning evitou falar sobre a tragédia humana causada por essa prática e, em vez disso, falou sobre dinheiro: a srta. Tann, disse ele, teve benefícios ilícitos que chegaram a 1 milhão de dólares (cerca de 10 milhões em valores atuais) enquanto trabalhava na Sociedade de Orfanatos do Tennessee. Apesar da revelação dos seus crimes, Tann estava na época fora do alcance de processos judiciais. Alguns dias depois da coletiva de imprensa, ela sucumbiu a um câncer de útero e morreu em casa na própria cama. Uma matéria com denúncias foi publicada ao lado do seu obituário na primeira página do jornal local. Seu orfanato foi fechado e um investigador tomou a frente do caso, mas logo viu suas tentativas frustradas por pessoas poderosas com segredos, reputação e, em alguns casos, adoções a serem preservadas.

Embora o fechamento do orfanato tenha dado às famílias biológicas um motivo para perseverar, a esperança lhes foi logo arrancada. Legisladores e políticos criaram leis legalizando até mesmo as mais questionáveis adoções, e tornaram todos os registros confidenciais. Das vinte e duas crianças que ainda estavam sob os cuidados de Tann na época de sua morte, apenas duas — que já tinham sido rejeitadas pelas famílias adotivas — foram devolvidas aos pais biológicos. Milhares de famílias jamais descobririam o que aconteceu com suas crianças. O sentimento da opinião pública foi que, tendo sido tiradas da pobreza e levadas para um lugar com privilégios, as crianças ficariam melhor onde estavam, não importando as circunstâncias de sua adoção.

Mesmo que alguns adotados, irmãos separados e famílias biológicas tenham conseguido se reencontrar através de lembranças reconstituídas, de documentos de tribunais e da ajuda de detetives particulares, os registros de Georgia Tann só foram abertos às suas vítimas em 1995. Para muitos pais biológicos e crianças adotadas que choraram suas perdas durante toda a vida, foi simplesmente tarde demais. Para outros, foi o começo de reencontros familiares há muito protelados e a oportunidade final de contarem suas histórias.

Se há uma lição universal a ser aprendida com as crianças Foss e com a verdadeira história da Sociedade de Orfanatos do Tennessee, é que bebês e crianças, não importa em que canto do mundo estejam, não são bens, nem objetos, nem *quadros em branco*, como Georgia Tann se referia às crianças sob sua custódia; eles são seres humanos com histórias, necessidades, esperanças e sonhos.

Agradecimentos

Pessoas fictícias são um pouco como pessoas de verdade — mesmo que o início seja humilde, suas jornadas são moldadas pela família, pelos amigos, vizinhos, colegas de trabalho e conhecidos em geral. Alguns as encorajam, outros oferecem amor incondicional, outros ensinam, alguns as desafiam a dar o seu melhor. Esta história, como a maioria das histórias, deve sua existência a um conjunto de indivíduos únicos e generosos.

Em primeiro lugar, sou muito grata à minha família por me apoiar durante todos esses anos de escrita, mesmo quando isso significava trabalhar noite adentro, ter horários loucos e comer o que houvesse na cozinha. Um agradecimento especial este ano vai para meu filho mais velho por se apaixonar e finalmente trazer uma garota para a família. Um casamento não é só uma grande distração para o trabalho de edição, redação, revisão, reescrita e mais edição, mas agora pelo menos tenho alguém que não se importa em ir a eventos literários comigo, conversando durante todo o caminho de ida e de volta.

Obrigada à minha mãe por ser à minha assistente oficial e também uma primeira leitora fabulosa. Nem todo mundo tem a sorte de ter uma ajudante que vai dizer que seu cabelo ou o último capítulo que escreveu precisam de retoques. Agradeço também à minha doce sogra por me ajudar com a lista de endereços e por amar meus meninos crescidos, e ao vovô, por se certificar de que a próxima geração de Wingate seja capaz de contar uma boa história à mesa do jantar. Muito obrigada também aos parentes e amigos, de longe e de perto, por me amarem e me ajudarem e me hospedarem quando viajo. Vocês são demais.

Sou grata a amigos especiais que se tornaram parte da família, principalmente Ed Stevens pela ajuda com a pesquisa e pelo constante encorajamento, e Stevie e Rosemary Fitts por nos hospedarem em Edisto Island. Se existe um lugar melhor para fazer pesquisa, ainda não encontrei. Obrigada também à maravilhosa equipe que me ajudou com as leituras iniciais e os planos de viagem: Duane Davis, Mary Davis, Virginia Rush e, por fim, mas não menos importante, minha incrível tia Sandy, que sempre teve um ótimo senso de enredo e um humor igualmente ótimo. Também agradeço Kathie Bennet e Susan Zurenda do Magic Time Literary por planejarem excelentes viagens de divulgação do livro, por entrarem no projeto deste livro logo no início e por trabalharem com tanto gosto para trazê-lo ao mundo.

No lado editorial, estou em dívida eterna com minha fabulosa agente, Elisabeth Weed, por me encorajar a escrever e usar toda sua expertise para se certificar de que encontrou a editora certa. Obrigada à extraordinária editora Susanna Porter por me incentivar a aprofundar as experiências das crianças Foss e a jornada de Avery ao passado secreto de sua família. Agradeço também à maravilhosa equipe editorial por trás deste livro: Kara Welsh, Kim Hovey, Jennifer Hershey, Scott Shannon, Susan Corcoran, Melanie DeNardo, Kristin Fassler, Debbie Aroff, Lynn Andreozzi, Toby Ernst, Beth Pearson e Emily Hartley. Não existem palavras para expressar meu apreço por cada um de vocês por terem levado esta história ao mercado com tanto carinho e atenção. Uma tonelada de gratidão também para as equipes de arte, design, produção, marketing, publicidade e vendas. Obrigada por contribuírem com seu incrível talento. Sem o trabalho de vocês, as histórias ficariam literalmente esquecidas nas prateleiras das livrarias sem serem descobertas nem lidas. Vocês ligam os livros às pessoas e, ao fazerem isso, conectam as pessoas umas às outras. Se livros podem mudar o mundo, aqueles que ajudam a trazê-los ao mundo são agentes de mudança.

Por fim, sou grata aos muitos leitores que compartilharam sua jornada comigo e agora estão lendo esta. Eu celebro vocês. Celebro o tempo que passamos juntos nesta história. Obrigada por terem escolhido este livro. Obrigada por recomendar meus outros livros para amigos, por sugeri-los para clubes de leitura e reservar um tempo para fazer comentários encorajadores por e-mail, Facebook e Twitter. Estou em dívida com todos vocês que leem essas histórias, e também com os livreiros que as vendem com tanta devoção. Como o sr. Rogers disse certa vez: "Procure ajudantes. Você sempre vai encontrar pessoas que estão ajudando".

Vocês, meus amigos, são os ajudantes.

E, por isso, sou extremante grata.

Este livro, composto na fonte Fairfield,
foi impresso em papel pólen soft 70 g/m², na gráfica Santa Marta.
São Paulo, outubro de 2018.